"慈行三部曲" 之一

JIAOYU　CIXING

慈行　教育

徐迅雷 著

GUANGXI NORMAL UNIVERSITY PRESS
广西师范大学出版社
·桂林·

图书在版编目（CIP）数据

教育慈行 / 徐迅雷著. -- 桂林：广西师范大学出
版社，2023.3
　　（"慈行三部曲"之一）
　　ISBN 978-7-5598-5812-2

　　Ⅰ．①教… Ⅱ．①徐… Ⅲ．①杂文集－中国－当代
Ⅳ．①I267.1

　　中国国家版本馆 CIP 数据核字（2023）第 028053 号

广西师范大学出版社出版发行

（广西桂林市五里店路 9 号　邮政编码：541004）

（网址：http://www.bbtpress.com）

出版人：黄轩庄

全国新华书店经销

广西民族印刷包装集团有限公司印刷

（南宁市高新区高新三路 1 号　邮政编码：530007）

开本：710 mm × 960 mm　1/16

印张：26.25　　字数：400 千

2023 年 3 月第 1 版　　2023 年 3 月第 1 次印刷

定价：58.00 元

如发现印装质量问题，影响阅读，请与出版社发行部门联系调换。

目　录

第一辑　师道一灯燃

壹　师之有魂,璀璨青春

贰　师之有道,方有尊严

第三辑　解惑一寸金

壹　教育教学,避免内卷

贰　父母家长,缓解焦虑

第四辑　毕生一乾坤

壹　大学之大，大学之小

贰   众生此生,万勿"躺平"

叁   终身学习,终身成长

第一辑

师道一灯燃

教育要"立人"。

教育是人的教育,教育是爱的教育,教育是为成长而非为成功的教育。

教育要尊重人心,教育要尊重人性,教育要尊重规律,教育要尊重科学。

美学家李泽厚说:教育的主要目的是培养美好人性。医生张文宏说:教育的本质,是对人类尊严的极大认同。教育家苏霍姆林斯基的教育理论内核是培养个性全面和谐发展的人。

学校教育的核心影响力在于教师。如今我们如何做老师?"师者,所以传道受业解惑也。"此"道"是大道而非"王道"。老师自己先要明道,"师之有道,方有尊严";师若无道,尊严尽失。"传道"就是"燃灯者"给懵懵懂懂的莘莘学子指明大道方向,使学子们的人生由此有了爱的慈行。

既然教育的终极目标是"立人",那么教育必须"如水",而不能"如刀"。教师要立人,首先要"自立"——成为有道者,自己有独立之精神、自由之思想,选择教育就是选择情怀,选择教师就是选择高尚。

教育是一个灵魂唤醒另一个灵魂,思考教育之道,正是我义不容辞的责任,因为我的一个重要身份是"老师"——年轻时在大学工作,曾兼任中学高复班语文教师八年;现在在新闻媒体行业工作,还在浙江大学兼课,我对教育的关注与思考一直没有停止。

作为一位新闻评论员,我结合新闻探讨教育,有着"眷眷且拳拳"的问题导向,这是一个独特的视角;这些文字,是现实感极强的评析,印证21世纪以来二十多年的中国教育史,剖析当下教育环境,最终目的就是让教育的"航母编队"或"一苇以航"在前行时不偏航,驶向真正美好的未来与远方。

壹

师之有魂，璀璨青春

"开学第一课"该怎么"开"

【篇一】开学演讲，不妨多谈谈常识

彼岸花开,九月已来。

雄赳赳,气昂昂,开学啦!

2019年开学季,诸多学校在9月1日举办开学典礼,校长们纷纷发表开学演讲。

2019年杭二中适逢120周年校庆,校长尚可做了以《赓续初心,百廿再出发》为题的开学演讲,对二中学子提出"三个期待":一是期待二中人心中要有梦,二是期待二中人脚下要有路,三是期待二中人眼中要有光。向来倡导"高境界做人,高水平学习,高品质生活"的尚可校长,他的演讲可不是"尚可",往往都是一篇篇精彩文章,今年更是"相约共守望一色,激情与文采齐飞"。

这一天,杭州学军中学校长陈萍发表的演讲很实在,阐述学校以培养有德有识有才的领军人作为目标:领军人除了要具备睿智的头脑,更需要在人格上富有魅力,在品格上成为模范;领军人还要有不凡的体魄,要摘掉眼镜,减掉肥胖,健硕身体,做到内外健康,身心向好,"无体育,不青春";领军人还要兼具美的眼光和热爱劳动的态度,因为创造和创新离不开审美和实践。

这一天，在杭州高级中学的开学典礼上，校长蔡小雄发表了题为《我们就是杭高的光》的主题演讲，希望学子们心中有国、有家、有校，行动用心、用智、用情，脚下奋进、拼搏、追赶……

从小学到中学再到大学，对教育来说重要的是尊重规律、尊重常识。相比许多大学校长"高大上"的开学致辞，我觉得杭州的中学校长们的开学演讲实在很多，从实际出发，尊重事实与常识。所谓教育，就是无形的东西决定有形的东西，看不见的决定看得见的。从中学到大学，正是灵魂蓬勃生长的时候。校长们的高度，决定了学校的高度；校长们的思想，潜移默化影响着学生的思想。好的开学演讲，一定要从常识出发，最终回归常识。

早在 1935 年，也就是竺可桢出任浙江大学校长的前一年，在南京高等师范学校（南京大学前身之一）创立 20 周年之际，作为曾经的教师，竺可桢在纪念会上发表了一个著名的演讲，题目就是《常识之重要》，一开始他就说："今吾所欲言，则为'常识'。常识两字，视甚浅显，然一事之成败，往往视常识之完缺为断。一国之领袖，若无常识，则其结果，可以灭国亡种，而不自知。"

竺可桢接着阐述教育之常识："大学教育之目的，在于养成一国之领导人才，一方提倡人格教育，一方研讨专门智识，而尤重于锻炼人之思想，使之正大精确，独立不阿，遇事不为习俗所囿，不崇拜偶像，不盲从潮流，唯其能运用一己之思想，此所以曾受真正大学教育者之富于常识也。"这一段话，每一句都是真正的金句。这里所言的"领导人才"，亦同今日之"领军人"，属于高境界之人，以正大思想为要，有"智识"而不仅仅是有"知识"也。

"科学无他，乃有组织之常识而已。"在这篇不长的演讲最后，竺可桢用不短的篇幅，批判了一系列的"缺乏常识"：缺乏常识以致工商业失败，缺乏常识致使亡国之祸迫在眉睫，还有经济上缺乏常识、军事上缺乏常识，最后直言"大学校长不置图书，但事建筑馆舍，耗费至数千百万之巨，是为办学者之缺乏常识"，并感喟"常识亦甚难言矣"。

杭商传媒记者问杭州二中校长尚可：美好教育是怎样的？尚可校长说："能够点燃学生心中的火种，使他向往光明，让他的人生更美好的教育，是美好教育;能够尊重教育规律和学生身心发展规律的教育,是美好教育;能够促进学生可持续发展、多样发展的教育,是美好教育。"是的,真正的美好教育,一定是尊重常识、从常识出发的教育,是尊重教育规律、尊重学生身心发展规律的教育。所以,在这句回答中,在"尊重教育规律"前面,可以再加入"尊重常识"四个字。

【篇二】"业余教师"的开学第一课

秋天悄然而至,一眨眼又开学了。2020 年 8 月 30 日,杭州云谷学校开学典礼,马云讲了一个多小时的"开学第一课",他开宗明义:"一般开学第一课给孩子上,我认为我们应该给家长上。"这一下子就说到了点子上。从幼儿园,到小学,到初中,到高中,让家长明白教育的要义、培养的路径、正确的方法,比什么都紧要。

云谷学校由阿里巴巴合伙人出资创建,是 15 年制国际化学校,其使命是"让每一位孩子成为最好的自己"。该校有句话特别好:"家长好好学习,孩子天天向上。"家长如果不好好学习,孩子天天向上就没有指望。

今天我们如何当家长?这是绕不过去的问题。马云直言,家长们应该每天问自己三个问题:今天有没有拿自己的孩子跟别的孩子比?是不是因为分数着急了?有没有不倾听不尊重自己的孩子?三个问题都很"扎心"。当下的家长,跟别人比较、为分数着急、不尊重孩子,其实是普遍现象,背后是挥之不去的焦虑——深深的教育焦虑。

"很多家庭,都有一个焦虑的妈妈和一个暴躁的爸爸。"马云说,"家长的心态影响了孩子的心态,家长的焦虑又影响了学校的心态。"对于家长们的焦虑,马云说:"如果觉得管孩子很累很烦,一定是你做错了!"

有时家长的焦虑是多么的可笑可叹又可怜。家长们对教育普遍有三大崇拜:成绩崇拜、牛校崇拜、状元崇拜。而事实上,成绩也好,牛校也好,状元也好,都是金字塔塔尖,本来就是少数,"虽不能至,心向往之"也就好了,但很多家长硬要去追求,不,要孩子去追求、去实现——不少家长,其实是精致的利己主义者,或者是粗鄙的利己主义者。孩子那么小,高中毕业前还不到 18 岁,你却要他们"筚路蓝缕,以启山林";这一路上,多少家长无比焦虑,简直是"火烧山林"。

孩子什么时候轻松起来了,什么时候就开始有希望了;而家长自己什么时候轻松起来了,孩子什么时候才可能变得轻松。但焦虑的家长,总是拼命把孩子送往一个个培训班。某栋楼若有培训机构,电梯里往往都塞满学生和家长,有的家长简直就是把孩子"押赴刑场"。曾有个消息刷屏:河南鹤壁周女士,缴费 22.76 万元,把孩子送进培训学校,辅导初三学业,谋求考取重点高中,但成绩下来一看,总分只有 200 多分,物理更是只考了 2 分!那些市场化、欺诈化,以捞钱为第一目的的教育培训机构,如何毁人不倦,我们就不说了,最应该说道说道的,就是"这家长怎么当的"。

教师出身、热爱教育的马云,这样劝说家长:"上兴趣班不是为了加分,而是真正为孩子找到一个兴趣。真正热爱一样东西以后,兴趣就是他的动力,会远远超过你的想象。"是的,兴趣是最好的导师,能够引导孩子"天天向上",如果为了加分而培训,就不是兴趣的培养,而是兴趣的扼杀。

正确对待孩子,正确培育孩子,正确引导孩子走上正确之路,家长的责任重。真的不能走铺满鲜花的歧路,因为花下面就是陷阱,掉下去和怎么掉下去都不知道,那才是最可悲可怕的。

【篇三】学校和教师自己也需要"开学第一课"

2021 年 9 月 1 日,开学日。杭州钱学森学校刚刚竣工,即将开学。上城区这所公办九年一贯制学校,建筑风格主打"南宋风",公众期待今后的办学能够对得起"钱学森"这个非凡的名字。

开学伊始,往往有各种"开学第一课"。杭州一些学校提前举行"开学第一课",很现实、很鲜活:8 月 29 日,富阳东洲街道"开学第一课"放在葡萄园,那是富春江畔的乡土版"开学第一课";8月30日,杭州市天水小学"开学第一课"进入交通治理VR体验中心,上的是安全教育第一课,因为"安全第一"。那么杭州钱学森学校如果举办"开学第一课",则完全可以从钱学森、钱学森故居、钱学森学校的命名讲起……

学校和教师自己也需要"开学第一课"。因为新学期有许多新变化、新要求,比如放学时间有变化,推行课后服务"5+2"模式。《未成年人学校保护规定》9月1日起实施,其中明确规定"学校不得设置侵犯学生人身自由的管理措施",规定"义务教育学校不得占用国家法定节假日、休息日及寒暑假,组织学生集体补课"等,学校管理者和老师们自己如果不熟悉,那怎么能执行得好?

8月30日,教育部召开新闻发布会,强调义务教育学校新学期开学后的"四个严格":①严格执行均衡编班的法律规定,不得以任何名义设置重点班。②严格执行教学计划,不得随意增减课时、改变难度、调整进度,不得利用课后服务时间讲新课。③严格执行作业管理规定,严禁给家长布置或变相布置作业,不得要求学生自批自改作业。④严格执行考试管理规定,不得违规组织考试,不得按考试结果给学生调整分班、排座位、"贴标签"。

为切实降低学生考试压力,教育部还印发了《关于加强义务教育学校考试管理的通知》,规定小学一、二年级不进行纸笔考试。这是落实学校承担"双减"工作任务之必需。"双减"督导,被列为2021年教育督导工作"一号工程"。校外培训机构无证照培训、虚假宣传、超标超前培训,等等,都可以实名举报。

这些有关教育教学和"双减"的要求,学校和老师首先要入耳入心,方能落实到行动之中。

国家推动"双减",在严厉打击违规违法的校外教培的同时,校内教学质量能否切实得到提升、教育资源是否切实趋向均衡,成为政策是否可持续执行的关键之一。教育培养,有两种模式对比鲜明:一种是"掐尖模式",如衡水模式的办学;一种是"均衡模式",学生均衡编班,教师轮岗交流……为实现优质教育资源均衡配置、推进教育公平,北京市已明确:在新学期将大比例推进公办学校校长交流轮换、骨干教师均衡配置、普通教师派位轮岗。

　　学校和老师们都应清晰地明白："双减"目标真正实现之日，也是学校教师自身减负之时。

悄悄地举起右手

　　爱默生曾说,教育成功的秘密在于尊重学生。2001年4月9日的一则消息让我感动,记者在河北省安国市采访,听一位老师讲了这样一件事:

　　一天上课,他提问了学生一个问题,发现班里一个学习最差的学生也跟其他学生一样举起了左手。然而,当他站起来回答时却一个字也答不上来。下课后,老师把这个学生叫到办公室,问他为什么不会也举手时,他哭着说:"老师,别人都会,如果我不举手别人会笑话我。"老师深感歉疚与感慨,于是私下告诉这个学生,下次提问如果会答就举左手,不会就高举右手。以后,每看到这个学生举左手,老师都尽量给他机会让他答,举右手时从不让他站起来。一段时间后,这个平素在班里学习最差的学生变开朗了,学习成绩也有了很大的进步。老师还悄悄告诉班里其他几个学习不好的学生:不会时请高举右手。结果,他发现整个班都变了……

　　此时此刻,对这位优秀老师由衷的敬意弥漫了我的心灵的空间。"悄悄地让学生举起右手",这是一个育人和教书血肉交融的举动,这是一个尊重孩子、将爱的教育付诸实践的举动,这是一个可以载入教育史册作为典例的举动。苏霍姆林斯基说:

"教育是一种最为精细的精神活动。"细心而智慧的老师,用他们最为精细的精神活动,改变学生的童年,影响他们的一生。英国著名作家艾迪生说得很形象:"教育之于心灵,犹雕刻之于大理石。"学高为师,德高为范,将"师""范"两者联系起来的,是充满爱心的智慧方法。有了如此细心的智慧,一定能够在孩子们的心灵中雕刻出绚丽的花朵。

自尊是人的天性,而孩子们的自尊又最容易被摧毁。这位老师告诉记者:"其实每一个学生都有自己强烈的自尊,而且这种自尊容不得丝毫忽视。"尊重孩子的自尊,是教育里的至善。巴尔扎克说:"教育是民族最伟大的生存原则,是一切社会里把恶的数量减少、把善的数量增加的唯一手段。"素质教育的高境界是让孩子在快乐的氛围中受到教育,不能让孩子在学校里产生强烈的自卑感,所以每一个老师都应该尊重孩子的自尊和人格。

让我再一次对这位"悄悄地让学生举起右手"的老师表达从心里、从灵魂深处油然而生的敬意,尽管新华社的电讯没有点出他的姓名,但我仿佛已经听到了他微笑着对我说:"我的名字叫老师。"也请允许我把新华社电讯的最后一句话作为我文章的结尾:"每一个老师都应该悄悄地告诉自己的学生:孩子,不会时请高举你的右手!"

师之魂

　　把生的希望留给学生，把死的威胁全然留给自己。2012 年 5 月 8 日，黑龙江佳木斯市第四中学门前，因驾驶员误操作致客车失控撞向学生，十九中学女教师张丽莉在车祸瞬间将学生推向一旁，自己却被车碾到，造成双腿高位截肢，经全力抢救脱离生命危险……张丽莉老师的行为感动了无数人，她被称为"最美女教师"。

　　为让张丽莉老师得到更好的治疗，专家会诊决定将她转往哈尔滨医大附属第一医院。时任卫生部部长陈竺听说张丽莉的事迹后，要求举全国医疗系统之力救治张老师。

　　舍己救学生的女教师，在那一瞬间最本能的反应，就是她品质的最本真体现。全体教师都应该为张丽莉老师骄傲。用最简单的词来表达对张丽莉老师的敬意，那就是师之魂。是的，张丽莉这样的老师，就是教师的灵魂！

　　早在数十年前，教育家陶行知就写下了教师的信条，这信条至今都让人内心震动，其中讲道："我们深信教育是国家万年根本大计"；"我们深信师生共生活、共甘苦，为最好的教育"；"我们深信最高尚的精神是人生无价之宝，非金钱所能买得来"；"我们深信如果全国教师对于儿童教育都有'鞠躬尽瘁，死而后已'的决心,必能为我们民族创造一个伟大的新生命"。张丽莉老师将这一切变成了感人至深的现实。

孩子从高楼失足坠下,飞奔过去接住一条生命;学生突遇车祸,不顾自身安危奋力推开……与汶川地震发生之时,那个不顾学生死活一声不吭顾自跑出教室逃命的"先跑老师"相比,两者真是霄壤之别。

在我们强调"新人文精神"的今天,不能不看到这种种差距。

好在我们有张丽莉老师,有这样的灵魂在。有灵魂的人,即使失去双腿,也绝不会失格!

尊师从爱生开始

2007 年 9 月 10 日,我国第 23 个教师节。9 月 9 日,时任总理温家宝与北师大免费师范生座谈。温总理说得好:我们重视师范教育,就是重视国家和民族的前途,因为师范教育造就的是教师,是与国家和民族的前途紧密相连的。只有真正同国家和民族命运紧密相连的师范教育,才是真正的师范教育⋯⋯

重教,离不开尊师;尊师,离不开关爱师范生,因为师范生是教师的"前身"。我国重新开始师范生免费教育,是国家重教、尊师、爱生的体现;温总理在教师节到来之际与师范生座谈,是关爱师范生的直接体现。

科教兴国是国家发展战略,科教兴国是强国之本。我们应该从全社会形成尊师重教氛围的高度,来认识关爱师范生、实行免费教育的意义。我国基础教育领域的教师,还存在结构性缺员、缺编的问题;提高教育质量的关键,在于建设一支高素质的中小学教师队伍。教师队伍不稳定,无疑是自毁长城。而实施师范生免费教育,无疑会在社会上起到尊师重教的示范效应。我国曾长期给予师范生优惠待遇,笔者 1982 年入大学,就是师范生,当时不仅全免费,而且每个月还有生活费。1997 年以来,在"缴费入学"大背景下,师范大学逐步实行收费;10 年后,师范生免费教育重新来到我们面前，这是国家决心夯实尊师重教"底子"的重要之举。

温总理经常与学生座谈交流，非常尊重学生，让人感动的是他给学生亲笔写信，比如给江西赣州市滨江第二小学的小学生们回信，祝福他们茁壮成长；给香港小学生李雪莹回信，体现对香港中小学生的亲切关怀。2007年暑假，武汉免费师范生、19岁女孩王潇被华中师大录取后，给温总理写信，表达对师范生实行免费教育的感谢，她很快就收到了温总理的亲笔回信，总理勉励她"努力学习，全面发展，立志成材"，其实这也是总理对所有师范生的殷切希望。

"教育事业是人类最崇高的事业，教师是太阳下最光辉的职业。教师不仅可以影响一个学校的孩子，还可以影响整个社会。"在这次座谈会最后，温总理动情地对大家说，"希望你们在这所有光荣传统的学校里，接受文化的熏陶，感受人文情怀的温暖，呼吸自由的空气，真正享有智慧之光、仁爱之美，成为德才兼备的人民教师。"而在5月14日，温总理在同济大学向师生们做了一个即席演讲，其中讲道：一个民族有一些关注天空的人，他们才有希望；一个民族只是关心脚下的事情，那是没有未来的。"我希望同学们经常地仰望天空，学会做人，学会思考，学会知识和技能，做一个关心世界和国家命运的人"。《人民日报》9月4日刊登了温总理的新诗《仰望星空》，其中"我仰望星空，/它是那样自由而宁静；/那博大的胸怀，/让我的心灵栖息、依偎"的诗句，与"感受人文情怀的温暖，呼吸自由的空气"之说一脉相承。

学为人师，行为世范。要让广大教师做到淡泊名利、志存高远，需要从师范生开始训练，让他们在从事"太阳下最光辉职业"之前，就沐浴太阳的温暖。

年轻校长的"青春万岁"

　　杭州长河中学 802 班的同学们刚刚惊喜地发现,他们亲爱的班主任沈诗瑶老师,在 2021 年新学期有了一个新职务——副校长。

　　入职才 4 年的沈老师,生于 1995 年 3 月,2021 年刚满 26 周岁。这个岁数,正是许多学子攻读硕士、博士的年龄。沈老师 26 岁出任中学的副校长,的确够年轻——她所带的第一届学生只比她小 10 岁! 这是近年来杭州滨江区最年轻的初中副校长,可能放在全杭州也是。

　　架着一副细边框眼镜的沈诗瑶,是英语老师,看起来就像个温柔亲切的小姐姐。她毕业于浙江外国语学院,大学期间,曾连续 4 年获得本专业优秀学生奖学金,曾获得校内各级师范技能比赛一等奖,省级师范技能大赛二等奖。入职后,荣获第七届长三角地区中小学班主任基本功大赛初中组综合一等奖、论文二等奖。

　　青年强则教育强。沈老师这次是通过区里的岗位竞聘,历经笔试、面试等几轮筛选,最终竞聘成功的。年轻教师直接担任分管教学的副校长,这就是"不拘一格降人才"。教育领域需要这样年轻的领军人物,人才提升需要这样的思想突破。

学校永远是年轻的世界。中小学更不能老气横秋,而要朝气蓬勃。不仅年轻学生是"青春万岁",年轻老师同样也是"青春万岁"!

年轻的沈老师当班主任的时候,施行的是赏识的立人教育,她喜欢用表扬来鼓励孩子们发扬"星火之力"。她说得好:"当你表扬一个学生的时候,其他人也都被带动起来,所以我会想各种办法调动学生的潜能和力量,这也是一种潜移默化的影响力。"理想的教育,一定会珍视孩子的天性,激发学生的积极性。

教育不可能用"流水线"的方式培养一流人才。优秀优质的教育,一定是从小开始,致力培养人格完善、头脑健全、兴趣丰富的通识型、思辨型、创造型的人才。在中小学,绝不是培养"应试机器";到了大学,更不是培养"就业机器"。

沈诗瑶老师勤奋且努力,她热爱教育,热爱孩子,热爱三尺讲台,有着满满的职业幸福感,"不管遇到多累的事情,进教室上一堂课我就被治愈了"。这应该让许多年轻人感到汗颜。《中国青年报》的一个调查表明,在"00后"大学生中,有67.65%评估自己毕业10年内会年入百万。这个梦想挺美好,但如果不是货币贬值得厉害,那么实现起来是很有困难的。作为年轻人,如果一边梦想着"躺平",一边梦想着"百万年薪",让两者"兼而得之",那大抵是不可能的事情。你现在的一次次偷懒,将来很可能都会变成前行道路上的一道道坎。我们还是得像沈诗瑶老师那样,对自己的工作有坚定的信仰,努力求真务实,第一要务就是踏踏实实做好本职工作。

世界因你而不同!世界因你而精彩!对于沈老师来说,教书育人不是一份职业,而是一种使命。从现在到未来,前行的道路还很长,坚持下去,必然会是"三寸笔,三寸舌,三尺讲台,三千桃李;十载风,十载雨,十年树木,十万栋梁"。在履新后,沈老师不仅考虑"学校的顶层设计",为了不影响孩子们,她还要继续承担原先班级的班主任工作——看到报道里的这个小小的细节,你能不感动、不为之折服吗?

青春万岁!明天比昨天更长久!

金老师为何输掉一个月的午饭

老师下"战书","赌输"上热搜。只要有同学 30 秒跳绳 100 个以上,就奖励一顿"教师午餐"和一本课外书——杭州天杭教育集团班主任金喜英老师,向班里的小学生下"战书",结果输掉一个月午饭! 一段时间来,同事一见面,都会同她调侃一句——"金老师,今天又'输'了几顿饭?"

事情的缘起是,开学初,班里进行体育测试,金老师发现过了个寒假,同学们跳绳退步明显。金老师自己参加学校 30 秒跳绳比赛,成绩是 95 个;她向全班同学提出挑战:只要有同学 30 秒跳绳超过老师 5 个,就予以物质和精神的双重奖励。

这些小学四年级的孩子,这下可来劲了! 噌噌噌,练跳绳。有个挑战成功的女孩,半分钟跳了 104 个;而刚开学时,她一分钟才跳了 132 个。班里这些小小"干饭人"(奋力吃饭的人),热情被彻底点燃。食堂的教师午餐,是两荤两素一汤,比学生多了一荤一素,看起来更丰盛。半个多月过去,20 多位同学已经挑战成功。金老师每天去食堂打来午餐,然后与学生交换,学生开心地吃教师餐,金老师开心地吃学生餐。在孩子心目中,和金老师这样共进午餐,是件非常高兴的事情!

好可爱的金老师,好可爱的小学生! 这才是好的教育,这才是教育的真谛,同学们幸福得简直"飞上了天"。报道出来的 2021 年 3 月 20 日,正是联合国"国际幸福日"。有介绍说,杭州天杭教育集团前身是空军部队子弟学校,成立于 1960 年,"天杭"与"天航"谐音;如今,这所公办九年一贯制学校,以"幸福地创造幸福"为办学理念,已与"幸福"和"温暖"两个词无法分割,师生们似乎都有一种创造幸福、释放温暖的"超能力"……

金喜英老师"输"得欢喜。激励孩子参加体育锻炼是最要紧的,比参加那些学知识的培训班重要无数倍。师道不能跟着"世道"走。老师能够和学生一起吃一顿饭,有着满满的爱,这是最好的情感交融,这是真正的"爱的教育"。

没有爱就没有教育,教育不能"只成就分数,不成就人"。"没有爱的教育,将会使教学枯燥,像山泉枯竭一样。"著名教育家陶行知先生如是说。想起意大利的埃迪蒙托·德·亚米契斯的名著《爱的教育》,该书写的是"情育",讲述小男孩安利柯的成长故事。书中写到,安利柯曾经"一味地欢喜用功,毫不运动,每日每日只是读书",结果学年考试一完毕,他就病了,不得不休学。父亲说:"你从此要亲近自然,把身体弄强健。"于是把他带到大海边舅父那里,舅父以满满的爱,带着安利柯开心地投入大自然的怀抱,和山海森林为友,由此恢复健康……近百年前,文学家夏丏尊翻译该书时,曾感慨地说:"教育没有了情爱,就成了无水的池,任你四方形也罢,圆形也罢,总逃不了一个空虚。"

教育并非军备竞赛,学习不是珠峰登山,跳绳也不是赛场夺冠。孩子的成长,需要自我、自由的空间,其中包括开心锻炼的自由时间。教育的"水池"不能只是注满知识之水,还应该给无形的情感之水"留白"。齐白石的画那么好,画中有很大的留白空间;书法中的漂亮草书,往往也有潇洒的飞白……有了足够的"留白",孩子们才有自然生长的空间,才有锻炼身体的时间,才有和老师一起吃一顿饭的幸福时光。

我现在也很想去练习跳绳,能够获得金老师一顿饭的奖励。

贰

师之有道，方有尊严

暖国抵达雪国

雪是暖国的雨。暖国的雨，终于变成了冰冷的坚硬的灿烂的雪花。2004 年，雪对杭州眷顾非常，年初的 1 月 6 日夜，下了一场不大不小的雪；岁末的 12 月 26 日和 28 日，有两场大雪，六年一遇，冻天冻地。越来越难得一见的"断桥残雪"，成为杭州西湖暖冬中的美景；而万人争睹"断桥残雪"，成了另一道风景，杭城的媒体争相报道，几乎没有不把这个图片搁头版的。

"断桥残雪"和"看'断桥残雪'"这两道风景，看过了也就看过了，然而另两道关于雪的风景，关注的人不多，却感动了我。年初的那场雪，杭州许多学校都上了一堂"玩雪课"：对于杭州大多数低年级小学生和幼儿来说，那是他们记忆中的第一场雪，许多学校宣布不出操、不进行晨间谈话，甚至停课，全改为老师们陪孩子们玩雪！师生们欢天喜地来到校园，一起打雪仗、堆雪人。一位中学老师干脆把一堂语文课变为"雪景欣赏"，带着学生上了断桥。当时我写了一篇文章，说玩雪课就是素质教育课。岁末这场雪，依然让我看到这样的风景，那就是听雪！

在杭州的一所盲人学校，老师带领孩子欣赏雪景——在校园里"听雪"，孩子们玩得很开心。这位名叫戴福娟的老师，写了一篇题目是《我听到雪落的声音了》的随笔，刊发在《都市快报》上。"雪下得那么大，可是教室里的孩子们却全然不知。我们看来很平常的'雪纷纷扬扬地飘下来了',这样的语言对他们来说却是多么抽象。"孩子们侧耳听着,用他们自己的方式感受雪落的声音。徐佳媚伸出手掌,"接住了！雪花钻进我的手心里！凉飕飕的！"陈晓青舒了口气,激动地说:"听到了！听到了！有点像蚕宝宝吃桑叶的声音！"

可大部分孩子还是觉得听到的声音不够清晰,这个时候,这位令我尊敬的老师赶紧跑回办公室,拿了几把雨伞,然后分批让孩子聚集在伞下仔细聆听。"听到了！听到了！我听到雪落的声音了！"孩子们欢呼着,脸上荡漾着幸福的笑容。戴老师文章的结尾是这样的:"他们的声音那么响,好像要告诉整个世界,我,一个盲孩子,虽然看不见雪,但是我听到了雪落的声音！"这是雪景中何其动人的一幕！这是如何温暖而百感交集的历程！在冬天里可以聆听雪落之声的盲孩子,在春天里同样可以聆听花开的声音！

此时此刻,我更愿意将刀郎那首风靡全国的歌曲《2002年的第一场雪》,置换成师生的意蕴:在白雪飘飞季节里摇曳的,是爱;忘不了把你搂在怀里的感觉,是爱;比藏在心中那份火热更暖一些的,是爱;忘记了窗外北风的凛冽,是爱;再一次把温柔和缠绵重叠,是爱……想起日本的池田大作在他的《女性箴言》中这样说"爱":"不管任何人,只要是活着的,就必然有爱的脉搏在跳动。因为有了爱,才有希望,才有喜怒哀乐。爱就是生命的明证。"听雪之爱,就绝不再像雪花那样转瞬即逝。爱的教育和教育的爱,是人的素质教育和素质提升不可或缺的一个内核。

"穿过县界漫长的隧道,便是雪国了。夜空下已是白茫茫一片……"这是诺贝尔文学奖获得者、日本作家川端康成《雪国》里开头的一段话。在中国,在南方,在杭州,在残雪的西湖断桥边,我们看到,穿过漫长的时光隧道,一场大雪引领我们,抵达最美丽最美好最洁白的雪国。

尊师重教与教师法修订

教师法要修订了,草案公开征求意见,反馈截至 2021 年 12 月 20 日。

澎湃新闻 2021 年 11 月 29 日报道:教师法拟规定教师资格相应学历学位,并设立"国家教师奖"。其中第七条"荣誉制度"拟规定:"国家建立教师荣誉表彰制度,设立国家教师奖,对有重大贡献的教师,依照国家有关规定授予人民教育家、全国教书育人楷模、全国模范教师、全国优秀教师等称号。"第八条"尊师重教"则明确要求"全社会都应当尊重教师,维护教师队伍形象,宣传先进事迹,弘扬尊师重教风尚"。

尊师重教是必须的,绝不能让教师成为"高危群体"和"巨累群体"。首先教师自己要做好,因为"学高为师,德高为范",因为"师之有道,方有尊严"。教师要避免师德失范,不能违反法定义务,不能违背职业道德、行为准则。教师法明确教师享有的各种权利,然而权利与义务是相匹配的,"关心、爱护全体学生,尊重学生基本权利和人格尊严,促进学生德智体美劳全面发展",就是教师要履行的义务。

教育是一门科学,是科学就得尊重规律。教师如果负担过重,成为"巨累群体",那一定是不科学的,那并不是对教师的尊重。如今不仅仅是学生要减负,教师也需要"有效减负",教师、学生同时减负,这也是另一种意义上的"双减"。现在对学校、对教师有些有形的考核指标算是取消了,但还要努力消弭那些"无形"的、以攀比为核心的"指标"。

理想很美好,现实往往有距离。11 月 25 日《南方周末》刊发了一个有关教育的深度报道,引发了广泛的关注,标题里"名师""刺头""内鬼和家委会"这几个关键词就很吸引人。所解剖的"一只麻雀"是贵阳一所"顶流"小学 7 岁女孩妞妞辍学事件。事情的起因不过是父母向老师提出"少做些作业"。沟通不止一次,矛盾却一步步激化,越来越多人被卷入,直到难以收场:妞妞辍学后转去民办学校借读,班主任老师因为"违反师德师风"被市教育局通报。

教师给自己减负,重要一点就是在布置作业这个环节要想通:其实,孩子所有时间用来写作业,效率反而不高;学生全部时间用于学习,学习成绩反而难以进一步提高,盖因那样做根本就是违背教育规律。

15 年后的那句"对不起"

2016 年,在辽宁沈阳,一位有着 28 年教龄的杨老师,要对 15 年前一个被他严厉批评的女生致歉。当年在课堂练习时,仅仅因为一道题没答对,杨老师就将她赶出了教室。这个学生家境贫困,读书不太灵光,平常考分很低,经过老师这一次的"严打",她更加一蹶不振,高考名落孙山。后来杨老师看到她在一个烧烤摊为客人端盘子,打心底里非常自责,而且一直持续到现在:"这件事还在折磨着我,我想真诚地对孩子说:对不起!"

15 年后的这句"对不起",正是善良的杨老师送给教育的金玉良言。对于教育的认知已经大有提高的杨老师,面对记者说出了心声:"当老师走出成绩的怪圈后,会发现每个学生身上都有闪光点。老师的职责不是淘汰学生,而是要让他们成为最好的自己。"

教育是立人,是让人自信的,教育不是让人自卑的;教育应发掘每个人的兴趣、长处,教育不应把每个人变成一模一样的"标准答案"。这位杨老师可贵的地方,在于他认识到过去的自己错了,错了就要反省,就要改正,至少得说声"对不起"!只可惜,这样勇于反省甚至道歉的老师太少了。

课堂练习、课外作业,课堂答错要被赶出教室,课外完不成作业受到的惩罚就更多了。"作业治教",是许多老师最喜欢、最擅长的教育方式、教学方法,不仅"作业依赖",甚至"作业崇拜",过去是小学生作业多,现在连幼儿园都布置了不少"家庭作业",而且作业越来越"奇葩",甚至家长费老大的劲都难以完成。而我国《幼儿园管理条例》第16条规定,"幼儿园应当以游戏为基本活动形式",没有任何"布置课外作业"的要求。幼儿园就该游戏玩乐,根本用不着布置什么课外作业。

多少作业,其实就是布置给家长们做的;面对千奇百怪的课外作业,家长们很烦、很无奈!孩子完成不了,只得让家长冒充孩子完成。

蔡元培曾说:"教育是帮助被教育的人,给他能发展自己的能力,完成他的人格,于人类文化上能尽一分子的责任;不是把被教育的人,造成一种特别器具。"从课堂作业做不对就把学生"请出去",到课外作业完不成就打耳光,这不仅是"器具化"教育的手段,而且变成了为教师"教学成果"服务的杠杆工具。面对大量"负能量作业"对孩子身心的摧残,仅仅一位老师出来说一声"对不起"是远远不够的。

危险的教育"软暴力"

在教育中有另一种暴力,它的伤害范围要远远超过对肉体的伤害,对学生与家长造成的压力远比体罚更令人恐惧,这就是"软暴力"。与真正的体罚式暴力不同,软暴力使用的手段"新颖别致",有的情况是,老师非但不用"动手动脚",甚至不需要"亲自动口"。

2002年5月,我所在的浙江《都市快报》刊发了一则题为《九岁小学生罪状十八条》的报道。报道缘起于一位姓柴的女士给报社热线打来电话反映:她9岁的儿子小D是小学一年级学生,班里的同学一致给他提意见,说他有18个缺点,孩子全蔫了。记者调查核实了情况:孩子放学带回一张16开的纸给家长看,上头密密麻麻写满了铅笔字,都是小学生的笔迹,不少字是用拼音代替的,主题是"我们大家评小D",共列有18条,还有18个歪歪扭扭的签名:

1.有时候要打人,做作业要玩;

2.字写得不 duan 正,shui 觉要玩橡皮泥;

3.乱扔纸屑,不讲卫生;

4.经常作业没完成就去玩;

5.上课不专心,听课开小差;

6.小气,不肯借同学东西;

7.上课经常受老师批评;

8.不让同学进教室;

9.做早操经常 bei 体委拉出队伍;

10.上音乐课经常 dao 乱;

11.上课不 ji ji ju 手发言;

12.回答问题声音很轻,大家都听不到;

13.上体育课讲话,不听老师的话;

14.眼保 jian cao 经常让我们班扣分;

15.喝开水 qiang,不排队;

16.跑步时要吹牛;

17.喝开水时把开水倒在同学身上;

18.做口算 zui man。

天哪,看了这 18 条"罪状",这孩子当真是"一无是处"。

"我们大家评小 D",这样的评议,真是够民主的了,可是,"儿子是自己的好",柴女士想不通,自己的儿子就一个优点都"评"不出来?她捧着那张纸愣了好久,然后问儿子:"妈妈心里很难受,你是怎么想的?"小 D 顿时眼泪汪汪,低下头去。柴女士也哭了。

打手心、抽耳光⋯⋯种种老师体罚学生的手段,大家已经"耳熟能详"了,但是,老师发动学生给班里的一个同学"评"出 18 大"罪状"的做法,还真是第一回听说。"我们大家评小 D"是在一场班会上进行的,根据班主任老师的说法,因为小 D 又迟到了,所以临时改变主意,将班会的主题改为让大家来评小 D。

这样的"主题班会",表面看是为了小 D 好,同时也"教育"了其他同学,但其实质是典型的"软暴力"。如果说"硬暴力"摧残的是肉体的话,那么,"软暴力"摧残的就是心灵,幼小的心灵。"软暴力"表面不具备暴力的特征,但"软暴力"造成的后果是不可估量的,因为不流血的伤口比流血的伤口更疼痛。

"软暴力"和"硬暴力"一样,往往是一个恶性循环的开始,而结果常常是以犯罪或者是其他的恶性事件告终。研究证明,孩童时期的暴力是整个人类社会暴力的基础;那些承受暴力的儿童日后患上焦虑症、抑郁症和产生反社会行为倾向的可能性增加。孩子是真正的社会的弱者,由于其身体力量的弱小,老师才敢于施之以硬——体罚;由于孩子不懂得自己有哪些权利,不知道怎么样维护自己的权利,所以老师才敢于施之以软——精神摧残。

在这起"评小 D"事件中,还有两个非常危险的情形。其一,老师是发动学生来"评议"的,通过"评议",在这些小学一年级学生的眼中,小 D 真的成了"最坏的人";在孩子幼稚的心灵里,早早就埋下了"极端评判"的种子。其二,校方并没有认识到事情的本质,柴女士拿着纸条去找过学校,校方劝她:"这种小事,不要看得太严重。"

雨果曾说:"多建一所学校,就少建一座监狱。"但愚蠢的老师和糟糕的学校本身就是孩子心灵的监狱。

人性需要人文的涵育熏陶

　　人之为人，是因为他或她有人性。

　　2010 年的一天，我到杭州剧院观看了由"世界之舞舞蹈团"激情演绎的经典音乐舞剧《巴黎圣母院》，人性的美与丑、善与恶、宿命与抗争、誓言与背叛，在音乐与舞蹈中一幕幕喷发，在戏剧的张力中呈现，再度震撼人心、涤荡心灵。

　　在苏教版高一必修的语文课本中，有一个主题为"一滴眼泪中的人性世界"的专题，都是名著的节选：从《雷雨》中的灵魂对白，到《巴黎圣母院》中的"美与丑的看台"，再到《辛德勒名单》中的人性复苏，这是人性世界的集中展示，这是用心良苦的好的语文教材的选编。要看人性中的真与假，就要看《雷雨》；要看人性中的美与丑，就要看《巴黎圣母院》；要看人性中的善与恶，就要看《辛德勒名单》。根据澳大利亚小说家托马斯·基尼利的《辛德勒名单》一书改编的同名电影，是我迄今最喜欢的两部电影之一，另一部是《音乐之声》。是的，两部电影都是闪烁人性光芒的经典巨制。

　　没有了人性，就谈不上是人；离开了人性，也就没有了文学和艺术。当然，人性是复杂的。人性有纯朴性，人性也有复杂性；人性有向善性，人性也有劣根性。人之初，人性本无善恶，因为那是一张白纸。"人的一半是天使,一半是野兽",那是对成年人、社会人而言的。人要消弭兽性、光大人性,需要哲学高度,需要人文熏陶。

净化心灵、提升境界、提高人生品质,需要爱的教育,需要自我的修养,需要人文品格的滋养。香港一家文化机构,曾举办了一项"最受欢迎唐诗"的票选,从成千上万首唐诗中,得票相当集中地选出了 10 首。列在榜首的是孟郊的《游子吟》:"慈母手中线,游子身上衣。临行密密缝,意恐迟迟归。谁言寸草心,报得三春晖。"其余 9 首依次是杜牧的《清明》、李白的《静夜思》、王之涣的《登鹳雀楼》、李商隐的《乐游原》、孟浩然的《春晓》、白居易的《赋得古原草送别》、李绅的《悯农》、李白的《早发白帝城》、贺知章的《回乡偶书》。每一首都洋溢着人性美。不听前人言,吃苦在来年。而熟悉、喜欢、感动于这 10 首唐诗的人,是难以站到人性恶一边的。这,就是文学的力量。

人性往往在崇高博大的神性与贪婪自私的兽性中摇摆,人性要战胜兽性,需要力量,这种力量不是凭空得来的。

人性的美丽比什么都重要,让自己的人性之美得满分,比什么都宝贵。人性需要爱与宽容,需要光与温暖。2009 年岁末,"中国因你而美丽"《泊客中国》感动中国的外国友人颁奖典礼在北京举行,有 13 位来自世界各地的杰出人士获奖,其中有一位是来自德国的"点亮黎明的天使"——萨布瑞亚,让我非常感动。

萨布瑞亚因患眼疾,12 岁时就双目失明,之后她进入了盲人学校。凭借着内心深处的坚定信念,怀揣着对未来生活的美好憧憬,她读完了盲人学校的功课,还考入了德国波恩大学。大学期间,萨布瑞亚主修中亚学,着重学习研究藏族文化和蒙古族文化。她专门学习了藏文,后来还编写了藏盲文。1997 年,大学即将毕业的她来到西藏拉萨旅游,发现这里有很多盲童缺少受教育的机会。于是,她决心留在西藏,创办盲童学校。翌年,萨布瑞亚向德国政府申报西藏助盲项目,得到了德国政府的赞助。她准备只身前往西藏时,她心爱的人保罗居然说要辞去工作与她同去。就这样,他们克服重重困难,到西藏创办了盲童教育机构,10 多年来一直在那距离天空最近、阳光最灿烂的地方,教育培养双目失明的孩子。"萨布瑞亚的盲童学校,如同没有黑夜的欢乐谷。在这里,每一个孩子都笑着,跳着,唱着最美的歌。"双目失明的她,给了孩子们爱与善,光明与力量。

忙碌在西藏盲童学校的萨布瑞亚的身影,真美。疾病夺去了她蓝色的眼睛,她就用心灵寻找光明。人性之美原来可以这样在黑暗中闪光……

为何"共恋一枝花"

2003年第一天,杭州建国路上一小学的教学大楼被26条大红条幅遮挡了正面的立墙,其中大部分是学生家长向该校师生祝贺新年,如"某某爸爸祝一(3)班小朋友羊年吉祥!""某某家长祝全校师生健康快乐!"等。这是浙江《都市快报》2003年1月2日的报道。这个消息见报后,浙江电视台新闻节目马上跟进,从电视镜头里,我们看到孩子们在条幅遮挡的教室里上课,窗外一片红。面对电视镜头,该校校长的神情还蛮得意。只是附近的居民认为这种做法不好,会让其他同学产生攀比压力。

新年到,问个好,这本来是一种礼貌。从邮寄贺卡到发电子邮件,从打个电话到发手机短信,祝贺的方式是越来越现代越来越便捷了。悬挂大红条幅是老套路,商场酒店开业时挂挂,烘托气氛,大多是单位和单位之间的事,没想到条幅这回还派上了新用场,挂到学校的老教学楼上了,那么多条幅从四层楼楼顶一直挂到地面,还是家长个人送的,算是让我开了眼界。

那么多家长忽然"共恋一枝花",是这个学校好得不行,以至家长们在新年到来之际心痒痒、脚痒痒非得跑去把它打扮得更加花枝乱颤吗?我看不见得。有句古话说得好,醉翁之意不在酒,那么,"醉翁"们的意思在哪里呢?以我浅陋的眼光观之,醉翁之意在于虚荣——只是醉翁们认为那是"实荣"而非虚荣而已。

首先是学校的虚荣。你看，我这学校多么受家长的欢迎啊，你们只在新年收到小小的贺卡，我这里元旦收到的可是"顶天立地"的巨幅条幅，那么多，那么红，那么风光，那么气派！没有我开创新时代、开辟新天地，哪来这么多祝贺的条幅？这充分说明了我们学校的教育是面向现代化、面向世界、面向未来的，是受到广大学生和家长拥护和爱戴的，是鹤立鸡群的。现在学校也是有竞争的，学校与学校竞争，学生与学生竞争，老师与老师竞争，校长与校长竞争，在这种竞争的环境中，我这个被大红条幅包裹的学校不胜出那谁能胜出？

其次是家长的虚荣。你瞧，这条幅里头有一条是我送的，条幅贵是贵点，我送得起。那条幅里有我孩子的名字，大大地写着，风光。能给学校送条幅的，没有一点实力，没有一点地位，没有一点底气，能那么好送？我送条幅，给我自己争光倒是其次，重要的是给我儿子我女儿争够了面子！今后有必要，我就不送普通的大红条幅了，干脆送上喷了金粉的条幅得了！

在学校与家长的明摆着的虚荣之外，可怕的是孩子们潜在的虚荣可能被激发。这20多个在条幅上露了大名的孩子，这回坐在教室里，腰杆子一定比过去挺了两寸三分。或许一边上课一边还想：我的名字挂在条幅上，酷毙了！我家老爸能挂条幅人家老妈没有挂，爽呆了！

虚荣毕竟是虚荣，大红条幅包裹的漂亮虚荣仍是虚荣。现在外人不知道悬挂这些条幅的起因，不管是学校策划的还是家长自发的，都有可能聪明反被聪明误。如果这是学校策划的，那还只是一所学校的问题，这种误人子弟之举由学校承担了；如果是家长自发的，那就是社会的问题了，社会风气对学校的渗透可见一斑。想起卢梭在他的《忏悔录》里的一句话："儿童第一步走向邪恶，大抵是由于他那善良的本性被人引入歧途的缘故。"希望学校和家长们记取。

教师节:由"复杂"回归单纯

　　2015年,又到教师节。杭州西溪街道联手文三街小学的孩子们,开展"我心目中的老师"主题活动。孩子们用手中的笔,把自己心中最喜爱的老师写出来、画出来。一行行真切的话语,抒发着学生对老师的爱;一幅幅用心绘出的图画,寄托着学生对老师的感恩之情。一位小姑娘认真地说:"我想画教过我们体育的谢老师,我要把他画得更英俊一点。"真好!

　　是的,这才是简单、单纯、纯朴的教师节好礼物。相信对于绝大多数老师来讲,收到一张这样的画作,远比收到一张礼金卡来得开心。教师节不是"送礼节",可是,家长该不该送礼、教师能不能收礼,又成热议话题。"现在,我们都害怕过教师节了!每逢教师节,简直成了教师的'批斗大会'!这让这份职业看起来很不崇高,这哪里还有过节的气氛?"上海有位小学老师这样说。连老师自己都害怕过教师节,这教师节变异、复杂成什么模样了?

　　家长的心情也很复杂:送了怕不收,不送不踏实;送少了感觉不好,送多了也觉得不对;别人家都送了,如果我不送孩子会不会被老师忽视呀……真够啰唆麻烦的。家长大约也得了"教师节送礼焦虑综合征",不知怎么治才会好。

这是社会化的"节日冗余",本来就没必要产生,也不应该产生。

表心意的精神礼物,在教师节必不可少;图金钱的物质礼物,真该在教师节消失。2015年上半年,上海社科院社会学研究所曾对上海15000名中小学生、3000名家长开展问卷调查,结果显示:确认向教师送过礼的占7.2%,表示"说不清"的有4.5%——这说明,可能有超过10%的家庭都有送礼经历。如果"送和不送不一样",不送老师就对孩子很凶,送了老师就对孩子很好,这样的老师拿了"教师资格证",却距离"合格"还差一大截。

教师不仅是知识的传播者,也是文明的传承者。其实,与一生收入的"大数"相比,收礼获得的那点"收入",是如何的微不足道,却与文明背道而驰。学生们好好学习,天天向上,出落得品学兼优,这才是给老师最好的礼物。有报道说,广西柳城县太平镇的西岸村,是自治区级贫困村,这里的教学点只有两名教师,他们在这里坚守了30多年,如今他们为仅剩的15名学生而留守,孜孜不倦地教书育人。对于他们来讲,哪有什么礼物可索要?将一拨拨学生送出山村,不就是最大最好的"礼物"吗?

"教师节就得给老师送礼"是一种不良的社会文化心理,杜绝它,才是社会文明进步的表现。美好的节日,千万别再人为地弄得那么复杂而累人,而应尽快回归简单、单纯。在这个事上,老师与家长、学校和社会,应立刻"一拍即合"!

叁

教育如水，终极立人

博士女儿的成长

女儿徐鼎鼎,是完整经历港台本科与硕博教育的女博士,前后历时 10 年,其中在台湾读本科 4 年、硕士 3 年,然后在香港中文大学读博 3 年,一直读的是中国古典文学专业。

作为爱学习的女生,徐鼎鼎 10 年来的专业成绩都名列前茅;她在港中大读博,拿的是全额奖学金,一年有 20 多万港币。

2022 年 7 月,徐鼎鼎的学术论文选《古典新探》由浙江古籍出版社出版发行。书中的"作者简介"简洁明了,如下:

> 徐鼎鼎,女,生于一九九四年,浙江杭州人;香港中文大学中国语言及文学系博士,主要研究方向为先秦两汉文学及文献学。本科毕业于台湾中国文化大学中国文学系,硕士毕业于台湾成功大学中国文学系。于《南方文坛》《思与言》《河北师范大学学报(社科版)》等期刊及研讨会上发表论文十余篇,出版专著《认知与情怀》。

不少朋友问我教育培养女儿的经验,其实我没有多少经验。

我以为,孩子的教育培养,从小要有两个"养成":养成好的品格;养成好的习惯。品格永远是第一位的,因为教育是"立人",人对了事情才对。孩子要从小养成好的品格,尤其是善良的品格、坚韧的品格。习惯也要从小培养,让"习惯"成为"惯习",养成阅读的习惯和锻炼的习惯最为重要。我们家什么都不多,就是书多,徐鼎鼎从小就坐拥书城,自然而然变成爱学习、爱钻研的孩子。

两个"养成",受益一生。

当下家长带领孩子养成的"习惯",是去各种培训班、补习班参加培训与补习,"内卷"之下,减负成了空话,变成各种增负。我于1999年弃政从文,从老家丽水来到杭州工作,女儿徐鼎鼎2000年入读杭州大关小学,后来到杭州十三中读初中,再后来到杭师大附中读高中,那时真的没那么"卷",所以她没上过什么学科培训班,这是挺幸运的。现在的一些孩子,小学和中学透支之后,到了大学反而不读书了。疯狂内卷,毁人不倦;减负难行,发人深省。

我一直都很希望孩子能自由成长,有着"放牧孩子,无为而教"的思想。孩子一旦养成了良好的习惯,有了学习兴趣,具备自学能力,家长就不用那么操心了。养成好的品格、好的习惯很重要,而方向的选择同样很紧要。2012年,徐鼎鼎通过高考,作为最早批的录取生,选择去台湾读大学,这是方向和道路的选择。她攻读的是中国古代文学,台湾的大学在这个领域的传承无疑是好的。在成长路上,在人生关键的十字路口,选择往往更重要。人生是漫长的马拉松,输赢不在"起跑线","跑道"更重要、坚持更紧要。

徐鼎鼎在台湾中国文化大学文学院念大三的时候,我写了篇文章,讲述女儿到台湾读大学的事,刊登在2015年3月15日台湾的《旺报》上。

2019年7月,我送徐鼎鼎去香港中文大学读博士。当年10月国庆长假,又和鼎鼎妈妈一起去了一趟香港。之后因为疫情,便没有再去,徐鼎鼎同学也已两年没有回杭州,春节都是在香港过的,她住在港中大的研究生宿舍,大部分时间是宿舍、图书馆、食堂三点一线;她安安静静地读书做研究,那是幸福好时光。

在我看来,在孩子的成长之路上,小学重习惯,初中重品行,高中重品质,大学重成绩,将来重努力。进了大学尤其要保持"好好读书"的习惯,而不是"躺平"。

家长需要思考的是,两种不同的培养方式,哪一种更有利于孩子成才:有的家长管紧孩子,有的家长放牧孩子;有的家长送孩子去上七八个培训班,有的家长不让孩子上太多的培训班;有的家长让孩子在中小学拼命应试,有的家长要求孩子到了大学更要好好读书……两者区别,往往就在这"一点点"。

青衿之志,履践致远;山止川行,风禾尽起。我特别希望在教育领域,大风能把吹倒的禾苗重新竖起……

徐鼎鼎学术论文选《古典新探》恰逢这个时候出版,编辑对该书的评价,可见在港台10年求学成果之一斑:"本书是徐鼎鼎在中国香港特别行政区、中国台湾等地攻读硕士、博士期间所发表的论文结集,作者主张先经学,后文学,在论文的撰写中有思辨,有探析。这些论文包括对《左传》中'锡命'的考索,对屈原骚赋言志抒情传统的研究,对苏、辛《南乡子》倚声填词异同的分析,有关陈寅恪《柳如是别传》的文史考据研究等,内容丰富,所涉及的文史领域跨度大,很多地方具有真知灼见,体现了宏阔的文史视角和精深的考据功底,具有一定的学术价值和可读性。"

而我们作为父母,为该书写了一个序言,可以看成一个简明的"博士女儿成长记",附录于此:

《古典新探:徐鼎鼎学术论文选》序

大学是探讨学术的地方。哈佛大学首位女校长、历史学家福斯特说:"大学最重要的使命,不外乎教育全世界的年轻人,以开放的姿态鼓励他们参与探讨、辩论、思考,在探索中发现。"在香港中文大学读博士的徐鼎鼎,经历了从台湾到香港的十年求学路,受到了港台高校严格的学术训练,发表了诸多论文,如今这本《古典新探:徐鼎鼎学术论文选》由浙江古籍出版社出版,作为父母,我们表示祝贺,并答应作此序言。

徐鼎鼎小学、中学都是在杭州读的,二〇一二年从杭州师范大学附属中学毕业后,通过高考顺利被台湾中国文化大学录取,成为第二届陆生中的一员，就读于该校文学院中国文学系中国文学组古典文学专业，这是徐鼎鼎自己填报的志愿。她在高中其实是理科生，但是担任学校新知文学社的社长，曾获全国青少年冰心文学大赛金奖，曾任杭州市作协青少年分会主席团成员；彼时台湾录取陆生，文理不分家，由于高考语文和英语成绩很好，于是由理转文，攻读中国古典文学。

中国文化大学为台湾最早设立中文系博士点的院校之一。古典文学博大精深，大学四年，课程设置相当纯粹；徐鼎鼎绩点很高，先后六次获得该校"华冈奖学金"。在念本科期间，她撰写了多篇论文，其中《〈毛诗序〉美刺说探微》刊于《河北师范大学学报（社科版）》二〇一六年第一期。并出版了《认知与情怀》（中国书籍出版社二〇一六年一月第一版）一书，徐迅雷、徐鼎鼎父女合著，其中收入徐鼎鼎学术论文十万字，包括《〈报任安书〉与〈太史公自序〉作者疑》《〈毛诗序〉美刺说探微》《蒲松龄〈于去恶〉解析》《〈聊斋·席方平〉解析》《范钦〈范氏奇书〉研究》《从数篇小说浅观唐传奇女主之共性与个性》《裴铏〈昆仑奴〉与〈聂隐娘〉比较研究》等。

二〇一六年六月四日下午，我们夫妻俩在台北阳明山上的中国文化大学校园，参加了徐鼎鼎的毕业礼。凤凰花开，骊歌响起，学士帽飞向空中。此前的五月份，徐鼎鼎已成功地被台湾成功大学中国文学系中国文学硕士班录取。成功大学地处台南市，在台湾高校中综合排名前三，QS亚洲大学排名第四十一；徐鼎鼎继续负笈台湾，从台北来到台南，仍然攻读中国古典文学专业。

硕士念了三年，徐鼎鼎获得成功大学优秀陆生奖学金。她师从成功大学中国文学系系主任黄圣松教授，硕士期间陆续在港台发表了多篇论文。在黄圣松教授的指导下，撰写硕士论文《〈左传〉齐、卫、晋、秦交通路线研究》；以硕论为基础的《春秋时期齐、卫、晋、秦交通路线考论》一书，将由广西师范大学出版社出版。

二〇一八年五月，因论文入选第八届香港中文大学、台湾成功大学研究生论坛，徐鼎鼎首次抵达香港中文大学，由此与该校结缘。后来她向该校中国语言及文学系申请攻读博士学位,成功录取,获全额奖学金,于二〇一九年八月入学,师从潘铭基教授,从事《史记》《汉书》相关研究。因良好的学业成绩,荣获该校"何海天纪念奖学金"。

如今出版的这本《古典新探:徐鼎鼎学术论文选》,是继本科期间出版《认知与情怀》后,徐鼎鼎在港台大学读硕博期间发表论文之选编;共收有论文十一篇,先经学再文学,有考辨有探析,此前或刊于期刊,或发表于学术研讨会;主要内容为:

1.《〈左传〉"锡命"考》:通过查考"命"字本义,及《左传》有关"锡命"之十二则记载,结合西周"锡命"金文,发现以往将"锡命"解释为"封官授职"之说有待商榷。

2.从《〈左传〉预言探〈中庸〉"至诚之道,可以前知"》:从《左传》预言出发,探究《中庸》"至诚之道,可以前知"中所蕴涵之逻辑与思想。

3.《从清初官方经解探科举废〈胡传〉》:先以《日讲春秋解义》《钦定春秋传说汇纂》《御纂春秋直解》三部清朝官方经解为范围,探讨科举废除《胡传》之原因;次论官方的态度与科举制度的变化对当时《春秋》经学的影响。

4.《〈诗经〉〈屈骚〉忠怨之情比较》:比较《诗经》与《屈骚》中,"爱国""怨诽"两类诗歌的共同点与差异性。

5.《稼轩词引〈诗经〉考》:从稼轩词引用《诗经》的技巧、对《诗经》的继承、对《诗经》的发展三个方面,探寻稼轩词引用《诗经》的风格与特色。

6.《梦窗词借鉴〈屈骚〉探析》:从借鉴技巧、内容与意象、情感与思想三方面探析梦窗词借鉴《屈骚》的特点。

7.《〈文心雕龙·时序〉"十代九变"说考论》:考析刘勰《文心雕龙·时序》篇末赞语所言之"蔚映十代,辞采九变"中所谓"十代九变"的意涵。

8.《苏、辛〈南乡子〉倚声填词之异同》:以《南乡子》一调比较苏、辛二人倚声填词在平仄、用韵、主题内容方面之异同。

9.《陈霆〈渚山堂词话〉家国情怀探析》:由陈霆所撰之《唐馀纪传》

《宣靖备史》《两山墨谈》等书,剖析他明正统、别华夷、亲忠贤、戒奢靡的价值取向,继而查探在此种观念的主导下,其《渚山堂词话》论词时所体现出的家国情怀。

10.《〈无稽谰语〉同性恋书写探析》:考察清代文人王兰沚所撰文言笔记小说《无稽谰语》中同性恋书写的内容来源、艺术技巧与思想意义,兼及《无稽谰语》的版本考证。

11.《〈柳如是别传〉论钱谦益选录许友诗考》:探究钱谦益《吾炙集》选录许友诗篇章繁多,是否如陈寅恪《柳如是别传》所言,与顺治十四年钱谦益在金陵之复明运动相关。论及《吾炙集》编选许友诗之时间与时代背景、许友复明之意图与能力、《吾炙集》版本与多选许友诗之原因等。

十年港台求学路,亦是"板凳能坐十年冷"。徐鼎鼎是全国陆生中首位完整经历港台本科与硕博教育的女博士。而这本集子,则属于"探微识小"的学术论文选,文艺学和文献学相结合,是一个阶段性的成果,优缺点自在其中。

是为序。

天空属于翅膀

学校是蔚蓝的天空,学子是振飞的翅膀。翅膀属于天空,天空更属于翅膀。

1980年9月,我从青田鹤城中学初三毕业后,考入了青田中学,成为(1)班——城镇班的一员;另一个班级是(2)班——农村班,该班出了旅居美国的著名数学家陈秀雄,他现在是和我联系密切的好友。我其实也来自农村,是农村户口,我的家乡是仁庄小令,当年是"不爱命,去小令"的贫困乡。在小令读初中时,因为在全县语文竞赛中获得好名次,我父亲带我找到当时的鹤中校长陈送策,亲切儒雅的送策校长"送"了我特殊的"政策"——插班就读;一年后我从西门外的鹤中初三毕业,考进了青中高中的城镇班。"不一样的天空,不一样的翅膀",我的人生命运,从入城之后开始改变。

青中青葱,萦梦圆梦。从1980年秋季入学,到1982年夏日毕业,我在青田中学度过了美好的两年——这是青中最后一届两年制高中;也就是在1981年,母校被省教育厅确定为重点中学。有知识不一定改变命运,但是没有知识一定改变不了命运。我在文科班应届毕业后,考上了丽水师范专科学校,成为乡里第一个大学生。我生于 1966 年,1982 年的我刚 16 岁。那时考大学真是很难,录取率实在是太低了。

对我们学生来讲,很幸运的是,当年在青中我们遇到的是一批非常优秀的"老教师",他们本身受过良好的教育,后来经历"文革",在退休之前回到了教育岗位,教育了我们。北宋张载有著名的"横渠四句":"为天地立心,为生民立命,为往圣继绝学,为万世开太平。"此乃中国知识分子的自勉和期许,亦何尝不是作为中国优秀知识分子的我的青中老师们所追求的 4 个维度!

如今母校 80 周年华诞,唯一遗憾的是,我们当年的老师岁数大多比母校的岁数还要大,有许多已经永远离开了我们……

当年我们的班主任是王心坚老师,他教历史。小个子的王老师带班、教课都很认真。我是一个记忆能力很差的人,但有两个场景我记忆犹新:一是班级发放困难补助,王老师在黑板上认真写下的第一个受助学生的名字就是"徐迅雷",城镇班里我这个唯一来自农村的学生,获得唯一的最高困难补助金 5元——这在当年可是巨款;二是在文科班教室,王老师给我们上历史课,他面向黑板正在写板书,我当时意外地从嘴唇里发出一声响声,把自己也吓一跳,王老师转身,从老花镜后面射出严厉的目光,问:"谁在吹口哨?"真是吓死我了,我一声不吭,全班也鸦雀无声。王老师沉默了一会儿,转过身去继续写板书。

我一直以来文科较好,最喜欢语文和写作,而理科很差——不瞒各位,我在青中数学毕业考时考不及格,是经过补考后才勉强及格、拿到毕业证书的。当年教我们语文的是吕小大老师,记得他青年时代曾是《浙江日报》的编辑,后来经历了不少人生磨难。我对"吕小大"这个名字十分感兴趣,那是一个让人过目不忘的名字!吕老师对我这个写作较好的学生很关心,常常让我单独到他的单身宿舍,对我耳提面命、谆谆教导。吕老师帮我进一步打开了写作的天空。

当年那木制平房,如今早应该不存在了吧!而我印象很深刻的情景是:有一回吕老师买来倒在米缸里的米是非常难吃的陈年糙米,我说:"吕老师,我蒸饭的米是自家田里种的,跟你换吧!"吕老师微笑着说:"不行。"还有一次,我通过关系"开后门",帮吕老师一个亲戚买了一张他自己无法买到的回金华的长途汽车票,还把这个经历写成了一篇作文,吕老师在作文后面批阅了一句话3个字:"谢谢你!"

天空让翅膀试飞!好多人不知道,我的诗歌处女作,是1981年读高二时写的一首短诗,名为《星》,如今被收入我的诗集《相思的卡片》(中国国际广播出版社2018年7月第1版)中,全诗是:

无穷的繁星哟

撒在凝碧的天海上

真是无奇不有啊

天穹上竟有一条银河泛着波光

那古老的银河是繁星融成的吧

竟让织女牛郎天各一方

那一年一度的相会

确是痛苦不是心欢

辉光闪耀的北斗哟

该万万年没用了吧

让我把你用起来

将银河的水一勺一勺舀干

1981年·青田中学高二

当年在全校同题作文《眼睛》的比赛中,我应征的那篇也获了奖,写的是在灯光球场遇见的一个卖棒冰的小女孩——在初秋的凉爽天气里,她巴望着散场的人群中有人买她棒冰的眼睛,震颤了我的心灵。1981 年我写的另一篇文章,是关于我家乡落实家庭联产承包责任制后获得丰收的喜悦的,校团委的老师用漂亮的毛笔字将我的文章抄写"放大"后,贴在校门口旁的墙报栏里。我清楚地记得老师只改了我开头的 3 个字:"分田了",改成了"落实联产承包责任制了"。还有就是我写了小小说《理发者》,刊发在青田县文化馆的大字油印杂志上,蔡卫和先生是责任编辑,他亲自来到青中,将 3 元稿费交到我的手上,当时是在教学楼二楼教室外走廊上见的面;而那珍贵的 3 元,是我人生的第一笔稿费……

成为一名作家,是我从小立下的志向。在母校 80 周年华诞之际,向母校汇报:这些年来,我已出版《让思想醒着》《中国杂文(百部)·徐迅雷集》《认知与情怀》《相思的卡片》《杭城群星闪耀时》《在大地上寻找花朵》《敬畏与底线》《知知而行行》,编选《现代大学校长文丛·梅贻琦卷》等书,一共有 20 多部,在中国的评论界、杂文界有了一定的影响。

我于 1999 年弃政从文,从家乡海口镇镇委书记任上辞职,来到杭州从事新闻工作,至 2019 年,已整整 20 年。先后担任《青年时报》周刊部主任、《都市快报》本地新闻部编辑主任、《杭州日报》评论部主任等职。现在是《杭州日报》的首席评论员,亦是浙江大学传媒与国际文化学院兼任专家,为大三学生讲授新闻评论课;同时是浙江理工大学史量才新闻与传播学院兼职教授、浙江工商大学实务导师、丽水学院客座教授。曾入选浙江大学"财新·卓越记者";作品入选涵盖中国杂文史的《中国杂文(百部)》,是当代浙江在地杂文家中有作品入选的唯一一人。我还是《杂文选刊》评点的"当代杂文 30 家"之一,是《读者》原创版首批签约作家。先后获得中国新闻奖等奖项逾百项,并获杭州市政府特殊津贴……之所以能够取得小小成就,得益于母校春风化雨的教育栽培。

没有青中,就没有今天的我和我的今天。

教育是为了每一个学生的发展,扣好"第一颗纽扣",对学生的成长至关重要。有人说，世界上有两个行业不能忽悠人：一个是医疗，人家把命交给你；一个是教育，人家把命运交给你。我们那时候的老师，直面差异，因材施教，不断地发现学生、赋能学生、成就学生，帮学生扣好"第一颗纽扣"，对学生绝对不"忽悠"。

许多教育过我的老师，都已先后告别了人世，辞别了我们——学生只有念念于心。现在跟我联系最紧密的，是当年教我们生物的孙森荣老师，我每出版一本书，都第一时间寄给孙老师。孙老师如今已是九秩高龄，他不仅常常和我通电话，还时时写信给我，继续激励晚辈，真当是让我感动不已。他手写的信我都珍藏着，里头的思想让我深受教益，比如 2015 年最后一天——12 月 31 日，孙老师不仅给我寄来自己所著的《青田民间草药述要》一书，还手写了一封长信。在信中，孙老师说："对于每一个学子来说，兴趣就是他们最好的老师。如何激励其兴趣爱好，应该是教师的首要职责。想当初，学校教育受到苏联模式和升学指挥棒的制约，对学生的要求只是'全面发展'，而不知道个人的造诣与其兴趣爱好有更密切、更直接的相关，比'全面发展'更为重要。"真是振聋发聩的真知灼见，让我过目不忘，迄今铭记于心。

在年轻一辈的老师中，刘基的后人刘泽群老师，于我是亦师亦友。我在丽水师专读大三时，全班实习恰好来到母校青田中学。我当时试教初三语文，刘老师是语文老师，是我的指导老师。如今我在浙大等多个高校兼课，教书的兴趣就是那时培养的。

我在青中读高一时，作为城镇班的学生，不能像农村班的学生一样住校。由于不方便继续在亲戚家借住，我后来是跟农村班的同乡徐一平睡同一个铺的。那时一个大教室里密密麻麻的上下铺，我们两个小老乡挤在一个上铺睡觉，竟然也不会"骨碌"下去。我记得极清晰的一个情形是：教我们数学的熊老师，坐在宿舍的一个下铺，用排列组合的方式，耐心而淡定地把一个密码锁给打开了……后来到了高二，学校盖了新的学生宿舍，我于是也有了自己的一个单独铺位。现在青田中学校长邓加富——当年与陈秀雄、徐一平同为农村班的学子,恰好和我是同一个宿舍的。这就叫缘分。

同学是超越"人脉"的情谊,是无论"岗位"的情感。1982届青中高中(1)班——城镇班的57位同学,是我从小学到初中到高中再到大学所有同学中感情最好的。2009年初春,我们举办了情深意切的同学会,翱翔在各自天空中的同学们开心地相聚在一起;我写下了一首《同学颂》,把全班57位同学的名字都镶嵌其中,如下:

青田中学八二届,高二一班聚同窗。
纯情一别廿几年,随心往事翻作浪。
乡音未改温馨在,姓名依旧情依然。

天上掉下孙仙妹,献庭信步项旭贤。
神兵广勇陈捷新,巧军登陆徐仁川。
平地一声徐迅雷,东方升起虞惠阳。

雄鸥海鸥包永海,建军建国季健强。
峻岭绽放徐灵芝,建波喷涌陈深泉。
巧红丽红王伊红,新青丹青写青田。

晓东晓为潘晓媚,晓毅晓炜陈晓阳。
春和春炜陈永春,周洁周知周敏强。
欣欣向荣朱肖荣,晶秋金秋舞蹁跹。

叶平建平项胜平,小燕小艳双飞燕。
吴晶晶亮如钻石,裘晋晋升得项亮。
琴芬启芬芬芳至,文清文耀文武全。

萍水相逢李爱萍,海华之内皆兄长。

枝繁叶茂郑叶伟,赶英超美真叫爽。

秀龙彩凤杨向瑞,万家和乐张永康。

锦瑟全班五七弦,一弦一柱思华年。

同窗同桌同故里,时空经纬写悲欢。

此情可待成追忆,我们永远不惘然!

谨以此篇拙文,纪念母校青田中学 80 周年华诞!

情怀与教育

　　青少年家国情怀教育，社会负有重任大责。培育青少年的社会责任感，首先社会要有责任感，切实负起社会责任。

一

　　那么，什么是家国情怀？

　　在古代，北宋哲学家张载的"横渠四句"所说的正是家国情怀的内核："为天地立心，为生民立命，为往圣继绝学，为万世开太平。"

　　传统儒家知识分子的家国情怀，是修身、齐家、治国、平天下，是"以家为家，以乡为乡，以国为国，以天下为天下"。

　　在现代，北京电影学院崔卫平教授的名句，是极佳的诠释：

　　　　你所站立的地方

　　　　正是你的中国

　　　　你怎么样

　　　　中国便怎么样

　　　　你是什么

中国便是什么

你有光明

中国便不黑暗

　　而我本人，则是强调，一个人，尤其是青少年，需要具备"6 个有"：有信仰、有灵魂、有情怀、有敬畏、有底线、有边界。如果缺失了其中任何一个，那么"家国情怀"就会变成一句空话。与大时代同行，我们需要用真爱拥抱理想信念，用真心追求家国情怀，用真意提升综合素养，用真情引领使命担当。

<h1 style="text-align:center">二</h1>

　　在社会层面，要培育青少年的家国情怀，须提升青少年的科学人文精神，这是一种内核需求。北大博导任定成教授曾说："对一个民族而言，缺失人文的科学是麻木的，缺失科学的人文是软弱的，双重缺失则是愚昧的。"这很好地说明了科学精神和人文精神的重要性。

　　2020 年 4 月 19 日，杭州中学生的"开学第一课"，西湖大学校长施一公和大家分享的 8 个字是"独立思考、尊重科学"。前者关乎人文品格，后者关乎科学素养。

　　科学人文精神，有三大关键因素：一是理性思维，二是质疑批判，三是启蒙探索。培养敬畏自然的伦理精神、弘扬求真求实的探索精神，用"科普之翼"提升精神免疫力，是提升青少年科学素养之必须。

　　然而，社会公众科学素养的短板普遍存在，古今中外都一样。这是一个寓言式的故事：话说美国有个中学生，就一种名叫一氧化二氢的物质存在的危险与危害，进行了一个"是否该禁止"的公众调查。一氧化二氢如果摄取过多会导致多尿，甚至中毒；处于气体状态时，它能引起人体严重灼伤；吸入肺部能致命；在癌症病人的肿瘤中已发现该物质……50 个接受调查者中，43 人明确表示该禁止使用该物质，6 人表示应继续研究观察。美国一个小城市还曾火速拟定了一项法令草案,以控制一氧化二氢可能带来的"致命危机"……

所谓一氧化二氢,其实就是水。可见社会公众科学素养之薄弱。

不久前出现的几个焦点新闻,不由得让人很担心:

在昆明,一小学六年级学生,竟然写出《C10orf67在结直肠癌发生发展中的功能与机制研究》的论文,获云南青少年科技创新大赛一等奖,全国青少年科技创新大赛小学组三等奖。

在武汉市,有两名李姓"姐妹花"小学生,一个读三年级,一个读五年级,弄出《茶多酚的抗肿瘤实验研究》成果,同样获全国小学组三等奖。

小学生如此"厉害",其实背后有着不一样的爸爸。昆明那个的得奖已被撤销,武汉那个愣是说"孩子自己完成的"。有媒体曝光:武汉小学生姐妹俩的实验本身就是违规的,因为两人不具备动物实验者资格;其指导老师是姐妹俩的父亲的直属下级。

科学研究要实事求是,但弄虚作假、拼爹拼娘竟发生在小学生身上。所以有网友讽刺道:小学生"抗癌"论文,就像癌细胞一样给社会带来伤害!

少年儿童,多名利思想,少家国情怀,缺科学素质——这个在本质上就是任定成教授所说的人文与科学的"双重缺失"。

传播科学人文思想、弘扬科学人文精神、提高全民族科学人文素质,务必从娃娃抓起。

三

当下关键的问题,就在于"家国情怀教育和引导"怎么做。

第一,救孩子先要救大人,教育孩子先要教育家长。

父母要对自己负责,对孩子负责,更要对他人负责,对社会负责。真正具有家国情怀、远大目光的家长,一定是有人生大格局的。像"时代楷模"陈立群校长,就是家长们学习的好榜样。杭州学军中学原校长陈立群,不要民办高中开出的百万年薪,而是远赴千里外的国家级贫困县——贵州台江县民族中学支教，他的要求仅仅是"解决吃住"，其余"分文不取"。陈立群校长是理论和实践都一流的中学教育专家，此前已写作出版了16本关于教育的书，但人们可能想不到，他连个正高职称都没有，他说："我一不炒房产，二不炒股票，既不是特级教师，也没有正高职称，我不会去争这些东西，我到现在住的还是政府的经济适用房。"如果没有博大的家国情怀，如果没有非凡的人生大格局，陈立群校长就不会做出这样的选择。

2020年12月，一部关于陈立群校长事迹的广播剧——《苗疆的早晨》已制作完成；而讲述"时代楷模"陈立群先进事迹的《燃灯者》2020年4月已由浙江少年儿童出版社出版，这是一部讲述"时代楷模"陈立群先进事迹、聚焦教育扶贫的纪实文学热血之作。《燃灯者》通过讲述这样一位有情怀、有思考、有经验的教育专家的感人事迹，让读者在感动中看到陈立群校长是真正具有家国情怀的时代楷模，是教育改革的奋进者、教育扶贫的先行者、学生成长的引领者。

所有的"立人"教育，都需要好榜样，家长们应该带领自己的孩子学习陈立群，从而使自己和孩子都拥有博大的家国情怀。唯有真正拥有家国情怀、大格局，才能真正拥有诗和远方。

2020年6月23日，北斗系统最后一颗组网卫星发射，至此，中国耗时26年，投入超120亿美元，总计将59颗人造卫星送入苍穹。苍穹之下，这群造星星的人可谓星汉灿烂——参与人数超30万，平均年龄31岁；他们心志如一，默默努力，拥有的正是家国情怀。

第二，在制度设计、制度安排上，要引导学生回归初心、回归单纯。

就拿学生竞赛来说，在制度设计、制度安排上，要克服功利心，不与升学挂钩，要引导参赛的青少年学子回归初心、回归单纯。全国青少年科技创新大赛，分为高中、初中、小学三个组别，其中小学生还是儿童，就被列为"青少年"。这样的"科技创新"竞赛，完全违反科学规律、违背科学精神，助力弄虚作假、助长不正之风。这种完全跑偏的"小学组"竞赛，就该撤销。

教育部下发通知，要求坚决避免参赛项目明显不符合学生认知能力现象的发生;明确规定,任何竞赛奖项均不作为基础教育阶段招生入学加分依据。希望这种"一刀切"能够真正切到位。

回归单纯,回归初心,十分重要,非常必要。我在学生时代,20世纪70年代末,参加全县语文竞赛,成绩名列前茅,那时的竞赛就是纯粹地鼓励人,激励我一辈子爱语文、爱写作,真好!

第三,媒体尤其是社交媒体,要切实负起社会责任。

众所周知,现在是全媒体、新媒体、自媒体、融媒体、社交媒体时代,媒体对人们尤其是青少年的影响是潜移默化的。在新媒体领域,流行"算法分发",通过"算法分发"进行"算法推送",这在很大程度上会变成"信息投喂"。青少年在"信息投喂"之下,很可能会钻进"信息茧房"里出不来。所以,"算法分发"不能把所有决策都交给机器,需要"机器+人工"不断纠偏,从而设计、监督并管理"算法模型",进而端正媒体导向。

无论是新媒体还是传统媒体,都要切实负起社会责任,而不是为了一己私利而悄然戕害青少年。我们看到,有些媒体为了利益,搞各种小孩子的比赛。比如杭州某报联合一些单位搞的所谓"童谣大赛",我就看过诸多获奖的"童谣",这哪里是孩子写的童谣?多数恐怕是在成年人的帮助下弄出来的,成人"创作"的痕迹太过明显,这其实也是一种弄虚作假,无论是组织这样的比赛还是参加这样的比赛,都没有多少正向的意义。

当然,社交媒体、网络媒体也有做得好的典型例子,比如有嘉宾在《奇葩说》中"炮轰"清华学霸梁植,可谓振聋发聩。梁植作为清华大学"风云人物"、新闻传播学博士,是校长老师眼里最优秀的学生之一,他来参加节目,竟然问的是"毕业后我该找什么工作"。嘉宾的一番话是这样的:"一个大名校是干什么的?名校是镇国重器,名校培养你是为了让国家相信真理,不是用来找工作用的,你明白吗?一个名校生走到这里来……在这问我们你该找个什么工作,你愧不愧对清华十多年的教育!"这才是有家国情怀的高水平的认知,这才是震撼人心的声音!

第四,要把"位卑未敢忘忧民"放在更重要的位置,在家国情怀的基础上还要有"人类情怀"。

青少年和家长，不能心中"只装着自己"。我们要"位卑未敢忘忧国"，更要"位卑未敢忘忧民"，要把老百姓装在心中。古便有屈原在《离骚》中感人至深的名句："长太息以掩涕兮，哀民生之多艰"，这都是"未敢忘忧民"，是对民生民瘼真正的关心关切。

"人类情怀"则是把全人类放在心上，我们要把"胸怀祖国，放眼世界"变成"胸怀世界，放眼祖国"，要站在世界看国家，不要站在国家看世界；否则可能成为"爱国贼"，成为狭隘民族主义者，尤其是青少年群体，一定要做爱国者，而不做"爱国贼"，要爱国，而不要害国，绝不能成为狭隘民族主义集大成者。

华为任正非，就一直站在世界的高度看国家、看企业，而不是站在国家、企业的高度看世界，这就是真正的站得高、看得远，真正做到高瞻远瞩、高屋建瓴，值得青少年们学习。

总而言之，我们着眼社会责任感的培育，实现社会在青少年家国情怀教育中的重要作用，是重任大责。青少年是种子，是花朵，是未来的希望。只要拥有好的种子、好的土壤和好的环境，我们就完全可以相信"种子的力量"。

投机取巧终于栽了跟头

【篇一】赔了孩子又折兵

重庆市 2009 年高考文科第一名何某,由于少数民族身份造假,北京大学按照教育部的有关规定,在核实全部事情之后决定:放弃录取重庆考生何某,希望所有考生以此为戒,做诚信之人,行正义之事。

从感情上看,何某"失去"北大,多少有些让人惋惜;从理智上看,制度的严肃必须遵循。

北京大学已研究决定,按照有关规定,不能录取何某。此前,身为当地官员的何某父母,因为"伪造条件"把儿子从汉族变更为土家族,也受到了严肃处理。

真是"赔了孩子又折兵",偷鸡不着蚀把米。本来自己满屋子都是金凤凰了,还想着去偷鸡。学习成绩这么好的学生,不弄虚作假改民族谋取加分,照样也能考个第一第二,不是状元那也是榜眼探花啊。父母擅自"活动",真是害死人。

许多有权有势的人,就利用了这个政策,伪造考生少数民族身份,这是很可恶的。变更民族,不仅仅关乎高考加分,其实还涉及少数民族权益问题,这可不是小事。

北大放弃已"预录取"的何某,这事儿引起了很大的反响,正反两方的意见都有。按学者熊丙奇的观点,要放过"作为从犯"的何某。说"放过学生,严惩主事的家长",其实逻辑上不通,因为恰恰是"不放过学生"才是对主事家长的真正"严惩",尽管这很残酷。从报道看,何某年方 17 岁,他老爹老妈在他 14 岁时,就将其户籍转到一个土家族自治乡,开始制造孩子是土家族的假象;未成年的孩子,确实属于"从犯",也有点冤,但是规矩在此,"自作自受"的"自"当然要包括家长与考生两者在内,何某也只能吞下苦果、承担后果了。

国家有关部门联合出台的《关于严格执行变更民族成分有关规定的通知》,在第四条中规定得很清楚:"对于弄虚作假、违反规定将汉族成分变更为少数民族成分的考生,一经查实,由省级教育行政部门或其委托的招生考试机构取消其考试资格或录取资格,并记入考生电子档案。已经入学的,取消其学籍。"在制度前面,考第一的与考倒数第一的,都是一样的。只有严格执行,才有法规制度的尊严。

对当今高考中考的加分、保送制度,总体上我深恶痛绝。权势家庭为子女的高考中考年年组成"加分俱乐部",那些"考学腐败"在大考之前就已基本完成了。某地中考,保送加分最高达到 60 分,一个考生如果 60 分"拿"到手,谁还能与其拼成绩?

升学考试之不公,其隐性问题很严重。现有的一些保障公平的制度就得认真遵循。北大按规定行事,不乱开口子,这可是一点错也没有。何某这孩子倒有志气,说不行的话明年再来过。

【篇二】 "拼爹时代"的保送

与学生直接相关的教育腐败,有两大重灾区:一是保送,二是加分。这都关乎选拔考试。其中"高考加分"存在的问题,媒体曝光较多,教育部已要求清理整改。而相比 10 分 20 分的加分,保送的利益更为巨大,因为那是不需要经过残酷高考就能直接进大学的。

2010 年 12 月,《中国青年报》披露了"一次蹊跷的保送生考试"——长春外国语学校一场有 165 个保送生名额的保送考试,引发家长和学生的广泛质疑,不少平时成绩平平甚至经常排在全年级倒数的同学,这回成绩"突飞猛进",仅凭这一次考试就一举获得直接保送升入重点大学的资格。成绩公布之日,"高三走廊里全是哭声"。保送,即不用参加统一高考,但地方上往往还是要进行一次考试。那么,这些平常成绩垫底、这回一考"飞天"的是什么身份的学生呢?"他们要么是教职工亲属,要么家庭殷实。"

于是,如此保送之考,被疑为"拼爹游戏"——要比拼的是谁家的爹爹厉害。一些家境普通的学生,只得流传网络流行语"恨爹不成刚"。看来"腐"与"败"也是有"条件"的,重要的一条是爹娘要厉害。"拼爹时代"的保送,可以绕过高考、绕过平常学习之差,显然是"强爹"们喜欢的。

我较早就呼吁考虑从根本上废除保送制度,并基本上废除加分制度,但这非常难。在我看来,与其发展免试的保送,不如发展高校的自主招生。自主招生当然是要考试的,它是对统一高考"一考定终身"的突破。自主招生的考试方法可以探索试验,即使是"试错"也应让它去试。如今出现了几所高校联合的"联考"——以北京大学为首的高校自主招生联考同盟和以清华大学为首的七所盟校,都受到了很多的批评。其中有个典型的观点是"当今中国考试太多了,还搞什么自主招生的联考"。这显然是没有搞清不同考试的不同性质——我们不是选拔考试多了,而是平常的水平考试太多了。学生平常要应付的考试忒多;而高考的选拔考试才一次——"一考定终身",哪里多了?保送倒好,连高考都不用参加,所谓"公平"早已打了水漂。对于"拼爹游戏"玩出的种种招生腐败,是该花点心思去好好治理治理了。

【篇三】投机取巧终于栽了跟头

2021 年,河北衡水中学 70 周年校庆之际,该校校长郗会锁闹出一个天大笑话，一夜间成了众矢之的：作为这所"超级中学"的主政者，竟然将自己的儿子郗某某落户到西藏，企图霸占西藏的高考名额，从而去谋求"考上"清华大学！

《南方周末》报道：衡水中学校长郗会锁之子郗某某，因违规赴西藏高考，已被取消资格，清华招生组组长回应"未被录取"。郗某某高中三年一直在衡水中学学习生活，但在其进入衡水中学就读前，郗会锁就已提前开始为儿子的高考做"部署"和"打算"：早在2018年3月，郗某某就以"援藏干部子女"身份落户西藏阿里地区；2021年5月28日，西藏自治区教育考试院公示了该区2021年社会考生"强基计划"综合素质评价档案名单，其中就有郗某某。

郗会锁自己长期在衡水中学任教，在担任副校长期间，曾去援藏，这个值得赞扬：2016年7月至2018年4月的21个月里，他在西藏阿里地区任教育体育局副局长。从西藏回到衡水后不久，他就被提拔为衡水中学校长。然而，根据西藏的相关政策，援藏满3年，子女才能以西藏考生的身份参加高考，但郗会锁援藏还不满2年，其儿子完全不符合在西藏参加高考的要求。

这样的"高考移民"，就是试图"钻空子"，属于投机取巧，他哪管什么"斯文扫地"！一旦弄成功了，即使分数不高，亦可考取一个好的大学。有人说这衡水中学校长是"糨糊脑袋"，其实他的脑袋不糨糊，而是聪明得很，有一点裂缝就去叮，有一点好处就去占，至于成不成，那再说。然而纸包不住火，这个事情很快露了馅，网友耻笑："赔了夫人又折兵，闹了一个大笑话！"

教育最需要均衡，在教育相对欠发达的西藏地区，应该有更多的照顾；可是，你这来自河北"超级中学"的校长，竟然为自己的儿子谋利，要去霸占人家的名额，像不像话？试想，如果这个郗会锁校长，经过"瞒天过海""暗度陈仓"的一番操作，"锁"成功了呢？那就意味着西藏本地考生被占了名额，这是对教育公平的严重损害。

一生二，二生三，三生"卷"，"卷"生教育竞争白热化——可怕的是，教育不仅"内卷"，还"外卷"，这衡水的校长竟然"卷"到遥远的西藏去了。

郗会锁是个"明星校长"，长期以来，他所在的衡水中学被称为"超级中学"。让人在内心直笑的是,极尽"掐尖"之能事的衡水中学竟然无法让校长的儿子"拔尖"。在一个教育论坛上,郗会锁曾高调地说:"素质教育不应该成为分数低的遮羞布。现在有一个很奇怪的现象,分数低就是素质教育,分数高就是应试教育,荒谬可笑!"他认为,学校应该是一个"精神特区"。现在来看,这就是个笑话,就是个典型的"讽刺与幽默"。所谓"精神特区",原来是"移民特权"。更可悲的是,衡水这所在1951年以"20万斤小米"创建的学校,就这样被弄得远离了初心。

好在投机取巧者终于栽了跟头。这不仅对郗会锁是个警告,也是对"超级中学""高考移民"的一个警示。今后有关方面应该对这类异地高考严管严查。

无论是在教育的汪洋大海里,还是在工作后的"人生之海"里,每个人其实都只能"取一瓢饮",那种投机取巧、霸占他人利益的想法和做法,可以休矣!

虚伪的"绿领巾"

你知道"绿领巾"是怎么回事吗？那是与"红领巾"相关的东西，戴在孩子脖子上的。

甘肃省定西市临洮县第二实验小学把学生分为两部分，能达到少先队队员条件的戴红领巾，学习不好、综合素质不高等不符合条件的学生，戴"绿领巾"，所以有好几个 10 岁的学生还没戴上红领巾。"这个规定使家长和学生在精神上承受了很大压力。"共青团中央少工委相关人士接受记者采访时表示，共青团中央开始在全国范围内紧急追查绿领巾、粉领巾等"变色红领巾"。

要不是这一新闻，我这个成年人还真不知道有给孩子戴所谓"绿领巾"的。倒是曾在电视里看到过日本的料理店里头，戴蓝领巾、绿领巾、红领巾的师傅手舞足蹈，在侍弄铁板烧，很鲜活很生动，仿佛一阵阵烧烤的飘香毫不客气地钻进我的鼻子。我们怎么会给孩子们折腾上"绿领巾"呢？这是哪里的"脑西搭牢"（脑子有问题）了呢？想想吧，与鲜艳飘逸的红领巾相比，那绿色的"领巾"是如何的怪异、怎样的丑陋？

细查报道，发现早在 2004 年 1 月份，浙江省温州某小学就出现了一些小学生戴上绿领巾的事，那绿领巾"样式与红领巾一模一样"，学校说是专门给7岁以下儿童佩戴的，寓意是"小学生像绿苗一样苗壮成长"。然而，绿领巾的可怕流变是很迅速的。4月就有报道说，长沙市某小学搞"绿领巾"，有一个班共52人，10人戴的是红领巾，其余42人都戴"绿领巾"。到了7月则有报道说，在银川市某小学，被戴上"绿领巾"的孩子们怯生生地低着头，自卑地说"因为学习不好"。现在"绿领巾"还真有蔓延之势，只不过戴"绿领巾"与其原意已相差甚远了。

从现有报道看，其始作俑者是上海青年文化活动中心，这个中心"策划设计出从6岁戴绿领巾、8岁入少先队戴红领巾，到18岁成人8种仪式教育方案，使青少年在成长的每一个坐标点都有明确的努力方向"。这种成人的"策划设计"，你是否以为真是成年人为未成年人着想？在我看来，与其说"绿领巾"之类是一种让孩子进步的标志，不如说它是大人的一种政绩诉求，是一种"软政绩工程"。你瞧，我策划设计了这个好东西，以此来"加强未成年人的思想道德教育"，成绩很大吧？这真可谓是有形的"绿领巾"戴在孩子脖上，无形的"光荣花"佩在大人胸前。

如果发明推广"绿领巾"的成人们潜意识里真是有这种政绩诉求，然后拿孩子来折腾，那可真叫缺德。"绿领巾"的绿色，说起来是"象征苗苗的希望和生机"，其实那简直是废话，孩子们当然是生机，是希望，是未来，难道不戴上"绿色"的所谓"领巾"，孩子们就不是充满生机和希望的"苗苗"了？就不是祖国的"花朵"了？"红领巾是红旗的一角，是革命先烈的鲜血染成的，颜色不容改变"，这本来是一种常识，我看成人们连红领巾为何物都不太明白了，所以才搞一个"绿领巾"，让红领巾的象征意义更快地跑到不知道哪里去了。

成年人为什么喜欢在孩子身上推广折腾这种虚伪的标志？因为孩子是被动者，是受监护者，是非完全自主能力者。孩子是一张白纸，容易被涂被写被画。而"领巾"之类的标志物，成本不高，挂戴容易，所以就能轻易折腾开来。多少事，我们的成年人、教育者都这样无所顾忌地在孩子身上瞎折腾！

不要动不动就在孩子身上"涂鸦"，这是我们教育者必须铭记的。

志愿被篡改与正义的纠偏

【 篇一 】志愿被篡改与正义的纠偏

山东胶州考生常某,高考报考了陕西师范大学体育教育专业。2016 年 7 月下旬,他发现自己并未被录取,而比自己分数低的同学郭某,却被意外录取了——常某体育专业考了 90.64 分,而郭某体育考了 83 分。而更令他惊讶的是,陕师大今年在山东并未招满。

常某一家人满怀疑问,到山东教育考试院咨询,又意外发现:常某的第一志愿变成了鲁东大学,专业也变成了与体育教育不搭的社会教育。很显然,高考志愿被人篡改了!

这是谁干的?“侦破”这样的“案件”难度不大:一是竞争对手,二是相关知情者。常某一家向警方报案,经过网警调查,有一个 IP 地址两次对常某的报考志愿进行了修改。随后,常某的同学郭某承认自己篡改了志愿。因为他的分数比常某低,就通过这种方式把对方端下来;而且两人住同一个宿舍,是室友,当初报名时,郭某就在旁边,很容易记住常某登录的账号和密码。

这样的案件,与屡次发生的“冒名顶替上大学”有些相似,性质恶劣。对于个人来讲,这是巨大的不公,足以影响人的一生。"还我公平正义",正义在这个时刻必须站出来纠偏。

其一,郭某已涉嫌犯罪,需要司法来进行调整,山东警方已对其采取了强制措施。这也是"努力让人民群众在每一个司法案件中都感受到公平正义"的要求。郭某的行为,已不仅仅是妒忌,不仅仅是对别人的长处感到愤恨,然后通过损人利己的方式,让别人掉坑里而自己爬上去,而是触碰了法律的底线。

其二,最重要的是,不能让常某的正义迟到。无论说"迟到的正义不是正义",还是说"迟到的正义也是正义",最重要的是查清问题后迅速纠偏,以最快的速度回归正义。陕西师范大学值得点赞!这所年年坚持用毛笔手写录取通知书的大学,不仅有人文底蕴,更是正义铮铮、正气升腾。陕西师范大学增加了计划,录取了常某,不让他无学可上。

其三,对于郭父,也需要正义出面来对他进行纠偏。郭父培养出这样的儿子这就不说他了,可笑的是,事发后他提出"两方案一要求",两个解决方案都是为了"私了",一是赔偿常家 10 万元——这点钱能赔偿一个人的前途?二是承诺送常某去当兵——不知道他哪里来的这个权力。他的"一大要求"是,常家写一份"谅解书",不再追究郭某的责任。对于郭父思想行为的纠偏,首先需要常家坚守正义,那就是两个字:拒绝!不错,他们做到了。

正义无价。人类社会的每一分子,都要成为公平正义的守望者。匡扶正义,一定要忠于法律和良心。"没有什么可以轻易把人打动,除了正义的号角。当你面对蒙冤无助的弱者,当你面对专横跋扈的恶人,当你面对足以影响人们一生的社会不公,你就明白正义需要多少代价,正义需要多少勇气。"匡扶正义,一定要遍布社会的每个角落!

【篇二】教育"破伤风"

央视连续报道:在四川眉山市的万胜高中,有 10 多名学生被人偷偷改掉高考志愿。而且稀奇的是,原来的志愿被抹去,全都改成同一所学校:四川三河职业学院。

同一首歌可以一起唱,同一所学院连志愿都没填却要一起上?考生们着实惊讶不已。这背后有鬼是肯定的了。警方介入,事情不难查清。最终,万胜高中教导处的一个副主任、三河职业学校的老师李某、合江少岷职业技术学校的老师兼招生工作人员涉及此案,被刑拘了。

这是教育犯罪,这也是高考腐败;这是利益的驱动,这也是"潜规则"的后果。老师利用职权,能够轻易窃取考生的有关信息,背后做起小动作,几乎就是轻而易举。报道说道,在某些招生有点困难学校,你为它招到一个学生,它就会给你1200元回扣。试问:现在有多少"为人师表"的教师,热衷拉生源、拿回扣?与此同时,我还想问一问:老师,你的底线究竟在哪里?

这些年来,涉及高考犯罪的事儿已经出了不少。最典型的是整个"人"都被调包,被别人冒名顶替上了大学。"人"被调包,志愿被调包,以至于有人很自然地怀疑自己的答题卡是否被调包……如此"调包"下去,那是多么可怕的场景!

教育腐败、教育犯罪的主体,是教育工作者。连教育工作者都不能守住基本的底线,那么,我们要什么样的社会群体带头守住底线?对考试作弊,我们已经管得比较严了,动用了各种高科技手段;而对教育工作者极其无耻的种种"作弊",更应预防之、严管之。

教育腐败如同"破伤风"。"破伤风"是一种死亡率很高的恶性病,在抗战年代,白求恩就是在做手术时不慎划破了手指,不幸感染了破伤风,从而与世长辞的。"破伤风"由破伤风杆菌引起,一个小而深的伤口,如果被破伤风杆菌感染,且伴随其他细菌的"帮助",那就很危险了。破伤风杆菌有两大特点:一是厌氧,见不得氧气,也就是见不得阳光与空气,所以它喜欢寄生在比较深的伤口内;二是喜欢"潜伏",不散播到别处,但能够产生致命的外毒素,当它作用于脑干和脊髓后,就会导致极其严重的肌肉痉挛与疼痛,甚至置人于死地。

腐败毒素,不也是这个样子吗?它藏得很深,见不得阳光与空气,释放的"毒素",毒害神经……可是,不承想,腐败的"破伤风"已经深深扎入教育领域了,尽管那伤口表面看起来很小……

对付"破伤风",重在预防,就像对付狂犬病,"打预防针"是第一重要的。教育腐败、教育犯罪的预防,如果不注射有效的"预防针",那么后果必然是极其严重的。

显然,在教育工作者层面,"立人"很重要。先要立人,然后才能立事。人不立,事不行。立人本身,就是广义的"预防针"。注射预防针、防止穿越底线,也是"立人"的应有之义。想起曾任清华大学校长的罗家伦说过的话:"要大学好,必先要师资好。为青年择师,必须破除一切情面,一切顾虑,以至公至正之心,凭着学术的标准去执行。"今天,在学术之外,更要加上一个"立人"的标准。

贴心呵护从哪里开始

"人类文明史并非从文字开始,而是从第一个厕所建立开始的。"这是美国学者朱莉·霍兰在《厕神——厕所的文明史》一书中表达的观点。作者考察书写了古往今来世界各地形态各异的厕所文化,如果她知道杭州一小学女厕如今出现了月经提示牌,估计在修订版中要写上一笔。

杭州时代小学在五、六年级女厕的每个坑位都贴了粉色的提示牌——"特殊时期需要帮助请到医务室噢!"老师表示,女孩子一般在五六年级会有月经初潮,担心孩子们遇到这种情况不知如何处置,贴提示牌能让孩子迅速找到人帮助。校医务室里备有全棉卫生巾、一次性内裤、红糖姜茶、暖宝宝、热水袋等。

《都市快报》新媒体报道了这个暖心的事儿,微博阅读量很快上亿,并且冲上微博热搜第一,随即联合国教科文组织官方微博也转发:"贴心呵护,搭配全面性教育,让孩子们免于成长的烦恼。"后面紧跟着一个"点赞"的图标。

贴心呵护,从小学女厕开始!与那些"画得一手好饼,吹得一嘴好牛"不同,这个小小的暖心之举,真真切切树立了教育文明的标杆。当时学校开会,说起女孩子月经初潮,谈到应该设置一个绿色通道,让孩子能迅速找到人帮助。温馨的提示牌,贴在女厕每个坑位的手纸盒上方,既能让每个孩子看到,又保护了个人隐私。厕所是孩子们天天用到的地方,月经期间更离不开厕所。而医务室离五、六年级的女厕所都很近,几步路就能到。女孩来求助,老师、校医都会先安慰孩子,用鼓励的口气说:"恭喜你长大了。"

"卫生间要最卫生",这在当今是不言而喻的要求,但仅仅这样还不够。网友怒赞这样的"生理期关爱",尤其是引发了很多女生的"初潮回忆",加入热烈讨论:"我第一次来的时候还以为是被同桌用内力攻击,受了什么内伤。""我是五年级来的,来的时候大脑一片空白……""小学毕业的那个暑假来的,还以为自己得了绝症,把买的冰棍给妹妹吃了,当作自己最后的善意。""暖心,希望我女儿学校也有。"……

厕所文明,人间有情;厕所是表,关爱是里。在 2003 年,上海出现首张为司机"方便"量身定制的"厕所地图",结果成了抢手货,在那个还没有手机导航的时代,这种关爱也暖心。而杭州作家袁敏撰写的《母羊的心》,发表在《收获》2020 年第 6 期《燃灯者》专栏,以 3 万多字的篇幅,讲述了杭州的月光妈妈感人至深的援建希望小学的助学故事,其中的缘起,也与"厕所关爱"有关,留给我极深刻的印象:

2008 年汶川地震后第二年,月光妈妈前往四川甘孜藏族自治州丹巴县巴底乡核桃坪考察,看到破旧的核桃坪小学校舍已是禁止逗留的危房,孩子们挤在几间临时搭建的活动板房内上课;而学校原来的厕所已经坍塌,"学生们解手,就要跑到学校后面的山上去,看着特别让人心酸";月光妈妈决定出资 40 万元,在核桃坪援建一所"耕读缘希望小学"。学校建起来了,两层楼,有八间教室、一个图书室,"当然,还有男生女生各自的厕所,孩子们再也不用跑到山上去方便了"……

在今天,核桃坪小学的女厕所里,也可以贴上类似的关爱女生的提示牌吧!

肆

尊重规律，尊重常识

《教育蓝皮书》:常识的声音

2011 年 3 月 1 日,21 世纪教育研究院《教育蓝皮书:中国教育发展报告(2011)》在京发布。这是值得重视的来自民间研究机构的声音。

其中有许多数字值得关注。比如:在未来 10 年,我国学龄人口平均每年降幅约为 860 万;全国最大初中班在河南上蔡县第二中学,平均班额 120 人,最大一个班达到 160 人;我国 35 个主要城市的教育满意度,厦门、青岛和西宁位列三甲;中小学"择校热"令人忧虑,平均 36% 的公众认为情况非常严重;深圳、天津等 9 个城市超过 3 成公众认为幼儿园"入园难、入园贵"的问题非常突出……

21 世纪教育研究院,是一个很优秀的教育研究机构,成立于 2002 年,是以研究教育公共政策为主的民办非营利性组织。他们以独立视角研究教育问题,以社会力量推动教育的改革、发展与进步,努力成就最具公信力的民间教育智库;曾被《南方周末》评为中国最具发展潜力的非营利组织。他们有关改变"择校热"、取缔奥数、进行高考改革的建议,得到普遍认可。

我很佩服院长杨东平,他是北京理工大学文学院的教授,博士生导师,著名教育学者,曾任 CCTV《实话实说》、凤凰卫视《世纪大讲堂》的总策划。此外,许多有思想、有见地的知名人士在该院兼职。

21世纪教育研究院一直在教育第一线,在学校、在学生、在家长那里做很扎实的调查分析,聚集教育界内外的民间智慧,提出教育制度创新的意见建议。《中国教育蓝皮书》自2003年问世以来,受到广泛好评。所以这是值得重视的、关于教育的声音。

教育,从来都有好的教育与坏的教育之分。"唯一会妨碍我学习的是,我所受到的教育。"这是谁说的话?这是爱因斯坦说过的话,批评够严厉的。爱因斯坦在给儿子汉斯的信中曾这样说:不用太在意分数,好好学习,即使留级也没关系。没必要每门功课都拿最高分。在爱因斯坦看来,学习是"为了追求真理和美,它令我们可以永远像个孩子"——这是一位睿智的物理学家、思想家、哲学家、世纪伟人的话语。

爱因斯坦也好,杨东平也好,21世纪教育研究院也好,《中国教育蓝皮书》也好,其实都是在说常识性的话。

压力下移与制度安排

谁在倾听孩子心中的风暴？

"在学校,课间十分钟最短暂;回到家,厕所里最温暖。""挑断手筋只疼一时;不断手筋,我的痛苦一辈子也解除不了。""跟父母不敢说实话,与老师没有共同语言,同学都是竞争对手。""愿菩萨保佑……愿观音娘娘保佑……"这都是我们的十几岁的孩子的心声! 2002 年 7 月 16 日,新华社播发长篇通讯《隐性压力:中国孩子的另一种危机》,揭示了一个严峻的问题:我们的下一代,是在巨大的"隐性压力"下生存的一代,是现代社会人与人之间激烈竞争提前到来提前承受的一代!

报道开篇就举了一个沉痛的例子:5 月,树叶青青麦未黄,年仅 12 岁的山西临钢小学五年级女生恬恬(化名),留下一份"压力太大"的绝笔后,自缢身亡。花季少年生命中不能承受之重究竟是什么? 不一定是沉重的书包,不一定是繁多的作业,山西师范大学教育系主任秦金亮教授分析道:"考试和升学的压力如影随形,当今社会上各种名目的考试越来越多;社会竞争的压力通过各种途径不断地在孩子们精神上形成的压力,现在看来则有越来越大的趋势。"

这就是"隐性压力",这就是"隐性杀手"! 而且这种压力已经明显呈现出"下移"的趋势,也就是越来越低龄化、低年级化——大学学习,没有多少压力;高中学习,压力比大学要大很多,尤其是要面临高考的"关卡";初中的压力大有超过高中的趋势,因为现在的中考升学的难度几乎超过了高考升学的难度——在高考的录取率越来越高的今天,能否考上重点高中成了今后能否考上大学的关键,"考进重高,就等于一只脚踏进了大学的门槛",这已成为学生与家长的"共识"。浙江省高考录取率已达70%,而重点高中的录取率远远达不到这个数字,以笔者所在的杭州市为例,2002年1.9万初中毕业生能进重高的只有30%左右,"比考大学难多了",这就是家长与孩子们的感叹!

而且,这种可怕的趋势还在不断"下移",读小学甚至读幼儿园也变成了考大学的"前奏"!现今大学生的潇洒与小学生的沉重形成了鲜明的对比。新华社报道中有这样一段描写:在临钢小学采访,一提起升学和前途,这些十来岁孩子的脸上立时浮现出与其年龄极不相称的严肃。男生小裴沉重地说:"我家长对我特好,也没有逼着我学习。可同学们都说,考不上大学,将来只能卖菜、扫大街。爸爸妈妈辛辛苦苦把我养大,我可不能让他们失望。如果考不上大学,以后该怎么办呢?"在这条无情的"高考链"中,哪一环都不能"断裂",家长们的普遍看法是,读不了好的幼儿园,就影响小学的学业成绩;小学读不好,就进不了好初中;不在好的初中读书,那孩子的重点高中梦就要破灭;进不了重点高中,考大学就无望了!于是,平时花"小代价"请家教补课、参加培训班蔚然成风;考时花"大代价""买分数""买志愿"不得不为——都是为了进到好的中学。如此这般,那些"隐隐泛起的压力",能不挤压孩子们幼嫩的心灵吗?

怎么帮助孩子减轻心理负荷?教育家或教育改革家应该好好考虑一下这个问题了!

模具化的教育

2012 年 10 月 10 日,《中国青年报》教育版的头条刊出了一位名叫林爻的家长的自述,说的是开学一月摧垮了他坚持 6 年的教育观;他发出了一个家长心中的"天问":6 年后,我将收获怎样一个孩子?

其实,类似的问号早已从许多家长的心中发出。是啊,我今天把自己的孩子交给学校、交给老师,明天,你们将还给我一个怎样的孩子? 因为教育影响人的一生,所以我向来认为教育是真正的大事。不仅仅是小学 6 年,还有中学 6 年,还有大学 4 年,还有硕士、博士甚至博士后的若干年,都涉及"我将收获怎样一个孩子(学子)"的问题。

然而家长林爻的自述,告诉我们一个残酷的现实:没有例外,他的孩子与所有的同学一样,都要被教育成火柴盒里的火柴杆——每一根都要一模一样。在这所当地"有名"的小学里,仅仅是准备学具一项,"老师就给了一份极为详尽的 PPT,对买什么样的本、笔、文具袋、文件袋、舞蹈鞋等都作出了详细的规定,对每一本书、每一个本包什么样的皮、包多厚的皮、名字写在哪里、用什么方式写也都规定得一清二楚"。甚至舞蹈鞋的颜色都必须统一,否则就通不过,就要挨批评。

模具化、格式化的教育,紫罗兰也得发出玫瑰花的香味。这也是层层叠加、代代加码的结果:这些老师,老师的老师,也是同一个模子里出来的。模具化、格式化的教育,代际传递极其顽固。老祖宗所言的"因材施教",到了今天,已然变成了"因教施材"——把统一的教法施之于不同之材,最后大家都变成了火柴盒里一个模样的火柴杆,老师们看着孩子们一个个都长得很齐整,脸上就欣欣然露出成功的笑容。如果出现不可教的另类,那就请你回家"自学"去了。

　　如今就是惩罚孩子,也是模式化的那么几种,最好使的是责令孩子写检讨,字数也统一规定达到多少字。一位家长曾在我的微博上留言,问:"五年级孩子因忘带跳绳集体被老师罚写 800 字检讨,这是正常的教育吗?"注意这里的"集体"和"800 字"——检讨都要大家写成同个模子、一个样子。这就是荒谬的教育。

　　是时候坚决抛弃模具化的坏的教育了。好的教育,是好的人格的养成,是好的习惯的养成,是好的兴趣的养成,是好的个性的养成。那么,教育者应该首先问问自己:我的好的人格、好的习惯、好的兴趣、好的个性究竟在哪里?

分班防早恋？

　　宽容一点看，早恋如"早练"。开学的新闻有不少，最吸引我的眼球的是"男女分班，防止早恋"的报道：继上海市八中在高一年级中实行男女分班教学的新模式后，如今北京工业大学附属中学也对这种新的教学模式进行了尝试。学校将新入学的高一年级新生分为五个男生班和五个女生班，各占一个楼层进行教学。

　　分班了，从报道中可见大致的情形是：女生班的气氛有些沉闷；男生班不太好管；专家说法不一；家长委员会倒是全力支持。我在这里高举一只手：反对！

　　理由一：这种做法的实质是学校逃避青春期教育的重要职责。不可否认，中学男生女生同班，会有早恋现象出现，但这正是学校要对学生进行青春期教育的一项重要内容，简单地以男女分班来对付，恰恰是回避矛盾，而早恋的现象并不能通过简单的"隔绝"解决，一些学生反倒可能因此产生逆反心理，将"行动"转入地下。有了"分班举措"，说不准校方从此就"高枕无忧"了，哪管它"地下早恋"如火如荼。相比之下，北京海淀区就做得很好，编写了初、高中《性健康导向》的专门教材并正式开课。如果一个"男女分班"的举措就能解决问题，还用得着又编教材又开课,弄得这么麻烦干吗?

理由二:历史的经验教训不能忘记。我不知道上海八中和北工大附中的校长有没有读过高中(因为有跳级的可能),有没有读过高中《语文》课本中唐弢先生的《琐忆》一文,也不知道现在课本里还有没有收入这篇回忆鲁迅先生的名篇。校长若读过,则请回忆一下;现在课本里若有,我请男女分班的这些同学一定好好读一读。相信读到这一段同学们会露出怪怪的笑(至于老师怎么教我就不知道了):

> 国民党的一个地方官僚禁止男女同学,男女同泳,闹得满城风雨。鲁迅先生幽默地说:"同学同泳,皮肉偶然相碰,有碍男女大防。不过禁止以后,男女还是一同生活在天地中间,一同呼吸着天地中间的空气。空气从这个男人的鼻孔呼出来,被那个女人的鼻孔吸进去,又从那个女人的鼻孔呼出来,被另一个男人的鼻孔吸进去,淆乱乾坤,实在比皮肉相碰还要坏。要彻底划清界限,不如再下一道命令,规定男女老幼,诸色人等,一律戴上防毒面具,既禁空气流通,又防抛头露面。这样,每个人都是……喏!喏!"我们已经笑不可抑了,鲁迅先生却又站起身来,模拟戴着防毒面具走路的样子。

理由三:戕害男女正常交往,日积月累产生不良影响。尽管校方说"分班只是在教学形式上将男女生分开,并不是禁止一切男女生的交往",但分班其实就是对男女生交往的最大戕害,是"男女授受不亲"的现代版。男女差别大,十分需要互补,我很赞同专家的这一观点:"孩子进入高中阶段,是确立人生观的重要阶段,男女生间的互相学习十分重要。"活生生分离开来、隔离开来,产生的不良后果无法预计、不良影响无法估量。

理由四:扼杀人生的美好、人性的美好、生活的美好、艺术的美好。想想几十年后开"同学会"将很惨:这一屋子全都是老头,那一屋子全都是老太。《同桌的你》这么动人的校园歌曲谁会唱?别说没人会唱,这歌根本就不会诞生、不会存在!

理由五:宜疏不宜堵是亘古不变的道理。校长和教师应该懂得这个基本的教育道理,"堵"是最简单最粗暴的做法,其实也是最无能最无效的做法。男女生的交往的空间其实很巨大,你怎么"堵"? 在多大的范围里去堵、去限制是"合适"的、有效的? 最小的空间是同桌,然后是同组,然后是同班,然后是同校,然后是同城(乡),然后是同省(市),然后是同国,然后是同地球,设若男女同桌不行,同组不行,同班不行,那么同校就行吗,同城就行吗,同省就行吗,同国就行吗,同地球就行吗? 莎士比亚说过一段很有名的话,他是写女人的才情的,联系现在这个"男女分班",不妨做一个类比联想,看看关、堵、卡、限制的最终结果:

假使用门关住了女人的才情,那么它将会从窗子里钻出来;关了窗,它会从锁缝里钻出来;塞住了锁缝,它会跟着一道烟从烟囱里飞出来。

羞答答的玫瑰开不了

有一张巨大的投影，说不准在一些老师心中投下的是阴影。这是什么投影？这是学生吹安全套的投影。这投影投在什么地方？投在一个大教室里。教室里坐着谁？教室里坐着的不是学生而是老师。2002 年 9 月 12 日，北京市海淀区奏响了"大规模进行性教育的前奏"——五十多所中学的一百多位性教育老师先上第一课，学学怎样给学生讲性教育。

海淀区教委让性教育课"强行起飞"，这个事在暑假里已沸沸扬扬，当时谈得比较多的是编写了专门的教材，有评论说这部性教育教材"已经走出借'生理卫生'之名，半遮半掩地介绍一些基本的性生理知识的老套"，而是把性知识、性心理、性观念、性行为全写上了；而且教材的全部插图是一个女中学生画的。

这回老师先当学生，实在也是无奈之举，因为"在此之前，北京基本没有专门的性教育老师，因而也没有公开教教师如何进行性教育的先例"。记者悄然坐在老师中间，聆听这"具有划时代意义的第一课"。初、高中《性健康导向》教材发到教师手中，教师们迫不及待地翻看内容，不时有几个老师窃窃私语……这时，我最担心的事情发生了，记者在报道里说："一位二十多岁模样的女教师，没翻几页脸就红了。"

我国的性教育,"半遮半掩,半推半就"。"半遮半掩"是教育过程,"半推半就"是教育结果。有多少老师在教"生理卫生"时,不是半遮半掩、羞羞答答的?有多少学生在接受"生理卫生"的生殖教育之后一无所获,懵懵懂懂?都说"师者传道授业解惑",唯有性之惑是不去解的。因为老师自己就是"羞答答的玫瑰"。

　　在这具有划时代意义的第一课上,讲台上的老师说,"风言风语肯定会有的,但我们要理直气壮讲性教育",而就在这时,底下有老师小声地说:"当性教育老师,好像自己也不正经。"感觉自己都"不正经"了,今后给学生们讲课,还怎么正经得起来?

　　忽然想到,我应该给北京的这些中学性教育老师推荐杭州的一个性教育老师。这个老师名字叫万峰,在杭州很有名。他不是在中学里进行性教育,而是在电台里主持午夜的性教育节目。他的节目火爆得不行,收听率一直名列前茅。其主持风格有人说是粗暴,有人说是直率,反正他绝对不是一朵"羞答答的玫瑰"。

　　有一份杂志在创刊号上为万峰老师弄了一个专题,占了十多个重要版面,其中对万峰老师的火爆节目有文字记录,我们一起来看几段:

　　　　听众:我和我男朋友分手了。可是我还是很爱他,怎么办?
　　　　万峰:分手就分手了呗。
　　　　听众:可是我还是很爱他啊!
　　　　万峰:你现在啊就是一只井底的蛤蟆,只看到身边的这一只蛤蟆,等有一天你爬上来了,看到更好的蛤蟆了,你就不会想着这只蛤蟆了,外面的蛤蟆多的是,干吗老缠着一只蛤蟆!

　　我不是说我们的中学老师都要用这样的风格来讲课,而是说,老师们,学学万峰,胆子要大,脸皮要厚,扔掉羞羞答答,学会大大方方,这是你性教育能否成功的关键!

校园暴力"零容忍"

【篇一】校园暴力"零容忍"

校园暴力,触目惊心;摧残孩子,令人发指;戾气弥漫,岂可容忍!2016年全国两会,政协委员巩汉林、石定果、侯欣一等,齐刷刷将目光投向校园暴力,期待立法解决校园暴力问题。

作为演艺明星的巩汉林,因为长得瘦小,小时候被人欺负过。感同身受的他,提案呼吁尽快出台相关法律、遏制校园暴力事件,要对校园暴力"零容忍"。巩汉林的呼声,得到了教育部部长袁贵仁的回应:"无论是来自外部的,还是内部的校园暴力,都应当坚决防范、坚决制止。"

为什么校园暴力多发并且多样化?原因诸多。社会上暴力和暴力文化过多,成年人充满戾气,这是一个重要的大背景、大原因。学校本身也问题多多,老师往往以严厉的面目出现,不仅没有杜绝"硬暴力"体罚,"软暴力"的惩罚也随处可见。

毫无疑问,未成年人出问题,成年人要负主要责任。从学校和教师的角度,巩汉林认为:"凡是发现有教师虐待孩子的情况,包括施暴、辱骂孩子,应该永远清除出教师队伍。"光这一条,施行起来就难上加难。

在传统的教育观念中,老师的戒尺就是要打在学生身上的,还美其名曰"打是亲、骂是爱",而不知"赏识教育"为何物;何况"一日为师,终身为父",老师打学生,是"严父"的化身。如此"师道尊严",想要从根本上予以扭转,确实很难。

袁贵仁部长的回应是"坚决防范、坚决制止"。从解决燃眉之急的角度看,"制止"在第一位,"防范"在第二位。同为政协委员的中国律师协会副会长朱征夫直言:不少校园暴力案件已经涉及"侮辱罪",现在校园暴力中的施暴者基本上不到 14 岁,都以批评教育为主,因此刑事责任年龄不调整,就没有更好的办法,建议适当调整刑事责任年龄。

校园暴力,"预后"极差:受欺负的孩子越发自卑,欺负人的孩子更加无视法律。全社会都要真正重视起来,立法修法,不要犹豫,立刻开始行动。

【篇二】不可稀缺的基础文明教育

女童眼睛被男同学强塞纸片!一段"女童眼里取出数张纸片"的视频在网上热传。我十分希望这是一个"假新闻",否则当真是无法想象一个 7 岁的小女孩,眼睛里如何容得下那些纸片,那又不是隐形眼镜!

事情发生在河南省禹州市磨街乡大涧学校小学二年级。2019 年 11 月 12 日,当地教体局对此事作出回应,表明事件发生在 9 月 28 日午饭后课外活动期间,在与同学们戏耍玩闹时,同班学生小强(化名)和小冬(化名)按住同学小花(化名)的胳膊,同班学生小刚(化名)向其眼睛里塞纸片,对小花同学造成了伤害;经北京同仁医院专家检查,小花眼睛里已经没有纸片和症状;责令该校校长和该班班主任作出深刻检查,并全市通报。

从此前的视频和报道看,小花的母亲李女士发现女儿的眼睛里会时不时冒出一些小纸片,一个多月的时间里竟取出至少有几十片,这个具体是怎么回事,没有调查说明清楚。视频截图中有一张纸上有几十片又大又干的"小纸片"，并不像从眼睛中取出来的。"一个多月时间里取出几十片"，那说明是陆陆续续取出来的，问题是塞进去是不是多次的动作——取了又塞，塞了又取？从常识判断，一次性把那么多的纸片塞到一个小女孩的眼睛里，那是不可能的，估计是家长夸大了；而且一个多月里让眼睛带着那么多纸片，也是不可能的。而最大的可能是：纸片确有塞过，但是没那么多。

此前该校校长说："七八岁的小孩他们也没啥恶意，就是在一块玩。"面对舆情，习惯的思维和做法，就是往"轻"里说、往"小"里说，以期大事化小、小事化了。面对安全事件、舆情危机，校长不是着力去调查清楚女同学眼睛里究竟被塞了多少张小纸片、一共塞了多少回，而是忙于说什么"没恶意"。

小时候说假话很紧张，说真话很坦荡；难道长大后反而说真话很紧张，说假话很坦荡？"没恶意"难不成还有善意？任何人违反对方意愿往另一个人眼睛里乱塞东西，都不可能存在什么善意。然则，所有未成年人的错，根源都在成年人身上。校长此般说法，可谓是"真实的谎言"，可以用来证明"某些师者，所以废道、损业、增惑也"！

官方通报说："11月12日，在确定小花同学眼睛没有异常情况的基础上，经几方协商一致，各自按照应当承担的责任签订了赔偿协议。"这个事件似乎就此可以了了，但教训很深刻，我们不难从中看到幼儿园、小学基础文明教育的严重缺失。

好的教育，一定是爱的教育。教育的意义在于激发爱心、唤醒智慧，培养自由、善良且完整的人。这就是教育的"立人"。可如今，为了追求分数、成绩、升学率，幼儿园成了小学，小学成了初中，初中成了高中，高中成了大学，最后，大学变成了幼儿园——得回过头去学习幼儿园的基础文明。这就是"教育错位"。在教育错位、基础文明教育缺失的环境中，如何能够让孩子们有爱友爱？

幼有所育、学有所教，教书育人，最需要回归"立人"之正途。

从"姥姥"到"外婆"

"打碗碗花"能打掉这些瞎编教科书的人的饭碗吗？显然不会，但被责令"整改"与"致歉"，这是逃不了啦！

2018年6月23日，上海市教育委员会公布关于上海小学语文教科书将"外婆"改"姥姥"一事的处理意见，要求市教委教研室和上海教育出版社查清事实，向公众说明有关情况；迅速整改，向作者和社会各界致歉，并与作者沟通，将该文中"姥姥"一词恢复为原文的"外婆"一词，同时依法保障作者权益。

作家李天芳的著名散文《打碗碗花》，被收进上海教育出版社出版的小学二年级第二学期的语文教科书，编者没有征求作者的意见，擅自将文中的"外婆"一词改成了"姥姥"。此事受到了多方质疑，在网上引起了轩然大波。

上海市教育委员会有关处理意见公布后，上海市教委教研室、上海教育出版社随即致歉："我们认识到，在收录该课文时未与作者沟通；在修改课文时只考虑了识字教学的因素，未征求作者意见，没有充分意识到地方用语习惯，确实存在不当之处。为此，我们向社会各界及作者本人表达诚挚歉意。"

我早年读过散文《打碗碗花》，语言很美，情感淳朴，给我留下了深刻印象，尤其是篇名《打碗碗花》，属于过目难忘的那种。

其实原文比收入课本中的长，已有许多删节。而将文中出现的"外婆"改成"姥姥"，实在太好笑。

以此逻辑，那今后"狼外婆"得改成"狼姥姥"，告诉小朋友们裹着花头巾的"狼姥姥"来了；著名的台湾校园歌曲《外婆的澎湖湾》，要改成《姥姥的澎湖湾》！要知道，《外婆的澎湖湾》还真是被收进某省小学音乐教科书的，如果改了，小朋友得唱"澎湖湾，澎湖湾，姥姥的澎湖湾"。

此前面对质疑，上海市教委教研室曾有答复，认为"外婆、外公"属于方言，而"姥姥、姥爷"在口语中使用较多，更接近生活，更和蔼亲切。这简直就是"语言歧视"，让同属汉语言的"外婆""姥姥"处于不平等地位。难道语言前面，不该"词词平等"吗？谁说"外婆、外公"就使用得不多、不接近生活、不和蔼亲切？难道南方的上海也是喊"姥姥"不成？或者编教材的"姥姥"或"姥爷"是打北方来的？

"姥姥"北方人用得多，"外婆"南方人用得多。就算"外婆"是方言，方言怎么了？方言本身就是祖国博大文化中的瑰宝。鲁迅这样的大家，不也常常在作品里使用方言吗？其实"外婆"早就是一个通用词了，你用普通话念，它就是普通话。查阅《现代汉语词典》第7版，"外婆"词条后面是有标注为方言，其实语言既是约定俗成的，又是发展变化的，词典应该去掉这个方言标注。

《打碗碗花》作者李天芳对媒体说，上海教育出版社选用《打碗碗花》一文，并未通知其本人，而"外婆"改"姥姥"就更不会告诉作者了，"就算它是口语或者方言，那是作者的需要，应该尊重作者和原著"。

这背后关键问题有二：一是入选教材，仿佛是授予你金牌；二是在种种有形无形的压力之下，这个编语文教科书的群体，总是在删改时用力过猛。

那些教科书的事

【篇一】第三级跳是"人文性"

"一个孩子的教育,应当在他出生前一百年就开始。"这是美国学者霍姆斯说过的一句话。一个人如何在出生前一百年就开始接受教育?让如此的天方夜谭成为现实其实很简单,那就是让百年前的经典熏陶今人。这种教育熏陶的基础与捷径就是通过课堂、课本,通过教材、教学。

课本是"本",是基础的基础,是典范的典范;然而,"本"一旦老朽成"本本",事情就变了。我国的中学文科教材,特别是中学语文教材,就进入了这种境地。"语文教改的第一浪潮,片面强调政治性为基本特征。第二浪潮,片面强调工具性。为深化语文教学、提高语文教学质量,应当掀起以突出人文性为基本特征的第三浪潮,把语文教学与青少年的思想、感情、个性、心理等的成长发展有机地结合起来。"这是浙江师范大学中文系教授王尚文说的。2002 年 6 月 28 日,《北京青年报》报道了王教授引领语文教改第三浪潮的所思所想、所作所为。

2000—2002 年,王尚文主编的小学至高中 24 册课外读物

《新语文读本》由广西教育出版社出版。这事缘起于1997年,浙江高考语文平均分低于外省,教育局遂请从事语文教学近40年的王尚文编写《初中语文课本》,王尚文同时耳闻浙师大教职工反映其子女的初中语文课本"太糟糕了",于是爽快答应编写课本,至1998年秋,6册《初中语文课本》(实验本)受命完成,随即他将精力投入课外读物《新语文读本》的主编工作中。王尚文深刻地认识到,现在是我国语文教学校正指向的时候了!从政治性到工具性,这"两级跳"都没有跳进语文课本精魂所在的核心。而王尚文要实现的第三级跳是"人文性",因为最好作品的同一特征就是"人文精神"!《新语文读本》以"人情、人性、人道"6字为编辑方针,它所给予的正是人文精神,并尽最大努力开拓以学生为主的读者的精神自由空间。

人文性,是语文课的本质属性,是语文课的精神回归,是非凡的第三级跳!理想的课本、读本,应该是精神的家园、"心灵的鸡汤",阅读它,就是在文学、史学、哲学、美学、科学等众多领域与大师对话,在世界观、道德观、伦理观、社会观和价值观等方面受到熏陶;理想的课本、读本,应该具有"感动人的情采、启迪人的义采、陶醉人的文采、倾倒人的风采",能走入人的灵魂,能"摄人心魄",而绝不会让学子或其他读者感到味同嚼蜡、不忍卒读。

世界已进入人的世界。苏霍姆林斯基说:"我一千次地确信:没有诗意的、感情的和审美的源泉,就不可能有学生全面的智力发展。"然而,许多年来最不"与时俱进"的偏偏是我们的教材。我所在的《都市快报》曾刊发一则有关"爷爷教材"的报道,说的是杭州市余杭区某职校使用的经济学教材竟是1991年出版的,里面告诉你我国的高速公路只有几百公里……老教材灌新生,误人子弟已经到了忍无可忍的地步!不少人倒是对"教材"兴趣颇浓,其兴奋点是"弄教材发大财",因为这些教材发行量甚大,而学生也是不得不买,这个钱好挣!

与此形成鲜明对比的是,当时王尚文的《初中语文课本》出版后,当地教育局请数所学校施教,均遭婉拒,因为实验本在应试之外。因此我们也知道了,一切问题的根源在于何处;同时我们也有理由、有必要担心:王尚文的非凡的第三级跳,是否真能腾空远跃?

【篇二】那些教科书的事

教科书的事，在 2005 年的春天很闹。"闹"，除了教材变动本身不少外，原因之一，是评论铺天盖地。"闹"的背后，有集体无意识，有"形而上"的不确定。

还是先看看教材之变的新闻。

时间上靠前的，是《狼牙山五壮士》被"删除"风波。先是说上海市新语文教材中删了，人民教育出版社出版的新课本也删了；紧接着，人民教育出版社的负责人赶紧出来说，出版社只是将该课文由小学五年级新课本调整到四年级的自读课本中去了，"不是删除只是调整"。

还有金庸小说"杀入"高中语文读本、刘翔"跨进"上海的教材、周杰伦的《蜗牛》被收入《中学生爱国主义歌曲推荐目录》的"事件"。评论都很闹，说是公理婆理，无非赞成反对，"是爱国主义歌曲吗""不是爱国主义歌曲吗"之类。

对这只"蜗牛"，《南方周末》文化版挖得深入一点，告知公众，"其实，早在 2001 年，《蜗牛》就和《好大一棵树》《水手》《真心英雄》一起被选入了上海'二期课改'初中一年级上学期使用的音乐教材"。《蜗牛》入选中学音乐教材，可是比收入《爱国主义歌曲推荐目录》重要啊，对学生影响更大啊，但是，可以想见的是，"《蜗牛》入选音乐教材"，肯定没有什么人关注，"闹"不起来。

这是什么问题？问题显然不是《蜗牛》歌曲问题，而是《爱国主义歌曲推荐目录》的问题。直截了当地说，不是歌曲《蜗牛》有问题，而是归入"爱国主义歌曲"有问题。

想想吧，现今中国的学生们，应该向他们推荐的歌曲，哪里是"爱国主义歌曲"这个帽子就可以囊括的？《易经》曰："形而上者谓之道，形而下者谓之器。""道"之不完备、不准确，"器"则奈何？《蜗牛》通过中学音乐教材推介给中学生显然没有错，而通过《爱国主义歌曲推荐目录》推介给中学生就有"错"。显然，有"错"的不是下面的"器"，而是上头的"道"。设想一下吧，如果"目录"的名称更改为《中学生学唱歌曲推荐目录》之类，里头分设"爱国主义歌曲""校园歌曲"等,再将《蜗牛》收入,还有什么问题吗?

这是一种奇怪的现象:我们不看顶上的"帽子"对不对、适不适合,而只看"帽子"下面的人对不对、中不中。这样的"帽子",是孙悟空脑门上的那个金箍。

"不察看帽子",原因恐怕就是被大而光辉的"帽子"名称给唬住了。爱国主义是千百年来人们培养起来的对自己祖国的最深厚的感情,可将爱国主义弄成了一顶多处乱戴的帽子,岂非是对"爱国主义"的亵渎?

我们要当心的是,把爱国主义弄成爱国主义的"帽子"。批评《狼牙山五壮士》在语文课本中被"删除"的,几乎无一例外地拿"爱国主义"作为宝剑。赶紧出来辟谣说只是调整没有删除,也是被"不爱国"的大帽子给吓着了。其实,当初如果不是将《狼牙山五壮士》调整到自读课本中去,而是调整到政治课本、历史课本里去,想必是太平无事的,就像《蜗牛》进音乐课本那样风平浪静。

【篇三】课本错误为何被小朋友发现

"现在的小孩很厉害,非常专业!"又有小朋友发现了课本上的错误。沪教版七年级上册英语教材第 95 页上,有 3 张小昆虫的照片,按英文说明分别为蝴蝶、蚂蚁和蜜蜂,图片上却是蝴蝶、蚂蚁和食蚜蝇。发现这一错误的是沈阳126 中学的一位初中生,名叫崔宸溪,12 岁,2021 年刚刚读初一。

上海教育出版社在咨询了生物学专家后,表示这个确实弄错了,"将上报教育部准备修改"。记者问小崔同学是怎么发现教材问题的,他回答:"其实也挺简单的,就是蜜蜂有两对翅膀、食蚜蝇只有一对;蜜蜂的肚子是胖胖的、食蚜蝇很瘦的;蜜蜂的触角很明显,食蚜蝇的不明显。"

公众对蜜蜂很熟悉,对食蚜蝇还真不熟悉。食蚜蝇以捕食蚜虫而得名,蚜虫是地球上最具破坏性的害虫之一,食蚜蝇和瓢虫等是它的天敌。食蚜蝇跟蜜蜂挺像,常在花中悬飞,并不蜇人;它跟"苍蝇"不像,也不是一回事。

一个有意思的问题是:为何这教材的错误不是老师发现,而是学生发现的?有这几点原因:

其一是不迷信教材权威。教科书通常都有权威性,它是依据课程标准编制的,"准确"是一个重要特征。然而,教科书不管经过如何的反复打磨,难免百密一疏;老师往往服从教科书的"权威",不去想那么多,而小朋友没有那么多条条框框。像崔宸溪同学一样,发现问题就说出来,否则人人都被"皇帝的新装"迷惑,那怎么行?

其二是有生物科学素养。崔宸溪同学从小最喜欢的就是生物学,读小学时就在自己家里养过10多种蚂蚁,这次国庆节老师布置写作文《这就是母亲》,结果他写的是昆虫妈妈如何保护自己的卵。与一般忙于应试的同学不同,小崔同学从没有参加过课外培训机构的学习,而是自己看书、独立学习;他家里自然科学方面的书有300多本,小崔同学也有个专属的书架。

其三是有研究质疑意识。质疑、纠错、探索、研究,是极好的科学素养。教育常识告诉我们:"研究性学习"与"标准化答案"有着霄壤之别;那种只为分数的应试"苦读",必然会忽视思考、拒绝发现、扼杀创新。好的教育,是在教孩子思考、启发孩子思考、引导孩子思考。而奥数之类,只是比赛解题,并不是鼓励创造性和研究性。所以,保护孩子的研究兴趣,鼓励孩子的探索精神,是培养孩子成长的重要方面。

无独有偶,2020年,上海初中生顾则行在看《中国历史地图册》(第一册)时,发现书中将宋徽宗时期所造"宣和通宝"钱币放在北魏孝文帝时期,出版社表示在修改教材时将删掉这一图文。后生可畏,潜力非凡,我们可不能施行刻板的教育方式,只让学生死记硬背,被动接受老师灌输;而应努力鼓励学生发现问题、思考问题、研究问题、解决问题。

每年的10月,都是诺贝尔奖的揭晓季,培育不出诺奖人才,被很多人认为是教育的巨大遗憾。我国其实有太多的科研苗子甚至科学天才,关键是如何培育成长。怎样让一个人的天赋才智从小就自由流动、最终喷薄而出?这是一个难题,当然,这不仅仅是教育的难题。

我们的教育尤其是基础教育,绝不能成为孩子成长的瓶颈乃至"瓶塞",教育也好,科研也罢,都不可"错把食蚜蝇当蜜蜂"。

第二辑

授业一稔熟

教育有爱，"立人"有方。

教师有道，"授业"有法。

我们的下一代，普遍比我们父母辈更聪明，智商更高，这是自然进化和社会进步的必然规律和必然结果。但是，孩子的成长，仅仅靠"聪明"是远远不够的，更重要的是拥有智慧，智慧的开悟，离不开老师家长的引导、指路。

授业是教师的天职。"我们生来是软弱的，所以我们需要力量；我们生来是一无所有的，所以需要帮助；我们生来是愚昧的，所以需要判断的能力。我们在出生的时候所没有的东西，我们在长大的时候所需要的东西，全都要由教育赐予我们。"法国思想家卢梭在《爱弥儿》中说，"这种教育，我们或是受之于自然，或是受之于人，或是受之于事物。"毫无疑问，"受之于人""得之于师"是主要路径。

"授业"是"传授以学"，又不仅仅是"传授以学"。教育授业，一定是因人而异、因材施教，不是一刀切、一个标准、一个做法。过度的、不符合教育成长规律的应试授业大行其道，结果一定适得其反。

授业的一个办法就是布置作业。我并不是反对作业，而是反对过量的、荒唐的，甚至是疯狂的作业。"上辈子造孽，这辈子陪孩子写作业。"作业让家长变得拥有无比的荒谬感。

作业如同食品添加剂，比如食盐，食盐是重要的食品添加剂，没有它不行，但多了对身体有害无益。"菜"里的盐加多了，咸得发苦，难以下咽，孩子们也得吃。有的不良厂商，加工干果的时候加好多盐，以此增加重量，有的甚至不添加符合标准的食盐，而添加不允许的工业用盐。盐多了对身体的损害，包括导致心脑血管疾病，等等，都不是一下子能看见的，这就是日积月累的"毁人不倦"的影响。老师成了只会多放盐的"劣质厨师"或

"不良厂商"，还自以为是，这是如何的悲哀？

课堂作业、课外作业……最无能的教师，就是那些把"授业"变成"作业"、一刀切、大量布置作业的教师。中小学阶段，就把孩子们的精气神都耗尽了。

国际数学奥林匹克竞赛，每年由学生比赛解题，并不是鼓励创造性和研究性。刻板的教育方法，就是让学生一直死记硬背，被动地接受老师的灌输，把老师给的习题解出来便算完成。

教育不能退化成一种训练，一种低层次的训练。摆脱低层次的应试作业训练，是解放孩子、解放教师、解放教育，更是解放人。

认为孩子是"天生学习家"的艾莉森·高普尼克，是美国的心理学家、儿童教育学家。她有个比喻：你是园丁，还是木匠？父母和教师是园丁式的，还是木匠式的，差异很大：园丁在花园里为植物成长创造一个受保护的培育空间，木匠是把木头塑造成计划中的一个东西。高普尼克提出千万不要让孩子过早进入成人学习模式，更不要用成人的思考模式给孩子设限。现在的问题是，我们许多老师知道自己是园丁，但是，园丁的工作越来越木匠化，把孩子修剪成盆景，甚至是"病梅"。

学者周国平说："如果说教育即生长，那么，教育机构和教育者的使命就是为生长提供最好的环境。怎样的环境算最好？生长是人的能力的自由发展，可称之为内在的自由，最好的环境就是为之提供外在的自由。"教师授业，原来不仅仅是"内容"的教授，很重要的是营造良好的生长环境。

理想的教育，一定会珍视孩子的天性。孩子的成长，其实是"慢慢来"的一个过程，授业要尊重教育规律，教育有"台阶"，所以我们需要"台阶教育"。

教育尤其是基础教育的"授业"，万万不能成为孩子成长的瓶颈，乃至瓶塞！

壹

才俊起步，好好呵护

少年天才,万里挑一,仅是起步

这也太强了！中国科学技术大学少年班发布录取名单,浙江竟然占了四分之一。2020年全国共录取48人,其中浙江12人,全国最多,比中科大所在的安徽省还多1人。

少年班是针对早慧少年的一种特殊教育,要求最大年龄不超过17周岁,平均为16周岁。浙江省基础教育功底深厚,孩子们普遍聪敏、用功。被录取的孩子,万里挑一,属于天才少年,是同龄人中的凤毛麟角。

这48人中,女生共有10人,其中包括杭州学军中学的魏莱和宁波鄞州中学的左雯杰。魏莱已来!《都市快报》报道,魏莱同学是杭州人,2004年出生,16岁,"一张娃娃脸"。她进建兰中学直接读初二,进学军中学后还没读高三。魏莱一进小学就展露出惊人的数学天赋。她爸爸是浙大博士,负责她的学习,"女儿最大的特点是淡定,而学习氛围很重要"。氛围来自习惯,养成良好的习惯,是成长的核心竞争力。

2020年温州中学有2人被少年班录取,其中林博文同学才15周岁,比同龄人快了3年。林爸爸说:"我感觉也没有什么特别的学习经验。"可能有个重要的经验是"从小没参加过培训班",只是"课堂上多记笔记"。现在课堂上不好好学,课余拼命去参加各种培训班的情况很严重,有的家长竟然同时给孩子报

10多个培训班——这才是透支学习力，才是拔苗助长。

成长之路千万条，其实并不是非得进入少年班。我有一位忘年交小朋友叫黄书祺，生于2001年，初中就读杭州文澜中学，14岁时被英国著名私立女校圣斯威辛中学录取；后于2017年入学威斯敏斯特公学，荣获英国女王奖学金；2020年被剑桥大学数学系录取。她文理兼通，少年作家出身，先后已出版了3本书，其中2本是我写的序言。

全世界都一样，大学的使命，是为人才打基础、为中才定规则、为天才留空间。中国不缺少天才，少年班的创办，就是试图让一些学习能力超强的天才少年走在前面，因材施教，进行差异教育。早在1974年5月，物理学家李政道回国访问时，率先提出办少年班的设想；1978年3月，中国科学技术大学少年班创立；2008年创办30周年之际，少年班升格为少年班学院。

少年班自然引起了不少争论。反对者认为，这些少年既然智力超常，按部就班肯定也会考上不错的大学，没必要专门办少年班；把这些天才少年集中起来，形成特殊群体，脱离多数学生，不利于全面成长；少年班是"拔苗助长"，是"违背教育规律"；等等。事实上现在的少年班是"准青年班"，不像过去屡屡以"14岁进少年班"为傲；如今多数为16岁、17岁，距离18岁成人也只差一两岁。遥想1982年我考进大学也就16岁嘛，尽管与"天才"二字八竿子打不着。

如今我们的教育，通常把高中3年的课程在2年里教完，高三主要是反反复复的"复习迎考"。这些天才少年在中学拖的时间长了，反而浪费时间，变成负担。

尖端人才培养，是当今世界的重大课题。美国早在1973年就通过一项《天才教育法》，要为天才教育提供物力、人力和法律保障。少年班培养的孩子，当然有成功的，也有失败的，需要客观看待。宁波镇海中学曾盘点过该校考进少年班的学子，有人28岁获得博士生导师资格，有人发表SCI论文250余篇，有人已是美国物理学会会士……良好的教育，是真正的人生慈航。不管如何，进入中科大少年班，仅仅是起步，未来的成才路，同样是"道阻且长"。

这对同分考上清华的孪生兄弟

祝尔康,祝尔乐! 这对以自己名字"祝你健康快乐"的孪生兄弟,双双被清华大学录取,而且他俩高考考了同样的分数——687分。这简直就是心有灵犀、"复制粘贴"! 这对双胞胎来自广西柳州,即将就读清华大学未央书院,大专业方向均为"数理基础科学",不过在细分专业上,兄弟俩各自报了不同的专业。

清华新成立的未央书院,负责"强基计划"数理基础科学专业的人才培养,聚焦新能源、新材料、高端芯片与软件、智能制造、国家安全等关键领域,培养具有扎实数理基础及实践能力的拔尖创新人才。其书院制的培养方式,是向香港中文大学学习的,港中大的书院制历史悠久,成效卓著。相信祝尔康、祝尔乐这对孪生兄弟,能够在清华遨游于未央的知识世界——未央者,未尽、未已、未完也!

祝尔康和祝尔乐,小学就读于景行小学总部,在同一个班级;后来初中也在同所学校,到了高中才有意地分开,分别就读于柳州铁一中学和柳州高级中学。兄弟俩外貌当然十分相似,平时两人就很有默契,"有时候错的题都是一样的";他俩都喜欢钻研难题,也都报名参加了奥林匹克竞赛。但兄弟俩性格很不同,哥哥祝尔康沉稳内敛,弟弟祝尔乐诙谐幽默。

谈起学习经验，兄弟俩看法相同：注重沟通，劳逸结合，规律作息，不要深陷"题海"中。母亲李明艳说，培养好习惯最重要；兄弟俩天性都爱学习，"上课认真听讲，课后完成作业"；没有严格禁止孩子们接触网络和游戏，玩游戏把控好"理性适度原则"；疫情期间在家，他俩也保持着高效、自觉的学习习惯。更重要的是，身高皆为 1.78 米的兄弟俩，都有爱运动的习惯，每天坚持运动 1 个小时，打篮球、打排球，等等。

相比之下，我们许多"望子成龙、望女成凤"的家长，是反着来的。不让孩子去运动，认为那是浪费时间，更别提玩游戏了；不仅让孩子整天陷在"题海"中，课余还给孩子大量"加戏"，没完没了地参加各种培训班，早早地透支了孩子的学习力。费了多少劲，最后发现像祝尔康和祝尔乐这样优秀的学子，原来是"别人家的孩子"。

事实一次次地证明：在中小学，书包太大太重了，多少孩子就是被沉重的书包给毁掉的；在大学，书包太轻了甚至没有了，多少才俊就是被那"没有的"书包给废掉了。本来是"长江后浪推前浪，一代更比一代强"，后来发现，不少学子就是在不断的优秀里，一步步悄悄地走向平庸的。

对于即将开始的大学生涯，双胞胎兄弟都满怀憧憬：哥哥祝尔康希望将来有机会去德国深造，学习更多前沿科技；弟弟祝尔乐则表示，不仅要在大学里学好知识，还要通过志愿者服务等锻炼自己各方面能力。北大清华，既可以培养走向世界的高科技人才，又能够培养走向街道社区的实务人才，这就叫多元。希望孪生兄弟祝尔康、祝尔乐，进入一个较好的学习环境中，都能紧紧盯住前沿科技，最终能在专业领域为人类做出更大贡献。

白湘菱:道阻且长人生路

　　江苏文科第一名,确实无法上北清。这位女生名叫白湘菱,在江苏 2020 高考中,考出文科 430 分的高分,成为"江苏高考文科第一名"。8 月 2 日澎湃新闻报道,白湘菱最终申请了香港大学,专业意向为金融学。

　　白湘菱做出这样的选择,和她高考的选测等级有关。虽然语数外 3 门主课的成绩达到"江苏第一",但在选测科目中,历史仅为 B+,所以遗憾与北大清华等高校无缘,因为这些全国 C9 联盟名校,全都要求选测科目等级在 A 以上。

　　"江苏高考第一名"之说,无论文理,其实都是"姑妄言之",事实上无法确定谁是真正的"第一",因为只有语文数学外语 3 门成绩计算裸分,而选测科目只区分等级,不涉及具体分数,这样就不能确定加上这些选测科目究竟谁是真正的第一。若把白湘菱两门选测科目的真实分数计入总分,她很可能就不是全省第一,所以,所谓"最惨状元"之说,确实属于"跑偏"了。

　　从 2008 年起,江苏实行"三位一体"改革,推出 3＋2 模式——语数外 3 门计分,满分 480 分,作为高考的投档分;2 门选测科目计等级,由高校自主提要求。这就是人为把高考要考的 5 门弄成两种:3 门计分,2 门计等,变得复杂麻烦。多年来,许多类似白湘菱的考生,因为选测科目等级不达标而无法被北大清华等名校录取。

这样的"改革",最大的问题就是:考生只是紧抱语数外 3 门课,其中 2 门是语言学科,总分仅为 480 分,不仅成绩区分度不大,而且学习能力区分度也不大;考生自然不那么重视选测科目,尤其是理科,物理化学被严重忽视,学生上了大学后,变得缺乏学习力、创新力和竞争力。有位名校领导就说,江苏学生是很好,但是不考物理化学,我一个都不想要。此般"改革",实为折腾,教师无奈从之,家长怨声载道,学生则被带偏。教育改革,不能掩别人的耳、盗自己的铃。江苏 10 多年的高考改革以失败告终,如今他们勇敢承认,2021 年开始拨乱反正,抛弃 3+2 模式、扔掉选测 ABC,而实行新的 3+1+2 模式,总分值为 750 分:"3"是语数外 3 科;"1"是在物理、历史两科中任选一科;"2"是在政治、地理、化学、生物 4 科中任选 2 科。

人生之路,和改革之路一样,道阻且长,行则将至。白湘菱因为一个意外的 B+,无缘北大清华,这最多算一个小小的人生挫折。人生的道路如同漫长的马拉松,今后的学业成就,并不是由现在一个 B+决定的。所以一定要抬起头来,昂扬向前! 著名学者李欧梵在《我的哈佛岁月》一书中,回顾自己 20 世纪 60 年代留学哈佛读研的经历,当时年轻的他很迷茫,有一天在哈佛大学校园里"破帽遮颜"而过,因为心情太沉重,抬不起头来,迎面几乎撞到一位老人。老人大喝一声,声若洪钟:"年轻人,抬起头来,天下没有应付不了的难事!"年轻的李欧梵受到当头棒喝,醍醐灌顶,顿时醒悟。"我这 40 多年在美国的学术生命,就靠这位陌生老人一句话之赐! 想必他是哈佛的一位教授……"

白湘菱同学,抬起头来,天下没有应付不了的难事! 如果你最终能够被香港大学录取,那也是理想的。

拿到史上最牛奖学金的中国女生

女生不要太厉害！2020 年度罗德中国奖学金揭晓，4 位入选者都是女性，成为中国罗德学者！

这 4 位幸运儿，将获得每年高达 70000 英镑——约等于 61 万元人民币的奖学金，于 2021 年入读牛津大学，开始激动人心的罗德之旅，攻读硕士或博士。

她们是：来自浙江的雷琦，本科就读于北京大学法学院，现为该院研究生，专业方向为经济法；来自江苏的万嘉，本科和硕士就读于美国哥伦比亚大学，分别主修应用数学和计算机科学；来自北京的王梓漪，本科就读于美国斯坦福大学，现为该校硕士二年级学生，专业为国际政策；来自上海的吴天伊，本科就读于复旦大学，现于剑桥大学攻读硕士，专业为国际发展。

罗德中国奖学金 2020 年终选委员会主席，是大名鼎鼎的教授颜宁，她曾任教于清华大学生命科学学院，是美国普林斯顿大学分子生物学系雪莉·蒂尔曼终身讲席教授、美国国家科学院外籍院士。

无独有偶，2019 年中国大陆的 4 位罗德奖学金获得者，也都是女生，她们分别是来自清华大学的高隽、张园，来自南京大学的严严,就读于新加坡国立大学与巴黎政治大学的周晓睿。2015 年起,罗德奖学金在中国大陆地区正式开放申请,每年仅 4 个名额。

著名的罗德奖学金,是奖学金领域的"诺贝尔奖",有"全球本科生诺贝尔奖"之美誉。它创立于 1903 年,设在牛津大学,是世界上历史最悠久、最负盛名的国际奖学金项目,"万里挑一"的得奖者被称为"罗德学者"。每年从全球选拔出 100 余位罗德学者,要求是"卓越、勇敢、仁爱、拥有领袖气质的优秀青年人",目的是为全世界培养具有公共意识的未来领导者。历届罗德学者中,已产生了 10 多位诺贝尔奖得主、50 多位知名教育家、40 多位国家领导人。

2020 年入选的雷琦,于 2015 年毕业于浙江金华一中,当年她的高考作文《轻嗅文骨的芬芳》很有名,因为得了满分。她语文考了 140 分,总分 725 分,在全省名列第 12,被北京大学法学院录取。雷琦写得一手漂亮文章,曾多次获奖;但高考前几次模拟考中,60 分的作文只得 45 分左右,大抵是个平均分的水平。雷琦很伤心,哭着找吕云清老师,问自己究竟哪里没写好。

语文名师吕云清,是金华一中高三语文教研组组长。才女雷琦日常文章写得好,很有思想,也很有个性,应考作文却一般;吕云清老师仅仅在考前一个月指点她一下考场作文的"范式",她一点就通,高考作文就拿了满分。

雷琦没有被应试教育束缚、绑架,进入大学之后始终保有求知心、探索欲,这是她本人之幸,亦是教育之幸。兴趣与好奇,是至关重要的学习驱动力。其源头在于学习的自由,如果失去了自由,也就失去了兴趣;失去了兴趣,也就失去了好奇;失去了好奇,也就失去了向往;失去了向往,也就失去了动力;失去了动力,也就失去了创造力;失去了创造力,也就失去了成长,更别提所谓的成功了。

教育,就是要刺激受教育者保持探索世界的好奇心、感知世界的鲜活度,而不能沉浸在教条的范式里;对未知世界,受教育者要有丰富的想象力、充沛的探索欲。雷琦曾获北京大学挑战杯一等奖,多次参与模拟法庭比赛并夺冠,是北京大学法律援助协会理事长,坚持普法、扶贫;雷琦计划在牛津攻读法学硕士学位，进一步理解科技、法律、社会之间的互动关系，以更好回应科技对法律、对社会带来的挑战。

这值得我们赞扬！

那一间摆放爵士鼓的房间

"数学才考 20 分,衢州男孩照样被美国名校录取！他的这招真是帅炸了！"这是 2017 年 7 月一个网络媒体报道的标题,让你一眼瞧去以为某同学能够"投机取巧"、来一招出人意表的奇招,就能去美国名校读大学了。其实非也,浙江衢州高级中学学生、18 岁的方正天,极具爵士鼓天赋,4 岁开始爱上爵士鼓,幼时敲破家里无数脸盆,10 多年的执着练习,成就了现在的他。

在通过托福考试之后,方正天用爵士鼓敲开美国大学之门:康乃尔现代音乐学院、洛杉矶音乐学院、MI 音乐学院、麦克纳利史密斯音乐学院同时录取他,他最终选择了麦克纳利史密斯音乐学院,这是一所现代音乐学院,学生都能受到个性化的音乐教育。

如果说古典音乐更富于严谨性,那么现代音乐则张扬更多的个性。但是要把现代的爵士鼓玩好,还是要有非一般的天赋和训练的。有意思的是,方正天音乐节奏感极好,这恐怕是家族遗传。在衢州高级中学的音乐班,方正天练习爵士鼓,每天至少坚持 4 个小时。累计下来,他打坏了近千根鼓,一大堆鼓膜被打穿了之后"退役",每年光修理爵士鼓的费用就要上万元。水平的提升是看得见的,方正天参加爵士鼓的各种比赛,奖杯拿到手软。

与爵士鼓相比,方正天的理科文化成绩相对逊色,数学特别吃力,"150 分的试卷,估计得分也就 20 多分,很可能只有 10 多分"。能通过托福考试,方正天当然也不笨。最为可贵的是,衢州高级中学没有要求方正天"均衡发展",而是因材施教,鼓励他为自己的兴趣而努力。在衢州高级中学,有一间 10 余平方米的房间,摆放着爵士鼓,是专门给方正天打鼓训练用的!

这是一间"看得见风景的房间"!这间房间见证了什么叫尊重人,见证了什么叫尊重人的特长、兴趣,证明了什么叫"好的教育"。该校党委书记、特级教师周晓天说得好:"每一粒种子都有一片适合它的土壤,每一个学生都有他的特长。"这间房间,就是一个有远见的学校给方正天厚植音乐天赋的土壤。每一样学习都不容易,每一个孩子都有不同于别人的优点,发现孩子的差异,引出每个孩子身上的个性和优点,进行良好的培养,这正是优质教育的本质所在。

云山苍苍,江水泱泱,治学育人,山高水长;内敛治学冶性之光华,外露少年青云之锋芒——像衢州高级中学这样尊重学生个性、培养学生特长的学校,更值得点赞!

真正的现代教育,不是用教育工程在做教育,不是以完成工程指标为目标,不是以升学率和入名校率为指针,不是以分数、状元数为圭臬。那天应邀去一个高校讲课,来接我的司机一路跟我聊大学中学的教育培养,他说的一段话让我印象很深刻,他讲我们当地的某某外国语学校已经是够著名的了,学生被这个高中录取,家长都万分骄傲,但是从这个学校毕业的学生,有几个最终成为优秀的、杰出的人了呢,你讲得出他的名字吗?我一想还真是。

我们多少学校、多少老师以及多少家长,不知道真正好的教育是尊重人、尊重和培养人的长处的,就拿分数来衡量一切,于是把天才也衡量成了笨蛋。

事实上,大部分人都是靠一技之长谋生的,如果你的一技之长在行业里是一流的,那么你就是佼佼者。方正天的数学成绩不好有什么关系呢,这跟他的打爵士鼓没有任何关系,全世界的爵士鼓鼓手里头,大概也没几个是数学家吧。

"元宇宙"的人才之本

  2021 年,"元宇宙"大火,甚至被称为"元宇宙元年"。11 月
16 日《财经》报道《元宇宙抢人大战:风吹得太猛,年薪开到百万
了》,说的是元宇宙尚未真正到来,抢人大战已经开始。

  尽管此前已有若干本专论元宇宙的书籍出版,但真正让这
一概念普及开来的,大约是扎克伯格将"脸书"更名为"元宇
宙",即把 Facebook 改为 Meta(元宇宙英文 Metaverse 的前缀)。
这显然是未来要朝元宇宙方向发展,试图吸引更多的年轻用户。

  元宇宙概念,滥觞于 1992 年尼尔·斯蒂芬森的科幻小说
《雪崩》。元宇宙被称为下一代互联网新形态,那是一个平行于
现实世界,又独立于现实世界的虚拟空间,是映射现实世界的在
线虚拟世界,是越来越真切的多维虚拟世界,是可以提供沉浸式
体验的数字虚拟世界。它集合虚拟现实(VR)、增强现实(AR)、
混合现实(MR)、人工智能、区块链等技术,实现"拟真感",让用
户具有身临其境的感官体验,并且可以虚拟化分身。最直白的
说法是:"戴上耳机和目镜,找到连接终端,就能够以虚拟分身
的方式进入由计算机模拟、与真实世界平行的虚拟空间。"这样
的数字时空,必将一个人的生活、娱乐、工作、学习融合其中。

  开辟鸿蒙、创世而生。"所见即所得,所得即所想。"在 2021

年云栖大会上,阿里巴巴达摩院宣布进军这一领域,计算机视觉首席科学家谭平出任负责人。谭平在演讲中,直言 AR/VR 眼镜是即将普及的下一代移动计算平台,元宇宙则是基于 AR/VR 眼镜的下一代互联网,他将元宇宙的技术构成分为四层——从全息构建,到全息仿真,再到虚实融合,再到虚实联动。

在元宇宙世界,VR/AR、虚拟人、游戏、社交这些相关的赛道,最需要跑得最强劲的人才选手。世界如何虚拟,都是要靠人实实在在构建出来的。离开了人才,一切都是空话。元宇宙是一方技术和艺术的高地,离不了人才这个"本",必然需要一艘艘"人才航母",构成一个个有创造力的"航母战斗群"。这里既需要技术人才,又需要艺术人才,尤其美术人才,而美术人才更像是"通才",你如果是技术和美术的融合人才就更好了,包括动画师、三维角色绑定师、特效设计师,等等,都是"技术美术"岗位最渴求的人才。深圳有一句"深爱人才,圳等您来"的著名口号,现在大约可以说"元爱人才,宇宙构美"了。

百万年薪求人才,可见元宇宙领域的人才总体稀缺。然而,最尖端、最优秀的人才并不能一下子从天上大批量掉下来,教育也不可能用流水线方式培养一流人才。人才离不开"教"和"育"这个前提。自从社会学家、哈佛大学丹尼尔·贝尔教授把信息社会称为后工业社会以来,我们看到每一轮科技革命都会引发新一轮教育革命。教育务必从"标准化"进化到"非标准化",这样才能使受教育者保有想象力、培养创造力。长期以来,标准化的教育培养的只是标准化的劳动力,而标准化职业最容易被机器人、人工智能所取代,成为失业重灾区。所以,教育要"面向未来",这从来就没有错。

我国有太多的科研苗子、科学和艺术的天才,关键是他们如何成长。需要创造更宽松自由的教育环境与人才环境,从而让他们的才智茁壮成长,喷薄而出。在"元宇宙"等人工智能、现代科技的起跑线上,我们还真不能输了人才这个"本"。

贰

台阶教育，教育台阶

带着玩具入小学

教育有台阶，幼小需衔接。"幼小衔接"机制建设，已进入地方实践层面。2021年6月22日财新网报道：山东省教育厅近日印发《山东省幼儿园与小学科学衔接实施方案》，全省将遴选20个幼小衔接实验区、200个幼小衔接试点园、200个幼小衔接试点校，启动幼小衔接机制建设。

孩子从家庭进入幼儿园，这是人生第一个重要转折；从幼儿园进入小学，则是人生第二个重要转折。从"玩"到"学"，差异巨大，所以幼小衔接始终是备受家长和社会关注的焦点问题。

2021年4月，教育部印发《关于大力推进幼儿园与小学科学衔接的指导意见》，要求深化基础教育课程改革，建立幼儿园与小学科学衔接的长效机制，小学须将一年级上学期设置为入学适应期；一年级学生在过渡期可携带自己喜欢的图书、玩具，以游戏的方式开展教育教学等。

"带着玩具入小学"，这是尊重教育规律之举。幼小衔接，应该是"小"与"幼"衔接，而不是"幼"与"小"衔接——小学一年级"回头看"是对的，要"降维"，要让孩子带着玩具入学；而幼儿园大班"向前看"是不对的，不能为了升入小学而拔高要求，去"超纲"学习小学的内容。

教育有常识，成长有规律。学龄前，是到开始学习的年龄之前,是"不学习"的阶段,也就是孩子玩的阶段。否则就不叫"学龄前"。我国规定儿童入学年龄为 6 岁,此前皆为"学龄前"。达到学龄、进入小学之后,还需要持续一段"量变"的过程。小学生年龄小,尤其是低年级,本来就处在玩的年纪,不能教太多的知识,不能有太多的考试,更不能任意布置家庭作业,因为小瓶子装不了大海。

教育离不开系统,也不可能离开系统,系统的制度设计必须优化。真正的减负,务必在制度设计层面做到三个"难度"的降低:

一是教学内容的难度要降低。超纲、超前、超难的学习,不符合孩子的成长规律。除了少数天才可以超前自学,大部分孩子都应该"按部就班"。

二是作业的难度要降低。学生的作业负担,主要源于作业多、作业难。如果小学生、初中生都成为一个个埋头课桌的"做题家",那是孩子的悲哀、家庭的悲哀和教育的悲哀。

三是考试的难度要降低。在基础教育阶段,必须减少考试密度,降低考试难度。像一些地方中考降低考试难度,变得简单了,这是一个好的趋势。对于学生而言,降低考试难度,就是最关键的减负——这个指挥棒是比较灵的,所以要"将简单进行到底"。

此外,就是严格监督管理校外教育培训。教育部新近成立了"校外教育培训监管司",这很有必要。课外教培越多,游玩时间越少,读书越是成为孩子们的苦差事。一段时间来,少儿编程之类的培训似乎成为教培行业的新风口。低幼思维课程是否涉及"学科类培训"尚无定论,行业仍须严格推进教学内容合规,不得"增难""超纲"。

爱旅游的人,天生对空间的远方有一种迷恋;爱学习的人,天生对时间的远方有一种向往。可是,后者的向往从小被各种"难度"给折磨没了——是时候改变了!

童玩节:真正的唤醒

2019年五一节前后,杭州市濮家小学的孩子们可开心啦,学校迎来了第二届"童玩节"! 整整12天,孩子们不用上课,也不用做作业,去"玩"。

在当今学业压力越来越重、越来越低龄化、越来越下沉的背景下,在年轻的父母们越来越焦虑的情景中,一所小学能够安排整整12天的"童玩节",当真是有胆有识之举!

在宝岛台湾的宜兰县,每年夏季举办的"童玩艺术节",吸引四面八方的家长带着孩子来玩耍游乐;我们浙江乌镇也办"童玩节",在民间传统童玩游戏里,大人和小孩子都将开启一段别样的奇妙之旅……许多"童玩节"通常都在暑假里进行,而濮家小学把长达12天的"童玩节"安排在学期中,去把越来越稀缺的快乐找回来,尤为可贵。

不承想,二年级"小学霸"浩浩向妈妈诉苦:"妈妈,我不想去参加童玩节,还不如给我几张试卷做做。"宁可多做试卷或作业,不想去玩,这恐怕不是个别同学的想法,甚至可能有的家长也这么想。而作为"小学霸"的浩浩同学,是对"童玩节"里练习跳大绳等"训练",产生了畏难情绪。

学校在这届"童玩节"中,以"力量"为主题设计了20多个游戏项目,涵盖多门学科;安排了许多集体项目,比如跳大绳、风火轮、动漫真人秀舞蹈,等等,都需要前期训练。"大家都在一起训练集体项目,是为班级和年级争光。"

噢,是这样!"童玩节"的"玩",概念也是不一样的,并不是不上课、不布置作业、不考试,就算"玩"了;"玩"也是要把握好内涵的尺度的,否则变成文艺、体育项目的训练和比赛,成为"应赛文艺""应赛体育",那与"应试文艺""应试体育"更接近,与"童玩"距离反而越来越远了,这就背离了初衷。

一百次的规训,不如一次真正的唤醒。无论学什么、练什么,最终都为了一个"分数",从而提前透支了孩子们的学习力、想象力、创造力。童玩节,重在唤醒童心、回归童年、重拾童趣,一定是以释放天性为主的。对于小学生来讲,最需要通过"童玩"唤醒孩子的天真、释放孩子的童真,所以应该有更多真正的玩耍,比如娱乐、游戏、春游,而尽量减少"集体训练、比赛争光"的项目;即使是运动会也要多些玩的项目,而不是以"田径运动会"的比赛、争光为主。

有识之士直言:童年被透支的孩子,很难形成健全人格;越来越多的孩子在教育中不能享受到快乐,而不快乐的时间一再提前。这是很可怕的。童心童真、快乐天性,都迫切需要唤醒,"童玩节"就应该有这样的效用,最终能唤醒潜能、唤醒想象力、唤醒创造力。

"假如蚂蚁真的是一天到晚忙个不停,又怎么还有时间快乐地去四处野餐呢?"经济学和心理学的"稀缺理论"告诉我们,资源稀缺不可怕,就怕有"稀缺心态",即"稀缺俘获大脑"、稀缺思维,这成为稀缺根源。如今在中小学教育领域,稀缺无处不在,老师学生甚至家长都被各种学业作业培训补课填满了,透支必然带来稀缺,稀缺时间、稀缺玩乐、稀缺幸福。稀缺理论说得不客气:稀缺必然让人变笨,让人的知觉、记忆、运算、推理能力等"流体智力"减弱,而且不断削弱人的注意力、控制力、执行力。稀缺中人只能依靠更有限的脑力去勉强应对,学生也不例外。

是时候要通过"童玩"来摆脱种种稀缺、唤醒童心快乐了!

动漫、孩子和想象力

　　动漫动漫，一动满世界都是快乐的春天。第十三届中国国际动漫节在杭城落下了帷幕，这届动漫节办节宗旨是"动漫盛会·人民节日"，以"国际动漫·拥抱世界"为主题，设立了1个主会场和16个分会场，共吸引了82个国家和地区参与。巨大的数字令人瞪大眼睛：共有139.45万人次参加了动漫节各项活动；实际成交及达成签约交易、意向合作项目986项，涉及金额130多亿元……这些数字之外，我最感兴趣的，其实是这个数字：国际少儿漫画大赛设立了德国、加拿大、英国、马来西亚、日本、新加坡等6个境外分赛区，共收到参赛作品4万余件，其中涉外作品4100件，创历史新高。

　　动漫当然是老少咸宜的，而它对孩子的影响尤其巨大。动漫节上处处可见孩子快乐的身影。动漫无论是由大人还是由孩子创作的，都能极大地启迪孩子的思维智慧，动漫最能开启孩子们的想象力之门；而一旦孩子有了创作动漫的兴趣，那就是对创造力的极大培养。

　　恰好是在动漫节期间，我的一位朋友、一个小学生的母亲，在微信上说了这么个"小事"：休息日，孩子在家，迷上了一本厚厚的书《妖怪大全》，大有手不释卷的意味，而作为母亲的她，严格要求:只允许阅读 15 分钟,然后做作业。我看了吃了一惊,作为过来人,我知道这位母亲这样的做法不对。"没想到"已是问题了,更严重的问题是,孩子看一本"半漫画半文字"的《妖怪大全》,仅仅只允许看 15 分钟!

一大堆的课外书面作业有那么神圣吗?毫无疑问,没有。去看动漫节,或者在家看《妖怪大全》,也很有意义。《妖怪大全》是日本"鬼怪漫画之父"水木茂的名著,他倾其一生,用细腻的绘画,为妖怪重新注入生命,创造出一个光怪陆离、亦真亦幻、神秘莫测的妖怪世界,共收录 764 种妖怪、112 种神明,中译本厚近千页。他笔下的妖怪,是在查阅了大量的文献资料和古代绘画作品之后,结合自己的想法创造出来的。事实上谁都没有见过妖怪,可是水木茂有着巨大的想象力,每幅妖怪漫画都画得极具个性。书中每页上半部分是妖怪漫画,下半部分是简明扼要的文字,不仅吸引孩子,其实也非常吸引大人。此前在国际动画电影节上,水木茂获得"东京动画奖功劳奖",因着他对动画产业、文化发展做出了巨大贡献。看水木茂的各种动画、漫画,就是进入了一个想象力的世界。

孩子的想象世界,因自由自在、无拘无束而产生;约束多了,想象必定少。明代思想家、哲学家王阳明,也是一个很厉害的教育家,他曾撕碎了一册书上的战国形势图,让得意门生、成年人冀元亨拿回家去拼起来;冀元亨面对地图,一夜不休不眠也无法复原;王阳明于是让书童拿去拼图,小伢儿书童很快就拼好了,他是按照战国形势图背面的作者画像来拼的,一举拼成。受到思维约束的成人,败在了无拘无束的孩子手下。

小学生摇滚:放牛班的夏天

"行船入三潭/嬉戏着湖水/微风它划不过轻舟/时而又相远/时而又相连……"这是知名的痛仰乐队演唱的名曲《西湖》,在贵州六盘水海嘎小学,在这个贵州最高海拔的"云上小学",现场演唱通过快手平台进行了"云直播"。这场直播传遍了网络世界,感动了无数网友。

从央视新闻频道到《人民日报》,都报道了海嘎小学的"摇滚乐队",话题再一次登上热搜。海嘎小学地处"乌蒙磅礴走泥丸"的贵州西部乌蒙山区,坐落于"贵州屋脊"韭菜坪的少数民族村寨——海嘎村,这里最高海拔 2900.6 米,被称为贵州"最高学府""云上小学"。2020 年 7 月 24 日,快手公益团队来到海嘎小学,送去隔音棉、三脚架、琴架、直播支架等设备,助力孩子们的音乐梦。

海嘎小学的首支乐队,是 2018 年建立的,组织者是教音乐和语文的顾亚和胡静老师。2016 年他们来到这里任教,当他们抱着吉他坐在办公室弹唱时,不经意间发现一群孩子趴在窗户偷看,孩子们的眼神里透露出对音乐的喜爱。这让老师萌发带他们"玩音乐"的梦想。那时要什么没什么,于是老师们就发动募捐,结果收到许多爱心捐赠,学校的几百件乐器,都是由各地爱心人士和企业捐赠的。

7月25日那天，"慕名而来"的痛仰乐队，和孩子们的乐队一起，举办了一场大山里的摇滚音乐会，并进行直播。这个在半山腰上的小学，就这样结结实实地被音乐给包围了！

这让人想起法国电影名作《放牛班的春天》和美国经典电影《死亡诗社》。在《放牛班的春天》里，新来的音乐老师马修面对一群被放弃的野男孩，组织合唱团，教他们音乐，用音乐打开了学生们封闭的心灵。在《死亡诗社》里，新来的老师基丁，为这所传统而封闭的贵族学校的孩子们讲文学、讲诗歌，他那个性的、另类的授课，充满了生命的张力、自由的气息、思想的激荡，他成为传统教育的背叛者、孩子们灵魂的拯救者……实际上，没有什么比设定一个孩子们无意遵守的陈腐模式更加不可原谅；而这两位老师面临的，正是校长以专制高压的固有手段来管治学生。不管两位老师终极命运如何，他们都唤醒了孩子们年轻的心灵，自由之花都已在学生们的心中生根发芽。

这就是鲇鱼效应，这就是春风化雨。这是真正可贵的人文教育、人文熏陶。教育家杜威在《人文教育》一文中说，人文教育是"共同体每个成员都应该接受的教育：这是一种能够释放每个人能力的教育，使他能够幸福，也对社会有用"。无论是小学、中学还是大学，人文教育都是不可或缺的，都是必须具备的"通识教育"。远在文艺复兴时期，人文课科目仅有四门；而今天，大学人文课程所包含的科目，已经远不止于此，包括了历史、哲学、宗教、文学、政治、科学，等等，内容极为丰富。那么，我们的小学生、中学生就不需要人文教育了吗？不，不是的，人文的涵育熏陶，一定是从小开始的，而且是要伴随终生的。人文精神看似"无用"，其实"无用之用，是为大用"。

无论多么偏僻的山区，"放牛娃"们同样需要人文教育、人文熏陶。这是"放牛班的夏天"，这是"放牛班的夏天"可贵的故事，这并不属于"物质扶贫"，这是珍贵的"精神补白"……

孩子们的"台阶教育"

无情剑,一文斩谬去;有情风,万里卷潮来。

这是 2018 年暑假,教育部办公厅发文,专项治理幼儿园"小学化"!直指一些幼儿园违背幼儿身心发展规律和认知特点,提前教授小学内容、强化知识技能训练。"小学化"倾向较严重,这不仅剥夺了幼儿童年的快乐,更挫伤了幼儿的学习兴趣,影响了身心健康发展;要求坚决纠正"小学化"倾向,严禁教授小学课程内容,纠正"小学化"教育方式,整治"小学化"教育环境,而小学要坚持"零起点"教学。

我举双手赞成这个规定!长期以来所谓的"不输在起跑线"的谬误深入人心,实质上变成适得其反,无声无息中把正常的幼儿教育扼杀在摇篮里。幼儿园不是"学"之校,却普遍地提前教授汉语拼音、识字、计算、英语等小学课程的内容。幼儿园教小学的,小学教初中的,初中教高中的,高中教大学的,到了大学则要教幼儿园的内容——基础文明都没学到,"幼儿园大学"要重新开张。这是如何违反规律、本末倒置、走反了台阶的教育情形?

此时,恰好看到《浙江教育报》推出的一个重磅报道——《因为儿童,所以改变》,说的是杭州幼儿园教改的"西湖行动":

重塑儿童观,"发现儿童,才能发现课程",就是以儿童的视角来发现课程内容,以儿童的立场来审视课程价值,以儿童化的方式来优化课程实践。其中一个典型细节是:幼儿园教师和孩子对话"幼儿园最好玩的场所是什么",原以为孩子们会说人气最旺的滑滑梯、有很多秘密的小树林、停不下来的秋千、挑战自我的独木桥……令人意想不到的是,孩子们认为操场边上的一组台阶最好玩!

这让教师充满了疑惑,于是请孩子们来介绍台阶的玩法。就这样,师幼一边讨论一边玩,进而又利用各种材料创新了多种玩法。他们甚至带着孩子走进中国美术学院象山校区,去寻找更多有意思的台阶。受到美学启发的孩子们回来后,亲手设计图纸,为幼儿园的台阶进行了装扮,用各种材料搭建起了台阶……

这是孩子们的"台阶教育",这是幼儿园教育正确的"教育台阶"。幼儿园的孩子在"台阶"上"画出最新最美的画",远远胜过在课本里学识字、学计算、学这个学那个。"改变儿童观,看见儿童需求",回归了教育的本质。

什么是正确的、健全的教育?至少有个大前提——"人"是第一位的,"人"是根本。尊重人,尊重人的想法需求,尊重人的成长规律,这样的教育才能够让一个人的童年属于自己,青年属于自己,中年也属于自己,老年还属于自己。而看看我们长期以来的教育误区,不难发现"眼中只有成绩,心中没有孩子",如此这般的分数教育、应试教育,才真正限制了孩子们的想象力。也恰恰是这种错误的教育观,让我们的孩子输在了起跑线——一开始就跑偏,甚至跑错了方向。

教育部专项治理幼儿园"小学化",这次纠偏纠错,需要全方位、持久性的落实,此乃孩子之福、教育之幸!

"失控姐"与"沉香效应"

一个才 4 岁的小女孩,屡屡被请上电视节目"出演"不同角色,一会儿警察,一会儿空姐,一会儿推销员;而且,还因演出时"情绪失控",被冠以网络名"失控姐"。人家才 4 岁的小伢儿,就被叫作"姐"了,其实连"失控妹"也算不上,"失控宝宝"差不多。这个"失控",还真是"被失控",从电视到网络,从节目编排到现场录制,都是大人干的好事。

这个所谓"失控姐"的小莎莎,是如何"失控"的?盖因让她以小充大上节目,被出演"对手戏"的大人给吓出来的。这是大人们拿小伢儿的"失控表现""失常表演"寻开心。这最初的"创意",来自 2010 年江苏卫视一档节目《我爱饭米粒》,其"开心宝仔饭"说是"让小朋友早点体验到大人的职业",于是小莎莎出演小民警,要看住一个蒙面"坏人",结果小莎莎被"坏人"吓得脸色都变了,带着哭腔大喊:"你别杀我啊⋯⋯"

让 4 岁的小朋友去"早点体验到大人的职业"?真是没智商的大人们才想得出来。江苏之后,两个外地卫视相继邀小莎莎扮演成人角色,面对大人的纠缠、"恐吓"、编排,小莎莎一次次情绪失控,号啕大哭。扮演空姐的小莎莎,被乘客索要水喝时,台词"被导演"成"实在对不起,这飞机上实在是太穷了"。

听见小莎莎的哭声，大人们则哈哈大笑，没心没肺地赢得了"观影"快感。

错位，本是喜剧的手法之一；如今成人拿这样亦真亦假的"错位"来"编排"一个4岁小女孩，真是被"收视率"给害的。许多电视为何缺思想、没文化，由此可见一斑。电视台开路、网络上蹿红，这是所谓的"现代化"成名之路。你若不怕"审丑疲劳"，拿成年人开玩笑，或者拿网络虚拟的"小月月"来膜拜，我都没啥意见，但拿这4岁小女孩寻开心，不能不提出警告。

小莎莎有一定的表演天赋，但混杂着小孩个人表演和大人故意威吓的非表演，对这么一个才4岁的小女孩就是一种摧残。

作为家长，必须就此打住了，不能再让孩子去赢得此类荒唐的名声。昙花一现意义是不大的，何况还是在瞬息万变的网络上。好在家长已经幡然醒悟，决定今后只让孩子"偶尔去上上儿童节目"。

这事儿让我想起沉香与"沉香效应"。沉香是什么？这里的沉香是指沉香木（不是中药材意义上的"沉香"）——树木负伤，而成沉香。因为各种原因致伤的树木，脂膏凝结成块，天长日久之后变成沉香木块，入水能沉，而且芳香，故称沉香。"生了病的木头比金贵"，如今收藏级沉香，价值远胜黄金。如果加工成沉香木艺术品，那更是价格飙升。沉香木成了一种投资品，那是另话，我要说的是，沉香木因为生长缓慢而且稀少，要经过漫长岁月的凝脂聚香，方能成材，才能形成香传万里、价值连城、耐久收藏的"沉香效应"。

你是树苗刚发芽，说不准还仅仅是绿豆或黄豆发芽，将你折断后要变成沉香——那是不可能的。

教育的文化底蕴

在杭州市繁华的老城区,在皮市巷和马市街之间,在浙江大学附属第一医院附近,有一所深藏不露的中学,那就是杭州第十中学。2019 年 5 月 21 日《都市快报》报道:杭十中竟然藏有一万多册古籍,包括《四库全书珍本初集》《古今图书集成》等,以及珍贵的晚清中小学教材《溥通国文读本》《高等小学国史教科书》,翻译过来的《化学鉴原》《代数术》《微积溯源》……学校专门建有古籍室来保存这些古籍。杭州图书馆古籍组的专家都惊叹:这是一个宝藏!

杭州第十中学现为杭州市优质初中,其前身最早是宗文义塾,创建于 1806 年,"宗文",是以文为宗,是文与道的统一;义塾按学习程度分"仁""义""礼""智""信"五斋(即五个年级)进行授课。1907 年改为杭州宗文中学堂,1912 年改为杭州私立宗文中学校,1956 年转为公立,更名为杭州第十中学。学校迄今两百多年,是浙江省办学历史最悠久的中学。

这些古籍,正是当年私立宗文中学购入并保存至今的。最近杭十中在搞"晒古籍,阅好书"活动,一位初二学生的家长向媒体报料:"杭十中年代悠久,浙江能藏有这么多古籍的中学恐怕就这么一所了!"杭州是历史文化名城,这座城里的地上地下藏有很多宝藏,不过一所中学经过时光的淘洗,还能藏有这么多珍贵的古籍,真当是奇迹。

杭十中有着丰厚的人文底蕴,名人辈出,民国时期更是大师的摇篮。包括教师在内的校友中,有著名教育家马叙伦,著名诗人刘大白、戴望舒,著名作家张天翼,著名历史学家吴晗,等等。戴望舒1919年考入宗文中学,他后来写的《雨巷》中的雨巷,大概距离宗文中学不远吧!

教育非常需要深厚的文化底蕴,而且需要努力开发这些底蕴。晒古籍,阅好书"活动很好,几年前杭十中还举办了"新复古运动",传承宗文中学的传统文化精髓,将这样的文化精髓以一种新的方式渗透到教学和生活中,可谓独具慧眼。

除了杭十中,杭州还有一大批中学的校史追溯到百年前:杭州高级中学的前身是始建于1899年的养正书塾以及创办于1906年的浙江官立两级师范学堂;杭州第二中学的前身为创办于1899年的蕙兰学堂和创办于1939年的国立浙江大学附属中学;还有杭州第四中学、杭州第七中学、杭州第十一中学、杭州第十四中学,等等,都有着百年校史。2018年5月18日,杭州高级中学120周年校庆,万名校友返校同庆,在典礼上宣告成立"钱学森班",钱氏家族无疑也构成了一种宝贵的教育文化底蕴。

无论中学大学,教育的文化底蕴都十分重要。"国有成均,在浙之滨;启真笃学,求是育英。"2019年5月21日,浙江大学迎来建校122周年,浙大前身求是书院创立于1897年;如今浙大以一个非一般的举措来庆祝校庆——在5月20日成立了艺术与考古学院,以文化传承来培养人才、服务社会的意蕴凸显。也是5月20日,台湾招收陆生开始报名,为期一个月;台湾教育的文化底蕴被人津津乐道,去台湾读大学成为一个接受人文熏陶的不错选择。

当然,仅靠底蕴还是不够的,在今天更需要创新发展。为了学子的成长,全世界都要让路;为了学子的成长,全人类都要托举——而文化底蕴,就是莘莘学子前行的最坚实的基础。

叁

高考『矮考』，看见未来

恢复高考：回望与纪念

一个时代如果无法唤醒，那就是时代的悲剧。恢复高考，就是对一个时代的唤醒。1977年12月恢复进行的高考，是中国历史上唯一一次冬季高考。各省时间略有差异，浙江是12月15日开考，考试时间是两天——15日考政治、数学，16日考语文、理化或史地。最终，在第二年的春天，全国有27.3万名年轻人朝气蓬勃地跨进了大学校园。

40年时光倏忽而过。2017年12月15日，《120个回望——纪念高考恢复40周年》一书在杭州首发。这是老杭大77级、78级的老校友，纪念高考恢复40周年文章的结集，共120篇，由浙江人民出版社出版。一群特殊的毕业生，就这样做了一件特别有纪念价值的事。他们都是在第一时间抓住历史机遇的人，他们是独特而幸运的；老杭大的老校长薛艳庄所写的序言，题目就是《历史机遇造就的独特人群》。

"扔下锄头，我们报考去！"被录取的27.3万幸运儿，是从570多万名报考的考生中录取的，录取率仅为4.7%。浙江省参加初试的考生有370339人，之后正式参加全省统一考试的有73365人，最终录取7708人。一个国家的教育，是不能有空窗期、断层期的。1977年的高考，考生不仅年龄参差不齐，水平更是参差不齐。第一次高考阅卷，那可是"鸭蛋滚滚来"。鸦片战争中浙江沿海船民的抗英组织"黑水党",成为浙江史地考卷中的一个名词解释,全浙江省答对的仅有 0.5%。在拨乱反正、恢复正常之后,高考答卷才渐渐地变成了"桃李朵朵开"。

一个人的命运,折射出一个国家的命运。邓小平决策恢复高考,是时代的大手笔,举重若轻;它和真理标准问题大讨论、全国科学大会一起,成为十一届三中全会召开以前的三个标志性事件,具有里程碑意义。周天寒彻,万物冬藏,积攒力量,积蓄能量,静悄悄地准备着迎接春天的来到——这就是一元复始,这就是复始一个新世纪,这就是开启伟大的改革开放。个人和国家的命运,由此改变。而恢复高考,比高考本身更重要。纪念改革开放 40 周年,就不能不回望与纪念恢复高考。

"从来不需要想起,永远也不会忘记",这就叫刻骨铭心。这些日子正在热映的冯小刚导演的电影《芳华》,里头也有提到当年恢复高考后要报名考试去读大学的细节。不久前看过著名油画家罗中立的回忆,那是一个人的高考幸运事、创作幸运史。罗中立以让人过目不忘的巨幅油画《父亲》而闻名于世,他是 1977 年考入四川美术学院油画系的。他当时是四川达县钢铁厂的锅炉检修工。生于 1947 年的他,到 1977 年已经 30 岁了,不再是"芳华"岁数;按照当时的年龄规定,如果拖到第二年满 30 周岁就不能再报名了。那天他接到了知青女友、后来的夫人的电话,叫他赶紧去报名。他马上下班,走了 20 里山路,赶到四川美术学院报名组所住的招待所,已是晚上。他敲开招生组的房门,军代表第一句话就是"时间已过,报名截止了,明年再来吧"。幸好招生组里两位考察专业的老师不断帮助说情,军代表才网开一面,让他成为川美最后一名报考者,挤上了末班车。开学后见到同学,"每一个人的脸上洋溢着自信、兴奋,显得生机盎然"……

第一批跃过高考"龙门"者,如今大多年届六旬,芳华不再。而走过 40 年的高考,也走过了解冻、嬗变、转轨、扩招、惶惑、思变的历程。这里有个关键的时间节点:1999 年,我国开始了大规模的高校扩招。

我向来是支持大学扩招的,我甚至把扩招看成进一步的"恢复高考"。那么大、那么多人的中国,大学本科教育如果长时间是精英化的、少数人的,那是非常可怕的。金字塔不能只有塔尖没有塔基。只是一时间扩招的行动急了一点、扩张的步伐大了一点,这个应该检讨。

可以比对两组数字:1977年高考招生数为27.3万,恰好与2016年浙江省普通高校招生计划数27.3万相同;到了2017年,浙江高考录取率已经高达93.4%,这意味着"未录取率"为6.6%,而1977年全国高考录取率仅为4.7%,完全倒了一个头——这,就是沧海桑田。历史,就需要这样的改变和进步。

恢复高考40周年,意味着高考的"四十不惑"。但历经40年的高考已然越来越有"惑"了,诸多真问题,需要真"传"改革之"道",以"解"此"惑"。

高考：千万人的公平

【篇一】公平的追求

一个班级里 30 多个人，竟然全是"国家二级运动员"，原来是把 800 米成绩当作 1500 米来填，他们为的都是"高考加分"——时在 2009 年。

水平不够，加分来凑。若是局外人，你还真不知道高考加分的花样是如何丰富多彩。除了五花八门的"体育高手"外，还有省级三好学生、省级优秀学生、高寒山区教师子女、奥赛获奖者、文艺竞赛前三名、"三模两电"（航海模型、航空航天模型、汽车模型、无线电测向、业余电台），等等，不一而足。现在，有许多省市对加分"动手术"了，让其"缩水"，这是对公平的追求，当然是好事。

高考加分，仿佛是高考大树上的节外生枝。高考是统考，加分可不是统考，于是就给弄虚作假、"酒中兑水"预留了巨大空间。你胡乱加了分，意味着把别人给踹了下去，此为不公不义。

没有公平，也就没有正义。收入不公，会影响人的一时；教育不公，则会影响人的一生。孔子所说的"有教无类"，就是教育公平。谁都应该迎接公平或相对公平的教育。考试公平、录取公平，是教育公平的延伸。在升学的关节点上，整个国家都要致力追求公平、保障正义，为每位考生创造平等的升学机会。

高考招生改革，有不少难题。从学生这头看，如何赋予学生更多选择高校的权利，使大学成为学生真正的"多项选择题"，让学生可平行选择多所高校？如何克服"一考定终身"的缺陷，能否让考生多考几次？在杭州，中考的体育测试30分就是多选项、可多次测试的，这就很好，而不是你选择了跳绳只能跳一次，中途中断几回就完蛋。

从学校这头看，如何均衡各地录取率、改变重点高校招生本地化，让"倾斜的分数线"不再倾斜？如何扩大高校的招生自主权？还有就是如何减少甚至取消高考加分的特殊政策，以及如何避免"保送不公"？

收藏家马未都先生在他的博客里，专门就高考保送生问题谈了看法。北京市2009年保送生105人，来自各名校。"我读了一下保送生的条件，只有第六类，也就是最后一类'公安英烈子女'涉及人道主义关怀，其余五类让我看都与公平无关。"第一类"省级优秀学生"和第五类"获奖运动员"，这两条已是奖励，荣誉应该是单纯的，不应该有附加。第二类"奥赛获奖选手"和第三类"竞赛获奖选手"，高考应比这两类比赛容易吧，那为何不去参加呢？第四类"外国语中学学生"，这些学生本来已具有优势，仍嫌不够……"保送不能算是公平行为，会助长钻营意识，利用已获荣誉，再获得荣誉之外的好处。"

马未都的说法有一定道理。保送生的确定，也有许多加分，同样有水分。如何"缩水"？唯有改革。保送生如果个个都有真水平，那还需要保送吗？

对加分的改革，最容易做到的也就是政策制度上的调整。在没有完全取消加分政策之前，应该在制度上控制加分幅度，比如单项分数不能高于5分、总分不能超过10分，那么家长"求分"的冲动就不会那么激烈了。在此基础上，再致力遏住权钱之手，防止加分腐败，严惩弄虚作假——说实话，这个要困难多了。

【篇二】吁请取消高考加分

2010年3月9日《羊城晚报》报道,来自广东的全国人大代表倪乐提交建议,改革或取消高考加分。其缘由很简单,因为高考加分损害了教育公平,既无公平机制,操作上也不公平、不透明;高考加分政策太乱,跑两下可加分,优秀学生干部可加分,招商引资可加分,有的地方甚至独生子女也加分,加分项目超过190项;最高可加20分,而加1分就可能提升几千上万的排名……

倪乐代表这个呼吁实在不错。教育要改革,那么高考就必须改革;高考要改革,那么现行的加分与保送制度就必须改革。当人们担心"权力后门"、嚷嚷"高考是最公平的制度,动不得"的时候,他们不晓得,权力其实早已另辟蹊径、另开旁门,绕开了千军万马拥挤在一块的"独木桥",暗度陈仓把自己的子女送达高考的彼岸,这个路径、管道,就是加分与保送。

高考加分如此,中考加分也类似。许多地方的中考制度,是分"两步走"的,第一步是"保送",第二步是"考试",有本事的不用参加后头的"考试",经过各种加分成了"排名"中的"佼佼者",先你一步被"保送"走了。

加分与保送的基因开始变异后,渐渐成了为权力金钱开的"小灶"。高考改革没改成,却让一些人"开小灶"吃得欢天喜地。所以,那些能吃上小灶的人,最反对改革现行高考制度,最愿意维持高考现状,他们乐见高考"双轨制"——传统的考试与加分的保送双轨运行,没本事的人老老实实去考场考试,有本事没水平者,就走加分的捷径。

总之,权势或优势家庭,组成了"加分俱乐部",在加分制度保护伞下,各显神通、各个击破;而加分保送的制度设计,在暗地里给权力后门留足了空间,对此,我称之为一种"软作弊"。

在加分与保送制度下,最吃亏的是聪明勤奋但没有门路的农村孩子。加分项目在照顾了一部分社会群体后,造成了对另一部分社会群体的不公。相比于混乱不堪的加分与保送制度,过去单一、单纯的高考,只按考生总分高低排序,真是公平简单多了,对权力、金钱、人情关系有着较强的抵抗力。

现在不仅有一根高考指挥棒,加分、保送成了另一根指挥棒。在这一指挥棒的指挥下,一些孩子也想搭上加分的车,于是,学钢琴不是为了艺术,而是为了考级;练跑步不是为了身体,而是为了加分——这就是现实。

中考与高考的保送与加分政策,仅仅是"缝缝补补",显然已不足以革除弊端。

【篇三】高考:千万人的公平

2019 年高考的脚步越来越近了,高考报名人数超过千万,这是 2009 年以后首次破千万。教育部提出要求,要严把"四关":试卷安全关、考场组织关、阅卷质量关、录取公平关。要焊牢"关键点",落实安全责任。教育部部长陈宝生表示,要坚持正确育人导向,严禁宣传"高考状元""高考升学率"。

录取的"公平关"很重要,多年来力求"高考面前人人平等",正是高考受到褒扬的一个关键点。然而,求公平、平等并非易事。比如"高考移民"就是对教育公平的严重损害。这些临时的、外来的考生,利用不同地区的教育落差,从应试水平较高、录取比例较低的地区,向应试水平相对不高而录取比例较高的地区迁移,挤占、抢夺了本地考生考取名校的指标名额,考完就走人,让本地考生吃了哑巴亏。

深圳富源"高考移民"事件,就成了近期的舆论焦点。5 月 7 日,新华每日电讯刊发报道称,经深圳市有关部门最新证实,富源学校进入此次"二模"前 100 名的学生中,有 10 余名学生均从河北衡水第一中学(高中)转入。要知道,在广东报考清华北大的录取分数线,比在河北报考要低 20 多分。同一天,广东省教育厅厅长景李虎就此回应称,要做好高考移民清退工作,工作不力的教育局和学校,要被问责。

损害一个人的公平,就是损害高考的公平,就是损害千万人的公平。当地的学校,为什么置本地的学生不顾,让外来的考生挤占名额?关键点就在逐利和追求升学率。深圳市富源学校是一所民办学校,此前并非当地知名高中。但3年前该校与河北衡水中学合作,以"深度合作办学"为名,挂牌成立了"衡水中学深圳富源分校"。这种"联姻",事实上变成了高考移民新渠道,多名学生从衡水一中转入,有的考生考完就回河北。

富源学校"异军突起""成绩逆袭",就是两种路径:一是从河北挖尖子生入广东户籍,在深圳高考;二是招广东的孩子,学籍挂在富源,送去衡水上课,再回深圳高考。后者就是"空挂学籍"——将学籍挂在某地某校,学生却到外地去读书,回来后再参加这个地方的考试。这种转来转去的"转学","转"出了富源式的"名校"。如此这般,富源学校就把学生当成源源不断的"创富之源",他们高中普通班一年学费超5万元,高中国际班一年达15万元。

严禁宣传"高考状元""高考升学率",年年都在喊,问题的关键点不在媒体宣传不宣传,而在于学校本身就在使劲追求"高考升学率",尤其是追求"名校升学率"。因为一个学校"高考升学率"冲到了最前面,那就有名有利有政绩,即使嘴上不说升学率,暗地里也在使劲追着。在"升学率""名校升学率"的指挥棒下,"走捷径"的"高考移民"暗流涌动,无疑对高考公平构成了严重挑战,也树立了唯分数论以及弄虚作假的不良导向。

对于种种利用人籍分离、空挂学籍、学籍造假等方式鼓捣出来的"高考移民",唯有严查严处严惩,才能确保高考公平。当然,要从根子上消弭教育的功利性,非一日之功也。

"高考"就应该是"矮考"

"经过 10 年'文革',1977 年恢复高考的时候,崔卫平还是中国东部一个小村庄里的棉农兼拖拉机手。"路透社用这样的开头报道中国恢复高考 30 年。

知道考上清华的时候,在杭州萧山农村插队的宋安澜正在挑河泥,他是 1977 年浙江省总分第一名。

宋安澜先生后来去美国做了博士后;崔卫平女士成了中国电影学院的教授、著名学者。

1977 年那个阴霾刚刚驱散的冬天,在邓小平亲自决策、过问和布置下,关闭 10 年之久的高考考场大门,终于重新轰然打开。

高考,改革开放前的第一缕春风。高考,人生命运里的重大转折。高考,成才竞赛中的可贵公平。没有高考,崔卫平开拖拉机不知道要开到何年,宋安澜挑河泥不晓得要挑到何月。

1982 年盛夏的一天,通过乡里唯一一台摇把式电话接到信息的一位村民飞奔过来告诉我"你考上了",16 岁的我正坐在门前小溪旁发呆。于是,我成了整个乡里有史以来的第一个大学生。没有高考,今天的我在何方?

恢复高考的 1977 年,考生有 570 万,只有 27 万考上大学;

30 年后的 2007 年,有了创纪录的 1000 多万考生,500 多万能够读上大学。30 年弹指一挥间,考生翻了一番,而录取者增了 20 倍,录取率亦达 50%。这就是进步。我一直坚定支持高考扩招,虽然不同意一些学校超能力的招生"大跃进"。让更多的人上大学、读大学、经过大学的熏陶,是国家教育发展的总趋势。如今大学生毕业后确实就业难,但那些高中毕业未读大学的学生找工作就更容易吗?"高考"就应该是"矮考",降低门槛,降低难度,从而让大部分人都能够接受高等教育。

高考受益于公平,但高考不能不思改革。总体公平的高考,其实也隐藏着内在的不公平,比如农村孩子上大学的机会只有城市孩子的三分之一,因为中小学最好的老师都集中在城市;比如不同省市录取比例相差悬殊,北京的考生上清华北大的概率就很高。高考的"一刀切",用"标准化"指挥着全国的师生忙于应试教育,不仅考试格式化,学习也格式化,学生也格式化,人才也格式化了。

与好的高考作文题是开放式的一样,好的高考方式、好的大学录取方式,也应该是开放式而非收缩式的,应该是多元化而非一元化,更不是格式化的。今天我们回顾高考,就是为了将来高考的积极变革与巨大进步;高考不能板结成块,不能向已经废止百余年的科举制度靠近。

"先天下之忧而忧,后天下之乐而乐",这是 1982 年我做过的高考语文作文题;高考如果一味"无忧",那么,"乐"就不知道在哪里了。与教育一样,高考也要面向现代化,面向世界,面向未来。

高考从"独木桥"到"立交桥"

很让人吃惊,重庆有个中学,一个班级29人,统统被美国高校录取。所以他们集体放弃了高考——准确地说,是放弃了中国的高考,选择了留学。

2009年我国高考报考人数约为1020万,比上年减少3.8%;录取率提高近5个百分点,预计接近62%。教育部有关人士说:适龄人口总量减少,是高考报名人数减少的直接原因,而非"就业难"。其实,原因是多元的,留学亦是弃考的一个因素。

今天的高考,已趋向多元。教育部考试中心主任戴家干曾说,高考就是要砍掉"独木桥",建设"立交桥"。他是从让更多的人能受到高等教育的角度出发而言的。我想,"立交桥"不仅是指让更多的人能够"过桥",还应该是高考方式、求学路径的多样化。

这是张爱玲小说《小团圆》的第一句:"大考的早晨,那惨淡的心情大概只有军队作战前的黎明可以比拟,像《斯巴达克斯》里奴隶起义的叛军在晨雾中遥望罗马大军摆阵,所有的战争片中最恐怖的一幕,因为完全是等待。"这在全书的结尾又出现了一次。此般"大考"，就像"独木桥"而非"立交桥"；高考若是"立交桥"，那么前进之路多了，一考定终身的紧张就少了。

复旦大学的自主招生，就是高考路径多元化的有益探索，这有助于高等院校人才培养。而有个"佳话"更值得褒扬：复旦把38岁的蔡伟列入了2009年度博士生拟录取名单，导师为古文字学泰斗裘锡圭先生。38岁读博士不稀罕，稀罕的是蔡伟只有高中学历，下岗10余年，之前他还是蹬三轮养家糊口的三轮车夫。重材重质不重文凭，唯此，才能"复旦复旦旦复旦，巍巍学府文章焕"。没有这样的求学"立交桥"，蔡伟只能在三轮车上看古文字书籍了。这个对个人、对学校有着双重感佩的故事，还被编成高考作文练习的参考题材。

"蔡车夫"的特长是古文字学。真正的特长生，当然是瑰宝。有位中学老师说得深切："中国的这种应试教育，使多少有特长的孩子失去受教育的机会！社会是多元的，教育也应是多元的，应试使学生的创造性沦丧。每看到坐在后排的偏科生，我就感到一阵阵心痛，其实他们是有才的，就因为分数达不到而失去再受教育的机会。"

千年独木桥，一考定终身。人们都说统一考试是最公平的，岂不知一元化的考试本身就可能造成巨大不公。在科举时代，一方面，相同的考试、相对的公平，让科举制度选拔了不少人才；另一方面，许多真正的才俊无法中举，科举埋没了不少人才。"三生有幸落孙山"，有真才华的人反而考不上去，吴敬梓、吴承恩、曹雪芹、蒲松龄等皆为此等命运，而恰恰他们才是"潜力股""特长生"。

奇怪的是，如今在学生的求学路上，却在制造"伪特长生"，比如备受诟病的奥数。

还有一种"伪特长"，就是被媒体曝光之后引起全国关注的浙江"航模生"。"航模加分"被指多来自权势家庭，成了一种乱象，是高考的"偷渡船"。那么，这种关乎高考的"多元形态"，戕害了公平竞争，恰恰是要被抛弃的。教育部已表态:坚决杜绝高考加分弄虚作假,一旦发现坚决查处。

此外,还得防止高考过程中违法犯罪的多元化。试卷泄密、高科技作弊、行贿录取等之外,还出现了湖南"罗彩霞案"以及不同地方的版本。这种"狸猫换太子"、利用权力窃取他人的名字与成绩,让自己的子女顶替上大学的,如果成为高考升学的多元状态之一,其危险如同蛀虫蛀空高考之树。

高考从单一化的"独木桥"到多元化的"立交桥",是一条探索之路。

应对高考最需平常心

2018，一年一度高考到。国家市场监督管理总局发布高考期间饮食消费提示，提醒广大家长和考生千万注意饮食安全。

这是服务性很强、既科学又暖心的提示。

其中特别讲到，我国从未批准过任何"补脑"保健功能的保健食品，已批准的具有"缓解体力疲劳""增强免疫力"等功能的保健食品，也不适用于补脑、提高智商和缓解脑力疲劳等；除了依靠平时的刻苦学习和积累，没有短时间内提高智力和学习成绩的"灵丹妙药"。

恰在这时看到有报道说，最近杭州有家长在打听一种叫"专注达"的"神药"，想用来"短时间内提升学习能力，让思维变得更加敏捷"。专家面对记者的采访只有苦笑："专注达，是一种应用于儿童多动症的药，属于精神麻醉类药物，是严格管控的，是有成瘾性的。只能开给14岁以下确诊为多动症的患儿。"显然这种药对身体有害，绝对不能乱吃：初期用药，大多会出现胃肠道不适、嗜睡、心慌、心跳加快等生理反应；多次给药，会因兴奋导致失眠，有可能让考生兴奋过度，甚至躁狂；长期服药，则会成瘾。

我在朋友圈转发这一报道时说：平常态、平常心最好，千万别干这种临时配"神药"的傻事。

有时是家长将自己的焦虑施加到孩子头上，反而增加了考生的焦虑。其实如果发现自己孩子面对高考有严重焦虑、抑郁等症状，应及时到医院咨询就诊，而不是挖空心思去给孩子买"神药"，临时抱佛脚，甚至是临时抱"药"脚，试图在刹那间提高考试成绩。

有一位家长似乎不同意我的看法，跟帖说："倒是可以给孩子吃些安慰药片，片剂里面什么都没有，除了糊精——但要跟孩子说，这是一个特别特别好的提高智商和记忆力的药，从哪里哪里买来的……"啊呀，高考考生又不是三岁小孩，能这么骗吗？如果上了考场发现根本就没有"提高智商和记忆力"，什么用处也无，而是上当受骗了，岂不更加焦虑？这种适得其反的事情，恐怕也就是期待过高、焦虑过头的家长才想得出。

应对高考，其实最需要平常态、平常心，家长、考生都应该这样。处于平常态，有了平常心，考生才能正常发挥；所有的超常发挥，都是建立在正常的基础上的。越是捣鼓、越是折腾，越是容易出问题。事实上这一类的教训有过不少。

不是平常态、平常心的情形，还反映在家长对高考语文作文的"猜题"上。年年临近高考时，我都会遇到有家长来问"今年高考作文会考什么"。这个可能跟2012年高考浙江卷的语文作文题被我"撞上"有关，因为当年考前半个多月我写过一篇一模一样的相同材料的评论，发表在《文汇报》上。对这些"猜题"要求，我一概回答：我从来不猜题，写作都应该是"以不变应万变"的；碰巧撞上的，那如同打乒乓球打出擦边球，是偶发的小概率事件，不是你有意去打"擦边球"能打出来的。

回到国家市场监督管理总局发布的高考期间饮食消费提示，其中还说到，夏季饮食,安全第一,尽量不吃剩菜剩饭;建议不要改变学生平时的饮食习惯和规律,切勿尝试新奇的食材或者不常吃的食物,避免造成肠胃紊乱等;及时补水不能忽视,"提神"饮品勿轻信,通常不主张考生饮用功能饮料,如果平时没有喝,高考期间也不要尝试;饮用浓茶、咖啡等需谨慎,避免其神经兴奋及利尿作用影响睡眠和考试的正常发挥……这些劝导实实在在,其实都是希望考生和家长从常态出发,只要不出意外,发挥正常就好。

考场的空调

高考的脚步越来越近了。受新冠肺炎疫情影响，2020年高考时间比往年推迟一个月——从7月7日开始，那时无法避开高温酷暑天气了。最近，福建三明市高考中考考场装空调的事，上了热搜。这是因为市长余红胜的一番话——他柔中带刚地说："哪个县（市、区）高考中考考场空调没有按时安装到位，就把哪个县长办公室空调停掉！"

给考场的教室安装空调，是不二选择。不像有的地方中考在高考前进行，三明市中考比高考还迟10天，通常天气会更热。该市决心投入3150万元，给全市1575个高考中考考场全部装上空调。短短十几天时间，完成空调安装、电力增容等工作，可谓时间紧、任务重。资金解决了之后，只要抓紧落实到位，其实就不会耽误事。所以，县长办公室的空调最终肯定是不会停掉的，事实上这只是市长表决心的一种形象的表达方式。

无数网友看了市长表态视频之后予以点赞。余红胜还说了一番感同身受的话，引发了共情共鸣："想当年我高考时也是7月份，考试过程汗流浃背，根本无法集中精力考试，所以我们今年决定全市高考中考考场全部安装空调。"不止如此，有的考生还中暑晕过去，耽误了考试，也耽误了人生。"灾难只有落在自己头上才算灾难,落在别人头上那叫灾难片",可谁知道那灾难不会落到你或者你的孩子头上?

余红胜 1970 年生人,参加高考是 20 世纪 80 年代,那时哪有空调;遥想1982 年我参加高考,就是在 7 月,天气燠热,那时全县所有学校的教室都没空调,其实我们学生压根儿就没有见过空调;我家第一个房间装上第一台空调,那是 1998 年的事。现在经济发展了,装空调是再寻常不过的事情,可是,即使是在比较发达的地区,学校的教室都有空调吗? 从大学,到中学,到小学,到幼儿园,每个教室都有空调吗? 福建三明并非欠发达地区,都有那么多教室没装空调,全国的情况显然并不乐观。

余市长还说:"哪怕我们的考生高考中考成绩提高 1 分,这 3000 万就花得值得!"考场环境舒适,温度适宜,那一定会让考生们发挥得更好,考出更好的成绩。但中考高考成绩提高 1 分还是提高 2 分,这不是最重要的,关键在于,教室装空调,这是必需品,是必需的公共品,是不可或缺的。作为必须提供、必须配置的公共品,教室装空调不仅仅是为了应对高考中考,平常就是必需和必须,得让冬天的教室暖起来、夏天的教室凉下去。如果说教师跟公务员要有相同的待遇,那么公务员工作的地方有空调,同样,教师工作的教室也应该有空调。而从关心下一代的角度看,更应该给所有的教室都装上空调。

对多数地方来讲,这不是财力问题,而是有没有意识的问题,是重不重视的问题。现在我们在大谈数字化"新基建",能不能把学校装空调这样的"老基建"先做好做到位,把欠的账给还上呢? 其实完全是可以的,也完全是应该的,其难度也是不大的。

如果三明市接下来下决心给考场之外所有教室都装上空调,不装好就把县长办公室空调给停掉,那是真正的顶呱呱。而更重要的是,三明市的做法应该给其他地方带来启迪和警示——按照他们这个"规则"执行,还真有可能发生"县长办公室空调被停掉"的新闻的。

想起了李贽的"童心说"

有个关于高考和留学的故事,一开始是美谈,继而说没有那回事,然后是公众期待真的有那样的事发生。有点意思。

据 2008 年 7 月 13 日《楚天都市报》报道:有个女生名叫张孟苏,高考成绩是文科 445 分,"被新加坡政府理工学院预录取,且有 20 万元奖学金"。事情经过是,高考后,她到武大参加招生咨询会,因雨正在撤展,西南大学一位女老师在拆雨篷,因个矮而吃力,张孟苏立马过去帮忙。这个不经意动作,被一旁来自新加坡的一位老师看到,老师叫住了她,去酒店详谈。面对 5 名考官,张孟苏或用英语或用普通话"推销"自己。她成熟、干练,大方、健谈。全国青少年机器人大赛二等奖,全国网络英语综合技能三等奖,全省书信作文大赛一等奖,英语口语三级……得知张孟苏综合素质如此全面,新加坡老师如获至宝。

两天后的 7 月 15 日《新闻晨报》报道:新加坡 5 所理工学院均否认录取助人为乐女生。"低分高能"学生"鲤鱼跳龙门"的传奇故事,有炒作嫌疑。

如果女生帮助老师拆雨篷的事情是真的,则是她交出了一张无形答卷,当然,那也是人生的寻常图画。如果来自新加坡的老师看到了这个画面,给出的不是分数而是发自内心的好评,那也很正常。当年林巧稚应考协和医学院，就因救助晕倒的女生而没有考完英语学科，结果也被录取了。当然，林巧稚的成绩是极好的。

张孟苏并不是林巧稚，她的成绩太一般，光靠一个"搭把手"的举动就被新加坡的好学校录取，这个可能性确实不大。

对此，有网友说："希望张孟苏的传奇是真的，那样的话，该有多少老师和家长会以案说理，教育学子如何提高自己的综合素质，如何全面发展，如何使自己在考试的暂时逆境下也要不坠青云之志，乐观积极地生活学习成长，而我们的高考录取制度朝着不拘一格用人才的方向改革！"

对于这样的意外"反转"，还有网友评论说："公众希望张孟苏事件是真的，可见素质教育，乃至破格录取不仅不是老百姓所反对的，恰恰是我们最欢迎、最期待的。当然，即便张孟苏事件是假新闻也不要紧，这一轮热议下来，多少也触及了中国教育体制与机制中的某些神经。"

看过这个"小小的事迹"与"大大的遭遇"，我想到了李贽的"童心说"。晚明思想家、史学家、文学家李贽，有名篇《童心说》，反映了他主张恢复人们天然纯真本性的教育思想；李贽不希望士人多读书，而是要求做到知行合一，以恢复人们最初的良知。这对我们今天的教育来说依然有重要的启示价值。因为如今的知，只"知"试题；行，只"行"答题，都已经与"最初的良知"没有多大关系。

李贽说童心即真心："夫童心者，真心也；若以童心为不可，是以真心为不可也。"童心"绝假纯真"，属于"最初一念之本心"，无论哪个学生，其帮助老师的举动，那"最初一念"就很本心、很纯真，是自然生发的，不是假装和作秀。"童子者，人之初也；童心者，心之初也。"李贽认为如果失却童心，便失却真心；如果失却真心，便失却真人。

不是"伪装助人"，此为"真"。习惯成自然。一个偶然举动，对学生来说再习惯、再自然、再真切、再寻常不过了——这就叫"习惯使然"。多年前，有一道面试题是进教室的走廊上倒着一把扫帚，看看多少人是跨过去而不把它给扶起来，结果绝大部分同学都得了零分。

保有真心真人,说难亦不难。问题在于,我们教育之所缺,就缺在人文价值、人文含量。一个人的综合素质很重要,而所学的知识多一点少一点真的不那么要紧;用分数教育替代了公民教育,那么我们的国民素质怎么提高?

从本质上看,考分大抵是"虚"的,它并不能衡量人们天然纯真的本性。考分不可能全面反映童心真心、素养素质、文化人文。从人的一生来衡量,家长不宜急功近利"唯分数论",让孩子身心、品格、素质健康地成长,其实远比分数飞快成长来得重要。

教育要让人看见未来的未来

考分数发布,志愿填报开始,不少学生、家长,难免会纠结如何"分尽其用",进入心仪的大学。

一般的报考逻辑,大抵是从初步定位到确定意向,进而统筹批次、分清层次、排列顺序;结合自己的兴趣爱好,分析社会未来的发展趋势,选好专业;以"排名定位法"为基准,兼顾冲高、稳妥、保底三个层次,填报志愿。

确实,高考结果和大学志愿选择,在很大程度上会影响一个人的一生。而在"术"的层面,怎样选大学,向来是困扰考生和家长的一大难题。"选大学,本质上就是选名师、选金课、选生态、选文脉。"由浙江大学副校长出任转制后浙大城市学院首任院长的罗卫东教授,专门撰文畅谈这个"难题",请注意,这里的四个关键词:"选名师"不是仅指选择网红教师,"选金课"不是指选含"金"量高、赚钱多的课,"选生态"不是指选自然环境,"选文脉"更不是"选人脉"。

"很多考生和家长填报志愿的水平是不合格的。特别是家长,他们更在意学校外在的一面,比如在哪个地区,在哪座城市,在城市的什么位置,离家近不近,方便不方便随时探望;更关注孩子就学后生活上是否便利、舒适;更感兴趣这所学校有什么时毫和热门的专业,本科就业出路好不好。"罗教授的一番阐述,实在且深刻,"他们对学校的历史、文化、精神、底蕴、基础,不是毫无所知,就是毫无兴趣,做决定时目光短浅、自作聪明,结果往往是舍本求末、耽误了孩子本来应有的人生。"

我们的中学教育,侧重在应试教育,许多考生对未来茫然无知,也不知道自己的兴趣爱好在哪里,这正是填志愿的盲目性所在。本来只要选择"喜欢的,兴趣浓厚的,有特长的,特别向往的,发自内心的"就好,问题就在于这些都"没有"。而且,在应试教育透支了学习能力之后,到了大学孩子们反而不学习了,谈何"未来"。

教育要让人看清历史,看明现实,看见未来;真正优秀的教育,尤其是大学教育,一定要让人看见未来的未来。作为升入高校的年轻学子,更应该"从未来看今天",唯有这样,才会"越来越好,越好越来"。

美国心理学家斯金纳说过一句著名的话:"当所学的东西都忘掉之后,剩下的就是教育。"好的大学、好的教育,一定是能够让你学会,并且能够"剩下"为未来的"终身学习"的。

第三辑

解惑一寸金

"人非生而知之者,孰能无惑?"

教育"内卷",是一个待解的"大惑"。是谁给孩子们挖好了高度竞争、残酷"内卷"的大坑? 教育"内卷",没有创造增量,都是在争夺存量。

作业辅导,是一个困苦的"大惑"。"不写作业,母慈子孝;一写作业,鸡飞狗跳。"老师大规模布置作业,学生痛苦地完成作业,家长焦虑地辅导作业,最后让教育"死"在作业里。做题变成痛苦的过程,这个不行,那个不行,这些事情加到一起,各方之间"摩擦系数"就大了。

过度教育,过度学习,过度作业,让许多学生休息不够、睡眠不够,变成了"特困生"——时时犯困。学者李泽厚认为,分数只是副产品,人格健全最重要。他批评:"从中小学开始,搞那么多课程,把学生逼得那么紧,一些人才都被搞傻了。"

现在的孩子看不到晨曦,也看不到晚霞,跟生活脱节,如何谈学习? 智识者早已告诫:千万不要以明日虚幻的所谓幸福给今日的学生不断加压,逼迫学生做现实的付出,从而丢失花样年华的好奇、快乐,青涩少年的美梦、猎奇,人生最美好的青春年华的壮志豪情与无限活力。

前方有未知,探索有兴趣。兴趣比什么都重要,教育的关键,是告诉孩子,在你的前方有令人着迷、值得全情投入的未知。探索的兴趣,就是教育的内驱力。教育如果缺乏内驱力,那么什么行动都是外加的、被动的,结果是不可持续的。美国企业家马斯克曾说,自己成功的关键就是"内驱力"! 而世界上最可怕的事情,就是孩子"内驱力"被扼杀。

那么,如今我们如何做家长? 首先家长自己要成长。家长自己不成长,没有成长思维,自己的思维和思维方式不与时俱进,如何去教育下一代?

家庭教育需要淡定。推动摇篮的手,就是推动地球的手。父母不焦虑,孩子才会不焦虑。每个孩子都有自己的长处,不必用一个"标准化"的标准来要求自己的孩子。都去追求名校,是社会的虚荣渗透到了家长的心里。"以其不争,故天下莫能与之争。"教育不是攀比,而是挖掘孩子的天赋潜力。对于孩子的教育成长,家长要淡定,要有平和的心态。

　　家庭教育需要智慧。教育的核心,不是训练孩子记住已有的东西,而是教会他们探索未知的内容。人云亦云、人做亦做的教育是缺智慧的,"不输在起跑线上"的理念是没智慧的,拔苗助长、透支学力、毁弃未来的教育是反智慧的。

　　以色列人的教育充满信仰和智慧的力量,是他山石:孩子放学后,犹太人母亲不问学了什么、不问考了几分,而是问孩子问了什么问题,提出什么好的问题。以色列化学家阿龙·切哈诺沃教授,在2004年获得诺贝尔化学奖,他母亲从小教育他:"一个人走进一条河,可以顺水走,也可以逆水走。但是,你要永远逆水走。"

　　如今我们其实已经看得很清楚:被透支的学子,普遍缺乏想象力、创造力,几乎没有持续力、创新力,到了大学基本不学了、躺平了,毕业后大多数流于凡俗。

　　家庭教育需要赏识。孩子是夸出来的,"赏识教育"是成长型积极思维的教育。孩子最需要"赏识"的肯定与鼓励,"赏识"当然不是简单的"表扬",更不是溺爱宠爱。

　　赏识教育,赏识教育,还是赏识教育!马克·吐温说:"一句真诚的赞美就能让我多活两个月。"要夸孩子的毅力、努力,要夸孩子的好态度、好创意,要夸孩子做得棒的每项成就、具体细节……别说孩子,大人不也是越夸越来劲吗?一次次赏识,促使孩子一步一步成长。

　　家长千万不能把"爱的教育"变成"恨的教育",恨孩子这个不行那个不行,恨孩子不能成钢,不让孩子休息,剥夺他们玩的权利、快乐的权利。

孩子其实不用过度批评,更用不着责骂。家长老师一句消极的否定,就可能让孩子选择"放弃"某一个方面,可能毁掉孩子一个重要的兴趣爱好,甚至一个成长的方向。该批该骂的,是大人,因为做不好的根源都在成年人那里。

教育往往是你管得越多越适得其反。最优秀者,是不需要管理的,最优秀的孩子,同样不需要多少管理。服务得好一点、环境营造得好一点就可以了。

对于教育的问题,不能弄得"夏虫不可以语冰",家长得停一停,想一想,整一整自己的思维,再重新出发。

壹

教育教学，避免内卷

教育要避免"内卷化"

　　"评价"一如乐队指挥手中那根指挥棒,指挥棒怎么挥动,乐队怎么演奏。2020 年 10 月 23 日,有个关于贯彻落实一个方案的会议召开,引人瞩目——方案是《深化新时代教育评价改革总体方案》,组织开会的单位是中央教育工作领导小组秘书组、教育部,关键词很清楚:"教育评价"之改革。

　　能够想到对"教育评价"进行改革,非常好,也非常不容易。《深化新时代教育评价改革总体方案》由中共中央、国务院印发,这已是最高层级了。方案开宗明义:教育评价事关教育发展方向,有什么样的评价指挥棒,就有什么样的办学导向;改革目的是"扭转不科学的教育评价导向,坚决克服唯分数、唯升学、唯文凭、唯论文、唯帽子的顽瘴痼疾,提高教育治理能力和水平",从而"促进学生全面发展的评价办法更加多元,社会选人用人方式更加科学"。

　　这个总体方案十分简明扼要,其中的重点就是第二部分"重点任务":一是改革党委和政府教育工作评价,推进科学履行职责;二是改革学校评价,推进落实立德树人根本任务;三是改革教师评价,推进践行教书育人使命;四是改革学生评价,促进德智体美劳全面发展;五是改革用人评价,共同营造教育发展良好环境。那么这个改革总方案如何落地见效? 时任教育部部长陈宝生谓之要打好"龙头之战""攻坚之战"和"升级之战"。

正确的教育评价，能够很大程度上避免教育的"内卷化"。近年"内卷"这个人类学的术语极其引人注目。本来是波浪式前进、螺旋式上升，但现在是有波浪而不前进，有螺旋而难上升——这就是"内卷"形态。"内卷"以及"内卷化"的概念，较早的使用者是美国人类学家格尔茨，源于他的《农业内卷化：印度尼西亚的生态变化过程》一书。这是 1963 年出版的学术书籍，如今在网上仅见英语版本偶尔有售。根据格尔茨的定义，"内卷化"是一种社会或文化模式在某一发展阶段达到一种确定的形式后，便停滞不前、无法渐进增长的现象。这是他观察研究爪哇岛的水稻农业原地不动、未曾发展给出的结论性概念。文化人类学、人类社会学，可真是有许多精妙的解析。

"内卷"被称为"凡人版军备竞赛"，相互"内卷"，相互消耗。与"内卷"最接近的一个语词，大约就是"内耗"，任何无实质意义的内部消耗，皆可称为"内卷"。"内卷"在教育领域，则意味着"白热化的竞争""无意义的消耗"，每个受教育者像陀螺，要不断抽打自己，让自己"空转"，消耗巨大精力，消耗聪明才智，消耗青春年华，结果却并没有增进什么。比如"名校升学率"，弄得人人为之疯狂，但北大清华这些名校的招生名额都是确定的，并不会因为"名校升学率"的激烈竞争而增加多少。

当教育和教育评价进入"内卷"的"死循环"之后，犹如剧场里第一排人从椅子上站起来看戏，结果后面每一排观众都被"内卷"，都要站起来看戏；如果"内卷"不断加码，那么，"卷"得大家站在地上看戏还不行，还得站到椅子上看戏……"卷"得如何疯狂，实质上还只是一个"看戏"。

价值评价系统高度统一，教育竞争方式高度单一，绩效奖惩方式高度划一；老师、家长、学生整齐划一，全都陷入"内卷"，一起参与竞争，明知不会有多少好结果，却深陷其中不能自拔。这样的"内卷死循环"，是一种无声的悲哀，大家都在做无用功，支付了巨大的机会成本，白白浪费了宝贵的资源。

因评价标准和评价机制的扭曲，教育"功利化""内卷化"已然愈演愈烈，是时候要予以遏止了。而这次总体改革的方案，最终落实得怎么样、效果如何，将会有实践予以检验。

只为应试添分数？

　　原本在职的公办教师，有的干脆来个"熔断"，辞职做家教！2016 年 1 月 7 日浙江《钱江晚报》报道：现在升学考试竞争太激烈，逼迫学生和家长主动选择在校外开小灶，尤其是一些尖子生特别拼，成绩越好越要请家教。因为市场太好，这两年，杭州辞职做家教、做教培的顶尖老师多了起来。因为带学生收入很高，家长也愿意把孩子交给他们，所以带的学生越来越多，年收入可超过 100 万元。"有一位挺有名的，原来在杭州某公办中学教科学的任越蛟，2013 年辞职做起了校外家教。任老师教书 30 年，他告诉记者，当初自己也在外面带学生，现在专职做家教，一年赚 500 万没问题。"任老师的初中"家教班"有 1000 多名学生。

　　一年赚 500 万，这是一个什么概念？目前，杭城中学教师的平均年工资在 10 万元左右，做家教一年收入百万，相当于当老师 10 年的收入。按照现在家教的市场行情，一个学生一门学科一年的家教费用是 8000 元到 1 万元，一位在职老师一年要赚 100 万元，要带 100 个以上的学生，超过两个班。百万营收，而且这家教市场一直是"牛市"，辞职了干，那也不赖。

　　这里的背景是：2015 年，教育部、浙江省教育厅专门发文，重点整治中小学校有偿家教的行为。高压之下，尚有老师悄悄地兼职做家教,有的干脆辞职办班。辞职是权利,自己办班也不违法违规;学生在日常上课之外,业余去家教班交费"受教",同样是自己的权利。这是市场的供求双方,那是相当的旺盛。这里以中考的家教市场最为火爆,小学奥数班的生意也是相当了得。

教室"室外"、考场"场外",为何有这样巨大的"家教"市场?原因也很简单:从小学到初中到高中,教育是不均衡的,教育资源尤其是优质的教育资源的配置极为不均衡,而且优质教育资源长期稀缺,所以学校的差距巨大,大家心中都把学校分为三六九等,要上"好学校",就得在激烈的竞争中"补课扒分"。这跟拥有优质医疗资源的大医院人满为患是同一个道理。任越蛟老师的家教班目前有1000多名学生,任老师说:"我要让他们考进前八所,大部分要考进前三所。"进前三、进前八,这6个字就把市场的动因和动力说完了。那你说小学升初中不是凭考试分数的,为何同样"奥数热"?人家"好学校"招生时暗地里认这个东西,你怎么着?

为进所谓"好学校",多少人在"跪求"?我特意上网搜索任越蛟老师的家教信息,于是就跳出一条"跪求任越蛟老师的联系方式,或者他在外面办班的相关信息"的帖子,后面紧跟着的内容是整齐排列的数个"谢谢谢谢"。

然后有一条跟帖是:"任越蛟,就是装钱用麻袋的那个么!"

这是被学生和家长神化的任越蛟老师,发帖的时间节点应该是任老师辞职单飞的前夕,由帖子的"求师若渴"可见背后的"求分若渴"。你如果基础差点,"名师"们办的家教班还不收你,收的那几百名学生都是成绩好的;如果这些学生统统不参加课外的有偿家教,按概率来算,他们照样也能"进前三、进前八";因着担心进不了"前三""前八",所以无论如何要花钱"求分",课内竞争之后,再来个课外比拼。

只要教育资源配置是不优化、不均衡的,那么"有偿家教"这个巨大的市场就将永续。教育不均衡,本质上是教育不公平。这不是一天两天形成的。不仅是中小学,大学也一样。我们在乎的就是那么几十所高校,为搞"精英教育",控制招生规模,全部加起来也只招三四十万人,这对于每年900多万的考试大军,自然就是杯水车薪。竞争压力那么大,"求分"的根源就在此——差一分,就被甩出十几条街,还真是"分分分,学生的命根"。

巨大的中小学家教市场,只为应试添分数,只给学生加重荷,此外没有别的作用。倒是也促成了教育产业化、教育经济化、教育利益化、教育金钱化。赚钱就是赚钱,市场就是市场,你可不能一边做着应试教育的"大奴隶",一边扮演学生和家长这些"小奴隶"的"救世主"。

事实上,孩子们在学习上投入的时间与精力已是越来越多,某地教育科学研究所调查显示:初中生每天需要"工作"11小时,高中生每天"工作"12.5小时,加上周六周日、寒暑假等没完没了的家教、补课,比大人工作的时间长太多、多太多了。谁都知道,孩子们披星戴月、挑灯熬夜,付出巨大的意志努力,以牺牲身体健康为代价,所学的那点东西,基本都是有限知识的简单重复,反而把想象力和求知欲扼杀了;遨游在枯燥无味的题海里,去做一道道"考后就丢"的习题,只为多考几分——这"遨游",几乎就是"熬油"。

德国教育家第斯多惠说:"一个不称职的教师强迫学生接受真知,一个优秀的教师则教学生主动寻求真知。"在我们这里,显然不仅仅是"教师"的问题。

"双减"与教培

【篇一】课外补习培训如此疯狂，如何消弭？

儿童是民族的未来、家庭的希望。2018年3月5日，在十三届全国人大一次会议上，国务院总理李克强在政府工作报告中说：发展公平而有质量的教育，"着力解决中小学生课外负担重问题"。

在开学季到来之际，教育部、民政部等四部门联合发布《关于切实减轻中小学生课外负担开展课外培训机构专项治理行动的通知》，明确规定，严禁校外培训机构组织中小学生等级考试及竞赛，严禁数学语文等学科类超纲教、超前学等"应试"培训行为。随即，原定于3月10日举行的杭州奥数"华杯赛"决赛被暂停，全国各地诸多竞赛也陆续被取消。

奥数竞赛、课外补习虽说是遭严打了，然而家长们却普遍不领情。原因其实很简单，因为这是巨大的"刚需"。多年来的事实早已证明，教育部门越是严治甚至严打课外培训，学生补课的需求越是与日俱增；学校里面越是减负，家长在课外就越是要主动增负。学校的"减负"，成了课外培训的"神助攻"！媒体的多版面、大幅度"批判",则成了课外培训机构免费的"大广告"。

这确实是太疯狂了。考学的"起跑线抢跑",早已从高考应试一路向下延伸,蔓延到了幼儿园和托儿所,无论是二三线城市的学科竞赛,还是一线城市马术击剑,只要能"加分进好学校"的,家长们都趋之若鹜。我一位朋友的儿子还在读幼儿园,现在天天培训排得满满的,英语、数学、语文,还有画画、钢琴、国际象棋、珠心算、写作、书法,等等。哎呀,这是干吗来着!孩子累得不行,我惊叹、劝阻,当然也没有用。放眼看去,遍地都是癫狂的家长,辛苦的孩子,沉重的精神负担,沉重的财务负担,沉重的学习负担!在一些大城市,每年为课外培训支出达 10 多万元的家庭比比皆是。而对于课外培训机构来说,这横财来了挡都挡不住,赚得盆满钵满。

都知道所谓的严禁严打,是"治标"而已。因为这是堵不是疏,汩汩源头不解决,滚滚洪流不解决,建筑几道"拦河坝",是没有本质用处的,这里拦一下,别处又洪水四溢。那么如何消弭课外补习培训的疯狂?如何从治标达到治本?以下几方面都需要做长时间的努力:

无论如何,要努力让义务教育阶段的学校均衡起来。学校差距越拉越大,教育资源在学校之间分配越来越不均衡,使得家长们都想方设法择校,使得择校的竞争愈演愈烈。不进行课外培训,就意味着上不了"好小学""好中学",所以家长们都屏住一口气,往孩子身上使劲。大学之间当然可以有巨大差距,但在义务教育阶段学校的差距就十分巨大,这是没道理的。当学校和学校没有太大差别的时候,谁还发疯地择校呀!

疏堵结合,正视家长对孩子教育过高期望的普遍现实,在走向教育均衡的过程中,在学校教育体系内给予一定的满足;公办学校要回应家长的需求和关切,通过购买服务等方式,为学生提供课后服务,而不是简单地将孩子赶出目前的学校教育体系,把他们推入辅导班。面对"校内减下来,校外加上去"的强大现实,这是"次优选择"。至于那"三点半放学"的时间差难题,有了这样的理念,也就不难解决了。

再有就是耐心引导家长做理性选择,而不是恶性循环,形成一个为了孩子而家家担心、人人自危的局面。一定要奉劝家长们：大部分孩子的智商是差不多的，但是不同的孩子有不同的兴趣和特长，发现有浓厚兴趣和特长的某一项，让孩子学习培训提高一下，当然是可以的；而孩子没兴趣、非特长的东西，实在不必为升学而学，为敲门砖而学；我们大部分人都是平凡的人，都靠一技之长而谋生，硬要把平凡的孩子拔高成尖子，硬要通过种种培训把一技之长变成无数技之长，最终反而可能毁了孩子。

孔子曾说："知者不惑，仁者不忧，勇者不惧。"现在的情况，恰恰是家长们惑多、忧多、惧多。早在 1922 年，梁启超先生在苏州学生联合会上发表讲演，提出自己的教育观："教育应分为知育、情育、意育三方面，知育要教到人不惑，情育要教到人不忧，意育要教到人不惧。"他希望，"教育家教育学生，应该以这三件为究竟，我们自动的自己教育自己，也应该以这三件为究竟"；他希望，"养成我们的判断力"，要有遇事能断的智慧；他希望，得着"仁"的人生观，不去忧成败；他希望，将意志磨炼得到家，看着自己应做的事，一点不迟疑，扛起来便做，"虽千万人吾往矣"，顶天立地做一世人……在今天，在当下，不要说我们的孩子了，我们的家长们，也特别需要"不惑、不忧、不惧"的"三不"教育。

【篇二】很多东西靠砸钱是砸不出来的

教培机构大洗牌，每月关闭数百家，数千亿市值灰飞烟灭。据腾讯财经报道，随着监管的收紧，教培机构、家长、创业者、培训老师等一系列牵扯其中的个体和机构的命运发生了巨变；2021 年 4 月注销和吊销的教培公司多达 307 家。一连串的监管，也很快反应在资本市场：已经上市的在线教育公司，近 3 个月的股价都大幅回调，有的甚至跌去 80%的市值。

此间，一个"教培机构不得上市"的传闻，都能搅动市场，让教育中概股迎来大跌。据财新网报道，5 月 24 日，"北京市海淀区教委开会要求教培机构不得上市"的传闻，推动新一轮跌势。海淀区因教培机构密集而被视为全国风向标。25 日，海淀区教委对此传闻发声：假期不允许上课、学科类和素质教育类培训机构不让上市、不让做广告的"三不"政策并不属实。

然而，市场预期是很清楚的，那就是教培机构将受严管、上市将受严限。监管的"靴子"终将落地。一段时间来，屡有教培机构"爆雷"，家长频陷退费无门的窘境。不少地方出台政策，要求校外培训机构设立"保证金"，保证在"爆雷"后家长可以退费；另外就是让头部教培机构接管"爆雷"教培机构的学生。

教培机构是教育"内卷"的集中地。家长们在"内卷效应"之下，把大量的金钱投入课余教培中。大人苦不堪言，孩子不堪其苦。如今弄得似乎不报课余培训班孩子就没前途。教育当然需要投入，但不能让资本控制教育。教培机构，乱象丛生，因为不愁生源，此前不少教培机构搭个草台班子就开课。如果一个国家的教育得依靠疯狂的课余培训才能取得"成功"，那一定是巨大的失败。

事实上很多东西光靠砸钱是砸不出来的。我们最荒诞的是所谓"不要输在起跑线上"，入幼儿园、读小学就忙得不可开交，有的家长每周给自己读小学的孩子报读 10 多个培训班，严重超前透支孩子的学习力，可以想象的是，一旦考上大学，那就"万事休"了。为了避免教育"内卷"愈演愈烈，公众对"双减"有普遍的期待：减轻义务教育阶段学生作业负担、减轻校外培训负担。焦虑的父母，像"直升机"一样在孩子的上空盘旋，发出各种让孩子受不了的噪音……这样的日子，要早一点快一点过去。

【篇三】教育之小与教育之大

"2018 年，教育部承办全国政协委员提案 810 件，占全部委员提案数的 17.5%。"2019 年 3 月 7 日下午，教育部部长陈宝生参加全国政协教育界别联组会，向委员们"报账"。其中，对校外培训发出了"史上最严减负令"，开展了专项整治，全国共摸排校外培训机构 40 多万所，已整改 20 多万所。"治理校外培训机构，我们是不获全胜绝不收手。""一些违规的培训机构跟我们打游击战，我们就打持久战，跟我们打麻雀战，我们就打攻坚战！"

"教育之大"由"教育之小"集合而成。一家校外培训机构违规、打个"麻雀战"，可以看作小事，但如果全国几十万家校外培训机构违规，那绝对是大事，教育的大事。2018年全部委员提案数的17.5%关于教育，可见有关教育的问题之多。2019年人民网的两会调查结果显示，"教育改革"排在热词榜第4位，其中"中小学生减负"最受关注，有20%的网民选择了这一选项，可见教育问题受关切的程度。

《联谊报》报道：在政协委员赴京路上，全国政协委员韩平就抛出了一个引起共鸣的话题——让学校疲于应付的"活动进校园"问题。在两会上，韩平委员就此提出了提案。作为浙江省教育厅的副厅长，韩平对情况很熟悉。据不完全统计，近年来陆续有100多项活动进校园"从娃娃抓起"：传统文化进校园、税法进校园、禁毒进校园、防治艾滋进校园、垃圾分类教育进校园……浙江有些小学一年平均有23项活动，时间短则3到5天，长则一个学期；其中有所学校，共接待了7个单位进校园进行垃圾分类相关活动，包括征文、实践、比赛，等等。

如果说有个项目进到一些学校"活动"一下，可算是教育的小事，但上百项活动扎堆进校园或排队等着进校园，这事儿就大了。学校、老师、学生都在叫喊"减负"，可那么多部门拿着文件、扛着大旗，通过各种渠道把活动项目挤进校园、挤进课表，这是扎扎实实的"增负"。"有益补充"的真理跨出一步，就变成了谬误。作为一个省的教育厅副厅长，都难以"招架"，要到全国两会上呐喊，更可见问题的严重。

教育之"小"，能够集合成教育之"大"，这种负面的集聚效应，确实需要引起全国的高度关注、高度重视了！这是改善教育大环境的迫切需要。

教育不是灌满一桶水，而是点燃一把火。在教育的场域里，不应该逼迫一条鱼或一只鸭上岸去爬树。教育起步于知识，但教育必须超越知识而抵达智慧。2018年12月3日，联合国大会将每年1月24日定为国际教育日，目的是帮助人们更好地意识教育的重要性。教育是大事，对我们而言，认识到什么是

"对的教育",更具重要性。

【篇四】学区房、教培热如何"退烧"

当下我国为什么会出现那么严重的教育焦虑、择校竞争？

如何对症下药、精准施策,有效治理严重的师生"内卷"、教育失衡,让学区房、教培热"退烧"？

从业内到业外,有识之士呼声不断;从中央到地方,治理决心日渐显现。

2021年7月16日《财经》报道:依中学升学情况,北京坊间将小学由好到坏区分为"牛小""普小"和"渣小","牛小"对应的小区价格昂贵。最近,北京市西城区、海淀区幼升小录取结果出炉。这是北京教育资源最丰富的两个区,也是最受追捧的学区房市场所在地。如今实行了"多校划片"政策,意味着买了学区房也不一定能进"牛小",录取结果果真令部分家长哗然,不少在临界日期后买房的家庭被调剂,他们昂贵的投资落得一场空。

变换"身份",进入"牛校",通常有两条基本路径,一个是通过买学区房,踏上"直通车";第二个是通过教培机构进行培训,然后以择校等多种方式谋求。昂贵的学区房,是家长沉重的负担;而收费不菲的教育培训,不仅是家长的负担,也是孩子的负担。

同一天财新网报道:有参与"双减"政策制定的人士告知,将学科类校外培训逐渐剔除出义务教育阶段,已是确定方针。新成立的校外教育培训监管司已非正式约谈各头部教培企业负责人,就行业现状、企业预案、合规发展等问题进行了交流。北京教委也已设立了校外培训工作处。7月13日,教育部新闻通气会称,将全面推行学校每周5天开展课后服务,每天2小时,与当地正常下班时间相衔接。

由此可见,"减负""禁培"的风向、风量,在暑假也没改变、减弱、停歇。

北京的德胜学区的房价,最高成交价每平方米近20万元,令人咋舌;而作为"随动系统""影子教育"的教培机构,体量竟然超过正规教育,真是匪夷所思。公共性的义务教育,就这样变成了一个巨大的"名利场",或炒作房价扭曲价值,或炒作焦虑从中获利。针对学区房、教培热,就得双管齐下、精准施策,持之以恒予以治理;而其中一个关键是,务必让义务教育阶段的教育资源变得更加均衡,才能从根本上予以降温退烧。

择校竞争如火如荼,就是因为学校差距太大,太不均衡,尤其是"承下启上"的初中阶段,许多最优秀的原公办初中转换成民办之后,变成人人都争的香饽饽。如果学校之间师源、生源、财源都是均衡或比较均衡的,那么,择校竞争也就失去了根本动力。

有了公平,无须"内卷";有了均衡,不必竞争。真正的竞争性学习,高中可以有一点,重点应该在大学阶段;可我们这些年来越来越"下沉",沉到幼儿园就开始了,还越演越烈。所有"好学校"的"核心竞争力",几乎都变成了"掐尖"二字。

如今施行"公民同招"——公办学校和民办学校同时同政策招生,对促进生源均衡、避免提前掐尖是有效的。但从长远计,缩小学校之间的差距,尤其让学校师资变得均衡,避免优质教育资源集中化,才是不二选择。如今多地已开始实施"优化中小学教师资源配置"政策,让师资进行交流轮岗,这个关键一招真正落实到位了,学区房、教培热之类的"高烧",必然会更快地"退烧"。

【篇五】课外教培的"供给侧"和"需求侧"

2021 年 7 月 24 日"双减"政策出台,中共中央办公厅、国务院办公厅印发了《关于进一步减轻义务教育阶段学生作业负担和校外培训负担的意见》,最受关注的是第四部分:坚持从严治理,全面规范校外培训行为。

必须看明白的是,在"双减"政策中,"校外培训"已被明确定位为"负担";和"减轻群众生育、养育、教育负担"一样,为义务教育阶段学生直接进行"双减",已然上升为国家意志。"双减"政策靴子落地,其中有个"撒手锏"是,现有学科类培训机构统一登记为非营利性机构,这里"非营利"三个字很关键。

同时规定"校外培训机构不得占用国家法定节假日、休息日及寒暑假期组织学科类培训",网友谓之是给学科类培训机构下了"病危通知书"。

这些年来,校外教培机构无序发展,规模庞大的教培行业,在国家教育体系之外形成另一个教育体系,"校内假减负、校外真增负"现象突出。要知道,我国小学教师为600多万,初中教师近400万,合计约为1000万,另有高中教师近300万;而教培机构亦有约1000万从业人员,竟然与义务教育阶段全国教师总数不相上下,这还不算诸多"地下培训班"的从业者。如此畸形膨胀发展的校外教培机构,不治理、不管理,任其疯狂下去,那是不可能的。教培行业是教育产业化和资本化的"急先锋",所有的收费教培,动机都是盈利,不是公益奉献。出台"双减"政策,是教培领域的"供给侧"改革,就是要求教培行业辞别资本、告别营利,回归教育本质。

必须旗帜鲜明地反对疯狂到沸腾的为升学应试而进行的学科类培训,但应试科目之外的体育、艺术、阅读、动手能力等方面的兴趣培养培训,要赞同支持。为了孩子的健康成长,应鼓励大力开展体育类的课外培训,让孩子们从"苦哈哈埋首书桌"变为"龙腾虎跃在球场"。

然而,教育改革从来都是改政策容易改人心很难。过去一次次"减负"的失败,让许多人在担忧这次"双减"政策最终也是"雷声大雨点小",以失败而告终。但无论如何,不能因此就不思变革、不改政策。如今最大的问题就是,学科类的课外教培,事实上已成为大多数家长的"刚需"(几乎不是学生的"刚需")。"供给侧"的改革是必需的,但也是不够的,如何在"需求侧"消弭家长的"刚需",是一个更难的问题。在落实"双减"政策过程中,"需求侧"改革务必切实提上议事日程。家长为孩子找教培,主要是为分数、为升学,所以在中高考升学环节,务必首先减负,在减少考试科目、降低考试难度等方面进行更科学、更合理的制度安排。

可以想见,只要"刚需"不变,就算没了学科类辅导班,也会有新对策、新模式出现。此可谓"上有政策,下有对策""道高一尺,魔高一丈"。不死心的学科类培训机构,将有两种变化,一种是转入地下,继续办班培训;一种是一对一辅导,客厅变成"教室"。这种一对一的课余辅导,价格大约翻 10 倍,如今"市场价"为每小时 500—1000 元,其中在校教师违规进行一对一辅导的不少,这样持续下去,如果严格执行政策,估计得祭出解聘开除之招数。

"双减"政策落地,是否标志着新的路径的开启,还有待观察,要看执行、落实的情况。

【篇六】 "一对一培训" 别再任性

上有政策,果然下有对策;面对"对策",难道就是束手无策? 2021 年 8 月 9 日浙江在线报道:关于教师有偿补课、违规补课、培训机构无证经营等问题,教育部和各地都在大力查处。北京教委通报查处校外培训机构违规开展学科类培训结果(含一对一培训),一批校外培训机构被查;浙江省教育厅发布通知严查有偿补课,进一步明确落实开展相关专项整治工作,要求各地根据教育部专项整治要求组织开展对照自查。

需要看明白的是,北京市教委是联合公安局等部门,对校外培训机构违规开展学科类培训进行检查的,有公安局的联合参与,而不是教育职能部门单打独斗。通报中有位教师龚某钠,无办学资质,却在某咖啡店擅自组织学科培训,真可谓是"亏本的生意不会做,杀头的生意抢着做"。

对于违规折腾培训的教师而言,很清楚那是利益在驱动,他哪里是公益性的,他是牟利的,甚至是赚很多钱的。这些教师悄悄进行"一对一培训",即便不是"公然违抗",那也是"暗地作祟"。如此"师表",必定遗患无穷。

所以,现在我们面临的一个严重的问题是,我们如何教育教师? 如果我们教育不了教师,教育不了培训学校,一言以蔽之是"教育不了教育",那么,一切的政策设计、制度安排都会落为空话。

长期以来,在教育、教育管理和教育改革领域,光说不练的"假把式"实在太多了,一时兴起的"运动式执法"也不少。理性的公众,正在期待严管学科类课外培训能够常态化进行,从而真正取得实效,真正为学生和家长减负。而曾经从教培中获取巨大利益的海量教师，当然是不会"善罢"、不可能"甘休"的，他们期待着这一回的"落实"同样是"雷声大雨点小"，最终是他们悄悄地以胜利告终。

众所周知，如今从事业余教培的教职员工，多达千万之众，这还不包括无证经营的"地下工作者"。如何管理好如此庞大的教培队伍，绝对是个巨大的难题，尤其是当他们转入地下、转进客厅之后，打起"游击战"，然后等着看你怎么办。

被称为"客厅教培"的"一对一学科培训"，不仅违规，而且在本质上破坏了教育均衡。我们知道，共富是一种均衡，教育最需要共富、最需要均衡，这是本源性的；教育如果不均衡，任由校际差距、城乡差距拉大，"有条件"的家庭以"十倍价格"请"客厅教师"来给孩子"加餐"，那结果会是什么？结果必然是普通家庭的孩子，尤其是农村孩子越来越少考上好的高校，最后导致底层固化，导致一代又一代人的差距。

"一对一培训"之类，本质上是一种"教育过度"，过度教育就像过度治疗一样，临时来看有效果，长期来看其实是害人不浅，甚至是"毁"人不倦的。其实，"每个孩子都是天生热爱学习的，并具有学习的能力"，尊重孩子的成长规律，不去拔苗助长、提前透支，这就要求充分尊重孩子在学习和成长中的自主性，否则，结果会适得其反。

教师进行课外教培，务必合法合规，今后千万不可再任性了！

【篇七】该罚！ 这仅仅是他们的"小舍得"

2021 年 5 月 10 日，"作业帮""猿辅导"各被罚 250 万。处罚主因："作业帮"谎称"与联合国合作"，虚构教师任教经历，引用不真实用户评价；"猿辅导"谎称"班主任一对一同步辅导""微信一对一辅导""您的 4 名好友已抢购成功……点我抢报"，虚构教师任教经历等。此外，两家都有诱骗消费者交易的行为。

这些弄虚作假的行为,违反了我国《反不正当竞争法》等法律。这个250万元属于"顶格罚款",同时还给予了警告处分。对此,"作业帮"回应:诚恳接受,坚决服从,全面整改;"猿辅导"回应:诚恳接受,开展自查,全部整改。其实被罚个250万,对这些校外教育培训机构而言完全是"毛毛雨",仅仅是他们的"小舍得"而已。他们都是号称累计激活用户好几个亿的,从每个用户那里赚进来的收入中拿出1块钱,设个"挨罚备用金",也够罚一阵子的了。

校外教育培训机构乱象丛生,多年来公众反应强烈。北京市市场监管部门表示,"还将持续聚焦民生领域案件,加大校外教育培训机构执法力度,严厉打击各类违法违规行为,规范市场经营秩序,维护人民群众合法权益"。但是,如何有效治理这种乱象,一直是难题;尤其是对这些培训机构"贩卖焦虑"如何治根治本,还真得想"方"设"法"。

近来有个说法很流行,说的是:10多年前中国大教育行业的首富是俞敏洪,因为"新东方"的英语培训满足全球化人才竞争的需求;5年前,张邦鑫取而代之成为中国教育首富,因为他的课外培训机构"学而思"大受追捧;2年前,张邦鑫被"中公教育"的李永新超越了,因为公务员培训成了最炙手可热的行业……这里没说市场总量,其实相比课外教育培训市场规模,全国公务员培训市场规模那是小巫见大巫,只是教育培训机构的"大鳄"太多了,瓜分了市场。

教育培训机构抓住了人性的弱点,通过种种手法贩卖焦虑,让人与人之间的教育竞争变得越来越激烈,教育"内卷"越来越过分。电视剧《小舍得》为什么这么火?因为教育焦虑是最普遍的现实,最能够触动家长们的心。在利益驱动下,课外培训机构首先不断制造焦虑,然后通过各种培训来疏解你的焦虑,借此源源不断地牟利。这个如果不深入地、好好地治一治,那么,教育"内卷"的多种死结更难解开。

教育的本质,绝不是为了让孩子超过别人,而是为了让孩子不断成长、超越自我,这就是"教育立人"。但现实是什么?对于民众来说,如果陷入全民娱乐,那会"娱乐至死";对于学生而言,如果陷入全员培训,那会"培训至死"。

勒庞的《乌合之众》早已警示过我们，人一旦卷入群体中，个性就会被群体淹没，智商就会普遍降低。现在的家长，已然"内卷"至群体中，这个从众的群体构成了最大的"内卷群体"——把孩子投进培训大军，被裹挟，相互攀比，去跟风，相互追逐，以为培训得越多，自己越有归属感、安全感、成功感……事实上，这样培训出来的孩子，许多仅仅是"考霸"，而不是"学霸"，只是考试考得好一点而已，真正的学习能力并不见得高到哪里去，这就是真正的悲哀所在。

现在最需要的就是，醒来！

【篇八】跳出"双减"看"双减"

孩子教育问题，历来是家长老师最为关心的问题，也是全国两会上代表委员关注的焦点话题。全国政协委员韩平、李有毅、梅国平等认为，"双减"的根本目的，是推动教育回归初心、回归本质、回归本位。

年初教育部提出，2022 年继续把落实"双减"作为学校工作的重中之重。数据表明，义务教育阶段线下学科类培训机构原有 12.4 万个，现已压减到9728 个，压减率为 92.14%；原来的 263 个线上校外培训机构，也压缩到 34 个。中小学生作业总量也得到了有效控制，在规定时间内完成书面作业的学生，由"双减"前的 46% 提高到了 90% 以上。

当然，"双减"并不是政策的终点。"双减"后，学生负担确实明显减轻了，家长的精力负担和经济负担也明显减轻，但也要看到，家长的焦虑还没有真正有效缓解。

要想最大程度松绑、减少这种焦虑，显然并非一朝一夕能够完成。面向未来，近期的改进和远期的改革都不可或缺。

近期改进，关键就在课后教育体制机制的完善。目前存在的问题很清楚：一是课后服务课程数量和质量有待提高；二是引进校外教育资源和志愿者参与校内素质教育的机制还要加快探索；三是校外社会教育资源匮乏、品质参差不齐，难以满足学生在课后开展高品质素质教育的需求。

"双减"不等于"放养","育人"不等于"育分"。"由于'分分计较'的招生录取方式没有改变,家长担心孩子不参加培训考不上理想的学校,这也为校外学科类培训机构的'死灰复燃'创造了机会。"正如韩平委员所说的,"一些学科类培训机构从明里转到暗里,由'地上'转到了'地下'。"很显然,"双减"是一场立体战、持久战,一方面要解决"别墅培训""住家教师""众筹私教",甚至以非学科名义开展学科培训等各类"换马甲、逃监管"的问题,另一方面确实需要切实优化好课后教育的机制与内容——你"实"了,人家才没有机会;你"虚"了,人家一定会乘虚而入。

　　远期改革,则要跳出"双减"看"双减",要加快招生用人改革,扭转"唯名校""唯学历"等传统用人导向,从而实现社会用人评价对"双减"的正向推动。

　　《加快招生用人改革,促进双减取得实效》,这是韩平委员带来的一份提案。"现在的社会用人评价缺乏对'双减'的正向推动,要扭转'唯名校''唯学历'的用人导向。'双减'是破除'五唯'(唯论文、唯帽子、唯职称、唯学历、唯奖项)顽瘴痼疾、解决群众反映强烈的突出问题、回应社会关切的突破点。"韩平建议,要树立正确的用人导向和包容的就业观,要动真格彻底扭转招录人员唯特定高校、唯文凭学历的倾向,推行建立区域基础教育生态监测制度等。

　　中高考"指挥棒"、用人"风向标",都直接影响了"双减"的实际效果。而从远近结合的角度看,则要全面促进教育公平与质量提升,从而减少种种"内卷"。

　　立人育人,是教育的本位初心。所有的父母都应该清晰地明白:孩子中考考得好,只是赢一次;高考考得好,也只是领先一步—— 一步领先不意味着步步领先,后面的人生路还很长,到后来如果懈怠了,人生成就也就不会到来;前面没有赢很多,甚至落后了,但后面还有留学、考研考博、入职考试等,赢回来的机会还有很多。所以,家长自己也要跳出"双减"看"双减",放心地把孩子过早过重的负担切实给减下来。

必须保护未成年人的休息权利

休息不好睡不够,无论是工作还是学习,都会没精打采,事倍功半。

2021年4月,教育部发布公告,就《未成年人学校保护规定(征求意见稿)》面向社会公开征求意见。其中有一条是"休息权利",拟规定:学校应当按规定科学合理安排学生在校作息时间,与家长共同培养学生良好作息习惯,保障学生在家的睡眠时间等。

作息作息,不能只作不息。"不会休息,就不会工作",这是老话;事实上,"不会休息,就不会学习"。教育部已出台有关加强中小学生睡眠管理的通知,明确提出:小学生每天睡眠时间应达到10小时,初中生应达到9小时,高中生应达到8小时。出台这些规定的动机都很好,也看到了问题所在,其实过去就有这样的规定,就是从来没有落实过,或者说无法落实。

"缺觉"是表,"重负"是里。课业负担太重,想睡也没得睡。特别是到了高中,不仅学生缺觉,老师也缺觉。3月1日,《中国国民心理健康发展报告(2019—2020)》发布,其中的数字,触目惊心:2020年调查显示,只有46.4%的青少年在上学日每晚可以睡足8小时及以上;有95.5%的小学生睡眠不足10小时,平均睡眠时长为 8.7 小时;有 90.8% 的初中生睡眠不足 9 小时,平均睡眠时长为 7.6 小时;有 84.1% 的高中生睡眠时间不足 8 小时,平均睡眠时长为 7.2 小时。现实与"10、9、8"三个睡眠小时数的差距太大。

现在是老师焦虑,父母焦虑,学生焦虑,压力层层传导,最后把一切都压在学生身上。老师家长已不是激发学生的学习兴趣,而是逼着学生必须完成这个必须完成那个。本应利用一切机会睡觉休息,却变成了利用一切时间学习复习做作业。

牺牲睡眠时间用于学习,并不能换来学业成绩的提高,而是适得其反,会引起生物节律紊乱,长此以往,更可能损害孩子的脑功能,导致注意力缺陷、焦虑、抑郁等。其严重后果,已然体现于学生抑郁症高发。《中国国民心理健康发展报告(2019—2020)》中有关中小学生抑郁的数字,更是触目惊心:小学阶段的抑郁检出率为一成左右,其中重度抑郁的检出率为 1.9%—3.3%;初中阶段的抑郁检出率约为三成,重度抑郁的检出率为 7.6%—8.6%;高中阶段的抑郁检出率接近四成,其中重度抑郁的检出率为 10.9%—12.6%。可见抑郁检出率随着年级的升高而大幅升高,自杀风险也随之增高。

未成年人的休息权利,实在是人命关天的大事。教育一定要合乎人的成长规律,孩子小的时候就应该尊重他们的天性,就应该多多地玩,到了中学负担要合理,到了大学要好好读书。进大学 18 岁也成年了,学习能力更强了,要好好学习。可我们是倒过来的,幼儿园、小学、初中、高中,疯狂地参加各种学习培训复习考试,彻底透支了学习力,越来越多的孩子不能享受到学习的快乐,不快乐的时间一再提前。由于早早就学伤了,到了大学反而不读书了。这样的本末倒置,是非常可怕、非常荒诞的。

"休息权""睡眠令",不能在"睡眠"中发布、在"睡眠"中执行。那些"为学生休息睡眠让路"的条规,比如不得要求学生提前到校参加统一的课程教学活动,不得占用国家法定节假日、休息日及寒暑假组织学生集体补课,不得超出规定增加作业量,等等,届时都必须从纸面上走下来,落到地面上。与此同时,近的,应切实取消各种抽测、月考、平均分排名等;远的,应该考虑改变中职和普高 5∶5 的比例,扩大普高招生规模,减轻升学竞争下移趋势,而且还应把 12 年制义务教育提上议事日程。

如果条规出台后,上上下下仍然"装睡",那么,即使在每个学生家里的卧室装上监控也是没有用的。

孩子，你的寒假过得好吗

从 2020 年跨过来的这个学期结束之际，杭州市教育局发出做好寒假有关工作的通知，明确要求合理安排师生假日活动：严格执行《浙江省中小学生减负工作实施方案》，不得推迟放假或提前上课；严禁以任何理由组织学生（含高三年级）违规补课、上新课或以各种名目举办文化补习班、培优班、提高班等，严禁组织或诱导学生到社会培训机构进行补课、培训等；严禁要求家长批改作业、打卡上传作业完成情况。

规定很详细很不错。都说"一分部署，九分落实"，我看这个通知的规定已是"十分部署"，希望能够做到"十分落实"。

"严禁要求家长批改作业"这条，应该容易做到。之前，杭州一所中学高一数学老师被家长投诉，说"从开学至今，要求周末作业家长批改"，力不从心的家长投诉了，回复是"家长误会"，老师只要求家长"督促"，并没要求家长"辅导"。督促、辅导、批改，这几个关键词边界不是很清晰，现在按照通知要求很明确——"严禁要求家长批改作业"。平常也应这样。

"作业才半天，度日如一年。"学生减负，要从减作业开始，寒暑假也不能布置得太多。多国教育学研究专家的研究早已表明：作业过多，完全适得其反，不会真正提高成绩。而统一布置大量作业,就是典型的工业化的应试教育:教室是车间,课本是机器,作业是流程,老师是工人,学生是产品;从小学到大学,学生成了整齐划一的标准化的"教育产品",都出自同一个流程。

还有,很多时候给孩子加压的事其实是家长干的,各种培训班,没完没了。校内减下来,校外加上去,引发孩子的厌学情绪,激发亲子矛盾,"虎妈""狼爸"也随即产生。

全球知名的小提琴演奏家陈美,是泰中混血儿,父亲是泰国人,母亲是华人——典型的"虎妈"。陈美成长过程中,一直由母亲操纵,常常遭受身体暴力和精神羞辱。在21岁时,由于种种原因,她选择与母亲决裂。陈美是成功了,但太多的痛苦伴随着成长,她真是太痛恨这种"虎妈式伴随"了。

好小孩从来都是被温暖大的。但温暖不是"温室",而童年受的伤,往往需要一生去治愈。

与陈美不同,华裔女导演赵婷的成长历程不一般。赵婷凭借编剧并执导的电影《无依之地》,拿下了威尼斯电影节最佳影片奖等一系列国际大奖。赵婷出生于北京,她父母的教育培养,可是大不一样:"他们从未停止让我做真实的自己。我的成绩很差时,就像一个野孩子,只是画一些奇怪的日本漫画,他们就让我放任自流,这是非常罕见的。"原来"放养"的孩子,照样也会成长并走向成功。

教育是慢的艺术,成长是长的远足。揠苗助长,急于求成,成不了。从教育的远山近水走向教育的万水千山,需要正确的理念、正确的行动。如今知道"坐井观天"的"内卷化"不行,却把"坐井观天"变成"背井观天",行进中的教育仍在应试的小天地里打转;把"井"背在背上,老师、家长、学生都更累了。

孩子该玩的时候就要玩,该放下的都应放下。期待寒假结束的时候,问一句:"孩子,你的寒假过得好吗?"回答是发自内心的:"很好很开心!"

不仅仅打卡要喊停

"打卡"打不出"大咖","打卡"却打出了大尴尬。班级家长群要求家长天天打卡,结果"打"得天怒人怨,致使有的家长愤而退群。

杭州有一学校,最近发出紧急通知:暂停打卡!体育老师通知,体育打卡暂停,请孩子们每天自觉锻炼身体;英语留言,英语朗读也暂停打卡了,让孩子们每天自觉朗读……有的家长百感交集:"天哪,竟然不用打卡了!"有的家长甚至不敢相信自己的眼睛。

最近,有关小学生家长议论学校作业布置过多、每日打卡任务太重、教师要求家长"志愿"打扫学校卫生等事情,引发了大讨论,成为网络热点。家校如何合作、如何沟通?至少针对"打卡"这件事,部分学校的老师已形成共识:可打可不打的卡,暂停。可怜的家长们,好歹松了一口气。

打卡是一种监督、评价的方式,是让家长替代老师直接督促孩子完成各种作业,背后的实质是老师不相信家长和学生能"自觉",所以得通过天天拍录像发视频的方式进行打卡,实行"监督"。"每天一起床,就要惦记打卡这事,晚上睡觉前,还要再刷一遍钉钉,看是不是都打完了!"有的家长都快被"打卡"搞出"强迫症"了。

然而,暂停打卡这事也引发了争议。有的老师就说了,布置"打卡"作业的初衷,是让孩子们高质量地完成一些"非纸面"作业,督促孩子们养成良好的习惯,这的确对教学有促进作用,在锻炼打卡驱动下,孩子们的身体素质有很大提升,"进行打卡一个月,全班的体能提升很快,可以说进步惊人",云云。在应试教育重重压力下,"打卡一个月全班体能进步惊人"这种说辞,难以准确定量分析,实属夸张;事实上,从某种程度来讲,减轻学业负担,多一些自由活动、少一些强迫的作业打卡,孩子们的身心更健康。

现在的教育,已经弄得不是"教育孩子"了,而是"折磨孩子"了,如今的家长们拼了命给孩子"打鸡血",一个个都变成"虎妈""狼爸",一家家都在望子成龙、望女成凤。

最近有位网友转给我一页小学生日记,题目是《我恨我的妈妈》,其中说:"我恨我的妈妈,因为放暑假了,有 62 天的时间,一天有 24 个小时,算起来的话就有 1488 小时,我说'我能不能休息一天',都不行……我发现她变了,自从开始上小学,一点生活都不管,就是管作业和学习。我之前上幼儿园的时候,妈妈是温柔的,上了小学,我妈就变得很粗暴,所以我恨我的妈妈。"

上了小学,就给孩子施加这样的压力,家校合作、双管齐下,将会很大概率毁掉孩子一生的学习兴趣。

而社会对学校、对老师的评价"标准",往往是"没有好分数就没有发言权""没有高分就没有尊严"。学校和学校之间要比较,家长和家长之间要攀比。"应试教育"结结实实变成了"比较教育""教育攀比"。

教育成长,一定要尊重最基本的规律。在小学的时候,小小地好好学习就可以;在初中的时候,初级地好好学习就可以;在高中的时候,高级高效地好好学习就可以;到大学的时候最重要,要大大地好好学习才可以!可是,现在小学就学初中的,初中就学高中的,高中就学大学的,到了大学就不学了。

不久前我在"热点热评"中写到我中学同学、世界著名数学家陈秀雄破解世界级数学难题,反响热烈。那时的小学、中学,哪有什么家长群、哪有什么打卡？我们在县城读书，父母在农村，一学期都难得见上一面。现在我有三个弟弟妹妹侨居意大利，他们的孩子从小都是接受意大利的教育，大弟弟的大儿子和小弟弟的大女儿，都考上了欧洲著名的大学，他们也从来没有什么家长群、什么天天打卡，而是一路轻轻松松学来；如今我小妹妹的小女儿正在意大利读小学，他们小学生通常是一星期结束之后才有一丁点作业，星期天晚上做一下就可以了，大部分课余时间都在玩儿。这，才是真正尊重教育规律、成长规律。

就在快写好这篇文章的时候，看到微信视频号上的一个视频，说的是"电视剧都不敢这么演"——日本小学生的篮球比赛，反转再反转！他们像小大人一样潇洒地进行篮球比赛，打得极其紧张精彩，比分交替上升，反超再反超，最后两秒钟，一个底线开出的球从底线附近越过这个球场超远距离直接投篮入筐，绝杀获胜！网友跟帖的第一句话是问："我们的孩子在干什么？"我想正确的答案大概是："嗯，我们的孩子正在打卡做作业！每晚都在作业本上绝杀！"很快一位大学老师跟帖说："我家孩子做完学校的，还有补习班的；做好正在上的，还有预习的——时间永远不够用，锻炼都是实在做得太累，下楼去跳个绳，跑一下步，最多30分钟，已经太奢侈！"

现在有的学校家长群暂停打卡是好事，但仅仅暂停是不够的，要永久停掉；不仅仅打卡要停，打卡背后的应试教育、"分数教育"、"比较教育"意识更要停。

未成年人保护需要刚性法条

对于低龄未成年人犯罪,既不能简单地"一关了之",也不能"一放了之";对于未成年学生的学习教育,既不能迟滞不前,更不应拔苗助长……2020 年 10 月 12 日,全国人大常委会法工委发言人就有关法律修改完善问题,举办记者会,回应公众关切的问题,表达了相关修法理念。

未成年人犯罪最低刑责年龄,拟作个别下调,这其实是现实司法实践提出的要求。但犯罪的未成年人毕竟是少数,而义务教育阶段未成年学生的减负问题,则牵涉到上亿在读学生。

此前,我国的未成年人保护法只在第二十条规定:"学校应当与未成年学生的父母或者其他监护人互相配合,保证未成年学生的睡眠、娱乐和体育锻炼时间,不得加重其学习负担。"

现在未成年人保护法修订草案二次审议稿,进一步明确不得占用国家法定节假日、休息日及寒暑假期,组织义务教育阶段的未成年学生集体补课。相比之下,这样的规定更明确,刚硬了很多。未成年人保护,最需要具体的、刚性的、可执行的法条。

"实践中,一些学校占用节假日、假期,进行超前超量教学,不当加大学习负担,短期内或许能提高学习成绩,但不利于未成年学生身心健康和长远发展。"这个道理其实谁都懂。但是,学校为了升学率，家长为了上名校的虚荣，早已把"道理"抛到了九霄云外。有的学校为躲避本地教育部门监管，甚至以夏令营的名义，将学生拉到外地，跨市补课，也真是拼了！

假期节假日的大量补课，课外增加的海量"学时"，实际上把我们的小学六年变成了七年，把初中的三年变成了四年，把高中的三年变成了四年甚至五年。"减负"天天喊，实际在增负——现在的学生成了最辛苦的群体，天天学习，一点休息时间也没有；反反复复的补课复习模拟考，提前透支了学生的学习力。很多家长却说，大家都在补，不补就落后了。补课费用高不说，孩子没有一点自由的时间，那么何处寻觅创造力？这何止是"拔苗助长"。多少学生考上大学之后，再也不要读书学习了！"大学学习之风日衰，读大学成了混大学"，这就是典型的本末倒置。

大师是补课补出来的吗？诺贝尔奖是考试考出来的吗？谁都知道不是。可是，我们的学校和家长为什么还本末倒置？我们的孩子在生长，错误的教育却在毁灭孩子。多少教育者，把受教育者的"起跑线"当成了"终点线"。既然你让孩子在"起跑线"上成为停不下来的拉磨的驴子，那就不要想让孩子成为千里马。

现在未成年人保护法通过修订，要让有关法条硬起来、明确起来，这是好事，但如果仅仅要求学校不得占用国家法定节假日、休息日及寒暑假期组织集体补课是不够的，其他相关机构也要纳入其中，否则就是"按下葫芦浮起瓢"。

教师也要"减累"

　　河北馆陶县第一中学高三年级班主任赵鹏老师服毒自杀，他所经历的，大抵是"从炼狱到地狱"。

　　让人唏嘘的是赵老师，在离 30 岁生日还有 18 天的时候，选择了自杀；没有抵达而立之年，就抛下了妻子与孩子。他遗书里的关键语句是："活着实在太累了，天天这样无休止地上班让人窒息，所领的工资只能月光……"他的工作带给他的，一定是焦虑或抑郁的情绪——老师也不堪重负，从一定意义上讲，老师本身也是应试教育的牺牲品。

　　我的大学同学中，很多都是中学老师，他们当真不容易。赵鹏老师也是通过高考改变命运的，成了一名高三班主任之后，每天无休止地重复工作，以及"工资月光"的生活，让他越来越感到窒息——最终抛弃了工作的"炼狱"，选择了自杀的"地狱"。生，不容易；活，不容易。生，不容易；存，不容易。

　　早在 1972 年，联合国教科文组织就发表了《学会生存》的报告，其副标题是《教育世界的今天和明天》。"学会生存"，现在看来，是多么意味深长！报告中提出了"走向科学的人道主义"的重要命题。对于教育来讲，对于师生而言，"人道主义"是基础性的，是必须的；而"科学"，则更是处于应试环境中我们所需要、所渴求的,不科学的教育教学、不科学的应考应试,带来的必然是不人道。而一个真正处于关爱的、人道的、科学的制度环境中的老师,是不应该像赵鹏老师那样时刻被"炼狱"煎熬的。我的一个微博网友有一句妙语:"穿平底鞋都能崴到脚。"如今的中学教师和学生,不正是"穿平底鞋也崴到脚"的可能性最大的群体吗?

"科学的人道主义反对任何先验的、主观的和抽象的关于人的观点。""科学人道主义所指的人是一个具体的人,一个在历史背景中的人,一个生活在一定时代的人。他要依靠客观的知识,而这种客观的知识本质上必定会导致行动,并且主要是为人类服务的。"在教育者和受教育者中,一个具体的人,最有可能步入炼狱、陷入地狱——假使整个环境缺乏"科学人道主义"的话。

学校以及整个教育,要给老师"减负减累"!尽管从"喊累"到"减累"的过程很难、路程很长!

取消中考知易行难

　　实行 12 年义务教育、取消中考，回归素质教育，这是 2016 年全国两会期间，政协委员何水法提出的建议。何水法教授是来自杭州的著名画家、浙江省特级专家，他希望教育的"指挥棒"能真正指向素质教育。无独有偶，此前全国人大代表、来自河南理工大学的李光宇，也建议取消中考、推行 12 年义务教育。他认为，这样不仅可以破解"择校"难题，同时能提升我国劳动力受教育水平。

　　"中考比高考还难、还重要"，这是许多家长的看法。所以，许多地方中考的激烈程度一点都不亚于高考。对于个中恶果，有识之士已经分析够多。确实，初中阶段的竞争过于激烈，而且这种竞争是提前的，在十四五岁的时候，在人生的花季阶段，就进行如此激烈的应考竞争，这非常不符合教育规律，甚至是提早剿灭学习兴趣、毁灭想象力。素质教育时间被挤占，付出巨大的机会成本。体育本来是素质教育的重要内容，但因为有中考，体育也占一定分数，结果活生生变成"应试体育"。真正公平的"不考而读""不考而升"，定能极大减轻压力，从而还给少年应有的美好。

　　知道这些好处，不难。可是，要实现这样的"美好"，却太难了。

"实行 12 年义务教育"与"取消中考",两者相关又不太相关。12 年义务教育即在目前 9 年义务教育的基础上,把高中也变为义务教育,12 年"一条龙",小升初、初升高,都不以考试为选拔方式,而是按地域就近入学,但是,"不考试"与升学"一条龙"两者的相关性是很弱的。真正相关性强的,在于初中、高中本身,只要初中、高中依然是分为三六九等、依然是优质资源不均衡,那么,"取消"的"小升初""中考"就会"名亡实存"。"小升初"算是不用考的,但因初中教育资源配置不均衡,事实上竞争照样很激烈,好的初中学校要"样样优",结果就是"样样考"。

在许多城市,高中教育的发展程度也极为不均衡,这是现实,而且是难以立马扭转、改变的现实。教育资源总是向少数"优质""重点"高中倾斜、集中,久而久之,甚至产生"超级中学"的现象;对家长和学生来讲,"考重高""考前三"就成了"梦寐以求"。如果这一形态不打破,不能让教育资源、教育水平均衡起来,那么,"不考试"的选拔,必然会导致更为严重的"学区房"现象,催生更为激烈的"择校热",甚至产生巨大的权力寻租空间。

因此,解决高中教育的"校际均衡"问题,就成了一个大前提,成了"知易行难"中巨大的"难"。这个困难,至少目前还是无解的。除了硬件的差距,还有更重要的"软件"——优质师资的不均衡。优质师资总是相对少的,如何均衡配置?除非所有老师都"重新洗牌"、打通使用,轮流换岗、换校。这,需要何等厉害的制度安排才能做到,而且让教师甘愿服从?事实上,人的工作是最难做的。

代表、委员提出"取消中考",终极目标没有错,但这个过程难以"硬着陆",而需要一个有意识的渐进改良的过程。如果无法改变教育资源不均衡的问题,那么,"取消中考"就会变成一场难以抵达终点的"马拉松"。就个人而言,其实漫漫人生才是马拉松长跑,起跑线近点还是远点,前一百米、一千米是否跑在第一,真的不重要。

贰

父母家长，缓解焦虑

26 岁教授陈杲和他的爸爸

你可是听说过一位26岁的年轻人当了特任教授？陈杲，这位1994年8月出生的数学天才，已从美国归来，如今加盟了中国科学技术大学几何与物理研究中心，工作地点在上海；同时，他攻克了一道"复微分几何"领域的世界数学难题——这两条有关陈杲的消息在网上刷屏，令公众惊叹。

陈杲是浙江温州瑞安人，和张文宏医生来自同一所中学——瑞安中学。温州人非常聪明，温州是"数学家之乡"，我国数学界温州籍教授有200余人；近一个世纪以来，温州籍数学家群星璀璨，其中有中国现代数学奠基人之一的苏步青，有现代数学播种者和开拓者姜立夫，有国家最高科学技术奖获得者谷超豪……

陈杲小学跳级3年，2008年14岁的陈杲入读中国科大少年班；2012年赴纽约州立大学石溪分校，师从微分几何界最高奖韦布伦奖得主陈秀雄教授，并与其合作解决了1977年霍金提出的"引力瞬子"问题。2017年博士毕业后，陈杲到普林斯顿高等研究院做博士后，那是爱因斯坦工作过的地方，陈杲的办公室就在曾经的爱因斯坦办公室的隔壁。从2019年起任威斯康星大学麦迪逊分校助理教授、博士生导师——也就是说，他25岁就成了博导，指导3位博士生。

陈呆非常"硬核",他攻克的那道世界数学难题,属于复微分几何研究范畴,论文《J方程和超临界厄米特—杨振宁—米尔斯方程的变形》,发表于世界知名数学期刊《数学新进展》。此前他在世界级平台已公开发表9篇学术论文。都说"科学无国界",其实科学也是有国界的,而科学家更有国别;陈呆回国,教学研究的内容不变,但服务的对象变了,培养的对象也变了。

呆者,日出也。陈呆的喷薄而出,当然主要依靠自己的天赋和刻苦努力,亦与导师陈秀雄的悉心指导密切相关。陈秀雄是浙江青田县人,他同时是中国科学技术大学教授,他和弟子王兵教授攻克20余年悬而未决的几何难题,年初入选了"2020年中国十大科技进展新闻"。我第一时间连线在美国的陈秀雄和他夫人陶冬青,陈秀雄很谦逊地说:"遇到这些天才学生,是我和他们师娘这些年来的福分。"陈呆的师娘陶冬青则说:"呆哥太像陈景润了,他是生活在'另一个空间'的人,我们有时也笑他'陈呆';他是一个孝子,为了在中国的父母,他一定会回国的。"

陈呆的"另一个空间"就是他的数学空间。早在2006年12岁时,他就获得了全国数学竞赛一等奖;在中科大少年班,他靠自学为主,大三时获得"全球华人丘成桐大学生数学竞赛"全能第4名,毕业时夺得数学系成绩第一名;到了美国求学,师从陈秀雄,更是如虎添翼。"伟大的人永远是单纯的",陈呆对于数学,有着"万花丛中过,片叶不沾身"的专注。他之前回国或赴美,往往就背一个背包,连个拉杆箱都用不着,但是一旦进入他的数学王国,那就是"大风泱泱,大潮滂滂"。

"四员大将:王兵、孙崧、程经睿、陈呆;还有一个王兵的学生叫李宇,做了陈秀雄的博士后,网名何足道……我开玩笑说我们家是'星工厂'。"在美国求学时,师娘陶冬青在生活上悉心关怀陈呆。她说,陈呆小时候的成长,其实靠的是他爸——广东碧桂园实验学校总校长陈钱林:"他家生了一对龙凤胎,女儿叫陈杳,儿子叫陈呆——这两个好名字,是老爸做梦梦到的。儿子大学没毕业就'预订'给了陈秀雄,女儿念的是新加坡南洋理工大学,儿女都是博士。"陈钱林说:杳,寓意"深远、含蓄";呆,寓意"阳光、自信"。

陈钱林生于1966年,与我同龄。他是全国知名校长、资深家教专家,曾在杭州师范大学一所附属学校担任校长。他的专著《家教对了,孩子就一定行!》,书名就很激励人,曾是一本家庭教育的热销书,入选"2015年度影响教师的100本书"。在书的最前面,印着女儿和儿子的照片,以及他们各自的一段话,说得很到位。女儿陈杳说:"爸爸很少主动过问我的课业,却让我拥有难能可贵的自学能力;很少干涉我的选择,却让我学会努力去追寻梦想;很少在我跌倒时扶住我,却教会我如何站起来,并积极地看待绊倒我的石子;很少掩饰世间的丑陋,却让我感恩永恒的真善美。"儿子陈杲说:"爸爸竖起的大拇指,让我的童年充满自信;爸爸的幽默,让我的童年洋溢着幸福;爸爸的放手,激励我做顶天立地的男子汉。特别是爸爸引导我自学,让我免于作业的困扰和标准答案的束缚,走上科学研究之路。在我的眼里,爸爸是最伟大的教育家!"

　　那么,陈钱林教育的秘籍究竟是什么?其实不复杂,关键就是"自立教育",细化为"自律生活、自主学习、自立人格"。他引导孩子做最好的自己,因为"只学课本知识是远远不够的"。教,是为了不教。他说:"最高明的教育,是让孩子学会自学。志向与自学,是孩子成长最重要的金钥匙——志向会产生引力,自学会产生推力;如果具备了这两种力量,普通的孩子都有可能成大才。"

　　开设"家庭学校",家长在家自己教育自己的孩子,以求摆脱学校教育的"一刀切",培养孩子自主学习的精神和能力。因为每个孩子都不同——世界上没有两片完全相同的树叶,世界上也没有个性完全相同的人。因材施教、个性化教育做到位了,就是最好的自我成长的教育。尤其是记忆力、思维力、注意力、学习力都很非凡的孩子,决不能按部就班规规矩矩坐在已然不适合他的课堂上,否则"陈杲"真的成"陈呆"了。如果把天才儿童的教育混同于普通教育,那一定是教育的失误,有了超强的自学能力,就能自我拔萃。

　　陈钱林的瑞安老乡蔡笑晚先生成功的家教,对陈钱林影响、启发很大。蔡笑晚"把父亲的角色当事业来经营",专注于家庭教育,培养了6个优秀孩子,其中老大蔡天文获世界统计学最高奖,老二蔡天武曾出任美国高盛公司副总裁,小女儿蔡天西30多岁就被哈佛大学聘为终身教授。蔡天武、蔡天西和陈杲一样,都曾就读中科大少年班。

陈钱林认为,学校教育先天不足,社会教育良莠不齐,家庭教育决定成败。他提出要"基于天性培养人性",要尊重天性用好天性,以人文精神滋养人性。他认为非智力因素更重要,"知、情、意、行"一个都不能少;而家教的智慧在选择,要让孩子自己选择,适合的才是最好的,盲目跟风不可取;一把钥匙开一把锁,以孩子的个性设计培养目标,要努力塑造孩子的好性格、从小培养运动的习惯与好学的习惯。

自主自学,导向创造力。华罗庚曾说:"我们每个人手里都有一把自学成才的钥匙,这就是:理想、勤奋、毅力、虚心和科学方法。"自学好不好,与家教是否成功密切相关。那么,在具体的家教培养层面,陈钱林是如何做的?他培养孩子"三自精神",即"自律生活、自主学习、自立人格",基本经验和做法是,幼儿期,从游戏、探究入手,让孩子享受"玩中学"的幸福;从习惯、家规、志向入手,帮孩子形成自律生活;从引导孩子决定自己的事入手,帮孩子形成自立人格。到了学龄期,从综合素养入手,拓宽基础的宽度;多表扬,培养提升兴趣的外驱力;自选作业,超前学习,培育自学能力。他在12个基点上下功夫:健康、性格、习惯、情商、知识、能力、游戏、探究、志向、规则、幸福感和价值观,这如同深深打下了12根扎实的基桩。

作为教育体制中人,陈钱林深谙应试教育、题海战术的弊病:"学校里,应试教育依然大行其道,升学竞争白热化,孩子如陀螺般地生活在题海中……"他不忍心让陈杳与陈杲受到题海的煎熬。儿子陈杲读中学时,每天下午都在家自学;女儿陈杳读高一时,隔天在家自学,读高二时隔周在家自学。结果,两个孩子不仅拥有轻松、自由、快乐的童年,还锻炼出了特别的学习力,学习效率大大提高。

当然,这需要学校有相同的理念、真心的支持。陈杲曾在文章中说:"2006年,我荣幸地以全国数学竞赛一等奖的成绩免试进入瑞中,成为这所百年名校的学子。……我特别佩服瑞安中学允许学生个性化学习的教育理念。我由于年龄较小，怕睡眠不足，提出不参加早自修、晚自修的申请，学校同意我的特殊要求。最难得的是，老师还允许我下午在家自学以及参加适合自己的体育运动，各科老师都教我自学方法，这不仅让我在长身体的关键时期增强了我的体质，而且更重要的是，培养了我自学的能力。离开瑞中后，我在中科大少年班读了四年本科。少年班的模式是教学上教师只是提纲挈领地讲些重点，主要靠学生自学。这种模式正好适合我的特长。"

到了大学，尤其是到了硕士博士阶段，会给予学生更多更大的自我决策的权力和自由；然而，这种自由需要强大的自立、自理和自控能力，像陈杲这样的学子，准备最充分，优势最明显，最终必然成就最突出。陈杲这么年轻就取得这么大的成就，也实在太厉害了！我们期待他向菲尔兹奖进军，4年一度的菲尔兹奖，被誉为"数学界的诺贝尔奖"，要求获奖者未满40岁。

"推动摇篮的手，就是推动世界的手。"家教对了，孩子就一定行！教育得法，普通的孩子也可以学业拔尖；教育不得法，最好的天资都没优势。陈钱林是真正具备"成长思维"的人。在他这里，不存在"作业所到，家长残废，老师瘫痪"，不存在"一群不读书的教师在拼命教书，一群不读书的父母在拼命育儿"，而是一路给予孩子非常的"个性化教育"，让天才儿子陈杲真正成为天才学者。相比之下，我们许多家长的家教不行，很可能在各种折腾中把天才孩子教成了庸才。

我很赞同、很推崇陈钱林的教育理念，在某些方面也有相同的做法。我女儿徐鼎鼎在香港中文大学读博士二年级，学习研究古典文学，专业方向是先秦两汉文献；她也是品学兼优，大学本科和硕士都是在台湾读的，发表了不少论文。在这里，我作为一个家长，认真地介绍陈杲的成就和陈钱林的家教理念，是真心希望对"家长同行"们有所助益。

80后家长的教育焦虑

"怎么办啊？我闺女五音不全，从小到大音乐成绩从未拿过优……"这是一位杭州妈妈2017年在朋友圈的"哭诉"，原因是听说"美术、音乐将要计入中考成绩""今后高考也将受艺术加分的影响"。为此，杭州市教育局相关负责人对媒体说，这事相关部门从上半年就开始讨论了，"我们还没接到正式文件，杭州市的中考暂时不会发生大的变化"。

一个人受艺术的熏陶是很重要的，孩子也一样。比如你听音乐，尤其是经典音乐，那是对心灵的熏陶、对情操的陶冶。然而艺术的表演或创造，是需要一定的天赋的，让你演奏乐器或者歌唱，缺乏天赋你就会抓瞎。所以，如果自己的孩子缺乏"艺术细胞"，要是遇上"中考必考"的话，家长们一定是会担心和焦虑的。

如今孩子要"小升初"或面临中考的家长们，已是"80后"这一代了。作为改革开放后的第一代，80后的岁数正处于37岁至28岁之间，是最年富力强的群体，但恰好孩子要上托儿所、幼儿园、小学乃至初中，于是教育焦虑成为80后生活的重要部分。这种焦虑，如影随形，尤其是年轻妈妈们特别担心自己的孩子"输在起跑线上"。

一旦考试的制度安排有变化,那么,家长担忧和焦虑的加剧就是必然的。事实上,将音乐、美术纳入中考,江苏已开始试点,比如苏州等地已经正式下文,2020年起音乐、美术将纳入中考。从现有安排看,主要考的是艺术知识;附带有艺术实践——参与学校艺术社团、艺术表演等,占100分中的10分;主要目的是"考查学生音乐、美术基本素养"。

　　问题在于,考查艺术知识为主的,最终有可能沦为"艺术应试",还是离不开应试教育的窠臼;就像体育成为中考的一部分后,本质上已然是"应试体育"。"应试体育"也好,"应试音乐""应试美术"也罢,最终背离了素质教育的初衷,成为"考分"之争,变成了孩子们的应考负担,这与教育减负背道而驰。如果不是以考查艺术知识为主的,而是偏重艺术能力,那么那些艺术天赋不足、"五音不全"的孩子,当然就是"天生就亏大了"。

　　音乐、美术学科纳入中考,会不会加剧艺术报班培训现象?官方给出的说法是"学生只要上好学校开设的音乐美术课,就完全可以应付艺术中考,校外报班辅导之类完全没必要",但只要以常识判断,谁都知道结果必然是"加剧艺术报班培训现象"。因为优质教育资源的不均衡,因为孩子们的特长和缺点各不相同,家长们"为了孩子",为了让孩子得到"最好的教育",同时也为了消弭自己的种种焦虑,全然抛开了"让孩子快乐成长"的理念,现在已经带着孩子不断地奔波于各种补习班培训班中,今后必然是"更加热闹"。

　　所以,各地是不是将音乐美术列入中考,是需要审慎考量的。在十九大报告中,教育事业属于"优先发展"的事业,"发展素质教育,推进教育公平"是其中明确的要求,提出要"努力让每个孩子都能享有公平而有质量的教育","深化教育改革,加快教育现代化,办好人民满意的教育"。如果"一不小心"弄成"让人民不满意的教育",增加了孩子的负担,增加了家长的焦虑,那就适得其反、得不偿失了。

　　而家长,应该站在更高远的位置看孩子的成长。人生是漫长的马拉松,而且是由一个接一个的诸多个马拉松组成的;对于"人生马拉松"而言,所谓的"起跑线"就是个伪命题。人生不会输在种种应试的起跑线上,而往往会输在

"到了大学反而不好好学习"之上。那么,现在80后年轻的家长们,不仅要让孩子在各种培训班中累死累活,自己也亲力亲为、迎来送往,还要帮孩子做作业、陪孩子参加活动,费尽心机为孩子赢得各种资源,等等,既奔波,又焦虑,甚至从怀孕就开始焦虑,一直焦虑大约20年,这真的对吗?

女生出走虚惊一场的背后

待减负的不仅仅是学生,也是"老生",亦是众生。

2021 年 4 月 12 日,杭州一名女生在上学路上出走,牵动众人的心。"今早 6 时 45 分,15 岁女生从杭州九堡格畈南苑出发,上学途中和家人吵了几句,然后下车独自离开了,往夏衍初级中学的方向去了,至今未归。"好在中午时分传来消息:孩子已经找到,她一直在肯德基补作业,很安全——虚惊一场。

女生上学路上出走,原因其实很简单,就因为妈妈说孩子昨晚不肯写作业,孩子听到后吵了几句,就拉开车门自顾自走了。动作很简单,背后的压力其实很沉重。作业和学业带来的压力之大,让人难以想象。这个 15 岁的女生其实很乖,如果设身处地想一想,恐怕她一边做作业,一边心里在默默流泪。

我们的孩子,无论是读初中还是读高中,其实真的很累很辛苦。无论是家长还是老师,现在都要充分认识到,孩子不愿做作业,大多数时候都不是孩子的问题,而是作业的问题;要改的不是孩子,而是布置的作业——过度的作业、无差异的作业,以及作业背后那过度的、无差异的学习。很多作业其实都是可做可不做的,没有非做不可的道理,作业完全是可以有弹性的。"老师布置作业"这一头的问题不解决,孩子就永远没有摆脱痛苦压力的可能;与作业紧密关联的"分数",就很可能成为压倒学生的最后一把稻草。

"天国之中,孩子最大。"赫伯特·斯宾塞是英国的教育家和哲学家,一生倡导"快乐教育"。他明确要求避免过度教育和过度学习,建议所有的父母,不要太看重孩子的考试分数,而应该更多地关注孩子的思维能力、学习方法,关注孩子的兴趣和好奇心。"要告诉孩子,分数就像是对一个游戏的测验,如果你想得高分,很简单,只要熟悉游戏规则就行了。"

人跟人之间差异是很大的,同理,学生和学生之间的差异亦是巨大的。不同的孩子有不同的兴趣与特长,而那些统一布置的、全班"一模一样"的作业,完全忽视学生的差异和特长。对于不适合的孩子来讲,布置海量的作业,无异于一场灾难,是对孩子兴趣和特长的一场歼灭战。

4月10日,在杭州中学举行了一场杭州"公办初中联盟"的集中研修活动,探讨如何进行"差异化教学"。"每个孩子都是不同的个体,我们要正视学生间的差异。"杭州中学数学老师骆黎清在会上说,"听觉型学习者""视觉型学习者""动觉型学习者",都应施以不同的教学方法……杭州"公办初中联盟"成立两年,一直致力研究"差异化教学",这很有价值。差异化的教学,主要不在平均成绩好中差之间的差异,而是针对不同学生不同个性不同特长之间的差异。"因材施教",这是中国教育千百年来的智慧,现在绝对不能忘却。

如果是真正的差异化教育,那么一定会有差异化的作业,没做作业而出走的情况就不容易发生,孩子、家长、老师、学校、社会,就会安宁平静很多。教育不可能在暴躁中做好,孩子不可能在浮躁中成长。所以,做校长做老师,要守一校之安静;做父母做家长,要保一家之安然。明了这一点,老师和家长就会明白应该怎么办、不该怎么办。

从"程门立雪"到"坟地立人"

　　"桂子月中落,天香云外飘"的季节,"神兽归笼"也有一段时间了。在教育领域,有不少"故事",也有不幸"事故"。

　　最不应该发生的悲剧是,武汉一名初三学生,在学校玩扑克,老师喊来他母亲,母亲当众扇他耳光,孩子转身跳楼自杀身亡。

　　在浙江台州椒江,有个"故事"让人哭笑不得:一老爹把读小学的儿子带到坟地罚站,因为儿子做作业不积极;结果老子一转身,儿子坟地失踪了……

　　说是孩子作业没及时完成,当爹的那个气呀,觉得我教育不了你,那就让老祖宗来管管!于是在傍晚时分,把孩子带到太公坟前罚站,让他反思;还把孩子的鞋子脱掉,而自己堵住下山的路。其间他去距离坟地十几米的地方接了个电话,回头儿子就不见了!他担心孩子掉进山坑或者躲到山里,于是马上报了警。4位民警上山,边喊边找,找了40多分钟都没发现踪迹。最后前来支援的特警,在城里发现了赤脚走下山的孩子。

　　这位老爹报警时说自己儿子在"太公家里"走失,民警赶来发现那山腰上并无房宿,原来他说的"太公家"其实是太公的坟地。警察也真是不容易,动用了那么多公共资源,夜间上坟山,我们必须赞一个;而这个老爹真该在太公坟前罚站,网友说:"爷爷气得都要起来教训自己孙子了!"

过去有"程门立雪"——宋代的杨时,下雪天拜访著名学者程颐,程颐闭目休息,杨时站立等待,直到程颐醒来,门前积雪已经一尺深了。这是尊师,这是重学。而今却是"坟地立人"——孩子在坟地罚站,弄不好还要孩子跪在坟头,这真是对荒唐教育的绝妙讽刺。

都说"被理解的青春不叛逆","知识可传授,心灵须感受","等一朵花儿绽放需要耐心",但现在不理解、不感受、无耐心已然成了家长的常态。而"应试教育"在日常已呈现为"应作教育""应作学习",这个"作",是没完没了的作业。老师布置太多作业,而作业到了家长那里都变成了"圣旨",都要"一刀切",逼孩子完成。

学校不当教育,导致家长教育不当。焦虑的家长们,在"怒火中烧"之际,恐怖的惩罚方式层出不穷。2018 年,重庆一位 11 岁的小学男生不爱做作业,老师就喊来他妈;妈妈质问,孩子顶嘴,结果老妈在公交车上当众扒光孩子衣服,自己头也不回下了车。孩子只剩下一条裤头、一双袜子,不知所措,一路站到终点,还迷了路,最后也是民警帮忙,找来衣服给穿上……

人跟人的差异本身就很大,怎么能都期待自己的孩子成龙成凤? 有识之士说得好:"一定要相信孩子的成长能力,要有足够的耐心。家长的耐心就是爱。"耐心一点,让每个孩子成为最好的自己。可现在好多家长对孩子太期待、太用力、太急功近利,从而把孩子的求学生涯变成一场灾难。这种应试教育、"应作学习",最显而易见的恶果,就是给孩子带来无边的紧张压力,压力导致反抗,心中形成巴甫洛夫式反射,学习兴趣最终丧失殆尽,心理上更加厌学,甚至终生厌学。

有真正的乐趣,才有真正的求知。教育的大道,就是让孩子活泼地生长、自由地成长。"只有受过良好教育的人,才能永远是一个自由的人。"这是美国《联邦党人文集》作者之一的詹姆斯·麦迪逊的名言,家长们一定要记取!

"焦师"与"吼妈"

一、一个段子让我乐了

那天我一眼瞄见微信朋友圈里的这个段子,就乐了:

晚上十点多,从楼上传来一个女人的咆哮声:"什么关系?! 啊?! 什么关系?! 说! 到底什么关系?"我那颗八卦的心疯狂地跳跃起来,趴到窗台上支起耳朵认真地听下文。女人继续气愤地喊道:"互为相反数啊!"……我默默地关上了窗户。陪读的妈太辛苦了!

上网查"相反数",曰:指符号相反,数值相同的两个数,其中一个数是另一个数的相反数,例如:-2 与+2 互为相反数。我看这样的"吼妈"就是孩子的相反数。

新学期开学了,学生作业铺天盖地来了。2017 年 9 月 10 日,中国教师节,那是个星期天,从头一天到这天构成的双休日,我每天早早地就听到邻居"吼妈"之声。我家与隔壁属于前后错落的设计,各家有一扇窗户相互构成 90 度直角,吼声就听得特别清楚。于是我在微信微博记录了一句:

"邻舍传来母亲辅导儿子做作业、全程训斥儿子之声,大约是小伢儿开始读小学一年级了。"

二、搜索"作业"吓一跳

我干脆在自己的新浪微博上搜索关键词"作业",不搜不知道,一搜吓一跳。这是 2013 年至 2016 年的部分记录:

2016.3.19,转发来自澎湃新闻的一个报道:陕西一女教师掌掴 7 名学生,校长称因作业未交老师恨铁不成钢。

2016.1.9,转发来自浙江新闻客户端的消息:"浙江省教育厅:初中学生每天作业时间要控制在 2 小时之内。"应该说,浙江省教育厅专门发布《改进与加强中小学作业管理指导意见》,已经是很不错的了,规定也很明确:"小学一、二年级不留书面家庭作业。小学其他年级每天完成书面作业的总时间最多不超过 1 小时,初中学生每天作业时间控制在 2 小时之内","不得要求家长批改教师布置的作业或纠正孩子的作业错误",等等。但"理想很丰满,现实很骨感","事与愿违"是必然的,我家隔壁邻居的孩子一入小学,连双休日都不断传来"吼妈"之声,就是一个明证。

2015.11.17,转发《都市快报》的报道:"昨晚放学,女儿哭着回家,作业多到她难以置信……杭州一位妈妈发的这条微信让人深思。"这位家长妈妈面对孩子时还好不是"吼妈",她说道:"……吃过晚饭擦了眼泪赶紧做作业,十点半,还有语文背诵作业没有完成。我一定让她睡觉,结果半夜她醒来睡不着,索性做作业了。一大早,发烧了。我改变不了现状,只有安慰她,会陪着她慢慢适应。不管以后能上什么样的高中,我家还是健康第一。"记者由此展开调查,发现杭州"初三很多学生睡眠时间在七小时以下,高三学生每天睡五六小时的很多"。

2014.6.6,转发自搜狐新闻客户端:"问君能有几多愁? 恰似一桌作业没有头。""商女不知亡国恨,只因她在写作业;洛阳亲友如相问,就说我在写作业；同是天涯沦落人，相逢何不写作业？待到山花烂漫时，都在丛中写作业！"

2014.6.5，转发腾讯新闻："陕西咸阳长庆子校礼泉分校，上小学二年级的德德今年9岁，5月26号下午，因为没有完成好语文老师布置的作业，左耳朵竟然被老师拧烂，缝了三针。"

2013.8.23的微博是："《小学生减负十条规定》公开征求意见。对于作业量作出严格的要求，小学阶段不能留书面作业。"我点评："若能落实，当然甚好，只怕最终变成一纸空文。"没想到，这"一纸空文"在"征求意见稿"中也没存活多久。

在这之前还有：昆明一名初一学生写作业时突流鼻血，含泪蘸血写下："我不想做作业"；沈阳一位妈妈发了一条微博配了一张图，是5岁孩子的"厕所作业"："可怜我儿了，连上厕所都不耽搁，自己搬个板凳就写上了"……

以上这些有关作业负担的事儿，多年来没有什么变化，无论你按时序顺着读还是倒着读，都会发现"不变"成了"唯一"。

三、"吼妈"的焦虑指数

"为了看看阳光，我来到世上。"结果呢，还没来到世上，在妈妈肚子里就"暗中"开始接受各种胎教了。一个"教"字让他或她不见阳光，从"黑暗"到"黑暗"，当然都是当今成年人构建的黑与暗。

2017年5月，阿里旗下的UC大数据发布了国内首份《中国妈妈"焦虑指数"报告》。数据显示，妈妈焦虑指数排名前十的城市均为一、二线城市，其中最焦虑的是上海妈妈；随后是北京、深圳、南京、广州、武汉、西安、天津、杭州、济南。笔者所在的杭州，名列第九，我的隔壁邻居也成了其中的一员。在最焦虑人群中，作为首代独生子女的80后妈妈最为焦虑，这是30多岁的群体，孩子恰好大多在念小学、初中。在职业方面，从事金融、互联网行业的焦虑妈妈人数远超其他行业,全职妈妈、个体户、媒体、教职工、医务人员、公务员的焦虑指数位列前茅。

焦虑妈妈面对孩子成了"吼妈",而"吼妈"最常出现的时间,就是在帮助孩子尤其是读小学的孩子做作业之时。"吼妈"是在家的这一头,而"焦师"是在校的那一头。他们通过布置大量的作业来释放他们自身的焦虑,从而把焦虑传递给学生和家长,从而成了"焦师"。

四、怎么办?!

怎么办? 怎么办?!

在这里,我想特别推荐上海名师黄玉峰的教育理念和教育实践。黄玉峰老师 1946 年生于浙江绍兴,他比我整整大了 20 岁,如今已是年过七旬了;绍兴是出师爷的地方,黄玉峰是一位好老师,不是"师爷"而是"师友"。他从教半个世纪,至今仍在第一线任教。

1986 年,黄玉峰从松江二中调到复旦附中任教,那一年他 40 岁。松江二中是韩寒的母校,韩寒是在 2000 年读高一时退学的,后来他回母校参加校庆时对母校赞誉有加。黄玉峰老师在复旦附中教语文,是特级教师,也是复旦大学的兼职教授。

2015 年,近 70 岁的黄玉峰来到上海之西的淀山湖畔,出任复旦五浦汇实验学校校长——这是复旦附中创办的民办初中。2016 年的夏日,他经历了丧子之痛,他的独子是青年才俊,一家公司的经理。这之前的 3 月,黄玉峰教育演讲录《我只想站得直一点》由华东师范大学出版社出版,该书集中体现了黄玉峰的教育理念和教育方法,获评中国教育报 2016 年度"教师喜爱的 100 本书"Top10,2017 年 5 月再度印刷。这是一本能够吸引你一口气读完的书,真可谓"听君一席话,胜读十年书"。

我最佩服两位语文老师,一位是黄玉峰,另一位是南京师大附中的特级教师王栋生,他俩其实是好友。作为杂文大家的王老师,笔名是吴非,他有一本书,名为《不跪着教书》,与《我只想站得直一点》异曲同工。

《我只想站得直一点》一书的开篇,就是黄玉峰老师的演讲名篇《"人"是怎么不见的》,占了 30 多个页码,属于全书的代表作,淋漓尽致地揭示了中国基础教育存在的问题,同时也生动解说了自己的教育实践、破解之道。这是 2009 年在复旦大学的一次演讲,8 年过去,网络上依然在广泛传播演讲的精粹内容。

对教育的业界和学界都十分熟悉的黄玉峰老师,概括了捆绑住学生的"五条绳索":

> 功利主义——浮躁浅薄,急功近利。
> 专制主义——扼杀个性,奴化教育。
> 训练主义——制造工具,剥夺灵性。
> 科学主义——貌似科学,堂皇迫害。
> 技术主义——专讲技巧,反复操练。

我看这"五条绳索":"功利主义"是一张网,"专制主义"是个总纲,"训练主义""科学主义""技术主义"则是"捕鱼"的手段。当然,这里的"科学主义"其实是"伪科学主义"。这些手段中的表现最具体、实施最疯狂的就是"作业",课堂作业、课外作业,没完没了、翻来覆去、颠来倒去地做题目,每周一小考、每月一大考,反复训练、反复操练。黄玉峰说,"训练主义"即为了一个功利的目标,制定出一整套周密的训练体系;统一标准,力求速成;学校成了车间中的流水线,每一位不同学科的教师几乎在干同一件事——锻铸、雕琢符合"标准"的零件。黄玉峰非常犀利地揭示:

> 就这样,明明是很有才华的学生,一个个成了俯首帖耳,灰头土脸的样子。在这五条绳索的捆绑下,朝气蓬勃的少年郎成了猥猥琐琐、谨小慎微的、唯答案是从的学习的奴隶,成了习题的奴隶,成了老师的奴隶,考试

的奴隶,教辅书的奴隶,甚至成了出版商的奴隶。

在"五条绳索"的捆绑之下,"人"不见了,独立的人格不见了,独立的精神不见了,自由的思想不见了。所以,要回答"怎么办"的问题,关键就是要斩断这"五条绳索"。

学习的目标不能仅仅为了分数,更不是光做好习题,要身体健康,有德行、有智慧、有情操地发展。教育之本,是为立人。先哲康德说:"教育之目的就在于使人成为人。"在黄玉峰的眼里,人永远是第一位的。教育的最终目的是让人自由生长,让人性升华,让人生快乐,但现在的教育却并不如人愿,甚至反其道而行之,给人带来痛苦。任教复旦附中之时,他曾大声疾呼:"我们敢不敢提这样的口号:为了学生的健康成长,不拼升学率!"

五、黄玉峰的反应试"嗨教育"

我知道用"反应试'嗨教育'"来概括黄玉峰老师的教书育人并不完全准确,但它简洁明了,我就这样说了。

语文教育的前辈钱梦龙先生在该书序言中,介绍了黄玉峰老师的精彩做法,这里完整引录一段:

在应试教育愈演愈烈的当下,绝大多数老师教学中已离不开《一课一练》之类的教辅书和形形色色的模拟试卷,教学完全变成了单调、乏味、折磨人的应试操练;可玉峰的班级除了参加统一的期中考试和期末考试外,平时没有任何测试,他的学生也从来不做模拟试卷。当无数的中小学生被驱赶进茫茫"题海"载沉载浮、苦苦挣扎的时候,他的学生在读他推荐的四书五经、唐诗宋词及其他古今中外经典名著。假期来临,一般的学生忙于请家教、进补习班,他的学生不请家教、不进补习班,却在他的带领下踏上了"学古人风度,察今人民情"的"文化学旅":他们访沈园,谒天一阁,瞻仰三味书屋、王国维故居;循着古圣先贤的文字和足迹,追寻着、吮吸着中华文化的玉液琼浆。当一般学生忙于操练应试作文的时候,他的学生在班刊《读书做人》上发表了《试论李商隐诗风形成的原因及其影响》《周作人人文主义思想讨论》《狂与逸——李白人格浅谈》《从〈复活〉看批判现实主义》这样的"学术论文",以及大量的散文、随笔、诗词……

别的不说,光这"平时没有任何测试,他的学生也从来不做模拟试卷"一条,需要多大勇气来实行?"吼妈"们如果不了解不理解不配合,那会怎么样?

黄玉峰老师自称"语文教学的叛徒"。贬义褒用的"叛徒"一词,在黄玉峰这里则是"不随"。要做到"不随"可不容易。在书中,他是用《我的挣扎》为小标题来谈"近十余年里我做的一些改良"的。"挣扎"可见其难。

如今成为校长的黄玉峰,同样能带领孩子玩得很开心,学校开设了7门选修课,创建了近20个特色社团,包括乐高机器人、3D打印机、恐龙模型、计算机编程、少年话剧、影视制作、板球社团和新闻编辑等,把学生们的潜力都挖掘出来,探索多元自主发展的培养模式。黄玉峰还带着孩子们写诗歌、编话剧、画国画、练书法、玩篆刻,尝试烘焙和园艺。他亲授的"汉字文化"课程,从一笔一画讲解汉字历史,挖掘深厚的中华文化元素;"走进先贤"课程让孩子们聆听大师先贤的慧语经言,徜徉于文化海洋,涵育儒雅人生。"在这里学得轻松,玩得开心。"媒体报道说,学生最喜欢和黄校长去远足,到淀山湖畔吹吹风,到青浦图书馆听讲座,到崧泽古文化遗址寻找自己的先人,到嘉定图书馆饱览图书,到嘉定秋霞圃踏青,到汽车城看看汽车的发展史……在大自然中放飞心情,触摸历史。

这样快乐的"嗨教育",少了"苦生",少了"焦师",也少了"吼妈"。

六、少布置15分钟作业

《我只想站得直一点》一书中,还有《关于家庭教育的责任与惩罚问题》

《今天我们怎样做父母》《我们现在怎样做父亲》《立身以读书思考为本》等篇章,都有助于学习避免做"焦师"与"吼妈"。

窃以为,当下最现实的是,每门课的任课老师少布置15分钟的作业,4门课就能省下1个小时,当然能够每门课少布置30分钟的作业那更好。

教育是不能被简化成考试和被考试的,教师更不应该只追求分数,眼中只有"分",自己拼命加班加点,还要求学生加班加点做作业,甚至号召学生们去补课、进培训班、接受家教。

家长则应该是少给孩子进1个培训班,在你原计划中减少1个,能够减少若干个就更好。少进1个培训班,让孩子将来到了大学里多一分学习力。

一般来讲,一个人最好的学习力大约从15岁开始,这根抛物线到一路上升,然后下降,到30岁左右可能又降到15岁左右的水平。所以,这15年是人的一生中最黄金的学习时间,如果在这阶段的前3年也就是高中阶段,甚至在人之初的前15年就透支甚至严重透支了学习力,那么,到了大学之后,也就是到了18岁之后,这根学习力的抛物线就开始下降了,甚至直线下降了,这是多么可怕的事情!

学习之人生,最大之不幸,就是进了大学反而不好好学习、没天天向上了!

七、站得直一点,让教育回到常识

"苦生"到了大学里,是完全有可能成为"弃生"的——放弃了"好好学习"的机会。就因为中学让学习变得太痛苦了,痛苦结束之日,也就是放弃学习之时。

英国哲学家怀德海在《教育的目的》中说,在大学里,学生该站起来,四面瞭望。中小学阶段为传承性学习,到大学里主要是创造性学习,这是教育规律,问题是,压迫式、压榨式、"标准答案"化的基础教育,把孩子的想象力、创造力给扼杀得所剩无几,想"天天向上"也难了。

站得直一点的学生,不是这个样子的。

站得直一点的教师，不会教出这样的学生。

站得直一点的家长，不会成为"吼妈""吼爸"。

钱理群先生曾言："教育难，难就在回到常识。"让教育回到常识，让教育站得直一点，让教育不下跪，此为智识。

"小欢喜"与"大焦虑"

    2019 年 8 月 27 日,东方卫视、浙江卫视热播剧《小欢喜》迎来大结局。四位考生都顺利进行了高考,都有不错的去处;三个家庭最终都较好地完成了"高考试卷",人生的"小欢喜"愉快地呈现。

    《小欢喜》在网上同步播出,网络收看也很方便,建议家长们从俯身指导孩子作业中暂时摆脱出来,认真看一看,非常吸引人! 我这个很少看电视剧的人,被吸引后一路追到底。

    《小欢喜》成为"爆款"、收视率名列前茅,是有道理的,因为它真实、真切、真诚地呈现了高三考生家庭在高考年份的情景,好看,吸引人。

    《小欢喜》根据鲁引弓的同名小说改编,由汪俊执导,黄磊、海清等主演。鲁引弓即鲁强,毕业于中山大学中文系,文艺学硕士,曾是资深媒体人,现任浙江传媒学院教授。他是媒体人成功转型的典例,近年来创作了一系列长篇小说,其中尤以"中国教育四重奏"即《小舍得》《小痛爱》《小别离》《小欢喜》影响为巨,"小"系列、小切口,却能全景式地呈现中国孩子各年龄段的成长痛点,呈现这个时代教育的焦虑、茫然与希冀。

    《小别离》被成功改编成了电视剧,《小欢喜》是其姐妹篇。

相比小说《小欢喜》,电视剧《小欢喜》的剧情紧张精彩丰富了很多。在我看来,小说《小欢喜》的一大特点是"真实性"。作为资深媒体人,作者为了写小说,曾到著名的宁波镇海中学采访高考考生、家长、学校,之后还陆续走访了十几所学校和三百多位家长,接触到很多发生在高三的真实的悲喜故事。而电视剧《小欢喜》的一大特点就是"戏剧性",增加了很多适合电视剧表现的戏剧性的情节与细节。尽管剧中某些细节还需推敲,配乐也时不时有违和感,但确实瑕不掩瑜。

高考确实是一场"全民战役"。《小欢喜》网罗了涉及高考的父母、子女、老师、亲友等核心群体,极其真实地还原了当代家庭的高考众生相,深刻揭示了应考过程中种种问题和困境,比如父母尤其是母亲对子女的控制欲、孩子青春期的叛逆、学校升学率的压力、中年职场的跌宕起伏等,积极并有效地探讨了更加开明、更加进步的教育理念和方式。

称《小欢喜》为都市、家庭、教育、情感剧当然是可以的,亲子关系是"表",教育成长是"里",高考焦虑是"核"。《小欢喜》以三个家庭为经,以迎接高考为纬,精心编织了三个家庭都陷入无比焦虑焦灼的备战状态的故事:

主线方圆、童文洁家庭,属于都市寻常家庭,黄磊、海清饰演夫妻俩,演得很到位精彩;单亲妈妈宋倩的单亲家庭,因为有"学霸"女儿乔英子和前夫乔卫东,戏剧性特别强;季胜利和刘静构成的干部家庭,因"空降父亲"而让亲子关系有了一个亲疏不同的特别视角……三家围绕的中心,就是"高考"二字。

"小欢喜"并非"小清新"、难说"小确幸",因为背后是教育和高考的"大焦虑"。在应试教育的大环境中,"高考"成为终极焦虑的关键。与现实十分相似,焦虑家长中以母亲更为突出。单亲妈妈宋倩,将"母亲焦虑"表现得淋漓尽致。乔英子作为"学霸"女儿,在母亲"全包围"式的关切中,无形中更加压力大……

"小欢喜"对应的是"大焦虑",这个焦虑来自每个家庭的未来——孩子。叛逆、成长、高考、陪伴,还有"早练式"的早恋,这一段人生,本来应该更像作家王蒙笔下的《青春万岁》,但这个时代的教育环境确实大不一样了,想在焦虑中找到一点点欢喜,亦是不容易。

高考前,为了节省时间,在学校门口租房;妈妈辞掉工作专心陪读;家长和孩子不少因为紧张、焦虑甚至抑郁,需要去看医生……家长焦虑,孩子也焦虑;"学渣"焦虑,"学霸"也焦虑;学生焦虑,老师也焦虑。而孩子焦虑的本质是父母焦虑,是教育焦虑;父母焦虑的本质是不想接受孩子的平凡,不想接受孩子的平凡是认知出现了很大的偏差,平凡几乎成了原罪。而对于孩子来说,不论多聪明的脑袋,都掌握在"如来佛"的掌心里——这个"如来佛"就是使人焦虑的应试教育。

在我看来,《小欢喜》直面中学生抑郁症,是最有价值的。患上抑郁症的角色,就是学生女主角乔英子。美丽而聪慧的英子,本来就是"学霸",而且酷爱天文。然而她妈妈宋倩给女儿的是极为自私、偏执的"爱",一定要女儿留在北京城上北大清华,反对女儿远离北京去南京读天文学,那种恐怖的执念,终于把女儿逼成了中度抑郁症患者,逼到崩溃的边缘。宋倩全方位无死角地关怀和管制英子,那是何等恐怖!家长的控制欲,会让孩子感到窒息。英子连续一个多月失眠,无比痛苦,全然陷入无法复习和迎考的境地。最终她瞒着父母离家出走,前往深圳甚至以跳海相逼……

幸好英子的母亲宋倩及时醒悟,及时纠偏,及时归正,及时止损。也幸好宋倩和前夫及时带英子去看医生,确诊后对症下药,终于使英子在高考前康复。

现实中,有多少中学生,因为内在的基因,因为外部的考学压力,以及父母、老师的不当教育,出现心理问题,出现抑郁情绪,患上抑郁症,从轻度到中度到重度,有的最终选择了结束生命。2019 年 8 月 17 日晚,一个来自浙江兰溪、就读于金华某知名高中的高三女生,突然离家出走,自杀身亡,年仅十八岁。她是一个安静、随和、成绩优秀的女生,在遗书中,她这样对父母说:"祝福你们生个考第一、不玩电子产品的孩子吧。"种种"高标准、严要求",其实不是爱而是害。许多家长不了解:"我这么做都是为了你好,你怎么就是不明白呢?"这是不懂得什么是好的家庭亲子教育的家长的典型之问。英子的母亲就因为自私的"严管",几乎成为"不良家长",如果不能及时纠偏止损,恐怕也无法挽救女儿的生命,只能酿成人生大悲剧了。

陪伴的缺失、交流的缺失、亲情的缺失，必然会造成孩子的性格缺陷；不当的陪伴、扭曲的交流、变态的"亲情"及要求，则会让孩子感到恐惧，一心想着逃离，如果逃离不了，那就极容易陷入抑郁。相信英子和英子妈妈这两个角色，会让许多中学生及家长产生共鸣。

对于学生抑郁症，最要命的是两个方面：一是无知，家长与孩子对抑郁症一无所知；二是病耻，知道了一点后，就有了巨大的病耻感，羞于与人说——最终得不到及时的帮助和救治。如果中学生出现抑郁状况，没有及时得到治疗，即使硬撑着上了大学，后果也仍然堪忧。

2019 年 7 月 18 日，在贵州大学举办了第八届海峡两岸暨港澳地区高校心理辅导与咨询高峰论坛，论坛透露，大学生抑郁症发病率逐年攀升，尤其是大一和大三高发，即"刚入学的和快毕业的学生患病多"。

抑郁症并非"不治之症"，抑郁症患者也绝非"洪水猛兽"。我国目前抑郁症患者的整体发现率、治疗率还很低，有相当一部分患者因"不知""无知"，并未寻求专业帮助。《小欢喜》直面中学生抑郁症，以英子患上中度抑郁症而惊醒世人，让更多的学生和家长有知有感，这太重要了。

我向来认为，成为"站在路边鼓掌的人"也是挺好的。有了这样的认知与心态，所以从未感到有什么"大焦虑"缠身。

为什么现在几乎进入了一个人人膜拜"状元"的状态？因为"状元"代表着"成功"、代表着"不凡"。为了成为"状元"、为了进入"名校"，多焦虑啊！我总是反反复复地说，人的漫长一生中，不只有高考这一次成为"状元"的机会，后面还有很多啊，读本科，读硕士，读博士，以及工作之后，都有很多机会让你成功。教育培养孩子，一定要站位高，目光看到远处，那样必然会在很大程度上消减焦虑。

电视剧《小欢喜》悄悄揭示的"大焦虑"，具有时代价值。为了减少焦虑，为了让"小欢喜""大焦虑"反转为"小焦虑""大欢喜"，孩子你慢慢来，家长你更要"慢慢来"。要相信明天，明天比昨天更长久，明天比今天更精彩！

没有家长群又如何

"我就退出家长群怎么了?"2020年11月1日,央视新闻客户端以此为题,直言"别让家长群变为'压力群'"。

事情说的是,江苏一家长发布短视频,耿直发问:"教是我教,改是我改,之后还要昧着良心说老师辛苦了,到底谁辛苦?"他不客气地批评:"老师要求家长批改孩子的作业、辅导功课,使得家长自己承担了老师应负的责任和工作。"

如今中小学老师习惯于建立微信"家长群",以此督促家长盯住孩子,完成各种作业,"家长群"无形间就变成了"压力群"。"压垮成年人,只需一个家长群",这当然是一句戏言,却心酸无比。

杭州家长林女士,在10月31日那天晚上,为了"双11"第一波,疯狂买买买,熬到凌晨一点半,清空了购物车,却突然崩溃了:"睡前才想起来,娃有两个卡没打!而且是不允许补卡的!这下完了,周一要被老师说了,还要被孩子吐槽!"她的孩子读小学三年级,作为家长,她每天睡觉前都要刷一遍老师布置的"打卡任务",天天都有很多个:语文有背古诗、小古文打卡,数学有口算打卡,英语有朗读打卡,体育有跳绳、仰卧起坐、坐位体前屈打卡,还得加上疫情后每天要进行的健康打卡……

看到这个报道,我也只有哑然失笑。悠悠万事,打卡第一? 江苏那位家长说:"本来上班的压力就很大,每天下了班还要看着孩子做作业,有时候顾不过来,就被说成不关心小孩,是挺委屈的。"这个岁数的家长,大抵上有老下有小,正处人生最不容易的阶段。当"家长群"变成"压力群"之后,在"从众心理"支配下,大多家长无奈"臣服"。当一位家长如此发出"我就退出家长群怎么了?"的声音,真可谓振聋发聩!

事实上,老师们也并不轻松。有老师甚至感慨:"自从进了微信群,每天都是家长会!"北京一位中学老师就说,在班级家长群中,发一条学校通知,家长就"轰炸式"回复……如此这般,孩子、家长、教师,其实陷入了"三输"的局面。

这是适得其反的辛苦。遥想我读书的年代,当然没有什么"家长群";我女儿读书的年代,我作为家长,同样没有什么"家长群"——我们求学的日子不是照样过得好好的? 正如一位朋友说的:"40年前,30年前,20年前,没有家长群,没有批改作业,没有令人窒息的压力,没有种种课外辅导……但那时的教育比现在差吗?"把家长和孩子弄得这么累的教育,其实没有意义,既培养不了大师,也出不了能够获诺贝尔奖的人才。这就是教育的"内卷化"。《深化新时代教育评价改革总体方案》不是发布了吗? 为什么现在一些学校还是无动于衷按老一套?

没有"家长群"又如何? 事实上没有任何问题。有了"家长群"又如何? 无非是"比较"来得方便了,"批评"来得及时了。动不动来比较,让你这个家长跟其他家长做比较,而教育其实往往就是因为比较而比坏了! 所谓"批评",有些时候只是"踢皮球"而已。

孩提时代,多学一点知识少学一点知识,不是大问题。"时间楷模"陈立群老师早就说过:"三流的教师教知识,二流的教师教方法,一流的教师教思想。"仅仅盯着作业、盯着知识的"家长群",迟早是要"变味"的,如果不能改弦易辙,那么这样的"家长群"散了退了也罢。

焦虑的家长该换"剧场"

　　长期焦虑、睡眠少，武汉有个"虎妈"陪15岁儿子做作业，结果把自己给气伤了，引发了急性心梗，差点丢掉了性命。2018年11月12日澎湃新闻的这个报道，引发了热议。

　　这位42岁的冯女士，本身是公务员，工作和休息时间很规律，也很注重锻炼，身体一直都没有什么大毛病。然而，最近一年来，她在辅导15岁的儿子写作业时，常常生气：儿子正处于叛逆期，做作业经常心不在焉，妈妈越吼他越顶嘴。想到儿子2019年就中考了，冯女士每天都很焦虑，辗转反侧，寤寐思"考"，每天只能睡4个小时。最近有一天突然觉得胸闷胸疼，赶紧叫姐姐陪她去医院，诊断为突发急性心梗；急救过程中心脏还一度停止了跳动，经过医护人员全力抢救，才把她从死神手中抢救过来。

　　命都没了，作业写好了有什么用？！孩子是否"输在起跑线上"还不知道，自己倒是活生生要"输在起跑线上"了。2018年10月29日，南京有位33岁的妈妈陪孩子写作业，因为孩子总是太磨叽，害得自己得了急性脑梗住进医院。网友概括说："有一种脑梗叫作陪孩子写作业。"更有网友给予成语"远交近攻"新解：孩子写作业时，如果离得远一点，还能稍稍交流；如果离得近了,想不相互攻击都难。有家长则这样描述自己的心路历程:"陪孩子写作业,真有一种亡命天涯的感觉。"

现在三四十岁的家长,尤其是母亲,大抵属于最焦虑的群体:孩子在上幼儿园,或者在读小学、中学,竞争激烈,攀比严重,人人都在争"先"恐"后";"别人的孩子都在参加各种培训班,有的一星期要参加六七个,我能不让孩子参加吗?人家写作业,没日没夜,我能让孩子不写完作业就睡觉吗?"

于是,"剧场效应"在教育领域风起云涌:本来大家在剧场里看戏,人人都有座位,都能坐着看,但是前几排的观众为了看得"一览无余",就站起来了,后面的人也被迫站起来看戏,有的不仅站起来,还跑到最前面的走道里站着看,甚至还站到椅子上看。剧场管理员就那么一两个,劝了几下没实质效果,也就听之任之了。于是,全场的观众只好都乱哄哄地站着看戏……所有人都更累了,得到的却是更差的观剧效果。

要改变现实,最重要的是让"指挥棒"能够指挥大家都坐下来;然而现实告诉我们:剧场里有少数"坐下来看戏"的人,有足够的定力,却总是被边上的人嘲笑。

面对这样的状况,家长中部分有识之士,开始思考并行动,那就是:换跑道,换赛场,换剧场!"百米赛跑"的跑道上,挤满了所谓"不输在起跑线上"的家长孩子,有的家长就换到了"马拉松跑道",因为马拉松的起跑线实在不是太重要。换赛场,就是我不再让孩子在"径赛赛场"上比试,而是换到了"田赛赛场",因为并不是所有的孩子都擅长"赛跑",那我跳高跳远投掷铅球总可以吧?再就是干脆"换剧场",不在这个人人都站着看戏的剧场里玩了,我去另一个规规矩矩的剧场。

从个体选择看,焦虑的家长应该换"跑道"、换"赛场"、换"剧场",这样既是救孩子,也是救自己;从整体环境看,教育必须回归常态,找出公平又合理的新范式。

"美好教育"缓解教育焦虑

　　青少年的痛点、痒点、兴趣点、吐槽点分布在哪里？学生追捧的当红偶像，老师们知道他们是谁吗？面对当下父母的"教育焦虑"，我们搞教育的人如何保持清醒？这一系列问号，不仅提出了，而且希望将其拉直。

　　2020 年度浙江省教育系统工作会议 1 月 18 日在杭州召开，浙江省教育厅陈根芳在会上的发言金句频出、问题不断，会场上时时爆出笑声。如何正确认识人民群众的"新焦虑"？陈根芳认为，在很多父母的眼中，孩子的学习成绩是其家庭、家族荣耀的直接反映，也是孩子能否拥有美好未来的直接依据，这就使许多父母陷入担忧和焦虑之中，最终逐渐泛化为全社会的、集体性的"教育焦虑"。

　　"没有焦虑就没有成长，我们要认识并呼应人民群众的教育焦虑。"陈根芳提出，加快建设"美好教育"，既追求优质又追求公平，努力办好家门口的每一所学校，努力让每个孩子都拥有人生出彩的机会！

　　我很赞同这有关"美好教育"的理想。"美好教育"的反面，就是"丑坏教育"，尽管"丑坏"并不是一个耳熟能详的语词，但现实生活中仍可见到"丑坏教育"的影子。某微信公众号最近一篇推文触目惊心,标题是《小学生一晚连刷8套试卷后精神失常!医生一句话父母崩溃了》,事情发生在湖南,13岁的小学生小卢是衡阳一所小学六年级的学生,临近期末考试,他每天挑灯复习到深夜,有一天晚上连续做完8套复习试卷才休息;第二天一早,孩子的爸妈发现小卢出现了胡言乱语等怪异表现,最后被诊断为自身免疫性脑炎……

这是"美好教育"吗?绝对不是。它带来的只是父母的焦虑乃至崩溃。还有一个短视频刷屏:黑龙江双鸭山李先生9岁的女儿,因为不会写作文《我眼中的缤纷世界》,坐地上放声大哭,还抱怨:"天天学习,哪有缤纷世界!"视频发上网后,引发一众网友共鸣。

我在微信朋友圈里看到更多真实情景:"干完活,回到家,看到孩子给自己留的诸多备忘录,真的百感交集。这年头,都不容易!""我天天陪小学生做作业到晚上11点,他睡着后我再开始加班,没有一天不是后半夜睡觉的……""作业12点还做不完。虽然女儿动作是慢,但要我做这么多作业我估计我是活不下去的。我的童年没有作业,除了玩还是玩。因材施教,为何不可?每个孩子都不同,却都要去学习一样的东西。有限的时间学习自己喜欢的有用的为啥就不行了?现在每天有6小时睡就不错了!到校还那么早,如果要轮值周,那就早到没有天理了。是啊!必须健康最重要。但现在这循环,健康哪里找……"我不禁感慨:中小学生实在不应该这么辛苦的!父母实在不该这么焦虑的!当年我读小学时,只有一本语文书、一本算术书,更多的时间在田地里滚啊滚!如今的教育,它有意无意地走上了铺花的歧路!

这是谁的焦虑?谁更为教育而焦虑?往往是家长比学生更焦虑,孩子的妈妈比孩子的爸爸更焦虑。不必讳言,在家长焦虑的笼罩下,越来越多的孩子在教育中不能享受到快乐,他们不快乐的时间一再提前。家长们对教育有三大崇拜:成绩崇拜、名校崇拜、状元崇拜。但是,崇拜之下,童年被透支的孩子,往往很难形成健全的人格,最终难以取得杰出的成就……

大家务必看到:"睡觉的教育",造就的是"不睡觉的孩子";现在的中小学生,没有了休息、没有了娱乐、失去了读课外书的时间,有的是大量的习题和考试;而老师布置的诸多作业,几乎就是"合成谬误"——教育的"合成谬误"有多种形态,作业就是一个重要的"谬误环",偏偏每门课的老师都争着布置作业,都想把孩子拉到自己这门课下……最终导致的,必然是学生有做不完的作业、家长有消不尽的焦虑。

对于父母们种种"教育焦虑",陈根芳说得好:教育不是看当下的! 当下取得的成绩,从教育上来说,可能马上会成为包袱……

所以,为了维持不变的"成长",我们的教育必须努力改变。教育的价值,在于唤醒每一个孩子心中的潜能,帮助他们找到体内等待萌芽的特殊使命!

家长们,我们需要孩子的"成长",这远远重于孩子们所谓的"成功"!

教育公平消弭教育焦虑

"未必人间无好汉,谁与宽些尺度?"这是南宋豪放派词人刘克庄的名句,说的是不拘一格用人才。而今关键问题在于,如何"不拘一格"培养人才?

一个有关教育的热点新闻:各大在线教育平台财报显示,仅三家知名在线教育机构,2020 年 2 月至 11 月的营销费用就超过 100 亿! 相当于"烧"掉近 4 个"蛋壳公寓"的市值。这些在线教育的培训机构,烧钱搞竞争,为的是聚集流量,力图拖垮那些无力一直"烧钱"的平台,最终独占市场份额。无论是线上教育,还是线下教育,贩卖"教育焦虑",成了培训机构的"不二法门"。

这显示了资本的逐利本性。据悉,2020 年全年,资本向在线教育领域输入了近 150 亿美元,可在线教育的收入只有几百亿元人民币。在线下赚了大钱之后,为了占领"在线教育"这一新的"风口",他们想方设法贩卖"教育焦虑",疯狂"烧钱"竞争,使得在线教育平台沦为牟利工具,远离了教育的本心本性。

在如此语境下,"教育焦虑"业已成为家长们的常态。家长们仿佛普遍陷入了"囚徒困境""剧场效应"。考考考,老师的法宝;分分分,家长的命根——"孩子分数"就是父母的"幸福指数";"一生忙三代"——把一家祖孙三代都捆绑了,最终"幸福指数"都变成了"焦虑指数"。家长心事加重,学生负担加码;为了分数敲门砖,家长甘愿花巨资,培训机构赚大钱,学校之外的"教育产业化"畸形繁荣。

背后的"潜问题"在于,向家长们不断"贩卖焦虑",甚至是学校和培训机构联手干的;"校外培训"已然成为孩子们受教育的"主旋律",从而使得"学习的科学"沦为"挣钱的学科",严重的教育不公渐成露出的"冰山一角"。其结果必然是让家长和孩子不断"买单",由此"坑"掉的恐怕不仅仅是一代人。公平教育哪里去了?赏识教育哪里去了?踏踏实实的教育哪里去了?被利益给"卖"了!

2月20日,是"世界社会公正日",联合国于2009年设立,目的是进一步推动国际社会消除贫困、实现男女平等、促进社会公正。我们追寻社会公正,首先最需要教育公正,教育如果均衡、公平、公正了,那万事就好办。所以,"教育公正,零岁开始"!

2021年2月21日,恰逢世界知名政治哲学家约翰·罗尔斯100周年诞辰。这位写过《正义论》《作为公平的正义:正义新论》等名著的哈佛大学教授,把正义定义为"作为公平的正义"。在今天,我们不难理解,有公平才有正义,有正义才有公平,两者相辅相成。教育不均衡、不公平,带来的是社会的不公正、不正义,这正是危险之所在。

对这一形态感受最为深切的,恐怕就是"时代楷模"张桂梅了。张桂梅是丽江华坪女子高级中学校长,她以全新办学模式创办免费的女子高中,她要让穷乡僻壤的孩子走出大山,飞得更远。有报道说,张桂梅期待我国的教育更公平,山区能实现教育现代化。当张桂梅带领孩子们要追上城里人的"课堂教育"之时,城里多少家长却在课堂教育之外追求"更高更强"的校外培训,让孩子成为"人上人"?

事实上,绝大部分孩子长大后都是平凡人,就算谋得一个收入不错、体面的岗位,也是一个平凡人。做平凡的、完整的、幸福的人,远比做"人上人"来得重要。教育就是要让一个人成长为最好版本的自己,而不是成为同一标准的

"成功人";教育应是"为家育人,为国育才,为孩子谋幸福",而不是追求成为"人上精英";教育绝不能让学生成为"内卷"的"炮灰"。日前,杭州的中学校长叶翠微执掌创办的杭州湘湖未来学校举行了创校发布会,叶校长说得好:办学目标,是育一个大写的"人"——追求"人的完整与完整的人、人的幸福与幸福的人、人的未来与未来的人"!

救救"不良父母"

2012 年 7 月,青岛有位 13 岁的女孩跳楼自杀了。她叫孙正雯。她留下了数页遗书。她不堪忍受父母长期的殴打。父母对孩子那样的凌辱,岂是"家暴"两个字所能概括的?

读那血泪控诉的遗书,我满脑子涂满了"不良父母"这一语词。

请允许我在这里引用孙正雯遗书的一些段落:

亲爱的爸爸妈妈:

用"亲爱的"与你们的称呼搭配,大概是这个世界上最大的错误……

唉,你们最终还是看到了这信,想想看,我一共才活了 13 年零 5 个月,而我上初一到现在才 1 年零 1 个月。这期间,你们私自拆看了多少封我的信件? 加上我的私人日记,印出来叠一叠差不多有词典那么厚了……

……你们只要稍有不满,就会对我拳打脚踢。先别急着否认,妈妈,你还记得我小的时候把我打得满脸是血吗?

还记得你因为我做作业做得晚,让我光着腿在水泥地上跪了一夜,没有合眼吗? 那是冬天,你还"好心"在我的膝盖下放了许多碎玻璃渣,记得吗?爸爸……呵,你的"光辉事迹",那可是说也说不完啊。……你把我打得遍体鳞伤,几度昏死过去,可你像对待死狗一样对待我,把我拖过去又拖过来……

家长会那天,你们对我一顿谩骂后,爸爸你发疯似的把我往墙上抢,我那时就明白了,原来你们希望我死!……我不明白,我考的成绩不好吗?我认为综合来看我发挥得挺好,你们到底要我怎样?考得像你们所说的你们小时候的成绩那么好?然后长大再做一个暴徒,疯狂地虐待自己的女儿?我办不到……

如果说,我死了是被人杀害的,那凶手一定是你们!

孙正雯是一个多么好的女孩子啊。你认真地读一读她的遗书就知道。她连死都能想到别人——她留有一页遗嘱,希望死后捐献遗体,把"能捐的都捐了"。

可是,她的父亲母亲,是何等不良!孙正雯的同班同学苏苏告诉记者,有一天孙正雯的父亲看着她做地理题,有一道题孙正雯说不出答案,她父亲就给了孙正雯一巴掌。当时被扇了一巴掌的孙正雯突然感到耳鸣,就告诉父亲自己听不见了,她父亲压根就不信,又给了孙正雯两巴掌,直接把她"打晕过去了"!

女孩自杀的"导火线",大概是这回的家长会吧。当天孙正雯的 QQ 签名改成了"我会不会就这么死在家长会的夜晚"。家长会照例又是公布排名什么的,孙正雯排 20 多名——就把她归到"考不好"行列里了。这个时候,我真的感到浙江今年高考作文题目出得很好,那材料,说的就是女儿老是考第 23 名,但女儿很愿意做一个坐在路边为英雄鼓掌的人……而母亲也是在为第 23 名的女儿鼓掌!父母优劣,在"20 名开外"的孩子身上,表现得这般泾渭分明!

老师们,你们组织的家长会,就不能变一变主题,换成发现每个孩子的优点、激励每个孩子进步的"赏识会"吗?

教育的"错棋",确实是"错在当下,害在千秋"。这教育,当然包括家庭教育、学校教育和社会教育。孩子因为脆弱，所以要好好呵护。但不良父母们自己病了，而且病得不轻。

要想救救孩子，首先必须救救家长父母，救救学校教师。最后，让我把北京光明小学校训"我能行"的释意抄给大家看：

相信自己行，才会我能行；别人说我行，努力才能行；你在这点行，我在那点行；今天若不行，争取明天行；能正视不行，也是我能行；不但自己行，帮助别人行；相互支持行，合作大家行；争取全面行，创造才最行。

叁

莘莘学子，自立自强

脑瘫·体重18公斤·大学新生

当命运来敲门,你是扼住命运的喉咙,还是被命运扼住喉咙?

19岁的郑宇宸,在出生时遭遇难产,7个月大时,就被查出患有"脑瘫";他毕业于广西河池高中,2021年高考以631分的总成绩,考取厦门大学计算机相关专业。

18岁但体重仅有18公斤的邢益凡,6个月大时,就被确诊患"渐冻症"。他毕业于吉林一中,以645分的高分,被北京航空航天大学录取。"渐冻症"是一种可怕的罕见病,英国物理学家霍金就是罹患这种疾病,而邢益凡立志要做"中国的霍金"。

什么是励志人生,这就是。人生吃过的所有苦,终会熬出甜;人生经过的所有暗,终会变成灯,照亮前方的路。

每个人在世间本来就有自己的发展时区,在命运为你安排的属于你的时区里,不屈服者会有自己的"准时"和"到位"。郑宇宸、邢益凡就是这样的典范!

随着岁数的增长,邢益凡的症状越来越严重:多发关节挛缩、脊柱畸形、呼吸功能不全、营养障碍,等等。他的骨头非常脆弱,备战高考时间,上床睡觉时不慎右臂肩关节骨折,治疗了3个月……

求学的困难有多大?由于颈部肌肉退化,他的头几乎不能自己转动,平时上课,他只能把下巴撑在桌上支着头;他用仅有一点肌肉力量的手,完成了一张又一张试卷!他最大的活动能力只能支撑独坐,无法站立、行走,完全被病魔剥夺了走、跑、跳的权利,但受教育的权利不能被剥夺。中考时,他以615分的成绩考入吉林一中,考出了学校最好的中考成绩,而高考更是考出了645分的高分——这样的学习,是如何的到位!

他们的父母是伟大的父母。郑宇宸因为脑瘫行动不便,甚至连上厕所都有困难,父亲的陪伴帮助犹如"闪电侠"。邢益凡的父母更不简单,因为邢益凡从小学到高中的每一节课,都需要有陪伴。夫妻俩没一天能好好休息,夜里要两个小时醒来一次,为儿子翻身,"每一天都是挑战,如果能成功度过这一天,我们就是胜利"。

录取他们的学校是不凡的学校。无论是厦大录取郑宇宸,还是北航录取邢益凡,都让人肃然起敬。邢益凡父亲曾经给各高校打电话咨询,问他们收不收。他将资料递交到北航招生办老师的手上之后,心里悬着的石头终于落下了,"招生老师的回答特别暖心,我激动得不行,直掉眼泪"。北航还特别为邢益凡准备了爱心宿舍:独立单间,位于一楼,出入方便;不仅有独立卫浴,还安排了两张床,可以让邢益凡的妈妈住在这里陪读照顾。

这是如何的"人间值得"!这是如何的乐观主义和励志人生!古印度经典《薄伽梵歌》认为,人生的最高解脱之道有三条:行为之道、智识之道、信仰之道。而在中国青年郑宇宸、邢益凡这里,这不是"解脱"之道,而是"奋进"之道。他们求学之行为、理想之智识、人生之信仰,是我们每个人学习的典范。

不问终点,执着向前。真心希望那些懈怠的年轻人看过来,好好看一看非凡的郑宇宸、非凡的邢益凡!

"袖珍姑娘"大学梦

从电梯里出来,迎面的一位八九岁的小姑娘一下子瞪大了眼睛:这位走出电梯的大姐姐个子怎么几乎跟她一模一样高!

走出电梯的翁有兰,其实那时还穿着高高的"松糕鞋"。21岁的她真正的身高只有 1 米 28。1 米 28,对于翁有兰来说的确有点残酷,她从小学到高中都坐第一排。

老天对翁有兰是残酷的,但矮小的翁有兰学习成绩一直很优秀。1998 年她高中毕业参加中专考试,远远超出录取分数线却未被录取;1999 年她参加高考,考了 511 分,超过重点本科线 6 分,却没有被任何大学录取;2000 年高考,她考了 520 分——超过浙江文科第一批 506 分重点线 14 分的好成绩。她第一次出远门来到在杭州的浙江大学,她说:即使最终没能被浙大录取,到浙大坐坐也好……

妹妹一天不圆大学梦, 我就一天不嫁

1979 年春天,翁有兰出生在浙江丽水龙泉市八都镇一个叫石川的偏僻小山村。"你听听我家乡石川村的名字,就知道那里的大致情景了。"翁有兰说。浙西南的丽水当时是欠发达地

区,2000 年才由地区改为市。

幼时家境的贫寒,饥饿的阴影曾笼罩翁有兰的童年。母亲生下她后就得了肝炎,她从没享受过母乳的甜润。"加上妈妈个儿也矮的遗传因素,我就长成这样了。"

父亲翁佛养是个脸朝黄土背朝天的地道农民。哥哥翁有文、姐姐翁有花尽管学习成绩优良,却都只读了一年初中就辍学外出打工。他们的共同心愿就是让小巧玲珑而聪敏的小妹翁有兰能继续读书求学,成为村里的第一个大学生。26 岁的姐姐翁有花说:"妹妹一天不圆大学梦,我就一天不嫁。"

矮个的翁有兰是争气的。6 年小学她年年拿第一。初中她考入龙泉市瀑云中学,那是要攀爬一个半小时山路的乡中学。她住校读书,每周日回家一趟,帮家里干一点家务活,返校时带的是满满一罐干菜或腌菜……

那时父母想,女儿初中毕业能考上中专就好了。然而,翁有兰却考上了比中专难度要大得多的市重点高中——龙泉一中。那是 1995 年,瀑云中学两个毕业班 80 多名考生就她一人考上重点高中。从此,翁有兰就开始构想她自己的"梦想剧场"——3 年后考上大学,走向更遥远的外面的世界。

跳过那个高度,可得一百分

在龙泉一中,第一回考物理翁有兰就挂上了"红灯"。然而强者自强,于是在熄灯后,学校路灯下就多了一个小巧的身影。这位总是坐在第一排的小女孩,没有被老师同学瞧不起,因为她总是那么自信、那么要强、那么富有进取心,而且友善的微笑常常挂在她的脸上……

个子的矮小,总会带来一些别人意想不到的困难。翁有兰要想体育过关,就得比别人付出更多的努力。跑步时人家跑一步抵得过她跑好几步,她就以毅力取胜;跳高实在有点麻烦,男同学一步就可以跨过去的高度,她要一次次试跳,终于有一天她跳过了班里女同学一般能够跳过去的那个高度,同学们热烈地鼓起掌来,齐声大叫:"可得一百分!"

1998 年高中毕业,翁有兰上了中专分数线,但她没有被录取。那时她还没有太多的遗憾,因为大学才是她的最终梦想。

这年秋天,翁有兰远赴他乡,来到缙云县育才中学,继续她执着的追梦之旅。一年中就春节回家一次,对家乡的思念被紧张的时间挤压成丝丝缕缕。一个教室里有98位同学,这是大拥挤;一个小房间租住两三个人,这是小拥挤。晚上10点半就寝,早上不到5点天还黑就起床。"东西看不到,只看到几盏路灯在亮。"翁有兰这样说的时候,她的脸上仍然挂着盈盈笑意。或许从远处看,人生的艰难困苦还很富有诗意。

1999年,翁有兰又一次踏进考场,她取得了511分的好成绩。填好从本科到专科的志愿,她回到石川村,在家翘首等待。

又一次未被录取

1999年8月20日,她终于等来了有信的消息,她急切地去拿信,然而信是同学写来的,传递来同学自己被录取的兴奋。

翁有兰赶到市招生办,招生办工作人员只能朝她耸耸肩;她给168打电话,168也无法让她"一路发";她把电话打到省残联,残联的同志安慰她说主要是分数还差点……可她的分数离专科的要求总不差呀,但任何学校都没有录取这位名叫翁有兰的身高只有1.28米的山里孩子!

现实是无情的。矮姑娘翁有兰虽然"榜上有名",脚下却找不到通向大学的路。

命运先天就对她不公平了,后天对她竟然更无情。眼泪终于从翁有兰的眼眶里流出,浸湿了她的世界。"身子的高矮是父母带给我的,我有何过错!我长得矮,上天已经对我不公平了,为什么人间对我更不公平!这是为什么?!"面对绵绵大山,翁有兰从心底发出了她的"天问"。

翁有兰飞翔的思想中闪过了一个让她自己都心惊的词语。然而一句优美的歌词最终充盈了她的天空:生命终究难舍蓝蓝的白云天……

天塌下来，有高个的父亲和姐姐顶着

读书求学对于贫寒人家来说，是一个沉重的负担。尽管每年花季都能带给石川村满山春色，但山区毕竟是山区。

勤劳朴实的父亲母亲都已年过半百，依然面朝黄土背朝天，伺候着那挂在半山腰的三亩两分薄地；她无法忘记那年父亲送她到龙泉一中后，一人返家时留给她的背影——一身旧衣服里，挺立着的是父爱的脊梁。

26 岁的姐姐翁有花在接受采访时说："如果我早嫁出去，妹妹更没着落。"这几年，姐姐为了妹妹读书，辗转于台州、温州的私企打工，每个月得来 700 多元的工资，全都用在了妹妹的学习生活上。一次姐姐给妹妹送钱来，看着风尘仆仆的姐姐，翁有兰姐妹俩相拥而泣……

执着的翁有兰又一次跨进了复习班的门槛。为了节约开支，这一年她在家乡龙泉就读。

一年的努力，换来了 520 分的好成绩，又是班里的第一。"如果今年我还不能被录取，我想问问省长，为何考第一没书读。"翁有兰笑着对我这样说。这是新千年的希冀，现在又展翅飞翔。

西西弗斯的石头激起千层浪

大学应该是博大的，博大的大学应该接纳有缺点的优秀者！我们希望执着的翁有兰不会是西西弗斯，一次次把石头推到山顶又滚落下来，我们期待翁有兰 2000 年能圆大学梦！

……我的长篇报道在《浙江青年报》刊发后，在读者中引起强烈的反响。西西弗斯的石头激起了千层浪。杭州电视台《十分关注》栏目组立即驱车 500 多公里并步行两小时山路赶赴翁有兰的家乡，拍摄了专题片；浙江教育电视台邀请翁有兰制作专题谈话节目；西湖之声广播电台邀请她做现场直播……

一位杭州读者在给《浙江青年报》的来信中激动地说：读了报道后，我不禁流出泪来。翁有兰除了个矮，她没有任何的残疾；翁有兰只是个矮，她的思想思维一点都不矮。人生不是 T 台，只许高个子在上面展示……

一位新闻界人士则认真地说：矮个的翁有兰是真正的强者，她的精神与毅力显现了青年一代的风采；只是命运未曾给他们以平等的待遇，那么现在我们的学校与社会，应该给他们支点，给他们关爱，为他们未来的人生发展提供本该属于他们的舞台。

浙江省招生办一位负责招生体检的医生深情地说：我还记得这个考生，去年她考了 511 分，一所学校都不肯接收她。翁有兰虽然个子矮小，但她体检是合格的，这几年对高考考生的体检政策、要求已比前几年有所放宽。

某医院一位骨科医生给报社打进热线电话说，他们医院有专门帮助身高不理想的人士永久增高的方法，虽然进行一次这样的手术需要 2 万元，但医院可以视实际情况，只收取成本费，为翁有兰尽一份力。

与大学第一次亲密接触

高考分数线揭晓前夕，在呵护她的姐姐翁有花的陪同下，翁有兰第一次出远门到杭州来走走看看。在一个阳光灿烂的早上，她来到浙江大学，与浙大有了第一次亲密的接触。这是翁有兰梦中多次梦过的浙江大学，这是她心目中的"天堂"。她徜徉在浙大西溪校区，在这里留下了她年轻的身影。

8 月 1 日凌晨，翁有兰又一次与姐姐一起赶到杭州，开始她的追梦之旅。她的事迹让杭州一所干部学院的一位年轻副教授深深感动。这位姓吴的副教授是翁有兰的同乡，但素昧平生。吴副教授在杭州热心地为翁有兰牵线引路，让并不熟悉省城的翁有兰不至于找不着北。

吴副教授带领翁有兰姐妹来到浙江省残联，省残联一位领导郑重地说：考生在上学期间生活可以自理，报考的专业也在国家政策范围内，同时又符合其他招生条件的，学校和社会要一视同仁，支持残疾考生。他们表示一定为翁有兰的入学尽最大的努力。

翁有兰填报的第一志愿是浙江大学的图书馆学。吴副教授带领翁有兰姐妹来到浙大，校招生办的老师亲切地接待了翁有兰。这是翁有兰与浙大老师的"第一次亲密接触"。1米28的身高是否会影响录取？对翁有兰的担心，招生办的主任亲切地说，如果成绩上了组档线，那么学校一定会一视同仁，不会因为身高不录取。

　　而此刻，一所远在西安的私立大学率先向翁有兰伸出了绿色的橄榄枝。8月2日上午，负责浙江地区招生工作的西安欧亚学院吴栋梁老师在杭州热情地约见了翁有兰，他说："我们院长看到了西安《华商报》转载的有关翁有兰的报道，被翁有兰的故事深深感动了。院长立即召开了专题会议，说这样的好学生不录取真是大学的悲哀。学院另外专派一位老师来杭州，联系有关事宜。"他表示，考虑到翁有兰的家境比较贫困，学院可以免去就读期间3年的学杂费。"翁有兰还可争取学院每年去美国留学的名额。"

　　然而，在一再表示感谢之后，翁有兰说她更希望能在美丽的西子湖畔就读。翁有兰填报的第二志愿是浙江财经学院，但她暂时还没有联系到该院招生办的有关领导。

　　8月2日傍晚，尚在杭州的翁有兰接到来自老家的一个电话，原来丽水市一家医药公司的经理见到有关报道后，立即派员赶赴翁有兰的家乡龙泉八都石川村，没想到扑了个空，他们是想告诉翁有兰，他们愿意资助翁有兰上大学，而且希望翁有兰毕业后能到他们公司工作。

　　最后消息：翁有兰圆了大学梦！8月13日，翁有兰被安徽大学正式录取，成为安徽大学2000级管理学院档案系的学生。

励志的需要，"成功学"的不要

不是梨花带雨，没有哀怨伤感。

2010年7月15日《都市快报》报道：19岁的女孩俞梦兰，以一位职高生的身份参加高考，得分632分，是全省数万高职生中的第22名，已被宁波大学录取。俞梦兰19年来的经历当真曲折：出生3天，亲生父母就把她送给别人了；不到4岁，养父就因病去世了，孤儿寡母相依为命；9岁时家遭火灾，是她喊人救出了养母；在她还没跨入少年时，母亲陈妙女就牵着她下田插秧；因家中缺吃少穿，每天只吃两顿；中考时她考取了普高，但改读了职高，为的是省点费用、学点技术，好外出打工；职高3年她依靠暑假打工挣得生活费用，终以优异的成绩完成了学业，并考上了大学……

她的家境就像门前那有棵有30年树龄的歪脖子老山核桃树，稀稀落落挂着几颗果实，但她的精神是如此挺拔。

"穷人的孩子早当家"，这真是一个最现实的励志故事。为人为事，我们都需要这样的励志精神。"天行健，君子以自强不息"，不就是这样的境界吗？

我们需要励志，但不要"成功学"。在"成功学"泛滥的今天，考第一名、考上名牌大学被看作"成功的"；赚了大钱、出了名算是"成功的"……我曾看到报道说，1977年至2008年的32年间，1000余位来自各地的高考"状元"中，没发现一位是做学问、经商、从政等方面的顶尖人才，他们的职业成就远低于社会预期。这就是把"状元制造"等同于"成功教育"的荒谬。这样的"成功"，在我看来远不如女孩俞梦兰通过打工完成自己职高学业，考上宁波大学的成功。

唐骏总算是"成功人士"了吧？成为身价10亿的"打工皇帝"，却被曝博士学历造假。"唐骏读博"成为一个颇具讽刺意味的表达，可怪不得别人的。多少"高手"的高学历高文凭是花钱换来的？这些"亚文凭""准文凭""类文凭""灰文凭""潜文凭"，除了慰藉自己、蒙骗公众，还有什么用呢？那简直就是"上坟烧报纸——骗鬼"嘛。女孩俞梦兰扎扎实实取得宁波大学的本科文凭，谁说不比唐骏的"西太平洋大学博士"的文凭"成功"？都是"打工"，我想问：你是喜欢"打工皇帝"唐骏，还是喜欢"打工女孩"梦兰？

一些所谓的"成功人士"，其思想还停留在小学水平。真的有"小学"水平那也不错哦——陈独秀晚年研究文字学，编写了《小学识字教本》，这里的"小学"可不是小学生的"小学"，要知道"小学"在古代指的可是古汉语文字学，而今多少"成功人士"有这样的"小学水平"？

所以说，我们就别老嚷嚷自己是什么"成功人士"了，我们还是老老实实、扎扎实实向俞梦兰这样的"励志女孩"学习为好！

少年不是"做题家"

被两位少年感动了。

冬夜扬州街头，一醉汉纠缠一对母女，一少年挺身充当"防护墙"！14 岁的张家辉是扬州市朱自清中学初二的学生，路遇一个喝得醉醺醺的男子正在不依不饶地纠缠着一对母女，他勇敢地冲上前去，挡在醉汉和母女之间，不让醉汉侵犯母女俩。醉汉借着酒劲对着张家辉拳打脚踢，下手很重。尽管被打得鼻青脸肿，但张家辉没有退缩也没有还手。直到民警到来，控制住现场，他才离开。

上海市格致中学高一学生盛晓涵，有天晚上从学校返家，发现一位老伯倒在肇嘉浜路上。老伯符合心脏骤停的特征。盛晓涵争分夺秒对老伯进行了心肺复苏，一刻不停胸外按压数分钟，以"教科书式"救人，为这位 63 岁的老伯抢回了一条命。后经医院诊断，老人遭遇了大面积心梗。2020 年 12 月 17 日，阿里巴巴天天正能量授予盛晓涵特别奖，颁发正能量奖金 5000 元。

这两位勇敢能干的少年，当然符合"少年强"的形象。他们如果是孱弱的"书呆子"，除了做题考试其他啥都不会，那就不会有这样见义勇为和智勇救人的行为。张家辉还是初二的学生，那份正气、那种勇敢，殊为难得。

有个词比较火，叫作"小镇做题家"。这两位少年显然不是"小镇做题家"。他们当然要做题，但并不是"两耳不闻窗外事，一心只读教科书"的"书生"。如果仅仅是一个"做题家"，无论是"小镇做题家"还是"城市做题家"，那他很可能就不会做"胸外按压救人"，面对倒地的老人，恐怕会手足无措，避而远之。

"小镇做题家"，是指"出身小城镇，埋头苦读，依附于题海战术，擅长应试，但两耳不闻窗外事，缺乏视野，资源有限的青年学子"。"小镇做题家"源自豆瓣网的一个聚集5万多名成员的小组，以"失败学子"为标识。他们在中学阶段深陷于应试教育的"题海战术"，做做做，考考考，分分分，以不错的成绩考入名校，却发现反而不再喜欢读书做题了，失去了学习的兴趣和动力。2020年下半年以来，这个新词从网络走向大众，引发了许多青年人的共鸣。自9月份《三联生活周刊》刊发封面报道《小镇做题家：如何自立》之后，影响就更大了。

我们的学习并不是不要"做题"，问题在于"真理跨出一步变成谬误"，"做题"跨出无数步，变成了"毁人毁题"。"做题家"的"做题主义"，恐怖就在于"家"和"主义"。

2000年12月15日，北京交通大学一名大三学生跳楼身亡，留下一份遗书，自称是"一个千疮百孔、扭曲至极"的人，该生很大可能患有抑郁症。尤为触目惊心的是，遗书中说："二十年来我坚信做题是唯一出人头地的途径，我因此放弃了其他的方向，使得做题成为我唯一而且是最为突出的优势，并且相信这是唯一的正途。到了大学之后……舍弃了做题这一优势项目。当我意识到问题所在时，为时已晚……""做题家"真不该最后做错一道如此巨大的"人生试题"。

童年少年被过分透支的学子，很难形成健全的人格、健康的体魄，无法保有学习兴趣和探索能力。可是，多少人从童年到青春期，都在一个人苦闷地学习，不断地做题，不断地应考。"高得分学子"绝不等于"高成就学人"。人家是"作词家"，你是"做题家"；人家是"实业家"，你是"作业家"；人家是"博学家"，你是"考学家""应试家"。这样培养出来的"人才"，恐怕更多的只会妄言"康德很烂"，而认为自己"很灿烂"。

所以，我们真应该向少年张家辉、盛晓涵好好学习。课堂之题可以做，但不要成为那个"家"；社会之题用心做，这个"满分"更重要。

科学、睡眠和学习效率

又是一年开学季。我们有太多的事要关心关注:杭州某中学高一新生报到,被发下来的 45 本新书惊呆了,尽管不完全是这个学期要用的课本;有家长接到骗子的短信,冒充学校教务处,要求将新学期学费打入某账号,媒体提醒当心骗子惦记学费;各种学习用品,尤其是电子产品,进行开学季大促销;开学季催生"陪读房",有的名校旁边,租赁房源供不应求……

而英国牛津大学研究人员在这个开学季发布了"生理节奏"研究成果,结果表明:10 岁儿童在上午 8 点半之后才能专注地学习,16 岁的青少年在 10 点之后开始学习才能有最好的效果,大学生应该从上午 11 点之后开始学习。仅仅通过推迟上学时间,就能将学生的成绩提高 10%。"你如果平均每天损失 2 小时睡眠,一周加起来就损失了 14 小时睡眠,这将对身体造成巨大伤害。"

睡眠是生命的必需品,人不能没有睡眠,如果缺了睡眠就要补上,否则必然受到惩罚。就各个年龄段的学生来说,睡眠更是不能胡乱放下的担子,它一头挑着学习效率,一头挑着健康水平。

保证睡眠,才符合生理科学。学习时间占用了睡眠时间,看起来是整天在念书学习,结果学习效率、学习效果却是成反比的。这不仅仅是科学的事,也是法律的事。我国未成年人保护法明确规定:"学校应当与未成年学生的父母或者其他监护人互相配合,保证未成年学生的睡眠、娱乐和体育锻炼时间,不得加重其学习负担。"早在 20 多年前,我国教育部门就出台减轻中小学生过重课业负担的意见,其中提到原则上保证小学生每日有 9 小时以上的睡眠,初中生 9 小时睡眠,高中生 8 小时睡眠。到了 2008 年,教育部发布《中小学学生近视眼防控工作方案》,同样明确规定:"保证小学生每天睡眠 10 小时,初中学生 9 小时,高中学生 8 小时。"

然而,法规很丰满,现实很骨感。这样的 8、9、10,在实际生活中究竟怎么样?上海曾发布一份未成年人成长发展状况调研报告,报告显示:7 成以上的中小学生,在 6 点半之前就起床了;睡眠不足是中小学生普遍存在的问题,在高中生群体中尤为突出,高中生的睡眠时间不足 8 小时、在 6 至 8 小时之间的,比例高达 65%。英国学者研究的结果也表明了相似的情形:"大多数人是被闹钟叫醒的,而 14 至 24 岁年龄段被剥夺的睡眠时间,超过了其他年龄段。"其中只是程度有差异而已。

违反科学的事,我们为什么做得那么"狠"、那么"绝"?多少学校、多少家长,都是在逼迫学生以牺牲睡眠为代价,全天候投入听课、做作业、做试题之中,却不顾适得其反?此前,更有澳大利亚等国的科学家研究表明,多做作业,并不能提高学生的学业成绩。事实证明,这种舍本逐末的教学方式、学习方法,在最根本上戕害了学生的学习兴趣,一旦考上大学,学生们反而没有多少学习兴趣和学习动力了。

学校老师、学生家长,面对这样的科学知识,我们是该完善我们的常识、增强我们的智慧了。

如何理解沉默
——徐迅雷复柴灵静同学

《中学生天地（B版）》特邀"知心哥哥"——夏烈老师,主持一个栏目,为学生答疑解惑,夏烈老师作为一名"信使",邀请一位位合适的"神秘答主",来与学生"笔上对谈",一起"为爱找方法"。我应邀写了一篇问答文章,认真回答了问题,刊发于《中学生天地（B版）》2017年第3期,这里是更详细一点的原稿。

神秘的"为爱找方法"大使:

您好!

我的困惑,也许不像是学生的困惑吧! 很多生活中的小麻烦,我都可以自己解决,接下来要向您提出的问题,是我两三年来都百思不得其解的——"如何理解沉默?"

我平常看很多书,尤其爱看历史、哲学、诗歌。我第一次看到诗人西川的"历史仅记录少数人的丰功伟绩/其他人说话汇合为沉默"的诗句时,整夜都在想着这句话,以至于彻夜不眠。因为我想起了很多很多事情,有历史上的,有身边的,有中国的,有外国的……

小时候，外公喜欢给我讲《三国演义》。每讲到赵子龙在长坂坡前凛然对敌、杀进杀出时，外公总是特别慷慨激昂："此乃大英雄也！斩敌将首级如探囊取物！"那时我便明白了，"一将功成万骨枯"的残酷。愚顽的我并不在乎英雄，只想着那些被取了首级的人是谁？他们有怎样的生活？有如何的壮志？有无妻儿老母在家等待？……对弱者的同情，让我自幼便心怀对英雄的怀疑。

"英雄"是个容易让人热血沸腾的称号，但历史告诉我，德国法西斯用英雄主义教育蒙蔽了无数热血少年——他们以为自己为国而战，死得光荣。当我震惊地了解这些过往，为之涕泣，为之呐喊：沉默者，你可曾忏悔！我不相信，血腥教育里没有一个老师明白学生会为此成为法西斯的祭品！可是，他们不由自主地选择了沉默。因为舆论环境，因为权势逼人，因为事不关己——他们甚至不仅沉默，而且大声合唱。对此，我尤觉人心咸涩。

从前我爱上网，可如今我渐渐抽身网络——那上面大多是种种谎言、万千喧嚣，真知灼见凤毛麟角。我合上电脑打开书，以自己的沉默应和哲人的沉默。哲人的沉默是一种独唱。我喜欢"予欲无言"的孔子，喜欢"凡不可说的必须沉默"的维特根斯坦。

于是问题来了，我发现无法与我的同龄人交流内心所思考的问题，只能进行寻常的对话。我试着和他们探讨一些问题，却显得我太奇怪。怎么说呢？独自思考的感觉有时很幸福，有时也略有寂寞。

幸好，我有一项从小坚持的习惯，那就是写日记。我 7 岁时开始在母亲的监督下写日记，如今我 16 岁，9 年时间，几乎不曾间断。我有一个专门的小木箱，里面堆满了从小到大的日记。我偶尔会翻看这些日记，我的日记有长有短，有时絮絮叨叨，有时三言两语，有时只是一个草率的关键词——它们莫不指向一个主题，那就是，它们都是我的独特的精神观感，我称之为"内在视觉"。

从"内在视觉"的角度去看世界，带给我一种"特异功能"——能在转瞬之间捕捉生活中有价值的细节，能在同龄人一起回答问题时说出更独到的见解。老师说我的文字简单朴素，却胜在有灵气。我更敏锐、更清醒、更投入，也更超脱，我和一切既贴近，又保持距离，从而保证我独到的"创造"。

是了，我把我的一切称为"创造"。我渐渐明白，"沉默的大多数"经历都似曾相识，令人分化的，正是内在的思考。内在的思考，令我的人生不再是复制品，而是伟大的造物。我永远成不了莎士比亚、歌德，但我宁愿少读他们的不朽杰作，也不愿意放弃一个瞬息的灵感，写下我易朽的文字。古今中外，茫茫人海，只有一个我。别人的东西再伟大，也不属于我。

我从小不擅长嬉闹，长大后，愈发喜欢安静和独处。但是，我从不认为自己是个孤僻的人。生活中，我人缘挺不错，而且我还是义工，是各类社会实践的参与者。我尝试和许多成年人交流，虽然他们平日行色匆匆言语无多，但真正坐下耐心倾听，便知每一个沉默的灵魂都有倾诉的渴望。这也是我为什么执着地追寻着"沉默的意义"的原因。

老师，这个问题也许没有真正的标准答案吧？但是我想听听您的想法，让我多一些思路！您漫谈也无妨！

柴灵静
嘉兴一中

柴灵静同学：

你好！

维特根斯坦曾说，跟聪明人说话是出卖了自己的思想。此刻跟你说话，我也有强烈的这种感觉。

我一下就记住了你的名字。你的来函是一篇短短的千字文，我已感受到你的灵气，以及同龄人不太具备的思想。

中学生的你，在16岁上。16岁是我1982年考入大学的岁数，我生于1966年。虽然现在的我已出版了10多本书，可是16岁时的我真的不知道多少，属于"白茫茫一片真干净"那种。

你说你平常看很多书，尤其爱看历史、哲学、诗歌。很高兴，我与你一样。我向来认为，一个人，从小养成两点：好的品格和好的习惯——尤其是好的阅读习惯，这个人的成长就不用太担心了。你说你第一次看到诗人西川的"历史仅记录少数人的丰功伟绩/其他人说话汇合为沉默"的诗句时,整夜都在想着这句话,以至于彻夜不眠……这个细节让我看到你具有的独特天赋,这种素质是一般人不具备的,这让我欣赏、让人欣喜。

接下来你所描述的情景就可想而知了:你发现无法与你的同龄人交流内心所思考的问题,"只能进行寻常的对话";于是,你有了更多的独自思考,"独自思考的感觉有时很幸福,有时也略有寂寞"。这里的"落差"其实是非常可贵的,这也就意味着"领先一步是先进,领先两步是先驱"言之不虚。

正因如此,你愈发喜欢安静和独处,你更敏锐、更清醒、更投入,也更超脱,你和一切既贴近,又保持距离,从而保证你独到的"创造"……我深感这就是哲人哲思的萌芽,为今后的创造厚植基础与土壤;在未来,未来的未来,你要"有兴趣、能坚持"呀!

你说,每一个沉默的灵魂都有倾诉的渴望,这也是你为什么执着地追寻着"沉默的意义"的原因。这话题让人眼睛一亮、精神一振,自有价值存焉!我是被我的朋友夏烈老师拉来临时做一回"为爱找方法"的"神秘大使"的,那么,就在这里一起探讨一回。

如何理解沉默?我认为这两个理解维度都很紧要:向内的、个人层面的;向外的、社会层面的。

个人层面的"沉默",关乎人的个性性格,以及人的行事风格。这背后,当然关乎独处和孤独,安静和寂寞。人存在于天地间,或许就是赫尔曼·黑塞所说的"人生十分孤独/没有一个人能读懂另一个人/每一个人都很孤独"。沉默看世界,这大抵也是你所言的"内在视觉"的一种。帕斯捷尔纳克通过他的如椽之笔,清晰地表达了这一层意思:"寻求真理的只能是独自探索的人,和那些并不真正热爱真理的人毫不相干。世界上难道真有什么值得信仰的吗?这样的事物简直是凤毛麟角。我认为应该忠于不朽,这是对生命的另一个更强有力的称呼。"独自探索,沉默前行。沉默,有时可能是"谋定而后动"的谋定之机,有时可能是"我生本无乡,心安是归处"的寂静归处,有时可能是"静水深流"的品格。

若说"哲人的沉默是一种独唱",那么这种"独唱"是能够跨越时空、引起他人尤其是后人共鸣的。"虽然言语的波浪永远在我们上面喧哗,而我们的深处却永远是沉默的。"孤独导向沉默,沉默通向思考。在维特根斯坦璀璨的思想星空中,"沉默"是一个很重要的名词。对于维特根斯坦这样的天才哲人来说,或许,孤独就是他的前行命运,沉默就是他的思考路径,流浪就是他的生活方式,否则就不会有维特根斯坦那岑寂的"挪威小木屋"了。

话语即权力,沉默是权利。这是在个人层面的另一个角度的解读。"你有权保持沉默",在英美法系中的"米兰达规则"就是这个意思,"沉默权"是一个前提,人有保持沉默的权利:"你有权保持沉默。如果你不保持沉默,那么你所说的一切都能够用作为你的呈堂证供……"这里个人的"沉默",直接关系到个人的权利利益。

灵静同学,你来函中探讨的"沉默",更多的是面对外部世界的"沉默",即我所说的"社会层面的沉默"。你举了一个非常深刻的例子:德国法西斯用"英雄主义教育"蒙蔽了无数热血少年,"我不相信,血腥教育里没有一个老师明白学生会为此成为法西斯的祭品!可是,他们不由自主地选择了沉默。因为舆论环境,因为权势逼人,因为事不关己——他们甚至不仅沉默,而且大声合唱。"反对、沉默、合唱支持,这是多么可怕的迭代与嬗变!"不由自主地选择沉默",这让我立马想起马丁·尼莫拉的名言,尼莫拉是曾被关进纳粹集中营的德国神学家、和平人士,他的这段名言铭刻在美国波士顿犹太人屠杀纪念碑上,我引用过好多次,这里再引用一次:

起初他们追杀共产主义者,
我没有说话,因为我不是共产主义者;
接着他们追杀犹太人,
我没有说话,因为我不是犹太人;
后来他们追杀工会成员,
我没有说话,因为我不是工会成员;

此后他们追杀天主教徒，

我没有说话，因为我是新教教徒；

最后他们奔我而来，

却再也没有人站起来为我说话了。

沉默，"我没有说话"，后果就是"我也被关进集中营"。这告诉我们，面对黑暗，沉默本身就是黑暗，发出声音才是发出光芒——无论是烛光、灯光、火光还是闪电之光。

同样，首先得承认，沉默、半沉默，是一个人的权利。而在非常时期行使这一权利的后果往往是危险的。亦有先人曾说："如果发出声音是危险的，那就保持沉默；如果自觉无力发光，那就不用去照亮别人。但是，不要习惯了黑暗就为黑暗辩护；不要为自己的苟且变得得意扬扬；不要去嘲讽那些比自己更勇敢、更有热量的人。可以卑微如尘土，不可扭曲如蛆虫。"这是一种宽容而又隐含着警告的声音。大声合唱、为黑暗辩护，这就失去了底线。

那种"大合唱"，就是一种广场心理与广场效应，就是一种可怕的群体盲从意识—— 个体一旦将自己归入群体，其原本独立的理性就有可能会被群体的荒诞疯狂淹没。

沉默不是金，而是社会的悲剧；为黑暗辩护，带来的是时代的惨剧。

面对社会，面对公共事务，公民是必须发出声音的。先哲有云："历史将记取的社会转变的最大悲剧，不是坏人的喧嚣，而是好人的沉默。"沉默的凡人，也许不知不觉会变成邪恶的同盟。

在公共事务遭受重大损害的时候，如果大部分人都不关心、不吭声，成了沉默的大多数，那是最危险的、最可怕的。你不关心公共事务，最后公共事务就会来"关心"你；你成为"沉默的大多数"，最后"丧钟为你而鸣"——代替你发出清晰的"声音"。

在这个世界，光明的尽头是沉默的隧道，抑或沉默隧道的尽头是光明。穿透隧道，"我能预见所有的悲伤，但我依旧愿意前往"，这是勇气，这是责任，这是担当。

　　还记得马拉拉吗？生于1997年的巴基斯坦女孩马拉拉，是2014年诺贝尔和平奖获得者，今年正好20岁。2014年10月10日，因"为受剥削的儿童及年轻人、为所有孩子的受教育的权利抗争"，她与凯拉什·萨蒂亚尔希共同获得2014年诺贝尔和平奖，是该奖项最年轻的得主。2012年10月9日，倡导女性受教育权利的马拉拉，在乘校车回家途中，遭到残暴的塔利班分子的枪击，"一枪射穿了我的左眼眶，子弹从我的左耳射出"。马拉拉的生命危在旦夕，后被转送到英国治疗，顽强地活了下来。她继续利用各种机会揭露塔利班政权的极端残暴与极端邪恶，继续为巴基斯坦女童争取受教育权利。

　　"塔利班试图让这个巴基斯坦女孩沉默，但却放大了她的声音。她现在成了世界女性争取权益的象征。"为表彰马拉拉，联合国将她的生日7月12日定为"马拉拉日"。2015年4月，316201号小行星被命名为"马拉拉星"。《我是马拉拉》一书是马拉拉的自传，从中可以读出那千钧重压之下，令人惊讶的"不沉默"的抗争勇气。是的，有些人注定是伟大的，马拉拉就是其中一个。"使精神清晰简洁的努力是一种巨大的诱惑"，这是维特根斯坦的哲学判断，而马拉拉就是精神清晰简洁的女孩。在《我是马拉拉》一书的扉页中，马拉拉写的是：

　　　　献给所有受到不公正对待却只能保持缄默的女孩。我们同心协力，别人就会听见。

　　马拉拉的话说出了现实，表达了宽容，寄寓了希望。

　　在大众沉默之时，必须有人发出声音；在大众踟蹰之时，必须有人迈出脚步。这是艰难艰巨的事业，这是光荣的荆棘路，注定要经历挫折和磨难。

　　环境保护是重要的公共事务。雾霾席卷神州大地，穹顶之下，百态丛生。看到报道说：有人选择沉默，有人忧思逃往何处。对于这个问题，中国的企业家都陆续表态。如王健林说，这个问题真的不能小看；董明珠则霸气地表示，愿投入所有积蓄，让中国雾霾减少一半。

与这些企业家一样,越来越多的公民开始明白自己的责任,"他们从沉默中走出,诚实地说话,温和地建言,有些人因此而遭受不幸,但即使身处黑暗的谷底,他们依然不放弃追寻光明,他们依然坚持,坚持在黑暗中发出孤独的声音"。

最后,让我们以黑塞的诗歌《箴言》互勉:

> 你应同万事万物
> 结为姊妹兄弟
> 让它们贯穿你全身
> 让你不再能区别哪些是我的
> 哪些属于你
> 没有哪颗星、哪片叶应该陨落
> 你该同他们一起逝去!
> 这样你才会同万事万物
> 复活于每一刻

徐迅雷

2017 年 1 月 30 日于杭州

腿是干吗用的

【篇一】体育锻炼不能缺少

大学新生,体质如何? 2014 年浙江省高校新生体质健康测试数据公布,浙江省教育厅已连续 6 年向社会公布测试结果。总成绩平均分 71.85 分,优秀率 0.52%,良好率 13.54%,合格率 91.78%。参加体测的共有 20 多万名浙江籍大一新生,按总成绩平均分排序,头名为杭州市,末位是台州市。

相比于"新生军训晕倒"的具象新闻,这些数据是很抽象的。平均仅 71 分多一点,优秀的不到 1%,良好的仅为 1 成多一点,多数处于合格线。合格率是 91.78%,看去是个大数字,那么,不合格的比例是多少,大家可以自己算一算。

如果按照征兵体检的要求来衡量,那估计更够呛。征兵淘汰率最高的一个体检项目通常是视力,往往一下子要刷下来 25% 的年轻人。健康,是人之为人的大前提,年轻人更应该是健康第一。细究背后原因,不难看到,我们的孩子们的身体素质,已然"输在了起跑线上"。

在应试教育的环境下,孩子们上了幼儿园就忙于埋头学习,甚至忙着把小学的东西拿来提前学了。跑步才需要"起跑线",我们不用跑步的,那么"起跑线"也是用不着的。连"起跑线"都没有,还真不好意思说自己"输在起跑线上"。

中考是列入体育成绩的,结果"健身的体育"变成了"应试的体育"。"应试体育"就是为了考分的体育,考的是统一的项目,可选有限;用的是统一的标准,反正是"一刀切"。这一切,与每个人的特长无关;至于跟考试无关的体育项目,你即使有兴趣也要抛到一边。到了高中,迫于高考压力,每天深陷题海,更是无暇顾及体育运动。都说"前三十年睡不足,后三十年睡不着",最大的"睡不足"的群体,就是中学生,尤其是高考生。

巨大的压力,本身就严重损害健康。有专家研究表明,长期感到压力,会抑制免疫系统,身体释放的大量皮质醇,"抑制某些免疫反应,这意味着你更有可能生病";所以,长期有压力,健康害处多,需要减轻压力,有足够的锻炼,保证充足的睡眠,才能抵消对健康的损害。而我们的中学生,压力长达6年,且没有足够的锻炼、充足的睡眠,焉能赢得健康?

大一新生的体质,其实反映了中学生的体质。进入大学之后,一下子又过于放松,作息变得没规律,课余大多时间用于网络,体育锻炼可有可无,轻而易举就造成了体质的进一步下降。毫无疑问,我们是"健康输在起跑线上",而不是"教育输在起跑线上"。

运动、健康、体质,"说起来重要,做起来次要",对于我们未来的一代代,还要继续这么一步步走下去吗?

【篇二】腿是干吗用的

3个馒头1瓶水,700师生花了10个小时暴走40公里!强,超强!

在2012年11月完成这一"壮举"的,是四川省泸州市纳溪区护国镇的护国中学。我对这所学校刮目相看,赶紧上网查询:护国中学创建于1945年,它的校名是朱德总司令亲笔题写的。而护国镇与护国战争密切相关,袁世凯复辟称帝之时,蔡锷、朱德等在云南组建护国军北伐讨袁,护国战争胜利后,蔡锷将军挥毫提写了"护国岩"三个大字,这方摩崖石刻就在护国镇永宁河畔……有一种精神,会在血脉里传承的。

"心欲远而身须强",这是一个基本道理。强身健体,需要一种传统,需要一种习惯。从上学期起,护国中学就开展了长途拉练活动;今年5月,曾组织部分学生一天走了30公里。这一次,是在原来的基础上增加了10公里。绝大多数学生都完成了拉练,中途只有7名女生坐了车。

不能不承认,如今我们好多人的腿越来越退化、越来越没用了。腿是干吗用的?首先就是走路用的,然后就是跑步用的。人类进化过程中,把四肢着地变成了两条腿着地,腿就更应该会走才行。可是,现代工具以车代步,"安步当车"就越来越少了。

而更可怕的是,正在长身体的青年学生们"腿功"越来越差,身体越来越弱——确实有不少学校因为学生体质差,在田径运动会上取消了5000米长跑。这样下去,怎么行?

事实上,只要有组织,各种健身锻炼是可以坚持的,这种艰苦的拉练也是可以进行的。这在根本上还是教育者的理念问题。如果总是把升学率看得天一样大,如果总是拿考试成绩来压倒一切,那么学生们必然会被浇灌成温室里的弱苗。教育教育,"教"而不"育",是一种本末倒置。

此刻,我觉得很有必要重温这段话:"我们的人民热爱生活,期盼有更好的教育、更稳定的工作、更满意的收入、更可靠的社会保障、更高水平的医疗卫生服务、更舒适的居住条件、更优美的环境,期盼着孩子们能成长得更好、工作得更好、生活得更好。人民对美好生活的向往,就是我们的奋斗目标。"你看看,这里所说的"更好的教育""孩子们能成长得更好",哪个与健康教育没有关系?"更好的教育"能不包括健康教育吗?离开了身体健康,孩子们能"成长得更好"吗?

手要动起来,脚要动起来!发展体育运动,增强孩子体质——体育需要"魂兮归来"!

今天,对于越来越弱不禁风的学生们来讲,"开动双腿",已经比"开动脑筋"更重要了!

【篇三】5点晨练为何恐怖

悲痛欲绝。21名晨练师生被疾驰而来的载重卡车碾压致死。21名!

2005年11月14日早晨5点40分,山西长治市沁源县第二中学初二、初三13个班900多名学生在公路上跑操晨练,6时左右掉头转弯返校时,一辆东风带挂货车横冲直撞碾压过晨练队伍,21名师生(其中1名教师)遇难。

事故发生后,山西省教育厅要求全省各级各类学校开展安全隐患大排查,重点对师生学习、生活的场所及设施进行检测、维修;城镇学生晨练尽量安排在学校内,要提倡多种形式的活动、健身方式,严禁组织学生在主要街道及交通主干道锻炼;寄宿制学校要特别注重合理安排学生早间活动。

山西省教育厅要求"师生外出集体活动,行前要加强安全教育","要安排相关教师带队随行,全面负责学生安全","要教育学生增强安全意识,提高自我防范和自我保护能力",这些都是凌空蹈虚的老调。让学生"提高自我保护能力",那样"黎明前的黑暗"时刻,那样"大部队"的晨练,让个体的学生如何"提高自我保护能力"?"要安排相关教师带队随行",老师不也一样葬身车轮下了吗?"行前要加强安全教育",谁不知道把安全之"教育"在讲台上加强了又加强是轻而易举的事?

比货车碾死21名师生更恐怖的是什么?是5点多就出发的晨练!都大冬天了,10多岁的初中生,天天要起这么早去公路跑步!军队拉练也不过如此吧?如此这般将最佳睡眠时间拿来跑步晨练,能练出健康的身体吗?这样锻炼身体恰恰是将孩子们的身体摧垮!"让孩子们多睡一个小时"的呼声已经响了那么久了,可是中小学生还是早起晚睡、早"练"身体晚"练"习题,成了最苦最累的人,这是什么使然?

孩子的苦和累,孩子们自己是无法通过博弈来消弭的,何况也不存在这样的博弈机制。作为家长的大人们，似乎也是看在眼里、疼在心里、哑在嘴里。不改变教育环境，而是出事后发一两个紧急通知，有什么真正的作用？与应试教育中读得过多、"读"了大量没有用的"书"一样，这种"黎明前的黑暗"就起床的颠倒黑白的晨练，也是没有作用的"练"，若硬说有作用，那只是副作用、负作用。

2005年9月15日，一个耗资百万的"全国中小学后勤工作论坛"在山东滨州召开，大会竟然"听取鼾声一片"，大量与会者在"睡会"！这样的睡会者，能想到读初中的孩子们不能晨睡只得晨练吗？这样的"中小学后勤工作论坛"，能把孩子们的安全列入后勤保障的议题吗？

【篇四】体育之"棋"与教育之"旗"

"棋"聚一堂，"棋"乐无穷！

12月27日，2020年杭州市棋类共建学校校际联赛，在养正学校体育馆举行。来自全杭州的棋类共建学校的191支代表队，共有1300多人参赛，蔚为壮观。这是2018年该赛事创办以来，规模最大的一次。参赛项目包括围棋、象棋、国际象棋和国际跳棋，分为幼儿园组、小学组和中学组；数百张棋盘整齐排开，那就叫一个气势恢宏！

这，就是体育之"棋"的正确打开方式。体育之"棋"，亦是教育之"旗"，是教育重视体育的一个象征。在我们的校园里，就应让各种各样的体育运动"星罗棋布"！学校谋划体育要"举棋若定"，学生锻炼身体要"棋高一着"，大家参加体育竞赛要"棋逢对手"，绝不能在体育教育中出现"累棋之危"和"臭棋篓子"。

遥想我们这代人半个世纪前的童年，有多种民间的棋类可玩，还真是玩得不亦乐乎。古今中外的棋类游戏有几千种，那可是人类智慧的结晶，是宝贵的非物质文化遗产。棋乃竞赛性益智游戏，对于提高游戏者的观察力、想象力、判断力、记忆力、逻辑推理能力等，都有独到的作用。

棋类的金字塔塔尖上,一定有围棋;数千年风月轮转,源远流长的中国围棋留下了许多宝贵遗产。2020年12月,海南棋子湾举办了沙滩围棋大会,在三大赛程中,棋子湾仙侣沙滩围棋论剑比赛精彩纷呈,"仙侣棋局"最终诞生,江铸久、芮乃伟这对九段夫妇荣获冠军。其间还举办了"中国围棋文化展",堪称中国围棋史上迄今最大规模的展览。然而,我们可不能让气象万千的围棋被成年人独占了!孩子们常常对弈、处处弈棋,那才是最可爱美丽的风景。日本棋院有"围棋五得"之说:得好友,得人和,得教训,得心悟,得天寿。这样的所得,也应该属于我们的孩子。

体育和美育,对于受教育者来说,就像是围棋的两个"眼",有两个"眼"才能活棋。当然,这里的体育和美育,都不是"应试体育"和"应试美育",不是为了考试才"育"之。

让体育成为教育之"旗",孩提时代就要开始"野蛮其体魄",要让孩子们在棋盘上、在球场上"绝杀",而不是日日夜夜都只是在作业本上"绝杀"!都说"数子十过,不如夸其一长",这个"一长",其实尤为珍贵的是体育之"长",家长老师们不仅要夸,而且要助,帮助每个孩子拥有体育运动的"一技之长"。

以体树人,以美育人,体教结合,学生之福。2022年教师节前夕,浙江省蔡崇信公益基金会公布了首届"以体树人"杰出校长获奖名单,来自全国各地的10名"体育校长",各获奖金50万元,奖金用于奖励个人、赋能交流培训和学校体育建设。获奖的杭州建兰中学校长饶美红,一直倡导"体育为青少年成长赋能";在学校开发的三大类拓展课程中,就有体艺特长类课程,包括"运动与健康""审美与艺术"。学校有赛艇队、马术队、橄榄球队、攀岩队、高尔夫球队等,还有历时4个多月的体育节,其间有篮球赛、足球赛、排球赛、乒乓球赛、桥牌赛、国际象棋赛,等等。孩子们不仅在全省拿冠军,甚至代表中国参加国际比赛。这才是真正朝气蓬勃的校园啊!

【篇五】午餐与营养

2020年5月17日至23日,是我国第6个"全民营养周",今年主题为"合理膳食,免疫基石"。5月20日亦是我国第31个"中国学生营养日",主题则是"合理膳食倡三减,良好习惯促三健"。两个主题,都关乎一个关键词"合理膳食"。

"合理膳食",更准确地讲,是"科学膳食"。但要做到"科学合理膳食",似乎并不那么容易。浙江省疾控中心的一份调查表明,我省中小学学生午餐供应现状不乐观,油、盐、肉过多,奶类和新鲜水果太少。有98.9%的中学畜禽肉类供应偏高,而植物油、盐分别有61.8%、74.3%的中学供应偏高,至于水果类、奶及奶制品分别有99.1%、98.2%的中学供应不足。很显然,这是不科学、不合理的膳食结构,与学生营养要求不相符。

而杭州市卫健委发布的学生健康状况综合监测结果显示,中小学生营养不良、超重肥胖双向的营养相关疾病的发生率居高不下:营养不良总体发生率为7.08%;超重率为12.88%、肥胖率达10.17%。"营养不良"与"超重肥胖""齐头并进",这清晰地表明,学生中存在严重的营养不均衡问题。

事实上,与学校的营养午餐相似,许多单位的食堂同样存在类似问题,那就是被职工诟病的"食三多"——油多、盐多、味精多。然而,跟成年人不太一样,少年儿童生长发育迅速,对能量和营养的需要量,相对高于成年人。良好的膳食,可谓孩子们一生健康的物质基础;营养是否充足,会直接影响智力和体格的发育。因此,我们的孩子更需要科学膳食、均衡营养。

营养学是一门科学,是科学就不能"玩感觉"。上海张文宏医生谈到孩子的营养早餐,明确要求要重视孩子的饮食结构,不能吃垃圾食品,要给孩子吃高营养、高蛋白的食物;他用牛奶和鸡蛋举例说明,早上要给孩子准备足够的牛奶和鸡蛋——因为这两样才是高营养、高蛋白的食物。他所说的"不许吃粥",其实并不是对粥有偏见,他只是反对孩子早饭里只有粥一种吃食。事实上,他的建议并无不妥,非常正确,只是被莫名其妙地妖魔化了。

"早餐要吃好,午餐要吃饱,晚餐要吃少",这是民间的智慧。早餐如何吃好? 高蛋白、高营养就是不二法门。而保障学生午餐健康的营养,不仅仅是"吃饱"的问题,同样也需要"吃好"——"肉太多盐太多油太多,奶太少鱼虾少水果少",就不是"吃好"。

事实上,要保障学生午餐健康营养并不难,只要像关心自己的孩子一样关心学生,哪里有弄不好学生营养午餐的? 说鱼虾太少,这个解决起来挺容易:鱼可以上没有刺的鱼——这样的鱼很多很多;虾可以上剥去壳的虾仁,这个也再容易不过,网购也随时可以买到虾仁。所谓"很多低年龄段的孩子不会挑刺",其实是午餐提供者自己"不会挑鱼";所谓"不是孩子不喜欢吃虾,有些是自己懒得动手",实际上是午餐提供者自己懒得"动手"……

都说生命在于和谐与运动,它有几个基本要素:均衡营养,适宜运动,有效休息——这里"均衡营养"是前提,是基础。不承想,如今中小学校午餐餐标多在 7—10 元之间,这个未免也太低了! 为了孩子们,家长和学校,坚决提高它!给我们的孩子吃一顿 15—20 元的午餐,天会塌下来吗? 放心,不会!

营养午餐,不能再缺营养! 关心下一代健康,要从改善营养午餐开始!

她说的其实是摆脱贫穷

穷则变,变则通,通则久。一个家庭是这样,一个国家更是这样。

一位被北大录取的女生和她的一篇文章,引起热烈反响。来自河北省衡水市枣强县的贫困生王心仪,2018年以707分高分被北大中文系录取。北大的录取通知书寄到家里时,王心仪正在外地打工。而她的一篇谈心路历程的3000多字的文章,在网络传播过程中被冠以"感谢贫穷"的篇名,引发热议。

王心仪出生在一个普通的农村家庭,父母都是农民,家中有"三亩两分地",爸爸外出打零工,维持家用;妈妈体弱多病,在家做家务。家中有仨孩子,心仪是老大,另有两个弟弟,大弟弟即将升入高三,小弟弟还没有上小学。全家六口人,还有一位患病且生活不能自理的姥爷,靠母亲照顾。

不知原标题是什么,但王心仪的文章确实很感人,她写到的贫穷贫困经历,神似北大才女张培祥以飞花为笔名所写的纪实小说《卖米》——《卖米》曾在网络上引发了强烈关注;更让我想到作家王戈的小说《树上的鸟儿》——这是1983年全国优秀短篇小说获奖作品。两部作品都涉及大学生的贫困,后者要丰沛很多——家境的困厄,父辈的艰辛,其中父亲"用毛竹削冰棍杆儿，一根冰棍杆缴给国家得二厘"的细节，让人过目不忘。而王心仪写家庭的贫困，其实是文章中的一个小片段，其中被广泛引用的，就是这一句："贫穷带来的远不止痛苦、挣扎与迷茫。尽管它狭窄了我的视野，刺伤了我的自尊，甚至间接带走了至亲的生命，但我仍想说，谢谢你，贫穷。"

如果只是单看"感谢贫穷"，那一定会引发诸多争议。"贫穷"有什么值得"感谢"的？那就像"感谢苦难"一样，似是而非。常识告诉我们：公民有免于贫困、免于恐惧等的自由。其实，只要你认真看完全文就知道，王心仪所说的主题并不是"感谢贫穷"，那只是修辞中的"姑妄言之"而已，这其实是一篇关于自己、关于奋斗、关于希望的文章；而且，这些文字不是这次考上北大之后才写的，是之前写的，说的是"贫困困不住一颗向上的心"，是经历贫穷经历奋斗而最终要摆脱贫穷，是"美好与光明虽会迟到，但终将到来"！公众可不能小看王心仪，以为自己懂一点常识而王心仪就不懂，后生可畏，"长江后浪推前浪"，这是规律。

面对底层贫困，最可怕的是"贫贱不能移"——"移"是移动、迁移的"移"。经常关注时事政治、被班主任老师称为"乐观开朗，视野开阔，格局很大"的王心仪，考入北大，就是重要的向前向上之"移"。

一个家庭摆脱贫穷，需要"筚路蓝缕，以启山林"；一个地方摆脱贫困，更需要"筚路蓝缕，以启山林"。摆脱贫困，很重要的是摆脱意识和思路的"贫困"，这在习近平《摆脱贫困》一书中有明晰的阐述。而解放思想、改革开放，"筚路蓝缕，以启山林"，则是脱贫致富的必由之路。

肆

公众社会，优化环境

保护我们的未来

政府的责任重，必须保护好未成年人！

2021年4月27日，中国政府网发布《国务院办公厅关于成立国务院未成年人保护工作领导小组的通知》，领导小组由孙春兰副总理担任组长，组成人员共40多人。通知明确要求，进一步加强对未成年人保护工作的统筹、协调、督促和指导，更好地保护未成年人身心健康、保障未成年人合法权益。作为议事协调机构，该领导小组的成立，说明国家层面的高度重视。

在家庭保护之外，未成年人的校园保护和社会保护都极其重要。如果说对未成年人的校园保护是侧重"柔性保护"，那么社会保护就必须实行"刚性保护"。

4月初，教育部发布了《未成年人学校保护规定（征求意见稿）》，共58条，涉及保护学生的人身安全、人格权益、受教育权利、休息权利、财产权利等，以及防范欺凌、性侵等措施。毫无疑问，首先在学校这一领地，绝不能把孩子置于危险境地。

在未成年人人身安全方面，明确提出学校不得组织、安排学生从事抢险救灾或者商业性活动，不得安排学生参与有毒、有害的危险性工作。在"特别保护"一章中，则明确要求学校建立防校园欺凌、防性侵、防性骚扰制度，并且禁止教职工和学生谈恋爱。

而在未成年人的人格权益方面，则要求学校不得公开学生个人的考试成绩、名次，不得对外宣传学生升学情况等。尤其可贵的是，为了保障孩子们的健康，"休息权利"少见地被列入保障范畴。"休息权利"包括不在上课时间前要求学生提前到校、不得集体补课、加强作业管理等规定。这个看起来似乎很难实施到位，但首先要有制度安排、制度设计，否则更可能是无本之木无源之水。

未成年人的校园保护很现实，而社会保护更是涉及方方面面。这次未成年人保护工作领导小组办公室设在民政部，而不是设在教育部，办公室主任由民政部部长李纪恒兼任，这说明更加重视社会层面的保护。未成年人的校园保护相对纯粹，而社会保护则复杂得多。社会保护的"通用法则"，就是要求社会所有组织及公民的一切社会活动，都应从有利于未成年人健康成长出发，不允许任何侵害未成年人身心健康的现象存在。

在我国的未成年人保护法中，专门有"社会保护"一章，对社会应履行的法律责任作了一系列规定。尤其是这一法条可谓让人过目难忘："公共场所发生突发事件时，应当优先救护未成年人。"明确了这一规定，那么就不允许出现"让领导先走"的声音和情形。1994年12月8日，新疆克拉玛依市在一场演出中，发生恶性火灾事故，造成325人死亡，其中中小学生288人，干部、教师及工作人员37人。当时报道中提到的那句"让领导先走"，后来引发了是不是"真说过"的争议。无论如何，这是一个严重的警示，今后在别的场合，在未成年人在场的公共场所，发生突发事件、安全事故的时候，绝不能"让领导先走"。

社会保护，关键在"刚性保护"。不仅要"刚性规定"，还要"刚性实施"。比如未成年人保护法中，不仅规定"禁止拐卖、绑架、虐待、非法收养未成年人"，而且规定"国家建立性侵害、虐待、拐卖、暴力伤害等违法犯罪人员信息查询系统，向密切接触未成年人的单位提供免费查询服务"，这个如果不是"抓铁有痕"地刚性落实，那么拐卖儿童的事件就难以禁绝。对于领导小组来讲，如何有力、高效地督办侵害未成年人合法权益重大案件的处置工作，是实实在在的大事。

保护我们的孩子,就是保护我们的未来。在教育被空前重视的今天,未成年人的保护也必须空前重视。世界上最远的距离是从"知道"到"做到",具体到教育领域,最远的距离就是从"文件"到"落实",所以上上下下务必做到两个"百分之两百":一、百分之两百的重视;二、百分之两百的落实!

教育没有替代品

"少年的心是最为敏锐的,它能像温度计那样显示出敏感的反应。"这是池田大作说的。截至2004年,我国18岁以下的未成年人大约有3.67亿,占全国总人口的28%,对于"敏锐"的孩子,我们如何进行健康而有效的教育,这其实是一个天大的问题,正如康德所说的:"教育是人能完成的最大且最难的问题。"

对于孩子们来说,新鲜意味着魅力,而魅力往往意味着沉湎。2004年3月31日上午,重庆市沙坪坝回龙坝镇中学两名初一男生因连续通宵上网后疲惫不堪,坐在铁轨上熟睡时,被疾驰而过的火车轧死;与他们同在一起的另一男生被火车惊醒后侥幸逃命。

无独有偶。新华网长沙2004年4月16日电:曾经作为学校"学习标兵"的一名初三学生,因沉迷网络游戏无法自拔,留下两份遗书后服毒身亡。14岁的孙某是湖南华容县幸福中学初三年级的学生,是老师们公认的上重点高中的好苗子。但从去年下半年开始,他与人结伴去学校附近的网吧上网玩游戏,有时通宵达旦,以致学习成绩每况愈下。4月11日傍晚,自感升学无望的孙某,留下一份遗书后喝下剧毒农药自杀身亡。他在遗书上道出自己走上这条不归路的真实想法:"我迷上了上网,晚上玩通宵,白天就睡觉,哪里还有心思搞学习……我只好选择这条路,因为我如果成绩不好,将来就没成就,就不能报答你们了。"

瑞士人在为孩子填写户籍卡时,在"财产状况"栏写的都是"时间"二字。他们认为,对一个刚出生的孩子来说,他拥有"时间"这笔巨大的财富。但是,非常遗憾的是,我们有的孩子却在把大量的时间浪费在网络游戏上。严峻的现实告诉我们:新的时代,教育,对于我们的后代的教育,是一个严肃而沉重的话题。未成年人上网不可避免,这是社会发展和进步的必然;我们不可将未成年人与网络彻底隔离开,但是,互联网推动人们学习的同时,也不可避免带来一些负面影响。

现实的问题就是,我们要怎样才能做到:一方面引导未成年人文明上网,为其上网创造条件;一方面坚决取缔不健康、非法网吧,净化社会环境。一言以蔽之:我们拿什么来保护孩子,使之健康地成长? 4 月 26 日,全国网吧等互联网上网服务营业场所专项整治行动启动,此后一周时间,各地对网吧进行统一整治,黑网吧及接纳未成年人进入网吧问题将成为整治重点;"五一"期间,文化、公安、工商等有关部门针对未成年人进入网吧问题进行严格检查。

世间有许多事物可以有替代品,但唯独教育是没有替代品的。教育之错误,如同配错了药,是难以补救的。有识之士看到:必须为未成年人健康成长创造良好文化环境。必要的举措是:疏堵并重,清理整顿文化娱乐场所,净化中小学校园周边的文化环境;严格执行中小学校周边 200 米内不得开设歌舞厅、游戏厅、网吧等经营性娱乐场所的规定;禁止未成年人在非节假日进入电子游戏经营场所;打击网上传播有害文化信息的行为,净化和规范网络文化经营活动,严厉查处网吧违规接纳未成年人的行为;引导建设一批非营业性的互联网上网服务场所,为未成年人提供健康有益的绿色网上空间;加强包括网络游戏在内的文化产品的内容审查,坚决查处传播淫秽、色情、暴力等的各类未成年人读物和视听产品……

　　教育不是给人以面包,而是给人以获取面包的方法。面对网吧,我们同样要让我们的孩子明白:我们应该如何通过正确使用互联网这个现代的工具,让互联网成为"获取面包"的有效途径。由此,让我们能够实践亚里士多德的话:教育的根须是苦的,而教育的果实却是甜的。

让丰满的理想变成现实

1.各地要加强监测和督导,坚决防止学生学业负担过重。

2.开齐开足体育课,将体育科目纳入高中阶段学校考试招生录取计分科目。

3.开展好学校特色体育项目,大力发展校园足球,让每位学生掌握1至2项运动技能。

4.严格落实音乐、美术、书法等课程,结合地方文化设立艺术特色课程。

5.优化综合实践活动课程结构,确保劳动教育课时不少于一半。

6.杜绝将学生作业变成家长作业或要求家长检查批改作业,不得布置惩罚性作业。

……

以上所列的每一条,我都十分赞同! 2019 年 7 月 8 日,中共中央、国务院发布关于深化教育教学改革全面提高义务教育质量的意见。细看内容，真当是干货满满！除了前面所列的内容，还有：推进义务教育学校免试就近入学全覆盖；严禁以各类考试、竞赛、培训成绩或证书证明等作为招生依据，不得以面试、评测等名义选拔学生；将校园安全纳入社会治理，完善校园安全风险防控体系和依法处理机制，坚决杜绝"校闹"行为，维护正常教育教学秩序，等等。

教育即生长，由生长而立人——生长立人，就是教育的目的。"教育即生长"，言简意赅地道出了教育的本义，就是要使每个人的天性和与生俱来的能力得到健康生长，而不是把外来的东西，比如知识，简单地灌输进一个容器，成为学生的一个沉重负担。当今，家长们却越来越焦虑，生怕自己的孩子"输在起跑线上"，有的家长让孩子一周去就读十几个培训班，这是多么恐怖的情形！"坚决防止学生学业负担过重"，而不少过重的负担，就是焦虑的家长施加给孩子的。

当今教育，很重要的一个任务，就是要让孩子摆脱现实的种种奴役。这种奴役，本身就是错误教育的典型结果。正如卢梭所说的："误用光阴，比虚掷光阴损失更大；教育错了的儿童，比未受教育的儿童离智慧更远。"荒诞的现实是，我们甚至将学生作业也变成家长作业，使家长也成了被"奴役"的对象，让家长也在万般无奈中"虚掷光阴"。

不可否认，我们所处的是高度筛选型的社会，每一步都在"筛"人。但是，只要你真正"成人"了，社会是"筛"不掉你的。所以，从最根本上说，我们的孩子不一定都成才，但一定要成人。"小学重习惯，初中重品行，高中重品质，大学重成绩，将来重选择。"有识之士如是说，亦即我常说的几句话：养成良好的品格，养成良好的习惯，到大学里要好好读书，教育要尊重人的成长规律……教育之"立人"，不就是养成好的品格、培养好的习惯吗？一般而言，好品格能成人，好习惯能成才。儿孙自有儿孙福，有了好品格与好习惯的孩子，家长是根本用不着担心的。我的女儿也是这样，她在台湾读了四年本科和三年硕士后，被香港中文大学录取为研究型的博士，而且获得全额奖学金，正是顺其自然、"立人"教育的成果。

我们不少家长,拼命要求自己的孩子记住更多的"知识",逼迫到最后,家长成了"虎爸""吼妈","爱子者"成了"害子者",甚至成为"爱子贼",这多么可怕!

如今,国家层面提出要深化教育教学改革、全面提高义务教育质量,这是对种种教育现实的重要纠偏——希冀这些丰满的理想,最终都能变成现实!

残障孩子的教育保障

生老病死,民生大事;教育成长,是大事中的大事;而残障孩子的教育保障,则是大事中的难事。

2021 年 3 月 4 日,在全国政协十三届四次会议开幕会上,一段用手语"演唱"国歌的画面,感动了无数人。这位用手语"唱"国歌的全国政协委员,就是曾经领舞《千手观音》的聋人舞蹈家邰丽华。多年来,她一直在为"让残障儿童接受更好的教育"而履职发声。她带来的建议,有关普通学校随班就读的残障学生。

邰丽华就此对《南方周末》记者说:现实中,残障学生在普通学校获得的教育质量仍不乐观,"随班就坐""随班混读"的状况尚未得到有效改善;面向残障学生的支持碎片化,资源教师专业能力和话语权不足,校内校外服务缺乏整合,一些学校也不能灵活运用经费解决实际问题,等等。

为此,她建议,基于残障儿童的实际需求,扎实有效建设普通学校随班就读学生的"一人一案"支持体系,设立特教助理,整合资源和多元支持,促进融合教育发展,提升残障儿童教育质量。所谓"一人一案",就是给每一位随班就读的残障学生都建立专项档案,制定个别化教育方案。

慈悲,是一切爱的基础;共情,是一切爱的升华。从邵丽华身上,我们看到她对残障孩子满满的爱。

　　残障更需保障。残障孩子的教育保障,是在生活保障基础上提出的更高要求。"现在上不了学,大了就不了业,老了无人照看——谁来保障孩子的人生?"办好特殊教育,是社会共识,是国家责任。

　　从现实出发,我国残障学生的教育,现在是"双轮驱动"——特殊教育学校和普通学校并行不悖。根据教育部的统计,2020 年我国共有特殊教育学校 2244 所,该年度招收特教学生 14.90 万人,在校生共有 88.08 万人,专任教师为 6.62 万人;相比于 3 年前即 2017 年的这 4 个数据——学校 2107 所、招收 11.08 万人、在校生 57.88 万人、教师 5.60 万人,有大幅度的增加。而普通学校办特殊教育,是近年逐渐兴起的,截至 2019 年末,有近 40 万残障儿童就读于普通学校。

　　残障学生在普通学校接受"融合教育",这是国际大趋势。从"特别的爱给特别的你"到"寻常的爱给不寻常的你",是残障孩子教育境界的升华。所谓"融合教育",就是在平等不受歧视的前提下,将残疾学生教育最大程度地融入普通教育,达到"公共教育无障碍"。"无障碍"的理念,源于 20 世纪 50 年代丹麦人尼尔斯·埃里克提出的正常化原则,它倡导每一个残障者尽可能地与所属文化中的健常人一起生活和接受教育。然而,要让我国现有的数十万残障孩子,以及未来可能有的残障学生更好融入普通学校、实现"无障碍教育"和"教育无障碍",当然是一个非一般的难题。

　　残障儿童的无障碍融合教育,其支持体系确实需要"校内为主,校外补充"。重要的是人和物并重:学校设立专兼职资源教师岗位,让残障学生家庭安排特教助理人员入校等,都是可行的;学校建设资源教室,以及购买相关服务,都是必需的。残障学生在普通学校就读,对于老师尤其是班主任来说,往往会增加很大的工作量,在目前人力不足的情况下,则更需要倡导技术向善、注重技术支持、发展技术融合,首先做到"技术无障碍"。

　　对于残障学生而言,数字技术的无障碍服务应更好地开展。"媒体可及性"无疑是"教育可及性"的重要基础和有效补充。在数字技术领域,应该有更大的开发投入,为实现信息无障碍和教育无障碍、为残障学生的自学自强提供良好的条件,这也是"技术向善"的应有之义。

教育的全域优质化与均衡化

在"教育 2030 行动框架"中,联合国教科文组织提出了一个明确的目标,那就是"迈向全纳、公平、有质量的教育和全民终身学习"。在教师节到来前夕,2018 年 9 月 6 日《杭州日报》报道,杭州西湖区形成教育"全域优质发展"新格局——这里的"全域优质",恰与联合国倡导的"全纳、公平、有质量的教育"十分契合。

报道说到:教育,是民心工程;教育,是发展之基;从硬件到内涵、从校内到校外、从教师到学生,西湖区这一方教育沃土,在原有扎实的基础上,正在打造的是教育全域优质发展的新格局;城市建设发展到哪儿,配套的优质教育资源就提早输送到哪儿;"名校+"模式推陈出新,确保学校办一所、优一所、强一所……

细细体会,"全域"与"全纳"两者异曲同工。"全域"是整个辖区都力求"优质发展",不能有洼地、短板,若有那就把洼地填高、把短板拉长。而联合国所言的"全纳",侧重于对人而言。全纳教育肇始于 1994 年 6 月在西班牙著名的大学之城萨拉曼卡召开的"世界特殊需要教育大会",会议通过了一项宣言,首次提出了"全纳"这一新的教育理念:它容纳所有学生,反对歧视排斥,促进积极参与,注重集体合作,满足不同需求,是一种没有排斥、没有歧视、没有分类的教育。"全域"与"全纳",本质上就是一种可贵的教育均衡理念,也就是孩子们都是平等的,理应受到均衡而公平的优质教育。

联合国倡导的"全纳、公平、有质量的教育","全纳"是前提,"公平"是核心,"有质量"是要求与结果。"公平"的本质就是均衡:同样的学龄儿童,享有同等的教育资源,接受同等的教育培养。"公平"的反面就是"不公平","不公平"意味着什么?意味着空间资源错配,意味着人为造成差异,意味着教育竞争的异化。如果一个地方有意识地制造"优""劣"之差异,让好的学校越来越好,让差的学校越来越差,那么,教育的公平与均衡就失去了,就会让家长孩子拼命"择校",绞尽脑汁想尽办法往好的学校钻,费尽力气进行课外补习;由此也必然会导致"教育寻租",产生教育的"灰度空间"。

所以,教育的均衡化,就是教育的公平化,就是优质教育的公平化。杭州西湖区所追求的"全域优质发展",就是建立在公平、均衡的基础上的优质,否则就不可能称为"全域"。报道说,在实践中让"名校+"模式不断推陈出新,形成了"名校+新校""名校+普校""名校+偏远学校"等几种模式;子体学校—独立学校—新母体学校,这成了一种"蝶变";全区通过新建、改扩建等,不断增加新的优质学校……简单而言,这就是通过优校名校的努力,拉普通学校一把,大家一起好起来、优起来、强起来。

事实上,优质学校均衡的背后,是优质教师的均衡;改变教育资源分配不均的根本途径,就是缩小师资差异;突破优质资源扩容的"瓶颈",根本上就是填补优质教师资源的短板。"老师是最好的教材",不仅仅是"西湖教育",任何地方都要注重对教师人才的奖励与培养,加大教育人才专项经费投入,让所有的学校都能"共享"更多的名师名校长——这,就是学生之幸、家长之福。

想起那《一个都不能少》

2005 年 11 月 3 日《南方周末》头版头条、二版头条,光标题就够触目惊心的了:《代课教师艰辛执着震动人心 县委副书记动情上书教育部》《13 年一人撑起一所学校——山村代课教师李小峰演绎〈一个都不能少〉现实故事》。

甘肃省渭源县委副书记李迎新,三个多月前把含泪写下的《渭源县代课教师状况调研》寄给了甘肃省委与教育部,这个报告的事实令人震惊:渭源县有 600 余名乡村代课教师每月仅拿着 40 元到 80 元不等的工资;每月拿 40 元工资的又占了代课教师的 70%,部分代课教师这样的工资已拿了 20 年!

"代课教师"先前称作"民办教师",发达或较发达的东中部地区民办教师几乎已不复存在,但在西部地区,依然有一个庞大的"代课教师"群体存在——据悉,目前西部 12 省区市有逾 50 万代课教师,他们承担了至少 1000 万农村孩子的教育任务。笔者工作在杭州,说实在的怎么也想不到西部教育还是这样一个状况。最近在北京有个小学科学教育国际研讨会,会上透露的消息是,全国 10 所实验小学明年开始试用美国科学教材,课程覆盖了四大主题领域:生命科学、地球科学、物质科学和技术设计。当然这 10 所小学多数在东中部,我所在的浙江就占了 4

所。教育状况的地域差异实在太大了。

　　我们有电影《一个都不能少》，但是很遗憾，电影仅仅是电影。而且具有讽刺意味的是，《一个都不能少》女主角魏敏芝的母校——河北省赤城县镇宁堡学校，以及电影拍摄地水泉小学，目前处境非常尴尬：前者因教育资源外流陷入困境，"有一半的学生都流失了"；后者则只剩下 1 名教师和 6 名学生。在欠发达地区，别说"学生一个都不能少"，连"老师一个都不能少"都困难；别说"不让一个孩子掉队"，连"不让一个老师掉队"都成为梦想。每月 40 元工资连拿 20 年的山区教师——甭管他们被称为什么类型的教师，他们无论是工资待遇，还是教育设备，无论是生存条件，还是教育水准，都不知道掉队掉到哪里去了。这，绝不是他们愿意看到的情形。

　　教育的责任，是国家的责任；教育的虚弱，是人民的虚弱；教育的穷困，是未来的穷困。想想"教育要面向现代化，面向世界，面向未来"这 16 个字的名言吧！

为何回老家

　　尽管那太普通的"为什么呢"无论怎么嗲，也不可能像"太有才了"一样流传，可面对"农民工子女的高中在哪里"的报道，我还是不由自主地想起这一春晚名句，问一声：农民工子女没高中可读，为什么呢？

　　2008年在上海，一个读初三的庞大群体——农民工子弟，不晓得自己的高中在哪里。小学初中的九年义务教育阶段，农民工子女陆续享受了与城里孩子的同等待遇；可高中就麻烦了，按上海现行规定，你得回原籍升学读高中。要问"为什么呢"，答案也简单：政策规定。

　　农民工的"代际转换"，在这一制度环境中怎么能完成呢？曾有报道比较了两个"第二代"："富二代"和"农民工二代"。其中"农民工二代"，在农村和城市都没有根，无法找到归属感，有着明显的"边缘心理"，而且他们受教育程度普遍不高——高中怎么读是个大问题啊。城乡资源的不公平配置，率先反映在教育资源的宏观配置上。事实上，多年来造成了优质资源向城市集中，而为城市建设做出不可磨灭贡献的农民工（他们对城市财政的贡献则是隐性的），却难以让自己的下一代享受城里孩子读高中的待遇。农民工作词作曲的《农民工之歌》，进入了

2008 春晚，这不难；由王宝强来领唱，唱出深情，这也不难；"身份待遇"如何实现平等确实是个难题。

农民工子弟读大学早已没有门槛，而在城里读小学初中也没有太大问题，仅仅高中三年是个瓶颈。上海现在提出这个问题，并思考如何解决，这是好事，和谐社会需要做这样的努力。其实高中三年的教育成本主要由受教育者直接或间接负担，这个问题"无法解决"：宏观上，国家应该全国一盘棋，实现教育经费的"可转移支付"；微观上，更广泛地推行学生随身携带的教育券制度，而且实行可跨地区的结算使用。在这两个层面解决教育经费的"支出流动"问题，就不难从根本上解决农民工子女的"教育流动"问题，这也是教育走向共富的需要。

毕生一乾坤

小努力，小幸运；大努力，大幸福。如果你"躺平"，那么幸运甚至幸福也会"躺平"。我自己是牢记那句老话的：活到老，学到老。

"幸福生活就是一种与其自身本性和谐一致的生活，而且可以获得幸福生活的途径只有一条。"古罗马哲学家塞涅卡在名著《论幸福生活》中说，"其前提是：首先，脑子必须健全而且始终保持清醒；其次，必须勇敢且精力充沛；此外，能坚忍不拔、百折不挠，能急中生智、随机应变，能注意身体及影响身体的各种因素，但又不是成天为之提心吊胆、焦虑不安；最后，必须关注一切有助于提升生活质量的东西，但又不过分地拜倒在其中任何一样东西的脚下，利用命运的馈赠，而不是沦为其奴隶。"塞涅卡真是一位灵魂的医生。

大学期间，是求知学习的黄金时代，也是人生最幸福的时期。然而，不少孩子看似得了一个高分，进了一个不错的大学，其实在中学时代就远离了学习的根本，偏离了因材施教静待花开的教育规律，到了大学，没劲了，不爱学习了，"躺平"了。这可不行，要赶紧纠偏，亡羊补牢！跳离舒适区，向成长进发！

我在浙江大学新闻系兼授"新闻评论"课程，总是给学生推介好多书，其中一本就是心理学家、美国斯坦福大学教授卡罗尔·德韦克的《终身成长》。我还屡屡买这本书的中译本送朋友。这是有关"成长型思维"的经典之作。

德韦克是美国艺术与科学院院士，是万里挑一的杰出学者。她相信，拥有成长型思维和心态的孩子，会相信通过坚持不懈的努力、良好的策略和他人的指导，可以提高自身的禀赋和能力，能够应对更多挑战，走向成长。

一个人可以"成功"，但不要"成功学"；可以"不成功"，但不能"不成长"。

两相比较,优劣自现:固定型思维者认为,智商是生来决定的,后天无法培养,那么结论就是,一个人无法做超越其能力的事;成长型思维者则认为,随着时间的流逝,人可以不断提升自己的聪明才智,并做以前没有能力做的事……

　　教育最需要积极的成长型思维,《终身成长》是极好的成长之书。

　　面向未来,终身学习,终身成长,终身幸福!

大学之大，大学之小

塞万提斯的启示和北大文讲所的启思

2021 年 5 月 15 日,北京大学文学讲习所成立,著名作家、国际安徒生奖获得者、北大博雅讲席教授曹文轩担任讲习所所长,莫言、谢冕任顾问。在成立大会上,莫言发表演讲,题为《塞万提斯的启示》。

在中国现当代史上,两个讲习所很著名,一是毛泽东主办的农民运动讲习所,致力培养革命家和农民运动专家;一是由中国作家协会主办的文学讲习所,致力培养作家,是现在鲁迅文学院的前身。如今北大设立文学讲习所,致力文学创作和语文教育两个方向的人才培养。文讲所将聘请著名作家到校任教,邀请作家驻校写作,建设系统化的文学鉴赏和文学写作课程,举办学术研讨,开设相关讲座,设立文学奖项,等等。

莫言的演讲,无疑是很精彩的。他之所以以《塞万提斯的启示》为题,是因为北大勺园草地上有个 2.35 米高的塞万提斯铜像,这是 1986 年 3 月,北京市与西班牙马德里市结为姊妹城市后,对方送来的礼物。

莫言这个"讲故事的人",很幽默地讲了一个故事:美国东海岸的麻省理工学院一群学生,伪造了一系列文件,成功地把西海岸加州理工学院一尊重约 2 吨、有 130 多年历史的"镇校之宝"——弗莱明加农大炮,堂而皇之运回了自己的学校……莫言于是也想把北大的塞万提斯铜像偷运到他所在的北师大,这个主意让人"热血澎湃",不过现在北大文讲所聘他为顾问,他就不好"监守自盗"了……

米兰·昆德拉说:"塞万提斯发明了现代小说。"因为塞万提斯的小说巨著《堂吉诃德》,将严肃和滑稽、悲剧性和喜剧性、琐屑庸俗和伟大美丽如此水乳一般交融在一起。塞万提斯生于1547年,死于1616年,与莎士比亚同年同月同日死。莫言在演讲中概括了塞万提斯带来的三个启示:一是作家应该尽可能地拓展自己的生活体验,更多地深入社会底层,与普通人感同身受;二是要塑造典型人物形象;三是要勇于尝试多种文体的写作。

作家通过优秀的作品,反映时代并且超越时代。塞万提斯是文艺复兴时期的文学大师,2018年,我曾和朋友到西班牙进行文化之旅,专门去马德里的西班牙广场,参观广场正中央高耸入云的塞万提斯纪念碑,纪念碑下方,正是堂吉诃德和仆人桑丘骑马前行的塑像。

与塞万提斯对西班牙的重要性一样,北大在深度参与民族国家进步、复兴的百余年历史中,文学始终发挥着独特而重要的作用。从1910年京师大学堂分科设立"中国文学"以来,写作一直是北大富有生命力和先锋性的一脉。尽管世界上优秀的作家主要并不依靠大学来培养,陈忠实先生也是在老家一张破旧的小圆桌上写就《白鹿原》的,然而北大当下在文学领域有这样的为学、为教的探索,还是应该手动点赞。因为这是一个集中读书学习的机会,殊为难得——我觉得,这是北大文讲所带来的一个重要启思。

这让我想起陈丹青聆听木心讲课的笔录《文学回忆录》。那是1989年至1994年,木心在纽约曾为一小群中国艺术家开讲"世界文学史"。听到这一课程的人,何其有幸!木心也专门讲到文艺复兴时期的欧洲文学,他说16世纪是西班牙生气勃勃的时代,塞万提斯"写到后来,他自己的血液流到主角身上",成就了一部伟大的人道主义杰作。

过去,大学中文系培养的匠人为多,灵气多被知识掩埋,只剩下匠气,这是一个大问题。在这个时代,"写什么"是第一位的,崇尚自由、放逐思想,才有杰出的文学作品。在中文系之外设立文学讲习所,正是可以与那种传统的教育拉开距离,努力摆脱束缚——这应是北大文讲所带来的最大的启思。

"落其实者思其树,饮其流者怀其源",期待北大文学讲习所能够回归文学的本源。

西湖大学:高等教育的范式创新

经教育部批准,西湖大学于 2022 年开展"创新班"小规模本科招生试点,首届招生面向浙江省,人数不超 60 人,高二、高三学生均可报考。3 月 18 日至 4 月 12 日接受学生申请,然后通过学校初试、统一高考、学校复试等考核环节,择优录取——从这点看,难度比一般大学要高。学生入学后,前两年接受通识教育和大类培养,在大二第二学期末可自主选择专业,专业为生物科学、物理学、化学、电子信息工程、材料科学与工程。

西湖大学校长、中国科学院院士施一公通过在线直播,宣讲西湖大学首次本科创新班招生事宜,引发热烈关注。针对"生化环材是'四大天坑'专业"之说,施一公在直播中回应:高二、高三学生需要考虑的不该是"生化环材"或者其他专业是否"天坑",而是要凭兴趣爱好,兴趣驱动是最重要的,是最终成才的关键。他直言:"如果西湖大学的毕业生在'生化环材'领域都不能有好的发展前途,那么这个世界可能就不需要这些专业了。"

此间,杭州电子科技大学中国科教评价研究院联合中国科教评价网等单位,发布了《中国大学及学科专业评价报告(2022—2023)》,这已是连续 19 年隆重推出,竞争力排行榜前

10 名的高校是北大、清华、浙大、上海交大、复旦、武大、川大、华中科大、中山大学和哈工大；还有进步较快的前 10 名大学，包括领衔的湖州师范学院等。

全国高职教育地区竞争力排行榜亦发布，江苏、广东、山东、河南、湖南实力居前 5 位；排名前 5 位的学校，有金华职业技术学院等。

无论是从排行榜面上的指标看，还是从西湖大学开始招收本科生来看，高等教育的范式创新越来越受到重视。所谓"范式"，就是在一个体系内自主运行的认知体系和行为规范的模式。"范式"是美国科学哲学家托马斯·库恩最早提出的概念，科学界公认的信仰、理论、模型、模式、事例、定律、规律、应用、工具仪器等，都可能成为一种范式；范式的出现，为某一教育研究领域的进一步探索，提供了共同的理论框架或规则。

追溯我国教育历史，第一所具有近现代范式的高等学校，是 1862 年创立的京师同文馆，到今年——2022 年，恰是创建 160 周年。彼时的范式创新，最初的标志是它能延聘外教；之后在 1867 年，思想家、教育家徐继畬走马上任，正式成为同文馆首任"校长"，同时增设了"天文算学馆"，从"西文"转向"西学"，不再是单纯学外语，还要学习天文、数学等自然科学课程——这样的范式创新，成为我国近现代高等教育的起点。

160 年过去了，今天的高等教育，需要对标的是世界上最现代最先进的大学。成立于 2018 年的西湖大学，将本科生教育的范式创新提上重要的议事日程：

将提供一流的科研训练，为每一名学生配备多名导师；实行"本博连读"的培养方式，优秀学生直接贯通读博，超越"硕博连读"；全员海外交流学习一学期或一学年；借鉴中国传统书院和世界名校的书院模式，设立四大书院，打破学院和专业的界限，让不同语言、文化、家庭和专业背景的学生，通过沉浸式的学习生活方式实现跨界交流与融合，等等。这，正是教育范式创新的典范。

西湖大学是社会力量举办、国家重点支持的新型高等学校，现已拥有上百位科学家专业教师，此前只招收博士研究生。"新型"离不开创新。这些年来，杭州着力补齐基础研究、高等教育等短板，推动市属高校内涵式发展，让更多学子接受更优质的教育,新型的西湖大学被寄予厚望。

西湖大学要选拔的,就是立志服务国家重大发展战略、愿意投身基础科学领域、综合素质优秀的学生;为实现重大科学理论突破及核心技术攻关,培养拔尖创新人才和未来引领者。作为研究型的大学,无疑要着力培养研究型的学生,所以专家建议有天赋、有科学研究精神、能够走学术之路的学生报考。

至于书院模式的创设,就是要激励受教育者保持感知世界的敏锐度,对未知世界要有丰富的想象力、更充沛的探索欲——这样的"沉浸",就是要脱出既定的旧有范式,使学生接受真正优质的大学教育。香港中文大学一直来实行书院制,办得非常成功。港中大拥有九大书院:崇基学院、新亚书院、联合书院、逸夫书院、晨兴书院、善衡书院、敬文书院、伍宜孙书院、和声书院。每所书院独树一帜,各有各的文化底蕴和氛围;书院是紧密的小群体,提供众多非形式教育机会,与正规课程相辅相成,师生可以密切交流,朋辈能够一同成长。

无论是新型的西湖大学,传统的北大、清华、浙大,还是提档升级的高职院校,范式创新都是不可或缺、大有可为的。北京冬奥会和冬残奥会圆满落幕,服务赛场的全国首批制冰师,就是从一所高职院校——北京电子科技职业学院走出来的,他们是该校范式创新的重要成果,与运动健儿相比,他们是赛场上另一种大放异彩。

如今我们如何做校长

今天的大学校长，既好当又不好当。从好当的层面看，如今校长的"权力"大了，办学的家底厚了；从不好当的角度看，如今大学的情况复杂了，行政化的情况更严重了。

2013年5月，国务院常务会议决定进一步提高重点高校招收农村学生比例，今年要扩大农村贫困地区定向招生专项计划，将去年面向集中连片特困地区的1万名重点高校招生计划增至3万名；在全国高校招生计划中专门安排18.5万个名额，由东部高校招收中西部考生。"多措并举，使更多优质高等教育资源惠及农村、边远、贫困、民族地区的农家子弟。"

当然，这是关于教育公平，尤其是城乡教育公平的好事。北大不是北京人的北大，复旦不是上海人的复旦，浙大不是浙江人的浙大。这个常识大家都懂。作为精神高地的大学，无疑应该懂得什么叫教育公平。大学的校长，应该主持这样的公平。

民国时代，蔡元培、梅贻琦当校长的时代，大学怎么办，是大学自己说了算的。

大学校长的任免，时代不同，情形大不一样。在《生斯长斯吾爱吾庐——清华大学校长梅贻琦》一书中，就有一节讲到梅贻琦就任校长之前清华领导权的频繁更替。"1920年前后，因校长压制民主而惹起公愤,不到 1 年,就有 3 位校长被赶走。1930 年前后,又有 3 位校长在短时间内连续被赶。罗家伦、吴南轩是其中之二,中间一位乔万选(阎锡山派来的),连校门也没让进,在他来'上任'时被学生拒于校门之外。阎锡山一看形势不妙,只得将乔召回山西。"清华校长那时为何走马灯似的换人?因为学生心目中有明确的"校长人选标准"——无党派色彩;学识渊博;人格高尚;确能发展清华;声望素著。否则,那就"拜拜"。清华的学生很可爱,他们不仅把那个乔万选拒之门外,而且还要他当场签字,保证"永不任清华校长",由此造就了清华史上著名的"驱乔事件"。乔万选也出身清华,早年留学美国,获得过博士学位;可是,清华的师生不爱他,真是想当校长连门都没有、连北都找不到。

就在国家发改委原副主任、国家能源局原局长刘铁男落马成为轰动新闻的时候,有个大学校长的落马,没有引起太多人的注意:南昌大学校长周文斌,因涉嫌严重违纪,被江西省纪委带走调查。

周文斌是谁?除了大学校长这个最响亮的名头外,他还是博导。他年轻,生于 1960 年,2002 年就出任南昌大学校长了。他专业是搞地质的,本身的"质地"应该不错,可是在当了 10 多年的校长后,跟腐败官员一样落马了。

周文斌有一段关于"梦想"的名言:"我们从不缺乏对高等教育神圣的信仰,我们坚信大学应该成为一座精神的岛屿;我们恋恋不舍地回望蔡元培的北大时代和梅贻琦的清华时代,我们忧心忡忡于中国最好的高等教育时光已经过去。或许是一切才刚刚开始,关于大学的发展还有很多新的模式和可能,除了为人类精神文明的成果守夜之外,大学还应该有更多的担当。这是我的一个梦想。"可是,这个很有诗意的关于"担当"的梦想,大概还没开始,就已经碎了。

网友问:"大学校长其身不正何以正教育?"问得好。如何实实在在当好一个校长,确实是一个大问题。

如今我们如何做校长?简而言之,无非是做人与做事两方面。做事,应该做的是符合大学精神、大学理念的事,招生公平是起码要去做好的事,而不是去做招生后门、招生腐败的事。至于做人,底线总要守住,校长、老师总不能近水楼台先得月去贪腐。

在《民主与科学》杂志中,我读到了一组大学校长们的演讲稿,很感慨,很感动。尤其是香港中文大学校长、医学家沈祖尧在 2011 年颁授学位典礼上的演讲《祈求你们"不负此生"》,堪称人文经典。教育情怀,洋溢其中;做人标准,简单明晰。沈祖尧校长说:"我祈求你们离校后,都能过着'不负此生'的生活。你们或会问,怎样才算是'不负此生'的生活呢?"沈校长给出三点要求:

> 首先,我希望你们能俭朴地生活。……容我提醒各位一句:快乐与金钱和物质的丰盛并无必然关系。一个温馨的家、简单的衣着、健康的饮食,就是乐之所在。漫无止境地追求奢华,远不如俭朴生活那样能带给你幸福和快乐。

沈祖尧校长把"俭朴地生活"作为"不负此生"的第一标准、第一要求,真有点出乎我的意料,我想象中大抵是"要有担当""要有梦想"之类,原来根本不是。俭朴生活,乐之所在——我们多少人都忘了这个简单的道理,这是梭罗在《瓦尔登湖》里清晰地描述阐述过的道理。周文斌在校长任上,一定是忘了个一干二净了。

> 其次,我希望你们能过高尚的生活。我们的社会有很多阴暗面:不公、剥削、诈骗,等等。我吁请大家为了母校的声誉,务必要庄敬自强,公平待人,不可欺辱弱势的人,也不可以做损及他人或自己的事……

沈祖尧自己就是这样的人,在 2003 年"非典"一疫中,他亲率医疗队伍在前线与疫症对抗,展开了一系列 SARS 冠状病毒临床及流行病学的研究,被《时代周刊》列为当年的"亚洲英雄"。庄敬自强,就是一种精神。至于"公平待人,不可欺辱弱势的人"这句话,应该让某些忙于招呼权贵后代、忽略农村孩子的名校校长感到汗颜。

　　其三是，我希望你们能过谦卑的生活。……一个谦卑的人并不固执己见，而是会虚怀若谷地聆听他人的言论。伟大的人物也不整天仰望山巅，他亦会蹲下来为他的弟兄濯足。

　　沈校长所言谦卑的生活谦卑的心，我们的高校校长们，还有多少人心存谦卑？"伟大的人物也不整天仰望山巅，他亦会蹲下来为他的弟兄濯足"，这是何等的情怀！在我们的大学校长中，"伟大的人物"没当成，却整天仰望山巅艳羡权贵，这样的角色该不少吧？

　　沈祖尧校长最后说："我相信一所大学的价值，不能用毕业生的工资来判断，更不能以他们开的汽车、住的房子来作准，而是应以它的学生在毕业后对社会、对人类的影响为依托。"

知不知乃是智

【篇一】心仪的校长在哪里

2013 年 6 月 26 日下午，林建华接替浙江大学原校长杨卫出任新校长一职。中组部在浙大宣读了中共中央、国务院相关任职决定。

林建华原为重庆大学校长，此前曾任北京大学副校长。在以浙大校长身份发表的首次演讲中，林建华表示，就任后将以"卧薪尝胆、摒弃浮躁、抗负压力"要求自己。

浙大校长一职已经空缺 4 个多月，由此可见寻觅"校长人选"有点困难。浙江大学成立于 1897 年，是中国人自己最早创办的新式高等学府之一，也是目前中国规模较大、学术地位较高的综合性大学之一，谁来当校长都引人关注。此前，据说浙大校友会发表联合声明，公开表达对新一任校长任命的诉求及期望；网上还传出反对"北大原副校长、重庆大学现校长林建华出任浙大校长"的公开信。林建华说要抗"负压力"，估计就来自这里，以及此前在重庆大学时，网上就流传《重大之殇——讨校长檄》，贬他为重庆大学"有史以来最差校长"。林建华本身的专业研究领域是无机固体化学和无机材料化学,他当时还不是院士,这颇有点初中化学老师要去高中教语文的味道,这个情况确实需要有点"抗压"能力。

对于一个大学的师生来讲,心仪的校长在哪里?专家呼吁顶尖高校应该公选校长,提出:高校要发展,就要破除行政化,扩大自主权,实行教授、学生自主选拔校长,并建立监督考核制度。对此,我是非常赞成的,我向来十二分反高校校长的行政化任命制。北京科技大学、中国药科大学等一些高校,就已进行了"校长公选"的尝试。这是一个好的实践。

【篇二】知不知乃是智

2018年5月4日,北京大学举行建校120周年纪念大会,校长林建华发表了题为《大学是通向未来的桥》的讲话。

讲话一开始就说道:"……希望新时代的青年人要爱国,忠于祖国,忠于人民;要立志,立鸿鹄志,做奋斗者;要求真,求真学问,练真本领;要力行,知行合一,做实干家。"

林建华校长把"立鸿鹄志"的"鹄"字念成了"浩"音,一时反响强烈。估计林校长认真听讲,而当天晚上也没看或没认真看央视的《新闻联播》,因为《新闻联播》里播音员讲到了"立鸿鹄志",发音很清晰很准确。

5月5日,林建华校长发表了一封近千字的道歉信,真诚道歉:"很抱歉,在校庆大会的致辞中读错了'鸿鹄'的发音。说实话,我还真的不熟悉这个词的发音,这次应当是学会了,但成本的确是太高了一些。"

知不知乃是智。这是公开的道歉信,是道歉的公开信;对象是"亲爱的同学们",署名为"热爱你们的校长,林建华"。信中还说:"我写这封信,告诉大家这些,并不是想为自己的无知或失误辩护,只是想让你们知道真实的我。"北大校长这样向学生公开道歉,大概是北大120年建校史上的难得一例。

北大校史上蔡元培的一次道歉很有名,传播甚广。蔡元培出任中华民国教育总长,一日读到学者胡玉缙所写的《孔学商榷》,拟将素昧平生的胡玉缙聘请到部中任职。下属官员写了一封邀请函，内容为："奉总长谕：派胡玉缙、王丕漠接收典礼院事务，此谕。"胡玉缙接到后非但没有感激，还致信蔡元培抗议。因为"谕"和"派"两个字用于上下级关系，而非平等关系，含有必须服从之意。胡玉缙此时并非教育部雇员，不存在上下级关系，他认为这个是无法容忍的。蔡元培接到胡的抗议信后，深为不安，立即给胡玉缙复信致歉。

蔡元培是非常磊落的人。为部属认错而道歉，殊为不易；相比之下，"一把手"为自己认错而道歉，其实更难。

其间还有质疑林建华校长把"莘莘学子"念成了"菁菁学子"。查阅讲话稿，文字版本就是"培育北大的菁菁学子"，这个不能算错。但无论如何，作为北大的校长，在如此庄重的场合，念错了一个重要的"鹄"字，当真不应该，"别人可以念错，但你不能念错；你在别的地方可以念错，但在这样的场合不能念错"。这就叫"万无一失、一失万无"。治名校如烹小鲜，这"小鲜"可不太好烹。

林建华曾任北大副校长、重庆大学校长、浙江大学校长，如今不仅是北京大学校长、党委副书记，还是十三届全国人大常委会委员、第十三届全国人民代表大会外事委员会副主任委员。他生于 1955 年，山东高密人，是著名作家莫言的老乡。但他是固体化学领域的学者，文字功底相对薄弱，这个有点像调侃语所说的："你的语文是化学老师教的！"他在致歉信中实话实说："说实话，我的文字功底的确不好，这次出错是把这个问题暴露了出来。"

林建华刚出版了一本书《校长观点——大学的改革与未来》，是关于大学发展、管理的内容，是随笔化的所思所想、所悟所感，分为《道与路》《学与研》《授与育》《率与变》《言与行》五章。按林建华校长自己说的，"我所有重要讲话，都是自己写的"，也包括这本书；而看这本书的表达，其实并不差，比如这一段关于"人"的：

> 人是大学的最宝贵资源，大学的一切工作都是围绕着人展开的。要成为一所杰出的大学，必须要有杰出的教师和学生，也必须有好的环境和

氛围,使人们的创造潜力充分发挥出来。杰出的人往往都是与众不同的:有倾心专注、清心寡欲的;有玲珑剔透、能言善辩的;有愤世嫉俗、争强斗胜的;有传统守成、中庸平稳的。对于那些性格秉性和细枝末节的事情,我们要宽容;对于不同的学术观点,我们要用学术规范去评判;而对教师道德操守、学校办学方向等大是大非的问题,则一定要坚持原则、坚守底线。杰出大学的魅力就在于宽松的氛围和合理的制度文化,既能使各类人的内在创造潜力充分释放出来,也能使大家在共同价值观引导下,和睦相处、各尽其美、相得益彰,为学校发展和国家强盛一起工作。

排比的整齐句子,表达得挺不错的。书中有几篇的标题是《只问是非,不计利害》《说与做》《坦诚直面问题》,认知也不差,正因为有着"坦诚直面问题"的知和识,所以才有了这一次比较及时、比较真诚的道歉。

然而,这道歉信的最后一段还是出了问题,引发了一波"舆情次生灾害"。他说的是:"真正让我感到失望和内疚的,是我的这个错误所引起的关注,使人们忽视了我希望通过致辞让大家理解的思想:'焦虑与质疑并不能创造价值,反而会阻碍我们迈向未来的脚步。能够让我们走向未来的,是坚定的信心、直面现实的勇气和直面未来的行动。'"这一段"多余的话",把前面的道歉给"一笔勾销"了,在网络上再次激起一片批评声。而从逻辑上看,这致歉信最后一段话,本身恰恰是林校长对"质疑"提出了自己的质疑。

所引"焦虑与质疑并不能创造价值"那句话,就是林建华校长那篇 4000 多字的《大学是通向未来的桥》的讲话中的原话。"焦虑与质疑"两个词放在一起是很奇怪的,焦虑是自己的主观感受,谁焦虑? 质疑是对待他人的客观行为,谁质疑? 这是校长在校内对师生发表的讲话,应该是指"我们自己的焦虑"和"我们自己的质疑"吧? 同样,"真正让我感到失望和内疚的"这句话中,把"失望和内疚"两个词放在一起也很奇怪,因为内疚是对自己的,失望是对他人的,夹在一起是很奇怪的表达。

联系讲话的上下文语境,"焦虑与质疑并不能创造价值"这句话是在讲

"创建世界一流大学""面对国际化挑战""迈向更加美好的未来"时所讲的，"焦虑"一词就出现了这么一次，但是，"质疑"一词在整个讲话中先后共出现了 7 次，在这句总结性的"焦虑与质疑并不能创造价值"之前共有 6 次：

第 1 次出现"质疑"一词："那些已经淡出人们记忆的纷争、质疑、疑惑和彷徨，都使我们变得更加成熟、更加坚定。"

第 2 至第 5 次"质疑"："人们前行的脚步如此之快，已经把自己的观念和灵魂抛在了后面。一些人变得焦躁不安，于是开始质疑新技术、质疑全球化、质疑一切，甚至质疑人类的未来。"

第 6 次出现"质疑"一词："面对未来的挑战，我们需要哲学家的思辨，更需要所有人共同的行动。这个时代并不缺旁观者，更需要的是责任与担当。不同观点的碰撞、辩论、质疑甚至批判是有益的，但我们更需要在价值层面建立共识与确信。"

这第 2 至第 5 次出现的一串 4 个"质疑"，准确的用词其实是"怀疑"，应该写成"怀疑新技术、怀疑全球化、怀疑一切，甚至怀疑人类的未来"；而这之前和之后出现的两个"质疑"，很显然并非对"质疑"行为进行批评质疑，而是对"质疑"的基本肯定：一个说质疑等"使我们变得更加成熟、更加坚定"，一个说质疑甚至批判"是有益的"。这都是肯定"质疑"之效用的。

那么，最后一句总结性的"焦虑与质疑并不能创造价值，反而会阻碍我们迈向未来的脚步"，主要还不是认知层面出现问题，而仍然是词不达意的表达问题。

单独看这句话，会让人以为与一段时间来北大受到种种"质疑"有关，于是校长通过讲话来反对"质疑"者。然而在我看来，林建华校长在讲话中主要想表达的意思，事实上是"焦虑与疑惑并不能创造价值"，"疑惑"一词前面出现过，它与"焦虑"一词一起，构成个体的自我的、主观的感受，都无支配关涉对象；而"质疑"是及物动词，有支配关涉对象。如果他写成"焦虑与疑惑并不能创造价值"，或者写成"焦虑与怀疑并不能创造价值"，或者仅仅写成"焦虑并不能创造价值"，估计就不会引发那么强烈的负面评价。

林校长这次写讲话稿、写道歉信，大约处于一个高强度压力、紧张、繁忙、匆忙的情况下，比不得平常从容的写书。用词不当，加上道歉信的引用是对自己讲话稿的一次"断章取义"，那么，再次惹麻烦就是必然的了。网友们谁有心、有耐心去北大官网找到你长长的讲话原文来仔细读一读啊？

而文字表达出现问题所产生的后果，已不是表达者所能控制的了。即使网站拼命删帖也是无用。

"我觉得，无论你来头多大，念白字不算了不起的大错。其实，只要你有自知之明，念之前请教一下别人就好。万一还是念错，及时出来道个歉，也就结了。"5月6日，中国人民大学张鸣教授在财新博客发文，标题是《不识字的我们这一代》。张鸣是我浙江老乡，上虞人，1957年生，长在"北大荒"，做过农工，当过兽医。他在文中说："即便你是名牌大学的大牌教授，是校长，甚至院士，有些字不认识，或者会用而发音念错，只要是属于我们这一代，大抵都是常见的。人都是时代的产物，没有人会例外。"

这回我们的林校长及时认错，可能以为"妥妥的"道歉能"妥妥地"消弭舆情，没想到结果却相反。他道歉信中的这段话事实上立马得到了应验："我是会努力的，但我还是很难保证今后不会出现类似的错误，因为文字上的修炼并非一日之功。像我这个年纪的人，恐怕也很难短时间内，在文字水平上有很大的进步了。"

林建华在《校长观点——大学的改革与未来》一书中说道："一些人觉得只要有了大楼、大师，就能够办好大学，实际并非如此。大学的规模虽然不大，所涉及的人和领域还是很复杂的。学者的个性与诉求、学科的变化与坚守、社会的期盼与抱怨、政府的支持与管理，等等，都会对大学的管理产生影响。"从这里的"抱怨"一词，可见林建华校长是比较关注社会的负面评价的。事实上，我以为这次社会上舆情的"沸反盈天"，不见得就是对林建华个人的不满，而是把对大学和现实的不满统统投射到北大校长林建华一个人身上了。

这次北大120年校庆时，香港科技大学署理校长史维说北大"是中国知识分子的社会良心的一个指标"，这是对过去的述往，这是对未来的期待。

这些年来，有些名牌大学的校长，人文素养不够，加上准备不足，在一些重要场合念错字，出了糗。由此可见，大学务必高度重视人文，应是重要的通识！

大学教育如果只重科技不重人文，必然会麻烦很大、后果可怕。真正的大师都有非一般的人文底蕴，远的如爱因斯坦，非凡的人文品格是他的另一座富矿；近的如苏步青，这位1902年生人、温州卧牛山下放牛娃出身的大数学家，诗词写得多好啊！

在今天，我们的大学无论多么著名，都万万不能忘却对"基础知识"和"认识能力"的探求。浙江大学出版社出版了一套"中外著名大学校长治校理念与办学制度文献选编"，名为《走向一流的历史轨迹》，其中收有美国高等教育专家德里克·博克关于高等教育的著作。博克曾在哈佛大学担任过20年的校长。他认为基础知识和认识能力探求，是大学一个更为重要的目标："如果我们容许知识和认识能力的探索活动在我们的大学里被削弱，那么所造成的损害将会是无法弥补的；因为这种智力探索活动，在其他任何环境中都无法有效地开展……在广泛的基础科学研究、人文学术研究或社会及其制度研究的领域里，大学则是一个最有利于做出意义深远的重要贡献的地方。"

这是基础认知，更是远见卓识！

大学是文化的传承者

　　大学是文化的传承者,大学是文化的开拓者。文化、科学在大学里讲授,传播给后继的一代代;文化、科学在大学里研究,收割了丰收的一茬茬。现代的、文明的、发达的国家或地区,一定是把大学办得又好又多的。2015年从杭州传出的消息是,一所新型的一流民办研究型大学——西湖大学开始筹办,选址在西湖区云栖小镇;西湖大学将参考美国加州理工大学的规模、借鉴斯坦福大学的办学理念,培养国家未来发展需要的创新型复合型人才。我所理解的"复合型",最基本也是最重要的,是人文文化和科学技术的复合,而不仅仅是重视科学的研究。

　　2015年高考录取工作开始了,莘莘学子,翘首期盼。有个颇具文化意蕴的好消息映入眼帘:陕西师范大学即将发出4500份用毛笔手写的通知书!在这个"提笔忘字"的时代,这可是全国高校中的"独此一家"。今年主要由8位老教授书写通知书,年纪最大的已经82岁;硬笔书法家庞中华特地从西宁赶来,加入手书行列。"世上最值得珍藏的录取通知书"——网友毫不吝啬地把这个称号给了陕师大的通知书。原来,用毛笔为新生书写录取通知书是陕师大的传统;而上网搜索浙江诸多大学的录取通知书照片,所见皆为工工整整的印刷体。

"作字行文,文以载道,以书焕彩,赋以生机",这手书的通知书,就像不轻易显山露水的佳酿,从叩开的那刻起,就让炽热绵长的浓情,持久地荡漾开去。难怪庞中华一边仔细书写,一边由衷感慨:"陕师大手写通知书做法令人感动,饱蘸浓墨,一笔一画,不仅满含着对学子们的祝福和殷切希望,更是对中国博大精深传统文化的传承和坚守。"

是啊,这是文化传承的双重尊重:尊重文化,并且通过尊重文化来尊重人。毫无疑问,伴随着中文而生的书法,是一种文化底蕴,是世界独有的美的艺术。当年泰国的诗琳通公主在北京大学留学期间,热心学习汉字书法,而且还很环保,练字时舍不得用宣纸,而是写在旧报纸上。我们没有理由不尊重自己的书法,不传承书法艺术、书法文化、书法传统。而用毛笔书写录取通知书,则是对学生最亲切最贴心的尊重。见字如面,见字如晤,见字如握——在数字化时代,这种温暖的文化情感的传递,多么的宝贵。

从"立人"的角度看,大学教育的根本,就是一种人文情怀的培育,实在不必太具功利性;而这种情怀的涵养熏陶,必然是潜移默化的——从手书通知书开始。真正的尊重,一定是有方向性的。相比之下,之前辽宁大学将艺术学院命名为"本山艺术学院",那方向是朝着名人,而且是一个名人,不是朝着学生,这就太缺乏文化底蕴了;好在不久前已将其名改为"辽宁大学艺术学院",这好歹是一个归正行为。学校是不是有深厚的人文情怀人文底蕴,在细节上真是可见一斑。

先哲有言:通常来讲,人类会养育两类子女,一类是"身生子女",一类是"魂生子女"。我们期待所有的大学,都能尊重人,尊重文化,尊重文化的传承,在人文文化的传承中,培养好一个个具有文化灵魂的"魂生子女"!

三位女教授割什么"麦子"？

权力无论大小,行使久了,若是缺乏监督和制衡,那么必然会产生习惯性的腐败或亚腐败。

《四川音乐学院3位女教授被调查,疑涉及艺术专业招生腐败》,这几天,一则有关高校招收艺术生的"腐败"新闻,在网络上持续延烧。2020年6月30日至7月10日期间,四川音乐学院声乐系的3位女教授——杨婉琴、费莉、邓芳丽,先后被纪检监察机关带走调查,疑因涉及该学院声乐专业招生腐败一事。其中,邓芳丽为声乐系副系主任。

这3位女教授,早已不是"三十而已"的岁数;在招生时收受学生家长的"贿赂",已有相当长的一段时间。其中的邓芳丽,不久前调任声乐系副主任,"她原来在美国生活过一段时间,临近招生考试季前,不顾她家人的劝阻,着急回国,说要回去'割麦子'——她将收受学生家长的钱财比喻成一年一季的'割麦子'"。

割麦子也好,割韭菜也罢,无非是借招生收钞票——邓芳丽调至声乐系之后,"每名外省考生涨价了,从18万元涨至25万元"!艺考贿赂冰山,由此揭开一角:川音这3位女教授,赤裸裸地"割麦子"、齐刷刷"割韭菜",如今一刀25万!可见招生腐败已经到了如何嚣张、如何肆无忌惮的地步！

艺考招生收钱，竟然已成习惯。这哪里是录取考生，这就是录取腐败；这哪里是斯文扫地，这简直就是"斯文升天"！

艺术类招生考试，普遍面临的一个难题，就是"主观因素"太大，学生专业成绩的好坏，由评委凭个人主观判断、个人好恶来打分。这种无法避免的"自由裁量权"，如果不加以监督制衡，必然会导致腐败或亚腐败。值得注意的是，3年多前，四川音乐学院的声乐专业中，就已经爆出了招生丑闻——吴李红教授案发，受到司法处置，因为向其行贿的学生家长，对她进行了检举揭发。

始建于1939年的四川音乐学院，是中国内地九大音乐学院之一。这些年来，该学院招生越来越火爆，往往是录取不过3000人，可报考学生超过10万人。竞争越激烈，越是给招生腐败创造绝佳的条件。

与所有的腐败一样，招生腐败当然也带着很强的隐蔽性。有的地方招考艺术生，老师的手段会高明许多，在考试之前设立各种培训班，招收那些想考进该校的学生，进行培训指导，收取几万十几万乃至几十万的高昂培训费——这些培训费成了"敲门砖"，然而看起来倒是非常合情合理合法！但是如果深究，那不是腐败也是亚腐败！

对于这种腐败或亚腐败，我们必须"零容忍"，决不能去"包容"。批判理性主义创始人卡尔·波普尔曾说："无限的包容必将导致包容的消失。如果我们甚至向不包容的人提供无限的包容，如果我们不准备捍卫包容的社会不受不包容者的猛烈攻击，那么包容必将被破坏。"艺术永远比金钱重要，对于围绕着金钱旋转的权力中人，绝无包容宽恕的理由。

现实已一次次警告我们：无论什么权力，如果没有关进笼子，而只是个人关进笼子的话，那是远远不够的！

大学之小

　　"中国研究生教育与学科专业评价"课题显示,我国不断扩大研究生招生规模,部分高校研究生多过本科生。2012 年,武汉大学研究生招生规模 7704 人,比本科多 54 人;华中科技大学招研究生 7652 人,而本科生是 7500 人。北大清华两校研究生的总数已超本科生,其中清华大学本科生与研究生的比例,为"小比大"的 0.61∶1。

　　本来,本科生、硕士生、博士生、博士后,构成一个金字塔层级,如今却有了"倒金字塔"的模样了。

　　从科研的角度,北大老校长蔡元培先生曾说:大学者,研究高深学问者也。当然,蔡元培讲的"研究",主要是学校与教师层面。研究生也好,博士生也好,是研究性的学习,毕竟还是学习之"生"。

　　作为研究生,糟糕的是学也没学好,研究也没研究好,最后连就业也成了问题。研究生的规模越来越大,10 年就翻番了,而与此形成对比的是,近年来硕士生的就业率却连续下降——2009 年至 2011 年连续 3 年甚至低于本科生。这一现象,确实诡异。

　　如今大学的规模大了,校园大了,大楼大了,可是,教育的质量、毕业的学生却差了。这是一个危险的趋势。教育界需要一次好好的反思。

在我看来，一个骨子里的原因是，大学不是"大了"，而是"小了"。大楼很多，大师没有；大匠远去，工匠遍地；尤其是大学和大学生们的精神格局变小了，厚德载物是空话，急功近利成现实。学历高了，水平低了；知识多了，智慧少了。多数人有职业考量，少事业梦想；有职业追求，少事业精神。在办学层面，行政化、势利化、工具化，这可怕的"三化"，很大程度上化掉了大学之"大"。这种趋势，其实在60年前全国高校院系调整之时就已初见端倪。

就在我写此文的头一天，2012年10月20日，清华大学宣布成立人文学院。大礼堂挂出了"水木清华，人文日新"8个大字。撤"人文社会科学学院"，立"人文学院"和"社会科学学院"。人文学院汇聚了文学、历史学、哲学、外国语言文学等基础人文学科，以及国学院等科研机构。大的背景就是：在60年前的高校院系调整中，清华大学被拿掉了人文和理科两大基础学科群，成了所谓"工科强校"。你说这是"大学之大"，还是"大学之小"？

遥想抗战当年，在西南联大"刚毅坚卓"的时刻，清华老校长梅贻琦写下了教育名篇《大学一解》，对于大学教育，对于大学的教育者，他说出了振聋发聩的3个"势不能"："其所以自处之地位，势不能不超越几分现实；其注意之所集中，势不能为一时一地之所限止；其所期望之成就，势不能为若干可以计日而待之近功。"超越几分现实、超越一时一地、超越急功近利，这才是大学之大的根本！

原本人文荟萃的清华大学，后来变成了"工程师的摇篮"，近乎"清华工程学院"，而且"摇篮"也不可能是"大"的。

学校规模扩大，研究生多招，都不能让大学真正变大。要改变"大学之小"，先从回归梅贻琦3个"势不能"开始吧！

开放的教育离不开国际化

城市国际化,一诚动天下。大学国际化,催开此岸花。

2017 年中国大学国际化水平排名发布,浙江大学以唯一的 100 分满分独占鳌头,北大以 97.54 分、上海交大以 93.89 分别列第二、第三位。大学国际化水平的研究样本共有 118 所大学,其中有 115 所是原 985、211 大学;学校间排名的差距是很大的,比如在京的中央美术学院,得 42.03 分,排在远远的 114 位。

大学国际化、教育国际化,这是大势所趋,是改革开放中"开放"的应有之义。大学国际化,涉及国际化理念、师生国际交流、教科研国际交流合作、文化交流与传播、中外合作办学、国际化管理等多方面内容。浙江大学得到 100 分满分,可见在这些方面都走在了前列、立在了潮头。犹记得浙大校长吴朝晖,他是党的十九大代表并当选为中央委员会候补委员,在参加党的十九大前夕,他还在美国率队与哈佛大学等美国名校交流洽谈,签订协议,建立各种具体务实的学术与教育合作关系。大学国际化方面,其他大学需要好好向浙大学习。

2016 年 8 月,在杭州有一项办学合作协议的签署,引起了教育界的关注:一所新的本科院校——"中法航空大学",将落户杭州萧山。合作方涉及法国国立民航大学、长龙航空、浙江旅游职业学院和萧山区政府。这次国际化的合作办学,将整合优势资源,引进法国国立民航大学的教育理念与教育资源,培养具有国际竞争力的航空专业人才。该大学的横空出世,既能助力杭州临空经济示范区发展,又能弥补在杭高等教育之短板。

教育的对外开放,看见的是缤纷多彩的风景。日本提出"高等教育国际化"已近半个世纪,把国际化作为发展高等教育的一大战略任务。经过几十年的发展,日本已成为世界上高等教育国际化程度最高的国家之一。教育理论、管理经验等方面广泛进行国际化交流,图书资料、教学音像制品等则是国际化共享。日本高校还普遍与联合国教科文组织、国际"姊妹学校"等进行交流合作,大量承办国际学术会议,大力发展网络大学。日本学者获得诺贝尔科学奖的不少,这跟"高等教育国际化"有着密切的关联。

教育国际化,有很大的延展性。现在从大学国际化逐步延伸到中学国际化,各地有许多国际学校、国际班级开设出来。然而,教育国际化很重要的是教育理念的国际化,不能只做"谋求分数"的井底之蛙。

开放的教育离不开国际化。各美其美,美人所美,美美与共,打造人类教育共同体,这是大学国际化、教育国际化的前行目标。杭州在加快城市国际化、建设世界名城,经济国际化、电商国际化、环境国际化、文化国际化、会展国际化、旅游国际化、航班国际化等,都是重要和必要的;而与此同时,需要更好地让大学国际化、让教育国际化,需要提高杭州教育走向国际的能力、提高在全球的媒介镜像关注度,需要在这方面有高的规划、大的投入、好的发展。

封闭与开放

　　相对于封闭,是开放;相对于禁止,是放开。封闭有小封闭、大封闭,短封闭、长封闭,老封闭、新封闭;同样,开放有小开放、大开放,短开放、长开放,老开放、新开放。而禁止是封闭的一种,是封闭的具体做法之一;放开是开放的一种,是开放的具体做法之一。

　　在大学里,2002年开学的这些日子有点热闹。先是传出清华大学禁止大一新生购买电脑:校内所有新生的公寓内虽然布置了电脑桌,高速网络端口直通每个学生桌面,但规定新生并不能在宿舍购置电脑。校方的理由是"自购电脑容易沉溺于电脑和网络游戏中荒废学业"。当然,你读到大二就可以了,不禁止了,因为经过一年的大学熏陶有了质变,你不会沉溺于电脑和网络游戏中荒废学业了。"新生禁购电脑",是一种新的短期小封闭。这里封闭了,那里会出来,于是学生们更多会去"蓝极速"之类的网吧。"蓝极速"一把火烧死了那么多人,其中不是有不少大学生吗?

　　但是,也有反其道而行之的,9月10日教师节,东北师范大学给学生"送礼"——学校决定从2002年新学期开始,免费向5000多名新生提供电子邮件服务,每位学生都可以从校园网上领到一个 10 兆的免费邮箱。学校的说法是:"我们已经处于数字化生存的信息时代,相信这一服务能够为您的学习、工作和生活打开方便之门。"一位老师还明确要求他的学生"必须以电子邮件的形式将论文发到我邮箱里,实现'无纸作业'"。给学生赠邮箱,这是一个开放的举措,当然,这也是小开放、新开放,估计时间将是长久的。

封闭与开放、禁止与放开,都是不同的价值取向,当然有不同的价值结果。笔者所在的报社,在今年春节前仍是禁止多数普通编辑记者的电脑上网的,只有主任以上级别或"确有工作需要"的才给开通。许多记者耐不住"寂寞",自己安装软件,连到各自的电话线上,"偷偷上网"——禁是禁不住的。后来全报社所有电脑都"放开"上网了,网络成为每个人的巨大资料库——其实就像报社阅览室一样,对每个人开放。结果是工作方便了,效率提高了,尽管也有人上网聊天玩游戏,但没人"沉溺"其中而"堕落"。

两利相权取其重,两弊相权取其轻。开放与封闭、放开与禁止,利弊孰轻孰重,其实大家都很明白。

如果说短开放、小开放或短封闭、小封闭对人、对社会影响还不算很大的话,那么长开放、大开放或长封闭、大封闭的影响就不可小看了。大学生转系换专业的事,是长期处于禁止、封闭状态的。你要"冲破"这种状态吗?对不起,别说闯红灯,其实前方就是一死胡同,闯过去也没有用。那么,为了自己的真正理想志愿,只有这样绕一个天大的道:肖某是今年湖南省的理科状元,他成了清华大学今年的新生,而他曾于 1999 年考入北京大学,并于 2001 年因转系不成而退学复读,然后重新考大学。偌大一个中国,长期以来多少人才被无声地扼杀在这样的封闭圈里?不知道,也没人知道。因为封闭杀人从来是不见刺刀不见血的。

封闭是一种"封杀",迟早要被放开与开放所打破。已经有好消息传来:新学期开学,兰州大学推出了"2+2"教育模式试验,允许学生在大学的头两年里,学习自己高考时所报专业的基础课和其他公共课,而从第三年开始,可以选择新的专业继续学习。学生在攻读新专业时,直接学习主干课程,不再学习基础课程,毕业后,拿新专业学位证书。"这一试验虽然只在新开办的专业网络新闻方向、旅游文化方向、技术经济方向、草业科学等专业试行,但得到了广大学生的普遍关注与响应。截至目前,已有100名学生经过考核,正式转变了专业方向。"如果说这个"开放"还不够"大",那么,还有一个昭示着更大开放度的事已经有苗头了,那就是大学生的末位淘汰制。日前多家媒体报道:北京大学从本学期开始将实行末位淘汰制,每年约有2%的学生将因考得不好而被淘汰"出局"。我们不必纠缠于"末位"是不是一定"不好"、是不是一定得"淘汰",而是要看到:这是大学"宽进严出"的初露端倪的一个信号! 只有后头的严出,才有前头的宽进,而"宽进"一个大学对社会、对学生来说是最重要的开放!

杂文家严秀先生曾说:"什么是万恶之源?据我多年的观察,我也有个并不感妄图使他人赞同的想法,叫作:封闭是万恶之源。你什么都不被准许知道,你就什么歪理都会相信,什么坏事都可以干得出来……在全封闭下生活,你就必然变成愚昧。"严先生说这是"极而言之",以示自己对封闭的极端厌恶、极端愤懑而已。但是,"封闭制造者"对封闭极端喜欢、极端快慰,被封闭在铁屋中的人,有多少真正站起来呐喊几声?

硕士谁所欲

欲到上海读硕士的报名者,2006年减少了,减幅是6.5%,比上年少了6562人,跌破"十万大关",总共为95045人。这被称为上海"考研热"13年来的首次"降温"。复旦、交大、同济报考人数的跌幅都超过了一成。复旦大学校长王生洪不认为这是受研究生教育收费的影响,"小幅波动完全合理也十分正常"。

这种"小幅震荡"在其他院校也有表现:北大研究生报名虽然第三年超2万人,但今年是刚刚2万人,比上年少了2000多人。而厦大报考人数略有增加,达15600多人,增幅约1%。总体上报考硕士的人数有所减少,这不是什么坏事,但也不会直接涉及研究生招生的本质,"招多少"远比"报多少"重要。

有人称这些年来我国研究生招生为"大跃进",10年走过发达国家几十年的进程,成了研究生教育大国:目前已有100多万名博士和硕士生毕业,在校博士生、硕士生人数也超过100万;截至去年底,全国已有777个单位可以授予硕士学位。高校扩招、就业压力、个人追求,"千军万马读硕士"背后的原因是复杂的。

有学者说:读学士学位,是知道试题答案的老师在教育本科生;读博士学位,是不知道答案的老师给研究生一个指导的方向。显然,硕士是学士和博士之间的桥梁,很重要;问题是,我们研究生培养的质量下降了。按照中国科技大学常务副校长侯建国的说法,就是研究生教育"本科化"的趋势已经出现。2002年以来,国内一些重点大学开始把研究生培养的3年制,缩短为2年。博士是硕士的水平,硕士是学士的水平,而学士则只有大专甚至中专学生的水平,"名不副实",这有点可怕。培养硕士如果只是不停地给他们上课、灌输知识,那差不多要将"硕士研究生"更名为"硕士读书生"了。

要建设创新型国家,就要培养拔尖的创新人才。马丁·路德·金曾说过一番深刻的话:"一个国家的繁荣,不取决于她的国库之殷实,不取决于她的城堡之坚固,也不取决于她的公共设施之华丽;而取决于她的公民的文明素养,即在于人民所受的教育,人民的远见卓识和品格的高下。这才是真正的利害所在,真正的力量所在。"如果我们的高学历教育像"注水牛肉",只是多传授一点知识,而无法提高文明素养、品格卓识以及研究能力,那是很危险的。现实已经告诉我们:有的院校无力让每个学生获得高质量教育,却又不愿放弃学生招得多的好处。那样,"高学历教育"岂非变成"高利益教育"?

硕士谁所欲? 个人所欲是基础,国家所欲是必然,从本质上说,它就是不能成为高校的"所欲"。能做到"又好又多"自然是不错,否则就必须"控数量、重质量"。要是变成"硕士本无意义,读的人多了,也就有了意义",那是会被世人所笑的,我们必须当心落到这步田地。

灵魂与"死魂灵"

　　最终,林森浩被执行死刑。这是 2015 年 12 月 11 日,距离发生于 2013 年 4 月的"复旦大学学生投毒案"已近两年半。曾是一个学医的高才生,沦落到成为投毒者,林森浩又是如何认识自己所犯罪行的呢? 在死刑复核结果出来之前,央视记者对林森浩进行了专访,林森浩说:"简单地讲就是我的层次不够,精神境界不够,觉悟还没到。"

　　因为一点小小的矛盾,就在饮水机里投下原本用于实验的剧毒化学品,将大学室友毒杀,这个层次、这个精神境界、这个觉悟,哪里是"不够"的问题,完全就是一个"负层次"。林森浩说:"那天的事情呢,其实有很多机遇可以阻止它发生的。但是我当时的那种状态,就我个人的这个层次、修养也好,我个人的修身不足也好,我是无法阻止的。"修身如果仅仅是"不足",那也不足以去杀人,然后把自己也送上不归路。

　　回顾案发时的情景,可见高智商带来的"高能行动",以及最终的高破坏力:2013 年 3 月 31 日中午,学医的硕士研究生林森浩,将做实验后剩余并存放在实验室内的剧毒化合物带至寝室,注入饮水机槽。4 月 1 日早上,与他同寝室的硕士研究生黄洋起床后接水喝,饮用后便出现干呕现象,随后因身体不适住进中山医院,但一时查不到病因,最终黄洋因急性肝损伤,在4月16日身亡。

在黄洋被送到中山医院后,正在此见习的林森浩亲自为黄洋做B超检查,还告诉黄洋:没有什么事。之后他还亲自带着水果前去看望黄洋。黄洋的父亲从重庆赶到上海,当晚与林森浩同住一寝室,未发现任何异常。黄爸爸去黄洋寝室拿东西,林森浩还熟练地指给他哪些是黄洋的东西;一次林森浩骑自行车碰见黄爸爸,特意下车询问黄洋有没有好转……而今,央视记者问:"你自己觉得呢? 你做这件事情是什么性质?"林森浩回答:"很恶劣,对,我们事后来看都是知道恶劣。"记者追问:"很恶劣?"林森浩回答:"而且很愚蠢。"没错,他只认识到这只是"恶劣"与"愚蠢"。

何止愚蠢,简直没有灵魂。

人是需要一点灵魂的。没有灵魂,那叫"死魂灵"。一个完全"丧魂"并且"落魄"的人,一个完全不对他人负责、不对自己负责、不对家人负责、不对学校负责、不对社会负责的人,其身上根本就没有"精神器官"。作为一个学医的研究生,林森浩只研究"身体器官",不知道"精神器官"、不研究"精神器官",自己更是不拥有"精神器官"。一个人没有"精神器官",结果必然是没有人文品格,没有精神信仰,没有心灵、灵魂;人,也就不成为"人"了,谈何"层次"。

曾经有报道说:林森浩表示,他的投毒行为只是源于"愚人节"的整人想法,受到"清华投毒案"的"启发";他的人生格言为"是你的终究会是你的,不是你的,强求之后也可以是你的";他还说"出来混,就不要怕死"。他曾在微博上大骂韩寒、罗永浩;他骂木子美"极品肮脏女"……这是一种如何的暴戾之言、暴戾之气!

在刑法意义上,林森浩一案是简单的,这并不是一个复杂的案子,死刑当然是"罪有应得";现在,林森浩终于明白了:死刑"对我来说意味着一个偿债"。但是,林森浩这个人,在社会意义上是复杂的,折射出太多的问题,教育的问题,立人的问题,信仰的问题,灵魂的问题。而这一切,都与人的"精神器官"是否健康紧密相关。

大学生杀人案,并不只林森浩一个案子,除了迄今没有破案的"清华学子朱令被投毒案",此前还有云南大学生化学院的马加爵,仅仅因为打牌发生口角、生日没有邀请他等原因,先后几天连杀4名同学;西安音乐学院的药家鑫,驾车撞人后,连刺伤者8刀致其死亡;广东机电职业技术学院一名大三男生,手持菜刀砍死同宿舍的室友……他们不是你的亲戚,不是你的同胞,不是你的兄弟姐妹,但他们是你的同学甚至是你的室友,多大的仇怨让你"以命相抵"去杀死他们? 这背后,有多少个"为什么"?

有人戏言:"遥想当年读大学,跟室友多少闹过一些矛盾,感谢室友的不杀之恩!"在人类世界,一个人失去信仰是非常可怕的。没有信仰,就没有敬畏;没有信仰,就没有底线;没有信仰,就没有灵魂;没有信仰,就没有人心。我们无法想象,如果遍地是暴戾之气,遍地是欺瞒诈骗,遍地是假冒伪劣,那是何等可怖、可悲、可恶。

如何杜绝出现第二个、第三个林森浩? 如何杜绝出现第二个、第三个药家鑫、马加爵? 这是一个重大而艰巨的命题。我相信,香港中文大学校长沈祖尧先生的"致毕业生辞",能够对我们有深深的教益:

> 今天早上我翻阅了毕业礼的典礼程序。当我见到毕业生名册上你们的名字,我按手其上,低头为你们每一位祷告。
>
> 我祈求你们离校后,都能过着"不负此生"的生活。你们或会问,怎样才算是"不负此生"的生活呢?
>
> 首先,我希望你们能俭朴地生活。在过去的三至五年间,大家完成了大学各项课程,以真才实学和专业知识好好地装备了自己。我肯定大家都能学以致用,前程似锦。但容我提醒各位一句:快乐与金钱和物质的丰盛并无必然关系。一个温馨的家、简单的衣着、健康的饮食,就是乐之所在。漫无止境的追求奢华,远不如俭朴生活那样能带给你幸福和快乐。
>
> 其次,我希望你们能过高尚的生活。我们的社会有很多阴暗面:不公、剥削、诈骗,等等。我吁请大家为了母校的声誉,务必要庄敬自强,公平待人,不可欺辱弱势的人,也不可以做损及他人或自己的事。高尚的生

活是对一己的良知无悔，维护公义，事事均以道德为依归。这样高尚地过活，你们必有所得。

其三，我希望你们能过谦卑的生活。我们要有服务他人的谦卑心怀，时刻不忘为社会、国家以至全人类出力。一个谦卑的人并不固执己见，而是会虚怀若谷地聆听他人的言论。伟大的人物也不整天仰望山巅，他亦会蹲下来为他的弟兄濯足。

假如你拥有高尚的情操，过着俭朴的生活并且存谦卑的心，那么你的生活必会非常充实。你会是个爱家庭、重朋友，而且关心自己健康的人。你不会着意于社会能给你什么，但会十分重视你能为社会出什么力……

在这里，沈祖尧校长告诫毕业了的学子："务必要庄敬自强，公平待人，不可欺辱弱势的人，也不可以做损及他人或自己的事。"这对于香港中文大学来说，不是一时之言，而是长期之行。试想，如果林森浩从大一开始就得到这样崇高品格的熏陶，拥有高尚的情怀情操，至于毒杀自己的室友吗？

学医的林森浩已经告诉我们：仅仅依靠医学，那是医不了灵魂的。信仰、灵魂、情怀，都是重要的"精神器官"，我们需要一场灵魂重建，从小开始，从现在开始。

贰

众生此生，万勿『躺平』

从钟南山到经亨颐:毕业礼上说什么

凤凰花开,毕业又来;骊歌响起,且行且珍惜。

因受疫情影响,2020 年许多高校毕业典礼显得有些特别。议程简化了,讲话变短了,参加的人也减少了,还有的采用了"现场+云端"组合式。6 月 28 日,重庆大学毕业典礼突遇大雨,风雨操场还真是风雨交加,张宗益校长大幅删减致辞,只讲几个标题要点,结果收获 10 万赞!有个要点说"改变":"敢于正视改变,积极应对改变,努力创造改变……弱者,总是习惯否认与逃避;强者,从不畏惧挑战与改变!"

"以毕业之名,赴青春之约。"6 月 29 日,浙江大学吴朝晖校长在 2020 届本科生毕业典礼上激情地说:"回忆往昔,你们自五湖四海而来;再望今朝,大家将赴天南地北而去。但无论何时何地,希望你们都能用情怀、本领和智慧擦亮'浙大人'这个无上光荣的称号。"

"用最初的心,走最远的路。"6 月 28 日,广州医科大学举行毕业礼。中国工程院院士钟南山一出场,便引起全场欢呼。他在致辞中说:"不但对自己有要求,而且还要有追求;不但要有志气,而且还要争气;不但要有热情,还要有激情。"可能遇困难,不能弃信念。钟南山说得很实在:"我经常回想 1971 年 9月,我坐在广州医科大学附属第一医院的门诊室里,天花板上的电扇摇摇欲坠,当时我就想,绝不能满足于现状,要通过自己的努力往前走……"而谈到医生工作时,他说在生命面前,在生与死的时刻,医生的良心最重要!

青春励志,自然是毕业致辞中绕不开的一个主题。1997 年诺贝尔物理学奖得主朱棣文,曾经在哈佛大学毕业礼上忠告年轻人:"生命太短暂,所以不能空手走过,你必须对某样东西倾注你的深情。"从专注到倾注,从热情到深情,人生的成功其实说简单也简单。

大学要对教育负责,要对学生负责,不能只是提供一张毕业证书。教书,不仅仅教知识,还要教智慧;育人,不能只是灌些心灵鸡汤,而要真正从"立人"出发。能够到大学接受优质教育,那是很幸运的;而有的人本来应该也在聆听校长的讲话,却被冒名顶包了,永远失去了这样的机会。

我经常会想起著名教育家经亨颐,1917 年 7 月,他在浙江第一师范学校发表的毕业训辞:"光阴荏苒,诸生自入学至今日,五年如昨。……今日毕业式,不过学校对于社会之交代……教育为根,社会为叶。叶之败,根之耻也。叶之所以败,拔根之咎也……"他毫不客气地反思教育之根本,要根除"根之耻"。

经亨颐最后勉励的话是这样说的:"自今日毕业后之五年,一如在学时之预科为预备期,最为重要,以后为进行期,成功与否,皆于第一期立之基。况当今日险恶之社会,一若栽花,时有暴风暴雨,尚祈格外慎重。勉之勉之!"经亨颐的毕业讲话,是反思加关爱,我觉得这是毕业讲话的最佳构成。

我如果是大学校长,最想对毕业生说的一句话是:"你们如果成为真正优秀的学子了,其实根本不用去想毕业之后如何找工作,而应该想的是:你优秀了,是工作来找你,而不是你找工作!"

西南联大:教育史上的奇迹

"联大以刚毅坚卓为校训,在极端艰难困苦中弦歌不辍,大师辈出,赓续了我们民族的文化血脉。"2017 年 1 月 24 日,李克强总理在参观昆明西南联大旧址时说,"这不仅是中国教育史上的奇迹,也是世界教育史上的奇迹。"他对寒假仍留校、闻讯赶来的学生们说:当年是"物质上得不了,精神上了不得";希望你们在这里汲取前辈们的精神养分,传承刚毅坚卓的文化品格,将西南联大的精神发扬光大。

2017 年是西南联大创立 80 周年;1937 年 11 月 1 日,在岳麓山下,由国立北京大学、国立清华大学、私立南开大学组成的国立长沙临时大学正式上课,这一天被定为国立西南联合大学的校庆日。开学一个月后,日军沿长江一线步步紧逼,危及衡山湘水,师生们于次年初撤迁入滇,遂更名为国立西南联合大学。西南联大,是抗战时期的特殊产物,它真正创造了"世界教育史上的奇迹"。

2016 年 12 月 10 日,"浙江西湖高等研究院"在杭州正式成立,它是筹备中的"西湖大学"的前身和主体,而"西湖大学"被冀望建设成民办版"西南联大"。全国政协副主席韩启德在致辞中明确地说,浙江西湖高等研究院将是"新时代的中国西南联大"。而西湖高等研究院首任院长、清华大学教授施一公在致辞中说得很具体：“这是我国历史上第一所民办的、含理工生医等多个研究方向的小型、综合性、剑指世界一流的高等研究院。”民办版“西南联大”、剑指世界一流，这正是没有忘记西南联大、没有忘记“世界教育史上的奇迹”的一个象征。以西南联大为标杆，努力创造世界教育史上的新奇迹，这样的追求在当今尤为可贵。

“西湖大学”与“西南联大”的联结，当然不因西湖与滇池之美，而因内在精神品格跨越时空的相通。西南联大的校训是“刚毅坚卓”，这与“杭铁头”精神，恰恰是相得益彰的。刚毅坚卓，当然是指人的精神品格上的培养，要追求不同于平常人的卓越，绝非顽固保守。西南联大那一代知识分子，都经受了抗战的考验，民族危亡，匹夫有责，有时甚至连饭都吃不饱，但因着刚毅与坚卓，人的骨气表现得淋漓尽致。

正因如此，西南联大的师生，绝不是一个模子里压出来的“标准品”。于师而言，联大的“怪咖”可不少，他们思想活跃，观点层出，观念迭代，表现非常，表达深刻。当年联大有一位历史教授叫皮名举，他说过这样一句话：“不读中国历史不知道中国的伟大，不读西洋历史不知道中国的落后。”可见眼界之开阔。于生而言，每个人都像一粒种子，师之教育，恰是“因材施种”，配合每一粒种子的个性来施行的。在那么艰难的抗战岁月里，西南联大挥写出中国近代科教史上最奇迹的一笔，培养了一批大师，产生了包括杨振宁、李政道两位诺奖得主，以及邓稼先、郭永怀、朱光亚、王希季、陈芳允、屠守锷等“两弹一星”元勋在内的一批科技精英，取得了科学研究上的一系列突破。这就是真正的“大道向前，大师辈出”。

抗战时期，军费开支无疑是第一位的，而第二位的正是教育经费；那种全心全意办教育的理想、精神和理念，绝对不会过时。“入门须正，立意要高”，西南联大是办学的典范，包括“西湖大学”在内，今天的大学都应该好好学习。

读研渐成"必选项"

考研火热,读研热火。2月21日,多地开通2022年度考研初试成绩查询通道。从初试成绩看,400多分"大神"扎堆,引发了一番"喧哗与骚动"。

近年来,考研报名人数逐年攀升,考研热持续升温,本科毕业选择攻读硕士研究生的人数,每年都在刷新纪录。2022年,全国考研报名人数达到457万,比2021年增长80万,增幅高达21%。

有大学老师说,"大概5年前,班里约50%的人表示要考研。而现在,考研意愿在大一新生中比例高达80%。即使到了大四,也有超70%的学生在备考。"本科教学重通识,硕博教育重研学。多年来,许多大学也在扩招研究生,现在不少大学在校研究生数已经超过了本科生。

随着教育的发展,读研渐成必须的选择,过去硕士研究生是向高端人才靠的,现在越来越向普通人才靠近,几乎成为本科生的延伸。不是硕士,找个好工作的难度要大很多。

2022年,全国高校毕业生预计1076万人,年度人数首次超过千万人。这么多学子毕业走向社会,就业压力无疑很大。国家层面,将实施创业带动就业示范行动;个人来看,学历高者更具就业优势。

新近在杭州有一份拟录用中学教师名单引发关注,186 人中有 162 名硕士、4 名博士,有的硕士毕业于斯坦福、哥伦比亚大学等世界名校——其实这将越来越成为常态。人才供求是市场化平衡的结果,高学历人才成为中学教师,并不是别人强迫的,是人才市场的选择。

至于"高段位"的硕士博士能否当好中学老师,那当然也是因人而异的。有的虽然是名校毕业,却不太懂得如何"向下"教好学生,教学水平不能与学历成正比;而北大学士、清华硕士出身的李永乐,到中学担任物理教师,课讲得非常好。一直在基础教育第一线的教育家于漪老师说教师"一个肩膀挑着学生的现在,一个肩膀挑着国家的未来";如果有更多的硕士博士毕业后成为这样的"双肩挑"教师,那当然是好事。

热爱学习,喜欢读研,这是人生乐事。教育成才,有着"渐成原则",个体生命的发展过程,既有阶段性,又有连续性,教育学习尤其如此。诺贝尔和平奖获得者纳尔逊·曼德拉曾说:"教育是最强有力的武器,你能用它来改变世界。"这里的"改变世界"当然没有错,但首先要"改变自己"。就算读研毕业不再读博而是参加工作了,今后还要继续学习,让"连续性"不中断。

每个人都需要毕生的学习成长,不要说在校学习期间不可"躺平",其实毕生都不能"躺平"。"躺赢"的事几乎是没有的,然而"躺平"的世界一直在试图改变众人。韩国电影《熔炉》结束语中有这样一句名言:"我们一路奋战不是为了改变世界,而是为了不被世界改变。"这很有启示意义。教育要培养学子"努力做一个不受人惑的人",可是,"躺平"却有很大的诱惑力。"躺平"了就是"逸","逸"的反面则是"劳","逸"惯了就变成了"好逸恶劳"。所以,一旦被改变成"躺下""躺平"了,学习教育的连续性必然也就中断了,这是需要警惕的。

在读研渐成"必选项"的时代,作为家长,务必支持、鼓励孩子继续求学——通过读研读博,人生要走出"历史三峡"!

从"骊歌"到"骊声"

又到"凤凰花开,骊歌响起"的毕业季。大学毕业,人生即从"开花"阶段到"结实"阶段了。许多高校的"毕业致辞""出圈",成为热搜。

河南大学程民生、海南大学刘复生、中国政法大学何兵、浙江工商大学校长郁建兴、复旦大学张文宏等的致辞,都是金句迭出,引发热议。

程民生教授寄语2021届本科毕业生的演讲,最为生动,而且深刻。他希望各位毕业的青年才俊"只管满怀豪情地出发":"走出校门,海阔天空,有千千万万的门等你……就业、创业是一个新世界,很有挑战性。当然也很累,累了可以躺平歇会,可不敢一直躺平啊! 躺得了初一,躺不到十五!""躺得了初一,躺不到十五",这话说到了多少人的心坎上!"躺平"是多么奢侈的一件事:"躺平"的资格,可是多少奋斗的岁月才能够换来的?

"士者,国之重器!"程民生教授说,"大学毕业,您就不是平民了。因为戴上学士帽,您就是士人了,就是知识分子了。"真正的知识分子,其实应该是"智识分子",要有人文情怀,要有畏惧心,要有羞耻感,要有良知,要有天下情怀——能够承担社会的责任和痛苦,有独立思考能力。

如果说《毕业歌》是"骊歌",那么毕业致辞可以称为"骊声"。骊歌是离别时唱的歌,李叔同的《送别》是著名的骊歌:"长亭外,古道边,芳草碧连天。问君此去几时还,来时莫徘徊……"好的"骊声"是"丽声"是"美声",思想层面言之有识,表达层面言之有文。程民生教授的毕业致辞,就是最为典范的,其用意可谓"用心良苦";在他看来,毕业生们读过4年本科,刚刚有点知道"天高地厚",最需要"给他们以鼓励,给他们以引导,给他们以希望"!

　　海南大学人文传播学院院长刘复生教授,则以"去吧,成为张无忌"一语相赠。张无忌是金庸武侠小说《倚天屠龙记》的男主角,成为张无忌,不仅要仁,还要有力量,就是要"做个有力量的仁者",就是要"长啸深谷,振衣高冈,目送飞鸿,濯足长流;理解社会,改变世界……"年轻人如果都"躺平"了,那绝对不可能成为一个"有力量的仁者"。

　　中国政法大学何兵教授回母校巢湖学院致辞,关键语句就是"躺平之后站起来"。他希望年轻学子"拥抱平凡",而不是"接受平凡";所以他以诗言志:"当年伤心高卧处,一样花儿与少年。初生牛犊胆莫怯,躺平之后更向前。"

　　6月17日,浙江工商大学毕业典礼上,校长郁建兴在致辞中也是金句频出,风趣幽默而不失深刻,现场掌声不断。"我送你们三个码,作为毕业礼物。第一,雄鹰腾空,一往无前,带好自立这个'出校码'。……第二,天南地北,无问西东,开通精英这个'验证码'。……第三,胸怀天下,心系苍生,护好良心这个'免检码'。"他引用吴孟超院士的一句话说:"这世界上不缺乏专家,不缺乏权威,缺乏的是一个人,一个肯把自己给出去的人。""一个肯把自己给出去的人,这就是当代中国精英的'验证码'。"高等教育如何才能真正"高等"起来?郁建兴期待的是,高等教育要赋予学生独立精神、精英意识和良心品质。

　　复旦大学的张文宏教授,前往上海纽约大学发表全英文毕业致辞,他告诉大学生们,世界充满不确定性,但"相信人类的未来取决于世界上的年轻人是否最终能够走在一起","历史上,全球性感染病的预防和控制需要全世界的通力合作"。"合作"这个关键词,无论在疫情时代还是后疫情时代,都是无可辩驳的,因为无论哪个国家,都不是也不可能是一座"孤岛"。从更漫长的人类发展历史看,其规律早已清晰地告诉人们:战争,毁灭人类;斗争,没有让人类获得多少进步;竞争,是人类发展的必然形态;而合作,则是人类进步的最大阶梯。

年轻人,需要"真奋斗",不要"伪躺平"!"伪躺平"只是"麻醉剂","真奋斗"才是最美好的"骊歌"与"骊声"!

派往明天的留学生

【篇一】从负笈 30 年看留学服务

这是 2008 年。30 年前的 6 月 23 日,邓小平作出扩大增派出国留学人员的指示,中国留学史掀开了新的一页。邓小平当时谈到派遣留学生问题时坚定地指出:要成千成万地派,不是只派十个八个。伴随着改革开放的 30 年里,121 万中国学子负笈求学,遍布 100 多个国家,归国人员约 32 万人。

这场中国有史以来最大的"留学潮",为中国发展提供了重要的智力支持,推动着中国经济以前所未有的广度和深度,与全球经济全面交融。30 年来出国留学规模扩大了 168 倍,从公派留学、精英留学逐渐过渡到了全民留学、自主留学,自费出国已占 90% 以上。全民留学、自主留学催生了规模庞大的"留学经济",市场经济是其主流,然而喜中有忧。

"留学经济"主体部分分两块:留学培训和留学中介服务。滥觞于留学培训的"新东方"学校,多年来之所以这么火,背后就有着强有力的利益机制在驱动;作为新东方教育集团董事长的俞敏洪,成了"世界上最有钱的教师"。很多大学都办起了出国留学培训的服务机构。与正规的出国留学培训不同,一些非法机构创办了"克莱登大学"。早期的留学中介由于无人监管,中介市场比较混乱，一些无良中介甚至邀请国外的"野鸡学校"来国内开讲座、招生，提供各种造假"服务"，不少家长上当受骗，致使不少学生进入"野鸡学校"就读，证书、文凭倒不难获得，但这些"文凭工厂"生产的文凭往往不会被社会承认。

自费出国留学刺激了留学中介的发展，留学中介的膨胀又促进了更多的自费出国留学。如今我国经过教育主管部门批准的留学中介机构有近400个，最近几年的自费出国留学生中，60%以上的留学生通过留学中介办理出国。在早期，由于信息不对称，许多中介机构都获得超出预期的利益回报；如今由于信息爆炸，留学中介服务价格开始下滑，暴利逐渐变为微利。有的已开始打出"零中介""免费服务"的旗号，但在服务后期会阶段性收费，或作为国外高校的代理拿国外佣金。天下其实没有免费的午餐。

教育部在2003年左右，设立了教育涉外监管处，在网上公布境外有合法资质的院校名单，发布留学预警信息。迄今已在网上分三期公布了33个国家超过1.5万所院校名单；也向公众发布留学预警信息，涉及15个国家。政府的监管，很大程度上净化了自费出国留学服务的市场环境，促进了合法留学中介的健康发展，保障了自费留学生的合法权益——从这个意义上说，政府的职能部门做了自己该做的事。尽管如此，网络和黑中介依然会对合法留学中介机构的发展造成冲击，这是需要当心的。

要想解决各种留学问题，需要"一揽子计划"，首先就得有一部《留学促进法》，以进一步规范各种留学行动和相关服务行为，从而促进整个国家留学事业的健康化发展，更好地为进一步改革开放"输血"。我国各部门先后出台了400多份法规文件，比如《自费出国留学中介服务管理规定》《高等学校接受外国留学生管理规定》《关于鼓励海外留学人员以多种形式为国服务的若干意见》，等等；还有许多具体事务性的文件，比如《最高人民法院关于中国留学生在留学期间如何在人民法院进行离婚诉讼问题的函》《外国留学生办理海关手续须知》，等等；可是，尚缺一部完善的、统帅性的留学法律。出国留学是接触全球、融入世界的必由之路，而国家法律则是规范留学服务、促进留学发展的必需之基。

【篇二】派往明天的留学生

2008 年,距离 1978 年改革开放 30 年。1978 年,中国开始了改革开放的万里征程。

更早一年的 1977 年,中国恢复了高考,这个关系到几亿人前途命运的大事件,先于真理标准大讨论,先于否定"两个凡是",是中国拨乱反正的历史先声。而从 1978 年开始,与改革开放同步,中国派出了公费的留学生——这一年的 12 月 26 日,邓小平决定恢复向美国派出首批 52 名留学生;以此为肇始,到 2008 年,地球环绕太阳 30 圈,中国恢复公派留学走过了 30 周年的历程。

在我看来,本是空间意义上的向国外派遣留学生,在时间意义上则属于"派往明天"——派出留学生,与其说是派往遥远的大洋彼岸,不如说是派往自己祖国的明天。留学,是古老而伟大的中国走向世界、融入世界的有效途径。

留学的开放,开放的留学。恢复公派留学 30 周年,是中国改革开放 30 年的有机组成部分,是百年留学潮中的一个大潮、一次高潮。我手头有 4 卷本的《中国百年留学精英传》,这里有着从容闳、詹天佑到邓稼先、陈章良等百年留学精英的传略。中国第一位留学生容闳,与早期幼童留美的渊源,已经成为中国百年留学之佳话。百年来的中国留学生,为了中华民族之崛起,远赴异国他乡,筚路蓝缕,饱尝人生困苦与磨难,寻求祖国崛起腾飞之道。这些早期的中国留学生,后来有许多成了东方古老大国的栋梁之材。

闭关锁国与改革开放,是两类完全不同的价值选择。如果没有改革开放,"出国留学"必然只是一个梦。留学是开放的象征,开放是留学的前提。大学是知识共同体,对于全世界来说都是这样,而知识无国界,谁学到手谁就有可能成为"非一般的人"。

出国留学,一个基础要求是掌握外语,特别是英语。1981 年,受英国广播公司派遣,凯瑟琳·弗劳尔来到中国,她给自己取了一个中文名叫花克琳,她很快就成了当时中国最知名的外国人。她成为中央电视台英语口语教学片《跟我学》的女主持人。《跟我学》成了当时中国人见识"外面的世界"的窗口；大量民众开始学习英语，《跟我学》掀起了"英语风暴"，观众曾多达一千万。尽管刚开始时还没有"托福""雅思"，民众学习英语也并不只是为了出国留学，可那股热情至今令人感动与唏嘘。

开放留学，是中国30年改革开放的一条重要支流。当初决定恢复高考、决定恢复留学，对于改革开放的总设计师邓小平来说，都属于"举重若轻"，这是一种卓识远见。难以想象，如果没有开放的留学政策，如果没有这些留学人才，中国30年的改革开放会是什么样子。

留学给中国带来"硬实力"的同时，更带来"软实力"。30年来，我国各类出国留学生总数逾百万，近四分之一学成归国。我们无法算清具体的某个人对改革开放30年的贡献有多少，但是，留学归来人士的重要性是不言而喻的。有资料表明，目前在中国1700所大学中，60%以上的校长由留学归国人士担任；仅北京中关村，就有3000多家归国留学人员创办的企业，从事着高新产品的设计和制造；在许多高新产业的领域，"海龟"就是"领头羊"。

早期出去的留学生，大多是为了学习科学、学习工程，而改革开放之初的中国，最缺少的确实是实用型的工程人才；稍晚有了一些学管理的、学经济的，到后来逐步发展，有了学习人文、学习法律、学习社会科学的。简单地看，留学人才一开始带回来了"经济软实力"，而后逐步带回了"文化软实力"。

一个国家的软实力，关乎思想观念、体制制度、文化文明。汲他人善治之意，穷社会繁荣之理，究法治运行之妙，问国富民强之道……留学西方发达国家30年，给中国带来的是实质性的国际经验与视野，是一股推动中国进步的重要力量；无论是学成归来的，抑或是人未归却传回思想观念的，都对当代中国的发展和建设有着深刻的影响。海归不仅给祖国带来人才，而且带来观念；不仅带来技术，而且带来文化；不仅促进了开放改革，而且影响了新的价值观在中国的逐步生成。

当然，有一个遗憾是，尚未归来的毕竟是大头。有人戏称北大为"留美预备班"，北大物理系约有 90% 的毕业生出国去了，"优秀学生流失"成了现实。在美国，每年能进入前 30 名顶级大学的中国留学生，数量基本保持在两三千人左右。从全球眼光来看，他们是在为人类而努力、为世界做贡献；对中国而言毕竟是一种损失，即使是暂时的损失。

新中国成立初期一心归国的留学精英，其思想境界往往是极高的，他们通常会说："回国不需要理由，不回国才需要理由；学成回国是每个海外学子应该做的，学成不回国才应该问个为什么。"如今出去多、回来少的情形，相信随着中国经济社会的发展会有很大的改变。

留学从公派到自费，从精英教育逐渐转向大众教育，是必然趋势。百年来，中国已掀起多次留学潮，每一次都有着独特的历史机缘和社会背景，给国家的发展和个人命运的变迁带来深刻影响。

在如今的留学潮中，由于从 1981 年开始百姓可以自费出国留学，所以真正掀起了出国留学的大潮。我国对出国留学的工作方针是支持留学、鼓励回国、来去自由。中国留学生的足迹已遍布全球 109 个国家，这是空前的。就像中国的私家车逐渐增多一样，随着经济社会的发展，自费留学者成为出国留学人员的主体。早期较多的是出去读大学，如今中小学生出国读书的也越来越多了。许多高中生是"脚踏两条船"——高考与留学，就看哪条船"舒服"。

留学从精英教育转为大众教育的特点已越来越鲜明。从教育和社会的关系看，是大学改变社会，而不是社会改变大学；但对于留学来讲，恰是留学改变社会，社会也在改变留学。这是一种相互深刻影响的巨大改变。

留学应该成为个人人生中的钻石级经历。对老师和学校来讲，应是得天下英才而教之；对留学生来讲，若是得天下名校而读之，那当然是人生的一种美好状态。凤凰卫视的主持人曾子墨，在北京读高三时保送中国人民大学，之后以托福 660 的高分被美国"常青藤盟校"——达特茅斯学院录取，对方提供了不菲的奖学金；毕业后曾子墨加入了国际性金融服务公司摩根士丹利，后转行到凤凰卫视担任主播，成为名嘴。她在自传书《墨迹》中，愉悦地讲述了那"留在生命和记忆中"的"钻石级经历"。

当然，留学并不能够让每个出去的人都能成材。我们也要清醒地认识到，留学海外并不是人生教育的"救世主"。英国驻华大使馆的高级签证官曾披露过这样一件事：一个中国孩子面签时说，"我不想去英国，也不想去留学，可我爸妈偏要我去。签证官，求您把我拒签了吧"。家长们用心良苦想送孩子出国，却与孩子的意愿南辕北辙。有的家长把孩子送到英国留学，而孩子不过是打了3年电子游戏。

　　如何理性地对待出国留学的问题，摆在许多家长面前。尽管留学最好能够成为人生的"钻石级经历"，但现在自费出国留学已变得越来越"大众"，我们是应该拥有一颗"平常心"了。重要的是，出国之前就应该有一个合乎个人特点的职业规划，哪怕是初步的规划也比没有规划好。当大家拥挤于美国、英国、加拿大门前的时候，有的准留学生推开了另一扇窗——到小语种国家留学；美国著名大学很多，许多留学生已经不再注重大学的排名，而是选择最适合自己的学校和专业，避免进入各种为"名"所累的误区。

　　但现实中，还是有不少留学生盲目地随大流，在出国留学前并没有明确的目标和规划；家长也只是以为"出去总是好的"。由于不顾客观实际，仅仅为"镀金"而去，所以留学生从国外回来后就业并不理想。计划不如变化快，"海龟"成"海带"——长时间待业。留学的盲目性，正是导致"海带"的一个重要原因。"海龟"成"海带"的比例并不小，曾有统计表明：35%以上的"海归"存在就业困难。月薪只有2500元的工作，居然引得三个"海归"硕士争相竞聘，所以有人调侃说："对于某些专业而言，去美国留学和去埃塞俄比亚留学没啥两样。"如今，归国留学人员的"别号"，已从"海龟""海带"延伸至"海藻"（一直找不到合适工作的人）、"海草"（因学术学历背景不高、难以找到好工作），等等。本来是"派往明天的留学生"，有一些却简直是派往"海底"了。

　　还有一些学子只完成了表面上的留学，而没有完成"精神上的留学"。只是为读书而读书的留学生涯，是不可能成为人生的"钻石级经历"的。有位女孩自费出国学习英语，回国后一家著名的民营学校请她去任教，她说这样的学校不正统。只是学到了技术上的东西，而未能学到正确的价值观和现代西方文化的精髓,这就是没有完成精神文化层面的留学,这大概只能算是"石头级"的留学经历。

出去留学的过程能否成为人生的"钻石级经历",这有赖于个人的选择;而归国历程能否变成"钻石级",则与人文环境和制度环境有很大关系。许多在国外获得稳定工作的华人高级人才选择观望等待,有相当现实的顾虑。

广义的留学必然是双向的:既要派出去,又要接进来。在全球化时代,开放的中国需要敞开更宽阔的胸怀。随着出国留学人员越来越多,来华留学的人数也在逐年攀升,呈现了加速度的态势:1991 年全国外国留学生总人数为 1.1 万人,2000 年增加到 2 万人,到了 2005 年增加到 14 万人,2006 年来华留学生人数超过了 16 万人,2007 年已突破 19 万。我国政府为来华留学生提供的奖学金数量,也在逐步增多。

为来华留学生提供良好的学习生活条件,是重要的。清晰地记得,在改革开放后不久,我的一位法国亲戚到大陆留学,没待多长时间就"回头"了,转而去台湾留学了。缘由说简单也简单,就是那时留学生的居住条件太差,许多人拥挤在一间集体宿舍里。

对外开放的派遣与接纳留学生政策,是我国改革开放的切实举措之一。从 1978 年到现在,中国的改革开放成了促进世界发展变化的主要推动力——这其中,来来往往的留学生功不可没。

今天,互联世界越来越"平",地球也越来越成为一个"村",在这个"村"里,需要越来越多的留学生。美国哈佛大学校长、历史学家德鲁·福斯特在就职演讲中说:一所大学的精神所在,是它要特别对历史和未来负责。同样,派往明天的留学生越来越多、越来越好,也是一个国家一个民族对历史和未来的负责。

【篇三】无愧于"派往明天的留学生"

昔有方鸿渐,今有假材料、假成绩、假文凭。2008 年 11 月 12 日,英国纽卡斯尔大学宣布开除 50 名涉嫌伪造留学申请文件的中国籍学生,其中包括 33 名攻读硕士和 17 名攻读本科的学生,他们大部分在 9 月入学。

这事在国内引起的反响是强烈的。许多深谙留学"潜规则"的人,披露了更多的相关信息。不能不承认,出国留学大抵有两极分化的情形:一类是真正的留学生,以刻苦求学为主旨,过的是纯粹的生活;另一类主要是高官或富豪的子弟,"出去"是方式,"留学"是名声,"回来"可忽悠。所以,留学生中学得好的,从本科到硕士到博士,学成了人才;而那些混日子的,几年下来,变成了"留学垃圾"。

"留学垃圾"并不是一个新鲜的名词。从 2003 年起,我国媒体就开始陆续报道中国留学生在国外的"垃圾行径",提出了"留学垃圾"这一概念。日前中央电视台的《我们》栏目,分两期谈高中阶段的出国留学问题,其中就提到了"留学垃圾";4 年前央视的《新闻会客厅》栏目,也专门探讨了"留学垃圾"带来的警示;更有多本关于"留学垃圾"的书已出版。我的 4 个弟弟妹妹都旅居欧洲,大弟在意大利经商开超市,他的临时雇工中,就有一些是来自中国的留学生;他曾与我说起过中国留学生的不同情形:潜心学习的与混日子的,两者泾渭分明。

在我看来,出国留学生的两极分化,是留学潮中必然出现的情形,对此既要留心,也不必过虑。留学无非是一种"人才产品"的培育模式,既有成功的,也必然会有不成功的,我们应该看到的是主流。出国留学出现两极分化,其实并不可怕。

我国 1978 年开始公派留学生,1981 年开始则可以自费出国留学。30 年留学史,伴随着改革开放 30 年。这 30 年来,争议其实就没有停止过,其阶段性是很清晰的:20 世纪 80 年代,争议的是该不该大学毕业后出国去读硕士;90 年代,争议的是该不该出去读大学;到了新世纪,争议的是高中阶段该不该送孩子出去留学……这一历史流变,就是时代的变化、时代的发展、时代的进步。

在很大程度上,如今的出国留学是在躲避中国的应试教育。但躲避当今中国教育的,也不能到了国外就"虚伪应对"。诚实是优良品质,在教育领域尤其如此。那些作假去留学而被退回的，可谓吃了"眼前亏"，但这怪不得别人。

我曾把"派往国外的留学生"比喻成"派往明天的留学生"。鼓励出国留学，应该是大方向。毕竟，现在已不是清朝留美幼童的年代。

【篇四】鱼和熊掌

在遥远的 1909 年，当利用美国退还的"庚子赔款"，选拔第一批 100 名赴美留学生的时候，青年学生梅贻琦参加了考试。发榜之时，参加留学选拔的学子们，都焦急地去看榜单。这时，有一位"不慌不忙、不喜不忧的"，也在那儿看榜，他那种从容不迫的态度，让人觉察不出他是否考取。后来，同学们在赴美的邮轮上再次看见了他——他就是梅贻琦，他当然考取了；他在美国学成归国后，于 1915 年回到清华任教，再后来，他成为清华大学的校长，把一所留美预备学校，铸造成与北大齐名的大学。

教育的开放，教育要面向现代化，面向世界，面向未来，自派出留学生开始。对于去国外留学的留学生们，是"派往明天的留学生"。

从宏观层面看，出国留学的学子越来越多，这是一个大趋势，这样的趋势可不是为人们的意志所转移的。而且，出国留学的学生，年龄也越来越小；小学就出去的，已经有很多。

情况相对复杂的，是高中阶段出去留学的学生们。有一位名叫蒋子涵的女生，就读于一个省级重点高中，平常成绩很不错，只因"人家的孩子都出国了"，2012 年，她在家长的安排下，悄悄地准备美国大学的录取考试 SAT；同时，她和父母都不想放弃中国的高考，所以"两手抓"——问题是，"两手抓"不一定"两手硬"，高考的重压本身已经压得学生喘不过气来了，美国的 SAT 考试又是一个外加的巨大压力和负担。这鱼和熊掌，能够兼得否？

事情并不简单，"多一个选择"，往往变成"两个鸡肋"。因为精力分散，蒋子涵只被美国一所不入流的大学录取；而她带着这样的"失落"，去冲刺高考，结果不尽如人意——因为她为了准备"美国的高考"，对"中国的高考"已经开始疏离;平常剧烈下滑的成绩、老师的"另眼相看",确实会让她体会到双重压力。而且,像蒋子涵这样的孩子,很可能会受到焦虑症的侵袭……好在蒋子涵受到了正确的心理疏导,带着老师们的关心,她走进了高考考场,最终顺利考入了北京一所重点大学。

在"鱼"和"熊掌"之间,蒋子涵放弃了一个,获得了另一个,目前看来,这是更为适合她的一个相对较好的结果。毕竟,在今天,像梅贻琦那样淡定的人,确实不多。

在梅贻琦那个时代,出国留学是很单纯的,就是"出国""求学";在今天,我们要承认事情变得复杂了,出国、出境求学,已经从"精英化"变为"大众化"。既然"事关大众",那么,让我们大众一起,用心来对待,那才是"人生求学""求学人生"的上策……

【篇五】开放留学的双向引力

2018 年 12 月 22 日,"中国改革开放海归 40 年 40 人"榜单发布,致敬改革开放 40 年来的海归代表人物。龙永图、万钢、陈竺、易纲、白春礼、钱颖一、陈十一、施一公、朱民、高西庆、田溯宁、李开复、张朝阳、徐小平、吕思清等杰出留学人员入选榜单,涵盖了政界、科研、教育、商界、金融、投资、信息、公益、文艺、体育等领域。

榜单由全球化智库等单位联合发布。发布者如是有言:

> 本次榜单中的中国留学人员的杰出代表,是所属行业与领域的奠基者与领军人。他们填补国内学术空白,实现领先世界的科研突破;他们改革与创新教育机制,提升中国国际学术地位;他们开创与引领中国创业大潮,塑造新的创业文化;他们连接中国与世界,推动中国企业国际化进程;他们执掌国际组织,推动中国参与全球治理,提升中国国际话语权;他们积极参政议政,建言献策,为国家社会的全面发展做出了突出成就。

......

比如这两位大学校长：

西湖大学首任校长施一公，是美国约翰斯·霍普金斯大学医学院分子生物物理博士。他是全球知名结构生物学家，年仅 36 岁就破解致癌原因的谜题，成为"鄂文西格青年研究家奖"设立以来首位华裔科学家；他也是首位获爱明诺夫奖的中国科学家，在"细胞凋亡"方面的研究成果，为开发新型抗癌、预防阿尔兹海默病的药物提供了重要线索。他归国后成为清华大学副校长、中国科学院院士。他牵头创办中国第一所私立研究型大学——西湖大学，遵循"高起点、小而精、研究型"的办学定位，全力推动中国高等教育领域的改革创新。

南方科技大学校长陈十一，1987 年北京大学博士毕业后赴美国留学，1999年至 2005 年在美国霍普金斯大学机械系任讲席教授、系主任。作为国际计算流体力学领域的领军人物，如今成为国内高等教育的改革家。

回首 40 年改革开放，恢复高考的改革是至关重要的改革，派出留学生的开放是至关重要的开放。一阳来复，刚刚打开国门之际，就派出留学生，还真是"脚步尚未到达的地方，让眼光先到"，由此人才辈出。

留学不仅学到知识，更能提高智慧，开阔眼界。比如龙永图，曾留学英国，归国后曾任国家外经贸部副部长、博鳌亚洲论坛秘书长；他是中国复关及入世谈判的首席谈判代表，帮助我国推开了世贸之门，使我国对外开放上了一个新台阶。当经济全球化遇到波折时，他再次站在中国经济全球化问题的前沿，表达了与时俱进的全球化观点，关注中国企业"走出去"、国际化人才培养，等等。

开放留学，就意味着可以自由出去，也可以自由回来；开放留学，具有双向引力：发达国家发达的教育，对留学生具有强大的吸引力；随着国内改革的深化、经济的发展，对学成人员则有着越来越大的磁吸效应。一个地方的开放度，与海归的多少成正比。

当然，40 年改革开放以来，杰出的海归人士远远不止这 40 位。榜单之外，同样有许许多多为改革开放事业做出贡献的优秀人士。比如牛津大学博士毕业的张维迎，是北京大学国家发展研究院的联合创始人，曾任北京大学光华管理学院院长，是著名的经济学家，特别关注国家经济改革和社会发展，曾当选2002年CCTV"中国经济年度人物"。当代中国杰出的经济学家、经济学界的泰斗、被誉为"中国经济学界良心"的吴敬琏，1930年生人，20世纪50年代初他入学的是金陵大学，也曾在改革开放初期的1983年至1984年，赴美国耶鲁大学进行调查研究，丰富了自己的学识。

千秋基业，人才为本。人是竞争力，人才是第一竞争力。要实施人才强国战略，就要确立人才引领发展的战略地位。要完善人才培养机制，就要重视留学生的培养机制；要创新人才流动机制，就要重视海归人员的流动机制；要改进人才评价机制，就要重视对海归人才的评价；要健全人才激励机制，更不能忘记海归人员。人才的引进，要更加积极、更加开放，要大力提高海外人才净流入率，这样才能真正做到"聚天下英才"，从而助推改革开放的大业从胜利走向胜利。

【篇六】准留学与亚腐败

2012年12月9日，新华社的"新华视点"发出了一篇报道，标题是《有多少孩子被忽悠？——揭开部分高中"国际班"的美丽盖头》。近年来，高中办"国际班"，确实是越来越火爆了。英语教学，收费昂贵；家长学生，趋之若鹜。在北京，有个高中今年开办"国际班"，一个学生一年要缴纳显性费用近13.7万元；在上海，有的高中国际部能够容纳20多个班级近500名学生，仍然供不应求。

教育要面向世界、面向未来，开放地、合作地办学，本是个趋势。越来越多的学生出国留学，而且留学越来越低龄化，那么在高中阶段先在国内进行"准留学"，先就读"国际班"，这不是不可以。真正优质的中外合作教育，基本上可谓"全外教、全外语"教学，采用的是英美教学模式，毕业后"直通国外"。问题是,有些办班办学者,是和尚念歪了经——因为他的出发点和目标是一个:赚钱。

很多国际部、国际班的昂贵收费,未经审批,财务也不公开不透明;在经济利益驱动下,在供不应求的情形下,你就甭指望"价廉物美"了——按新华社报道所说,就是"不仅收费昂贵,而且教学质量堪忧"。而更有讽刺意味的是,不少"国际班"也搞"应试竞赛",同样弄得学生累死累活。

中小学教育如果脱离了公共属性,成为高收费的"镀金菜篮子","敛财"就成了第一选项。不客气地说,这是教育市场化的现实,这是教育亚腐败的行径。

国际合作办学,不能成为另一种形式的"腐败"。12月9日这天,恰好是联合国"国际反腐败日"。若干年前,联合国通过了《联合国反腐败公约》,这是联合国历史上第一个用于有关国际反腐败的公约。联合国倡导这样的理念——"帮助消除腐败,是每个人的应尽职责";秘书长潘基文说,反腐倡廉是"我们每一个人的事",他呼吁每一个人要为克服全球性的腐败威胁做出努力。12月9日,广州举办了"国际反腐败日"宣传活动,主题是"廉洁诚信、携手发展"。腐败的重灾区当然是官场,而教育腐败、亚腐败已经屡屡发生,同样需要引起高度的警惕。

泥沙俱下、鱼龙混杂的"国际班",一旦缺乏有效监管,很容易陷入"亚腐败"的泥淖。亚腐败有别于"罪刑法定"的腐败,但它距离腐败只有半步之遥;亚腐败是一个灰色地带,可它的危害同样巨大。如果说反腐败斗争具有"长期性、复杂性、艰巨性",那么"复杂性"中就包含了"亚腐败"。而教育亚腐败,则更具腐蚀性和危险性。

腐败与亚腐败,既是政治问题、经济问题,也是社会问题。教育工作者尤其是教育管理者要警惕亚腐败和腐败。

正道与邪路

五行缺德,"对韭当割"。说的是一个名叫朱晟卿的海归学霸,把高智商用在"套路贷"上,疯狂"收割",9个月非法获利2亿元,最终成为涉黑涉恶犯罪在逃人员。

朱晟卿,1985年出生,他不仅是个"富二代",而且是牛津、耶鲁双硕士,专业分别为统计学和金融经济学。他智商那么高,结果用在了"套路贷"上,毕竟这个来钱太快太容易了!

江苏省镇江市公安局历经数月缜密侦查,集结多个警种部门300余名警力,成功侦破了这起特大"套路贷"案件。涉案平台资金交易流水达18亿元,全国罕见;受害人遍布内地多省、自治区、直辖市,分布广泛。警方在河北廊坊、浙江杭州、云南芒市及瑞丽三省四地统一收网,抓获涉案人员200余名。大案件背后的"大老板",就是这个朱晟卿,目前出逃境外。

本来,作为"海归精英"的朱晟卿,创建浙江同牛网络有限公司,是做正规IT企业的;作为"创业明星",他曾多次在公共场合"布道"如何创业。但创业并非人人都能成功,因为所有的创业创新,都伴随着一种风险。因经营不善,公司接连亏损,朱晟卿最后选择了"转型",做网上的"套路贷",自己成了躲在背后操盘的"精英"。正道与邪路,也就一步之遥。

"一子错,满盘皆落索。"朱晟卿读了那么些书,在名校接受了不一般的教育,本应该是准备跟这个世界拼智慧的,哪想到,自带"学霸"光环的他,干脆走到把高智商用在"谋财害人"的邪路上。

他率领的团伙,研发了放贷的软件,先后开发"一信贷""随心贷""七天贷"等 10 多个放贷 APP;研究了形象美化、运营方式、资金准备、风险评估、贷款催缴等;其组织架构极为严密,分为技术部、风控部、法务部、催收部等部门;作案手法新颖、隐蔽,涉案资金通过第三方支付等方式流转,不容易被发现……

可这一切的目的与结果,就是把别人钱袋里的钱非法转移到自己的钱袋里。有一位女士逾期一天未还,就不停接到电话骚扰和威胁,家人、朋友都收到了她借钱不还、在外"卖淫"的短信和身份证截图。就这样,朱晟卿最终成了一个"害人精",一个"减智弃智"的典型。

真正的智者最明白:经营要走正道,即"取之有道"。经营之道的"道",一个关键是"深具人性关怀的盈利"。如果盈利不能回归到人性的关怀上,那在经营基本假设上就出问题了。在暴利驱使下,"套路贷"掌握了人的弱点,走的是反人性的邪路;这样的大前提出问题,是最可怕的。有人比喻:"人不过是猿猴的 1.0 版。"人类进化到现在,文明进步到如今,许多高智商者算是把自己升级到"猿猴 2.0 版"了,却动起了"聪明"的歪脑子,把走斜路当成了自家"高明"的专利,也不怕在法治环境下走着脚底打滑。

"有些人步伐与众不同,那是因为他们听见了远方正义的鼓声",那才是在"双创"时代真正走大路、行正道的人。

叁

终身学习，终身成长

作弊劣文化

【篇一】作弊成瘾成风?

光天化日之下,吉林松原高考公然舞弊情形触目惊心:有考生的考卷当堂被后面的考生抢去抄袭,以致答题卡也被撕坏;有教师卖高科技作弊器材,竟能获利80万;对于种种作弊行为,监考老师则"不敢太深管";更有甚者,可以花几万元"买"下整个考场,即买通监考老师和同考场其他考生,以抄其试卷……

如果不是媒体暗访追踪,这松原模式的舞弊过了也就过了。普遍舞弊、公开半公开作弊,久而久之,就变成没有耻感的"作弊文化",取得很大的"社会认同",导致作弊成瘾且成风,这是很可怕的。

群体性舞弊通常都是"猫鼠同穴",作弊老师与作弊学生同穿一条裤,而且还是紧身裤。作弊由个体行为变为一个考场、一所学校、一个地方的群体行为,而责任部门却睁只眼闭只眼,那是因为只要不被发现不被曝光,本地升学率就会比别处高,他们乐得高兴呢。狗与热狗是不一样的,花和塑料花也不同,但人家就是要把监考弄成"热狗"和"塑料花",才不管作弊是否成瘾与成风呢。

中学生正经读书的话,实在太苦太累,而竞争又是如此激烈,学习能力平平的若想顺利升学,就会寻找旁门左道歪门邪道,作弊则成了不二捷径。一次性的考试,一次性的投入,一次性的消费,一次性的冒险,一次性的投机……因为这种种一次性,使高考具备了"赌一把"的充足条件,促成了"赌作弊"丛生。

与一考定终身的现代高考相同,古代科举是"一纸定成败",所以自有科考以来,种种作弊现象就源源不绝,奇招迭出。在上海的中国科举博物馆里,存有作弊用具"麻布坎肩夹带""丝绸夹带"等科举文物,麻布坎肩中的纹理并不是麻线的痕迹,而是一排排密密麻麻的小字。现已成为文物的作弊书《五经全注》,成书于清光绪年间,全书比火柴盒还小,共有数十万字,其精细程度令人咋舌。

古代的科举舞弊,跟今天的高考舞弊,本质上没有多少区别。如今的考试作弊,已经形成了一条"地下产业链",而且还是高科技产业链。比如那种不用耳朵的微型耳机,直接放入口腔即可感知声音,而他人很难察觉。采用如此高科技的作弊手段,那还不个个都成了"必胜客"?可见从古代到现今,科技改变了设备,但并没有改变人。

对群体性公然舞弊,如何标本兼治?从治标的角度看,严防严惩是必不可少的。这方面其实还不如过去,古代对科考作弊的防范、监管微细严密,让人叹为观止;千年科举史,科场作弊与反作弊,如同一对双胞胎,形影不离。舞弊被查出的考生要革除一生的功名,已考中的则取消名额,"执送刑部问"甚至"禁锢终身";考官没有尽责导致考生"冒籍""冒名"成功,轻者降级调用,重者革职查办;如果官员参与了舞弊,那么其家产全都抄没入公,甚至流放、问斩。今天的情形可是"宽松"多了。对群体性舞弊的发现,只靠媒体暗中努力,那是不行的。异地交换的督察、自上而下的督察,必不可少。

从治本角度看,如何真正变应试教育为素质教育,如何消除"一次性"带来的"赌博性"?高考一年内可多次应考,是一个值得认真探索的命题,它能避免一次性带来的偶然性。复旦大学的招考,实际上就是两次考试——自主招生是第一次,上不了还可参加下一回统考。"一打纲领不如一个行动",看看松原高考舞弊的可悲情形,真的应该认真行动起来,好好探索高考的改革了。

【篇二】作弊劣文化

考考考,作弊是法宝?2009高考之后,群体性舞弊的揭露,让人触目而惊心。"作弊业"已形成了一个产业链,从产销各种作弊器材尤其是高科技器材,到卖试题、卖答案,一条龙服务。"作弊业"事实上已变成一个暗流涌动的巨大的"潜产业"。

有专家提出,我国应赶紧出台《考试法》,来应对疯狂的舞弊。这个意愿是好的,但《考试法》不是《反作弊法》,更不是一立法就灵,我们要认识到其利其弊,免得陷入"立法崇拜"而不能自拔。

应该看到,通过具体化的《考试法》,可以加大对作弊者的惩处力度,能够一定程度上调整、规范考场秩序。但是,《考试法》本身就不可能是刚性的法律,不像刑法那样具有强大的强制力,它的规定如何之"严厉",在执法的层面都可以被软化,而不被信仰。当整个地方都奉行"作弊有利""考上有功"之时,谁还拿一个《考试法》来说事和管事?

对于种种考试违法,《考试法》主要只起到事情败露后的惩治作用,而在预防方面将比较乏力。理论上惩治也是一种威慑、一种预防,但那毕竟是很间接的。这段名言至今依然很能说明问题:"当利润达到10%的时候,他们将蠢蠢欲动;当利润达到50%的时候,他们将铤而走险;当利润达到100%的时候,他们敢于践踏人间的一切法律;当利润达到300%的时候,他们敢于冒绞刑的危险。"何况考试作弊如果取得成功,其"利润"远远不止300%。

对于作弊的考生来说,他们弄成功了,就能上较好的学校,这种"不劳而获",其利润是无法用金钱衡量计算的,完全可看作"黄金利润""钻石利润"。心术不正的家长,能不冲动、能不冒险吗?

而对于作案团伙来说,处于三级"金字塔"塔尖的案犯,其生产贩卖作弊器材,赚钱来得快、利润高。那些可以跟间谍设备一拼高下的作弊器材,要与试题答案联姻,"枭雄"才有用武之地,所以那些商人才如此淡定:"我们只卖设备,不提供答案。所以尽管国家查得严格,我们一直没事。"在这个"潜产业"中,作弊器材如同硬件电脑,试题答案仿佛电脑软件,《考试法》如何之厉害,对付那硬件,其实也破不了。

对付高考作弊,我认为现在很现实的是"开辟第二战线"——高校录取后进行入校检测考试。有若干高校这方面已开展得较好,自己组织一次考试,立马就让那些舞弊进校的学生露出马脚——其考分真是低得太离谱了,只好令你退学。学校这种临时的、小范围的、随机组织的考试,根本无法作弊。学生刚到一个完全陌生的环境,想作弊,真没门——连北都找不着。如果普遍实行新生入学检测考试,那对于舞弊者是一种无形的威慑,其效果大大优于一部《考试法》。

一统江山的考试,才是集体性舞弊的深厚土壤。从根治的角度看,不是在大规模考试中如何折腾防作弊,而是要建立现代大学制度,用真正现代的招考方法、自主的招考方式取而胜之。譬如自主招生中的面试就无法作弊。若干个招考老师面对你,问的问题五花八门,你找谁作弊去? 还是老老实实"不作弊只准备"为上策。这样的招考,就是一种真正有效的"防火墙"。

舞弊成风,已成"作弊劣文化",这本是教育中德育的失败,也是缺乏公民教育所结的苦果。法律是国家的,道德是社会的;法律是公众的,道德是个人的。扫荡"作弊劣文化",还真是一项从学校到社会、从环境到心灵的综合工程。

【篇三】公平的难题

被称为"中国第一考"的公务员考试,2009 年传出"史上最多"的逾千人作弊,其中集团性作弊的有 515 人,高科技作弊已成主要方式。通过电脑甄别雷同试卷的方法,有近 700 人被"揪"出;部分由此被判"吃鸭蛋"的考生,提出了异议。有关负责人则说:对雷同试卷认定作弊有科学依据,不存在"误伤",不会冤枉任何一名考生。

对这个说法，我的基本想法是：假设无任何作弊，那么出现"雷同试卷"的概率有多少？这如何进行科学测算？毕竟这次公务员考试有77万余人参加，如果这77万多份考卷里，"凑巧"确有非作弊式的"英雄所见雷同"，那不就麻烦了吗？想起一个"会有两个人头发丝一样多吗"的"难题"，回答是：有的，因为人的头发一般只有几万根，而人口总数是数以亿计，其中头发数量相同的很多。那些由选择题构成的考试项目，"自然雷同"的可能性恐怕难以排除。"自然雷同"与"判定雷同"是两个概念，把非雷同试卷判定为"雷同"的概率小到近乎无，但"自然雷同"的非作弊卷也会被你一股脑儿判定为"作弊雷同"，这里的逻辑漏洞是必须看到的。

用电脑来甄别，是高科技的，也是机械性的。若不揭露作弊者，那是对诚实者的不公；若因机械的方法伤及无辜，那则是对无辜者的不公。这是一个寻求考试公平的制度性难题。从原则上说，我赞成从严反作弊。对反作弊的利弊分析，总体上也只能"两害相权取其轻"。一场为了和平的正义战争，可能会伤及无辜，但无法因此而不战。作弊如果越演越烈，对教育、对社会、对个人，都会贻害无穷。

在我国的千年科举史上，作弊与反作弊，犹如孪生兄弟，防范措施越来越严密，作弊手法越来越高超。魔道斗法，形影难离；屡反屡弊，屡弊屡反；究竟是"道高一尺魔高一丈"，还是"魔高一尺道高一丈"？到了清代科场，作弊之法与反作弊之法，是集千年历史之大成了。"飞鸽传递"这样的"空中远程"作弊手段都派上了用场。对作弊者，清朝处罚不可谓不严，动辄处斩，还牵连家室；可是求功名求官位的吸引力往往胜过被揭弊的恐惧。

个人可求取功名，社会须求得公平。舆论监督是重要的。大清重臣李鸿章1896年访问美国时，曾批评中国当时的"报纸"讲真话很吝啬。那时的邸报，多说好话，那年的"新闻"倒有一篇具有"舆论监督"色彩，是报道一位袁姓御史的奏折，称自从太平天国起义以来，封官加爵作为奖赏已成了大清政治生活的陋习，只要花钱，未经任何考试也能得到功名，寒窗数年的读书人不能公平地取得一官半职。

社会性的公平寻求,更是个难题。公务员工作大大优越于其他领域工作,才导致千马万军参与"第一考"。这意味着领域性的不公平对人才的影响力、吸引力之大。对国家来讲,千军万马要"考"进公司企业、投身经济发展一线,那才是幸事;从社会上看,考试与分数是发现、选拔人才的重要手段,但它不是任何领域的唯一手段,因为许多人才不是"考"出来的。

对个人而言,诚实永远比优秀更重要。只有诚实才能换来公平公正。但"作弊"不仅仅是个人化的,而往往是社会性的,也不只存在于教育领域。美国学者戴维·卡勒汉所著的《作弊的文化》一书,说的就是广义的作弊"劣文化"。考生之外,教练、运动员、公务员、律师、会计师、股票分析师,等等,都有可能成为作弊者,"作弊案例的增加,反映出今日人心深沉的焦虑与不安"。

公务员姓"公",最需诚实者,要努力避免使诚实者"受伤"、受到不公待遇。对自己认为被"误伤"的,应该有个案求证的制度安排,比如可申诉,可当面"对质""听证",或可进行行政复议,等等。追求种种公平,有赖社会性的努力。

构建"修学名城"

    "修学名城"的建设,与"会展之都"与"赛事之城"的建设异曲同工。

    发展会展业,是"以一流状态建设一流城市"之必须。为了更好地建设"会展之都",杭州市积极推进会展业立法。《杭州市会展业促进条例》经市人大常委会表决通过,将报省人大常委会批准后实施。

    会展是市场经济体制下一种规模化的交往沟通活动,会展业是公共利益目的性和市场经济规律性的有机统一,是产业升华发展的推动力。2016 年 6 月 8 日,全球会展人迎来了属于自己的节日——首个"全球展览日"(Global Exhibitions Day)。这是一个有历史意义的事件,可见会展、展会和会展业越来越具有现代性。

    "赛事之城"建设的重要性同样不言而喻,要建设"国际会议目的地城市",就离不开"赛事之城"的建设。2017 年 9 月 4 日至 9 月 16 日,第十三届全国学生运动会将在杭州举行。人来得多了,城市也就活了。在天津进行的第十三届全国运动会,共约 10200 名运动员参赛;本届赛会还设立了群众比赛项目,约有 8000 名大众选手参与角逐——这是竞技体育和全民体育共同的"盛宴",也是城市集聚力和辐射力大幅度提升的契机。

在注重"会展之都"与"赛事之城"建设的同时,杭州还应注重"修学名城"的建设。这里的修学,即进修培训学习之义。各种各样的学习、进修、培训班,为杭州带来巨大的人气,尤其是 G20 峰会之后,来自全国的、在高校进行的各种培训班、修学班、研习班,非常火爆。尤其是浙江大学举办的各类培训班非常受欢迎,高峰期学校里的教室根本就容纳不下,要借用校外的。浙大已然成了不折不扣的"修学名校",那么浙大所在的杭州,应该进而成为"修学名城"。

以学习进修、教育培训的方式吸纳人气,这是一座城市提升文化影响力、创新竞争力、人才吸引力的重要路径。放眼全国,有些一流的大学,一年举办的各种各类培训进修班八九千个,以每个班 50 人、学习一周的时间计算,这是多大的人员吸纳力!浙江大学是全国干部教育培训的重要基地,办班能力、培训能力在全国高校里也是数一数二的,为杭州吸纳了巨大的人气。然而,杭州还有好多高校尚未很好地开展面向全国的培训、修学、研习工作,师资的力量还没有充分地利用起来,其发展潜力很大。

必须明确的是,这里的"修学"不包括那种为了应试教育、以营利为目的、以本地中小学生乃至幼儿园小朋友为敛财对象的疯狂的"课外培训"。

当然,我们说建设"修学名城",不仅仅局限于高校,应该是全社会普遍地重视和开展这项工作——

杭州有万松书院等诸多从历史到现实的书院,书院本身就是学习场所,那么在书院可以开展常态化的修学教育,而不是偶尔以"讲堂"的方式开讲座。

杭州不仅有西湖、大运河这样一流的风景名胜、文化景观,而且有诸多优质的教育资源,开展面向全世界的"修学游"有着巨大的优势,真正可以做到让学生学玩两不误。

杭州作为创新活力之城,在电子商务、移动支付等领域站在世界前列,创新方面的教育培训有着巨大的吸引力;由马云、冯仑等发起的"湖畔大学",旨在培养拥有新商业文明时代企业家精神的新一代企业家,是很好的修学场所。

"这是杭商代表浙商的时代",由宗庆后任校长的"杭商大学",汇聚创业大咖、业界精英,一起学习,一路同行,一直前行……

　　杭州是学习型城市,打造"修学名城"处于优势地位。对于个人而言,修身为始,修心为上,修学为本。到杭州修学,除了专业的精进,还可以品读城市文化,触摸城市历史,感受城市心跳,追逐城市创新,倾听城市故事,欣赏城市风景,共享城市盛宴……于人于城,实乃双赢。

技术技能人才最不能"躺平"

职业教育的发展,事关我国经济社会发展全局。2021 年 6 月 7 日消息,职业教育法施行 20 多年来首次大修。修订草案提出,职业教育与普通教育具有同等重要地位;扩大职业学校办学自主权,促进产教融合、校企合作,健全社会评价体系,提升职业教育质量和水平;要着力解决职业教育领域突出问题,推动培养数以亿计的高素质技术技能人才。

在一个制造大国,技术技能人才是中坚力量。优秀的技术技能人才,能够成为大国工匠。工匠高手,貌似不经意,往往一出手就是绝活。这样高素质的技术技能人才,如果达到"数以亿计",那是大国之幸。

技术技能人才,是最无法"躺平"的。一段时间来,"躺平"一词风行。网文《躺平即是正义》所言的是:"两年多没有工作了,都在玩。没觉得哪里不对……我可以像第欧根尼只睡在自己的木桶里晒太阳……躺平就是我的智者运动,只有躺平,人才是万物的尺度。""躺平"其实是一个模糊概念——"躺平"是一种生活方式,还是一种心理状态,一种思想思维? 一个人选择"躺平"还是"不躺平",当然是个人的权利,但是如果"数以亿计的高素质技术技能人才"以"躺平"为目标,那"制造大国""智造大国"就会成为一句空话。

"躺平"的人，绝不可能是"万物的尺度"。第欧根尼作为古希腊犬儒学派哲学家的代表，他的全部财产仅为一根橄榄枝做的木棍、一只讨饭袋和一只水杯，当亚历山大大帝巡游到他面前，他唯一的要求就是"请别挡住我的阳光"。犬儒主义者提出个人精神自由，轻视一切社会虚套，过着禁欲的简陋生活……但不要忘记，作为犬儒主义代表人物的第欧根尼，编著有著名的《古希腊名哲言行录》，他并没有"不干活"，并没有停止他的哲学思考。他其实是哲学领域的一个"大国工匠"。

"躺平主义"和"犬儒主义"有着惊人相似之处。但是，思想的犬儒、文化的犬儒、社会的犬儒、个人的犬儒之间，思想的躺平、文化的躺平、社会的躺平、个人的躺平之间，其实有着很大的区别。作为个人，不能异化为劳动机器，不能活得像被骑的牛马骆驼，与那样的形态"不合作"是可以的，但不能，也不可能啥活都不干。作为技术技能人才，发展的渠道比较窄这是现实，如果躺平了，那就更窄了。

其实每个人的心里都有一团火，"躺平"只是让路过的人看到的一阵烟。马斯克发表了一个演讲，影响很大，他说自己成功的关键是"内驱力"，而世界上最可怕的事情是孩子没有"内驱力"。"接受失败，但不接受放弃。……我相信只要有足够的内驱力，普通的孩子也可以取得非凡成就。"年轻人心里的"一团火"，不就是马斯克所言的"内驱力"吗？

日本秋山木工的社长秋山利辉，说过一句内涵深刻的话："能否成为一流的匠人，取决于人性而不是技术。如果你的心是一流的，那么经过努力，技术绝对可以成为一流。"这里的"心一流"，正是我们技术技能人才所需要的。我们的社会环境、制度安排、法律设计，就应在职业教育层面激励"心一流"，"职业教育与普通教育具有同等重要地位"，就是这个愿望的体现。

技术技能人才，是要"动手动脚"的，是要励志前行的；上上下下，都要为此构建良好的"营造法式"，那样才能造就大量人文品格和技术技能都一流的工匠人才。

"最缺工"与"广培养"

　　对于人才的培养,最重要的是两个字:重视;对于人才的使用,最重要的是两个字:尊重。

　　又到一年一度就业季,就业形势备受关注。人社部发布2021年第一季度全国"最缺工"的100个职业排行,即"招聘"大于"求职"的职业,消息一经发布即冲上热搜,引发群体围观。因为我国经济的复苏,对制造业等相关领域人才需求旺盛,新进排行的29个职业中,有20个与制造业直接相关。

　　当我们习惯性地以"重视"与"尊重"来看待人才的时候,还真没想到,竟然有那么多职业是"缺工""缺人才"的。一个大背景是,我国今年大学毕业生数量将继续创新高,加上海归人员,预计达千万人。当招聘大于求职,就业市场、人才市场供不应求之时,"最缺工"也就意味着有大把的就业机会。从"最缺工"的100个职业看,一季度招聘需求人数达到166.5万人,而求职人数为60.9万人,缺口数达到105.6万人,首次突破100万人的大关,创下了历史最高纪录!

　　其中与汽车生产、芯片制造等相关的职业岗位需求明显上升。比如汽车生产线操作工,首次进入排行前10;汽车零部件再制造工、电池制造工、印制电路制作工、半导体芯片制造工、电子材料工程技术人员等职业，都是新进排行。尽管这些都称为"工"，你可以将其看作"工匠"，但他们无疑不是一般的人工、工人，而是人才——求大于供的人才。

从教育部方面的消息看，在能源动力、装备制造、交通运输与邮政快递行业，相关专业毕业生就业进展较快，这显示了对制造业等相关领域人才需求旺盛。这同样也表明了我们职业人才的教育培养，既与现实人才需求脱节，又与未来人才需求不般配。"最缺工"的背后，恰是人才的"广培养"不够到位。

"最缺人才最缺工"，就意味着人才培养、专业分布上不能简单地走"正态分布"的传统老路了，而需要以"幂律分布"来看待人才的供给。我们知道，"正态分布"是两头小、中间大；而"幂律分布"，一如"帕累托法则"即"二八法则"，比如20%的人口拥有80%的财富、80%的利润来自20%的顾客等，这就打破了"正态分布"——在人才培养上，就不能用计划经济的思维，用按部就班、中规中矩的老一套来设置专业、"产出"人才了，而应当面向市场，最大程度市场化，由市场来决定。

更具体地说，人才的"广培养"，就特别需要把两头都放大：一头是最普适的人才，即复合型人才要放大做多，一头是最专业的高技能人才，也得放大做多。唯有这样，才是最广泛、最有效的人才培养。

人才的培养、管理、使用，是一项系统性的工程。其核心要义是明晰的：改革为重、创新为王、技术为要、人才为本；共同的价值观、宽松的好环境、优渥的高待遇，造就优秀人才的大聚合；一定要把人才当人才使用，而不是把人才当人手使用，更不能把人才当奴才使用。我们需要求贤若渴的爱才之心，需要不惜成本的育才之举，需要海纳百川的容才之量，需要伯乐相马的识才之智，需要知人善任的用才之艺……具体到我所在的杭州，作为多年来人才净流入第一名的城市，一定是先有"天堂杭州重人才"，然后才有"天下人才重杭州"；与此同时，我们要致力使杭州成为人才培养和孵化的重镇。

父亲为何一声叹息

"我看读书是没用的。"陕西农民老韩——韩培印叹了口气，如是说。2011 年 12 月 14 日《中国青年报》"冰点特稿"以"读书改变了什么"为题，报道了韩培印的经历的困惑和困惑的经历。

这里的"读书"是指求学读大学。韩培印的"事迹"，我早先就知道个大概：他的儿子韩胜利考上了西安一所大学，为解决学费生活费，老韩砸锅卖铁变卖了家里所有值钱的东西，也到西安去打工……导演李军虎偶遇老韩，拍了一部差不多有一节课那么长的纪录片《父亲》，讲述这位"中国式父亲"的故事，纪录片还在香港得了一个最佳短片大奖。这位父亲也会让人想起罗中立的著名油画《父亲》里那耳朵上夹着一支笔的父亲形象。

9 年过去，如今老韩一声叹息，他吃惊地发现儿子小韩大学毕业后的收入甚至比不上外出打工的自己，根本就没办法还掉以前欠下的债。"知识改变命运"在他家成了海市蜃楼。

显然，这是老韩小韩家的情形，"知识改变命运"并不是说"知识会改变每个人的命运"。小韩毕业后好歹还有工作，许多大学生毕业即失业，好多年后还待业在家呢。曾是纪录片主角的老韩，想想《父亲》、想想儿子，恐怕不知该大笑还是大哭。

但是,老韩"我看读书是没用的"这一声叹息,的确折射出当今教育与社会的许多现实问题:大学学费昂贵,求学成本很高,对于低收入的家庭来说尤其高;大学教育质量下降,"人"和"人才"都没有最大程度地培养好;社会固化,底层向上层的流动很困难……

　　不管怎么说,读书求学是一辈子的事,一个人只要不是读书读傻了,那么就要"活到老学到老",水平能力毕竟是与求知学习同步增长的,而工资收入则是与水平能力一起水涨船高的。严重的问题是,大学教育质量滑坡,一些孩子到了大学不好好学习天天向上了,毕业后没有与文凭相适应的真才实学,想获得高收入,难。

　　专栏作家老愚曾在微博上说:"面试完一堆研究生,我不由自主地崩溃了。无知识,无立场,无求真之诚意,只剩下一件教育部发给的文凭。新闻系研究生一口咬定利比亚近邻是阿尔巴尼亚,《冰点周刊》是《北京青年报》的名牌产品……中文系研究生称自己看过的文学杂志是《读者》,思想史研究生不知朱维铮为何人。"你瞧,科班出身的研究生如果都是这个水平,还想拿多高的工资?

　　总体而言,今天早已不是"脑体倒挂"的时代。求知很重要,除非你是天才的比尔·盖茨、史蒂夫·乔布斯,可以大学中途选择退学。人的成就,跟正确的选择密切相关,选择什么放弃什么真的很重要很紧要,网友有句话说得好:"人的一生总要选择:选对老师,智慧一生;选对朋友,受益一生;选对环境,快乐一生;选对行业,成就一生;选对伴侣,幸福一生……"

诺奖得主与犹太教育

尽管迟了一周,2005 年度诺贝尔文学奖终于在北京时间 10 月 13 日 19 时揭晓了。瑞典皇家文学院宣布,英国剧作家哈罗德·品特获奖。此前媒体热烈猜测的土耳其作家奥尔罕·帕穆克、叙利亚诗人阿里·艾哈迈德·塞义德只停留在"热门人选"的位置上。颁奖公告认为"他的戏剧发现了在日常废话掩盖下的惊心动魄之处并强行打开了压抑者关闭的房间"。哈罗德·品特创作了 20 多个剧本,被誉为萧伯纳之后英国 20 世纪最重要的剧作家。

10 月 10 日,哈罗德·品特刚刚度过 75 岁生日,他 1930 年出生于伦敦,值得注意的是,他是一位犹太裁缝的儿子。从 1901 年诺贝尔奖首次颁奖到 2001 年的一百年间,有个统计数字:在总共 680 名获奖者中,犹太人或具有犹太血统者共有 138 人,占了五分之一!

犹太人构成了"犹太文化之谜",那就是犹太民族科学文化怎么这么发达？虽然犹太民族有 5000 多年的历史,但和许多世界古老民族相比较,它在历史长河中受歧视、被奴役、遭迫害,被迫流亡异乡,几乎有 2000 年没有自己的国土。然而,一个民族在流散世界各地、寄人篱下的困境中,还能顽强地生存和发展着,并能保留本民族的传统,维持本民族的团结,同时又能广泛地吸收各民族文化,产生了众多的文化巨人,对世界文化科学的发展做出不可磨灭的贡献——要知道,他们绝不仅仅善于经商。

"犹太文化之谜"的一个重要谜底,就是教育。犹太这一智慧的民族,其根本的智慧在于尊崇教育。《世界上最成功的教育:犹太教育揭秘》一书中说到,根植于这个民族灵魂深处的教育价值观,是他们获得成功的主要源泉之一。从核心层面来看,教育与学习成了精神信仰的一部分,成为民族精神的一部分。在犹太人心目中,勤学是仅次于敬奉上帝的一种美德,"教师比国王更伟大",学习与钻研是一种神圣的使命。犹太民族素有"嗜书的民族"之称,教育乃维系犹太民族生存和发展的纽带。"只要学校在,犹太民族就在","没有教育就没有未来"。当代犹太政治家们更是提出了"对教育的投资是有远见的投资""教育上的投资就是经济上的投资"。几千年的犹太民族史、几十年的以色列国家史,在某种意义上就是一部不断追求民族素质的历史和把教育摆在头等重要地位的历史。

2004年诺贝尔化学奖,授予以色列科学家阿龙·切哈诺沃、阿夫拉姆·赫什科以及美国科学家欧文·罗斯,以表彰他们发现了泛素调节的蛋白质降解。切哈诺沃说到,他母亲从小教育他:"一个人走进一条河,可以顺水走,也可以逆水走。但是,你永远要逆水走。"他就是一直"逆流"前行。"天下难做的事情容易做成",这是犹太人智慧书《塔木德》中的名言,真是太有勇气、智慧与哲理。

犹太人清晰地知道,生有涯而学无涯,而且智慧比知识更重要。教育的智慧和智慧的教育,造就了无数精英,熔铸了民族之魂,托起了美好希望,智慧民族的成功秘诀其实也简单。犹太人的智慧教育,就是真正的素质教育,这样的素质教育是把个人信仰、民族精神、思想智慧熔铸在一起的。在哈罗德·品特成长过程中,我们就看到了这一种"熔铸"的结果,正是当年反犹太主义思潮对哈罗德·品特起了很大的刺激作用,"使得他成长为一名剧作家,而后极力批判这种思潮"。

诺贝尔奖是奖给"技术含量"很高者的,而"技术含量"的背后则是文化含量、精神含量,有没有这些"含量",就看你是"世界上最成功的教育"呢,还是"世界上最失败的教育"。尽管诺奖颁发偶有异议,但总体上是公正的,最优秀、最智慧,最有技术含量、文化含量、精神含量的民族笃定获奖者最多。

第五辑

文苑一字锦

"文苑一字锦",谈考试,说作文。

关于写作教学,著名作家、教育家叶圣陶先生认为:语文老师教学生作文,要是老师自己经常动动笔,或者做跟学生相同的题目,或者另外写些什么,就能更有效地帮助学生,加快学生的进步。

教育要让学生开窍,作文教学很重要的也是要让学生开窍;要是老师自己都不会写、写不好,那让学生开窍就有点难。

我写新闻评论和随笔杂文 20 多年,评论过无数多的话题,我写的文章常常与高考作文题契合,曾多次"提前写过"相似、相近的高考作文题。

2009 年浙江省高考作文题目,主题是"绿叶对根的情意",我 2008 年在抗震救灾中写过《集结号里的士兵突击》,主题就是"绿叶对根的情意"。这一年高考作文全国卷 II 的材料,是英国科学家道尔顿发现色盲的小故事,此前我写过《米兰达警告 VS 道尔顿贡献》,被《杂文选刊》选载。

2012 年浙江高考语文作文题,说的正是"坐在路边为英雄鼓掌的人",引述了网友三种评论:一是肯定,也想做这种人;二是质疑,如果大家都在路边鼓掌,谁去跑呢;三是觉得两种说法都对,要求根据这些情况写篇文章。基本材料来自作家刘继荣的文章《坐在路边鼓掌的人》。很巧,高考前 20 多天,我就这个话题写了篇《第 23 名的"23 号"对了》,刊于上海《文汇报》。文章刊发后不久,我女儿徐鼎鼎参加高考,结果父女俩相隔不到一个月写了同一个"高考作文题",一时传为佳话。考前她没有看过我写的文章,而我也看不到她高考作文写了什么,而她的高考语文成绩挺好。

2018 年浙江高考作文题,有关王阳明知行合一与浙江精神,这个我曾几次写到过;我的《知知而行行》一书中的《王阳明知知而行行》，就是写王阳明知行合一的——知王阳明之知，行王阳明之行。

2022年浙江高考作文题所给的材料，有关人才强省、创新强省、人才工程建设，要求考生从新时代浙江青年人才出发，谈对自己未来发展的看法。有关人才尤其青年人才的评论，我写过的就更多啦，后面的文章中有提到。

近些年来，结合高考作文题这个热点，我都会写一篇分析文章，或长或短，反响都比较热烈，尤其《2020高考作文：从历史到现实》一文，在《杭州日报》新闻客户端"杭+新闻"发表后，创下了我的评论文章阅读量纪录——超过75万。此外还写了若干篇有关"作文与人文"的文章。不过，这些文章主要是写给教师看的，学生看看当然亦可。

作为兼任专家，我在浙江大学为新闻系本科生讲授"新闻评论"课程已有多年，重点讲到：写好新闻评论，需要"言之有物、言之有识、言之有情、言之有人、言之有序、言之有文"。中学议论文写作，大抵也是这样。这里做个要点提示——

言之有物：占有材料，以十当一，多多益善；使用材料，以一当十，精益求精。重要的是一定要建立自己特有的写作材料库，在电脑文档中，应该给每条材料加关键词，方便搜索。

言之有识：要提高评论认知水平，要避免评论认知偏差，要学会独立思考独立分析，要突破"认知固化"，要跳出低层次的"认知闭环"，做到言之有识。

言之有情：评论不是无情物，情怀是评论写作的至高境界。情感是流动的血液，心中有情怀，方能文中见情感。

言之有人：人，是重要的评论对象；评论要"目中有人"，而不是"目中无人"。人，是感人的基点；评论要尊重人，要尊重人心人性。

言之有序:这是篇章的结构问题,要求评论文章做到表达有序、结构清晰。思维清晰了,那么写作过程就是清晰的,文章的表达和行文的结构就是清晰的。一般性结构,有章法可循,可以学习。

言之有文:文章文章,有文才成章。不悦读,无阅读。"好语言不是蜜,但可以粘住一切。"基本技巧可以,多用整句,少用散句;多用短句,少用长句;多用短段,少用长段。要把语言写成18岁,而不是80岁。

2020年应《南方周末》之邀,参与讲授评论写作(网络音频课),我讲的就是"言之有文"部分,后来讲师们的讲义结集出书了,书名为《南周评论写作课:怎样表达一个观点》,是一本较好的写作参考书。

写作能力一旦获得突破,那就是"下笔如有神"了。

壹

高考作文，题中之义

2022：学习新闻评论，写好高考作文

6月7日，2022年全国高考拉开大幕，应考人数再创新高，达1193万人，比去年增加115万，其中浙江考生有36万余名；因为疫情防控需要，上海市高考延期至7月7日至9日举行。

每年第一门语文考试的作文题，都是公众关心的焦点。今年的作文题，大半属于时事新闻类考题，小半属于历史文化类考题。后者如：

——全国甲卷作文题，所给的材料，是《红楼梦》写到"大观园试才题对额"时有一个情节，众人给匾额题名，或直接移用，或借鉴化用，或根据情境独创，产生了不同的艺术效果，那么，这个现象能带来什么启示？这属于由古及今、发散型思维的考题，不必拘泥于《红楼梦》本身，因为高考作文不是写红学论文。

——全国新高考Ⅰ卷提供的材料，是围棋的三个术语："本手、妙手、俗手"。个中当然是"俗手"最差，"本手"比较正规，而"妙手"才是高人的出人意料的精妙下法。"本手是基础，妙手是创造"，"对本手理解深刻，才可能出现妙手"，这简直就是高考作文写得好或差的形象比喻。

——北京卷作文题二选一，其第一题是：古人说，"学不可以已"，重视学习是中华民族的优良传统。在当代中国，人们对学习的理解与古人有相同之处，也有不一样的地方。请以"学

习今说"为题目,写一篇议论文。读书学习,对于学生们来说,太寻常不过了!学,当然不可以已,我屡屡说道:不学习,无进步;不阅读,难提高。知识知识,有知才有识;学识学识,有学才有识。我们不能"只知其一,不知其二"。

此外,考题多为时事新闻类的材料作文。这些偏重时事的作文题,贴近现实,新闻性很强,重要的启示是:作为高考生,日常应关切时事、关心现实、关注社会,不要纯粹做象牙塔中人;平时学习新闻评论,用时写好高考作文。

其中浙江卷所给的材料,关于人才强省、创新强省、人才工程的建设,具体是从新时代浙江青年人才出发,要求考生谈对自己未来发展的看法。这是"点面结合""2+3"的材料:

2个面上的材料,由宏观到"中观"。宏观材料是:近年来,浙江省着力强化创新驱动,深入实施人才强省、创新强省首位战略,深入实施"鲲鹏行动""高层次人才特殊支持计划"等人才工程,全省高质量发展水平持续提升。中观材料是:新时代浙江青年,在各行各业、不同领域开拓创新。

3个点上的材料,都是微观的、具体的青年才俊:95后姑娘徐枫灿,在空军航空大学刻苦训练,满分通过考核,成为我国陆军首位初放单飞的女飞行员;90后青年工人杨杰,从一名普通的学徒工成长为"浙江工匠",获得浙江省劳动模范称号;之江实验室智能超算研究中心团队,35岁以下成员占比近9成,勇闯国内智能超算领域"无人区",斩获超算应用领域的国际最高奖项——戈登贝尔奖……

无人才,难发展;缺才俊,少创新。有关人才的论题,表面看起来"缺乏人文色彩和诗性特征",其实这是一个超有意思的论题,我就写过大量的新闻评论,陆续刊载于《杭州日报》,其中很大一部分集纳为《理才,理一流的人才》,收入我的《敬畏与底线》一书中,其中包括9篇,分别是:《城市的人才竞争力》《国际人才的杭州引力》《从"抢人才"到"融人才"》《人才生态,务求最优》《杭州热土磁吸国际人才》《人才才人,成才用才》《理才,理一流的人才》《"修学名城"与人才吸纳》《创新动力和创新人才》。

至于具体评述青年才俊的篇章,写得就更多了,比如在我的人物随笔集

《太阳底下是土地》中，收录了多篇：《李琳：28岁女博导的开挂人生》《刘琬璐：27岁女博导的轻松读书路》《曹原："魔角"的巨浪》《蔡泽宇：杭州小伙和巴黎心跳》《赵铁雄：17岁少年的昆虫记》《叶石云：人性中的善良天使》《劳丽诗：不仅仅为阿里巴巴上市敲钟》《柯洁：从"胜天半子"到"胜人半目"》等。

尚未收进书中、抒写校园青年才俊的也有不少，刊发于《杭州日报》客户端"杭+新闻"等平台，如《26岁教授陈杲和他的爸爸》《钟芳蓉：从乘风破浪到逆风破"土"》《江苏文科第一名：道阻且长人生路》《少年天才，万里挑一，仅是起步》《这对同分考上清华的孪生兄弟》《拿到史上最牛奖学金的中国女生》等，这些客户端文章阅读量都比较大，说明关心青年才俊的人很多。我举这些篇章的例子，是希望语文老师和学生平常阅读面尽可能广一些，想要提高议论文的写作能力，就不要忽视对新闻评论的阅读。

高考作文，向来是"以不变应万变"，变的是具体案例材料，不变的是永恒的主题；有关人才的话题，同样是这个道理。避免泛泛而谈，写出具体而微且意味深长的内容，向来很重要、很紧要、很必要。无论是新闻评论还是高考议论文，在写作中都可以"大事化小"，然后"小中见大"，从具象抵达抽象，由小道理抵达大道理。

今年全国乙卷提供的材料，是"双奥之城"北京——2008年奥运会、残奥会，2022年冬奥会、冬残奥会的成就亮点和相关支持，言明"两次奥运会，都显示了中国体育发展的新高度，展示了中国综合国力的跨越式发展，也见证了你从懵懂儿童向有为青年的跨越"，要求以"跨越，再跨越"为主题写一篇文章。

作为新闻评论员，"双奥"当然也是重要的评论选题，我在北京冬奥会开幕之际写了《微火之光，恒久璀璨》，闭幕之际写了《欣赏竞技体育之美》，在残奥会闭幕时写了《不能仅在残奥会期间关爱残疾人》。相比"跨越，再跨越"的发展主题，这些评论篇章主题有点"小"，这里的启示是：跳出体育看社会，跳出竞技看发展，紧紧把握个人、社会、国家"跨越式发展"的主旋律，由此及彼，才更为切题。

全国新高考Ⅱ卷，给出的大背景是共青团成立100周年，具体涉及中央广播电视总台推出微纪录片,介绍一组在不同行业奋发有为的人物,要求以"选择·创造·未来"为主题,写一篇征文。这个其实比较接近于浙江有关青年人才的话题。努力很重要,但选择有时更重要,方向和道路选择正确了,才可能真正创造美好的未来。

二选一的北京卷,其中第二题给出的材料是:网络时代、疫情期间,很多活动转向"线上",你一定有不少关于"在线"的经历、见闻和感受。要求以"在线"为题目,写一篇记叙文。写记叙文是相对少见的考题,其要求很明确:"思想健康;内容合理、充实,有细节描写;语言流畅,书写清晰。"叙述能力是重要的表达能力,其实在新闻评论中,并不纯粹是议论的语言,也有不少叙述的语言,所以叙述能力首先要到位,然后做到"夹叙夹议""叙中有议",往往能够胜人一筹。

今年北京卷,还设置了占分为 10 分的"微写作",要求不超过 150 字,差不多是一条微博的字数,考题是三选一,其中为校学生会成立新社团"悦读会"拟一则招新启事、为核酸检测点排队 2 米间隔线设计标志写"设计理由",都具有一定的新闻性,主要考核说明文的写作能力。

天津卷的作文试题内容,表面上介乎新闻性与非新闻性之间,实为"疫情封控与回归烟火气"的新闻评论:"烟火气是家人团坐,灯火可亲;烟火气是国泰民丰,岁月安好;烟火气是温情,是祥和,需要珍惜和守护,也需要奉献和担当。寻常烟火,就是最美的风景。"如果平常"两耳不闻窗外事",甚至没听说过"烟火气"这一语词,那么很可能会写得缺乏现实性与贴近性。

中学议论文写作,很需要向新闻评论学习,尤其是要学会如何表达好一个观点。今年年初,《南方周末》主编了一本《南周评论写作课:怎样表达一个观点》,通过 100 多个典型案例,以选题、论据、逻辑、结构、文本"五步评论法",讲述说理技巧,揭示好观点的诞生秘密,找到理解世界的正确方式,从而在众声喧哗中独立思考、拨开迷雾,不被轻易"带节奏",不做头脑简单的"键盘侠";对于"备考族"而言,可以启发如何写就"让阅卷老师眼前一亮的高分作文"。我有幸是该书的作者之一,谈论的是如何做到"言之有文"。

新闻评论写作,基本要求是做到6个"言之有":言之有物、言之有识、言之有情、言之有人、言之有序和言之有文,其中最关键的是在"言之有理"的基础上做到"言之有识"、在"言之通顺"的基础上做到"言之有文",议论文何尝不是这样?做到了6个"言之有",那么得分一定能够从理想走向更理想!

2021 高考作文：得失与担当

2021 年高考 6 月 7 日开考，首场语文考试中，最受关注的照例是高考作文题目。澎湃新闻从教育部考试中心获悉：今年全国高考语文共有 8 套试卷，教育部考试中心命制 4 套，分别为全国甲卷、全国乙卷、新高考 I 卷、新高考 II 卷，北京、天津、上海、浙江自主命制 4 套。简要情况如下：

全国甲卷：材料有关百年奋斗史，主题为"可为与有为"。

全国乙卷：材料有关追求理想，要求"结合你对自身发展的思考"写一篇文章。

新高考 I 卷：材料有关毛泽东论"体育之效"，要求考生写感悟与思考。

新高考 II 卷：根据一幅"人"字书法的漫画写一篇文章，要求能够反映自身的认识与评价、鉴别与取舍，体现新时代青年的思考。

北京卷二选一：以"论生逢其时"为题目写一篇议论文，或以"这，才是成熟的模样"为题目写一篇记叙文，都有提示材料。

天津卷：材料有关"时间"与"纪念日"，要求结合自身体验，写一篇感悟文章。

上海卷：材料也与"时间"有关，有人说，经过时间的沉淀，事物的价值才能被人们认识;也有人认为不尽如此。你怎么看?

浙江卷:主题是"得与失",有人把得与失看成终点,有人把得与失看成起点,有人把得与失看成过程。要求写体验与思考。

国家教育考试指导委员会专家陈志文在点评今年高考语文命题特点时说,高考8道作文题,其实只有一个主题,即站在新百年的节点上,强调青年的责任与担当。"同时,今年每道作文题的背后都非常讲求思辨。"

没错,从审题立意的角度看,关键词是"担当",为当下,为未来,为责任,"心中有阳光,脚下有力量,未来有希望"。从思想认知的角度看,"思辨"则是关键。

思辨是智慧的开端。与杂文时评相似,议论文要写好,一在思辨,提高认知水平;二在表达,写出优质文本。当学生掌握的素材相差不大、表达能力不相上下之时,思辨能力与认知高度就很关键。

浙江卷作文题辨析"得与失",就是考验思辨能力;在"得""失"二维的基础上,还加了一个"起点、过程、终点"的时空维度。得到是起点,失去也可以是起点——"在哪里跌倒就从哪里站起来"就是这个道理;得到是终点,失去也可以是终点——失去了就放弃了、结束了,终点也就到来了;得到是过程,失去也可以是过程——任何得失成败,都有一个过程,人生事业本来就是由一个个具体的过程构成的。

人生过程,得得失失,全程都是这样。人生境界,有舍有得——"舍得舍得,有舍才有得",一定是这个道理。

《吕氏春秋》名篇《贵公》,充满了思辨色彩:"天下,非一人之天下也,天下之天下也。阴阳之和,不长一类;甘露时雨,不私一物;万民之主,不阿一人。""贵公"是以公正为贵。这里说的是:天下不是一个人的天下,是天下人的天下。阴阳的融合,不只是滋长一种物种;甘露时雨,不偏爱一物;万人的君主,不能偏护一人。然后讲到一个著名的"荆人遗弓"的得失之例:

荆人有遗弓者,而不肯索,曰:"荆人遗之,荆人得之,又何索焉?"孔子闻之曰："去其'荆'而可矣。"老聃闻之曰："去其'人'而可矣。"故老聃则至公矣。

　　这说的是：荆国有人丢了弓，却不肯寻找，说："荆国人丢了它，荆国人又得到了它，为什么还要寻找呢?"孔子听到后说："去掉他话里的'荆'字就可以了。"老聃听到了说："再去掉'人'字更好。"所以老聃是最为公正的。

　　我看到这个故事被许多语文模拟试卷编成作文考题。这里对于"得失"，有境界高下的维度，可谓"得失三境界"。相比于"有失有得""我失你得"，更高境界当然是"失就是得"，甚至"无失无得"。这个内容如果写进 2021 年浙江高考有关"得与失"的语文作文题中，应该能让人眼睛一亮。

　　在现实生活中，在教育领域，得与失更是如影随形。华人著名经济学家、耶鲁大学终身金融学教授、香港大学经济学讲席教授陈志武曾说到这么一个有意思的话题："在耶鲁大学，我们对本科生的培养理念是：任何一个在耶鲁读完四年大学的毕业生，如果他从耶鲁毕业时，变成物理、电脑、化学或者是任何领域的专家，我们会觉得那是一种失败。因为我们不希望四年大学教育是培养专家，让他们在某一领域里面投入那么深，而忽视掉在其他更广泛领域的做人、做公民、做有思辨能力的人的机会。"

　　培养而得到"专家"，却被看作"一种失败"，这段话本身就充满了思辨性——相比"荆人遗弓"的"失与得"，耶鲁教育折射的是"得与失"：在大学本科时期，一个学生就成为某个科学领域、社会科学领域的专家，看起来是"得"不是"失"，可是，耶鲁大学却不以为那是一种成功，反而是一种失败。本科生期间主要是进行通识教育，提升思辨能力，而不是急于让一个学生成为具体的某个领域、某个专业的专家。这大概也是作为一流大学的耶鲁大学培养出那么多名人的重要原因。教育要转型，要培养人格完整、头脑健全、兴趣丰富的通识人才、思辨型人才。陈志武教授认为，"教育的精髓在于思辨和表达"，这话可以置换成"议论文的精髓在于思辨和表达"。

　　当前，语文教育越来越重视学生思维能力的培养，"思维的发展与提升"是语文学习的核心素养之一,"思辨性阅读与表达"是语文所要培养的重要能力。推动中学生思辨读写,已成为语文教育界的共识。上海市语文特级教师余党绪,编辑了一套 5 卷本的"中学生思辨读本",一再重印,销售已超 50 万册。这是一套能够切实培养中学生读写思辨能力的好读本,其中包括《经典名著的人生智慧》《古典诗歌的生命情怀》《现代杂文的思想批判》《当代时文的文化思辨》《学术文章的论证魅力》。

以《现代杂文的思想批判》为例,该书精选了近百篇经典杂文,分为 10 个专题:独立人格,自由思想,公民意识,理性精神,质疑能力,悲悯情怀,回到常识,坚守良知,拒绝遗忘,审美人生。一个学生一旦具备了思想批判的思辨能力,将以更高的精神高度、更广的文化眼界来观察与思考这个世界;这种能力的具有,比掌握几条"作文技巧"重要很多。

最后是我最想说的一句话:致力训练学生的思辨能力、提高学生的认知水平,是中学语文老师应有的担当!

2020 高考作文：从历史到现实

"无穷的远方，无数的人们，都和我有关。"鲁迅先生在去世前两个月，沉郁地写下一篇《"这也是生活"……》，其中这句最温暖的话，传诵至今。

2020 年 7 月 7 日，"非常"高考开考。1071 万考生，前面受疫情影响，当下受洪灾干扰——"这也是生活"，这更是人生。头一门语文，作文考题照例最受瞩目。2020 年作文题共 11 道，其中 5 道由教育部考试中心命制，另外北京有 2 道，天津、上海、江苏、浙江等省市各 1 道。纵观 11 道题，材料、话题从历史到现实，跨越了非一般的人生、社会、世界的时空。

现实在变，未来已来。浙江卷作文题，所给的材料是："每个人都有自己的人生坐标，也有对未来的美好期望。家庭可能对我们有不同的预期，社会也可能会赋予我们别样的角色。在不断变化的现实生活中，个人与家庭、社会之间的落差或错位难免会产生。对此，你有怎样的体验与思考？"这是关注人生、生活、家庭、社会、变化、落差的考题，"现实生活"朝向的是"未来期望"。无论个人与家庭、个人与社会、理想与现实之间落差是多么的大、错位有多厉害，每个人，尤其是年轻人，都要与大时代同行，不断进取，永不停步。人生阅历丰富的中年人应对这样的命题,可能好得写一些,年轻学子应该怎么办? 我想到我经常给中学生题签的两句话:"青春万岁"和"明天比昨天更长久"。

有对比,就有错位;有比较,就有落差。在这一千多万高考考生中,通过这一场考试,就会产生无数个体之间的落差。如今超八成考生都能上大学,实际上竞争却越来越激烈。那么多人在追求优质的名校资源,但名校资源太稀缺,这也是巨大落差。现在是"超饱和竞争",与20世纪80年代初我们高考时"不饱和竞争"相比,落差也巨大。时代在变,但落差不会变。

如果把个人置于时代、社会之中,那么,"落差"犹如瀑布,距离越大,反而越激越。鲁迅先生就是这样的人,所以他不仅仅关心自己,也关心"无穷的远方,无数的人们",因为"都和我有关"。而那时鲁迅自己的身体与过去、与家庭社会的要求,也有了巨大的落差——他写这篇文章的时间是1936年8月,他在病中,不到两个月就逝世了。但他说的是"我存在着,我在生活,我将生活下去,我开始觉得自己更切实了";同时,他也清晰地看到战士的英勇形象与日常形象的落差,所以文章最后说:"战士的日常生活,是并不全部可歌可泣的,然而又无不和可歌可泣之部相关联,这才是实际上的战士。"

学者朱学勤的评论名篇《我们需要一场灵魂拷问》,一开始就说"落差",但那个是战士冲到前头导致的"落差":"真正的知识分子都是悲剧命运的承担者。胡风如此,胡风为之执幡护灵的鲁迅也是如此。他们要提前预言一个时代的真理,就必须承受时代落差造成的悲剧命运。"我举这个例子是想说明:作文题中的"个人与家庭、社会之间的落差或错位",按照习惯思维,"个人"是处于"落差"的下位的,但考生是不是可以勇敢地求异,写"个人"可以是处于"落差"的上位呢? 个人完全可以像冲锋的战士那样,冲到时代的最前面,把一切甩在后头,那样的"落差""错位",岂不更好?

与浙江卷很现实的作文题相比,全国卷的历史视角很鲜明、很突出。全国I卷作文题,所给的材料是著名的管仲、鲍叔牙和齐桓公的故事,这在司马迁的《史记》里有详细记载。在遥远的春秋时期鲍叔牙能够力荐敌手管仲来辅佐齐桓公,齐桓公也能重用管仲,而不顾管仲曾经差点一箭射死他,他的一代霸业由此而成。作文要求围绕三人中感触最深的一个,写一篇读书会发言稿。我估计选写鲍叔牙的为多。人才难得,天才般的杰才更难得,天才般的能够治国理政的杰才更是难得,发现并力荐敌方阵营里天才般能够治国理政的杰才则属于千古难得。从历史到现实,嫉贤妒能屡屡发生,带来的结果就是"德不配位,必有灾殃"。

1982 年我参加高考的时候,语文作文题目是典型的"从历史到现实"——写一篇《先天下之忧而忧,后天下之乐而乐》;范仲淹的名句,肯定得更多地联系现实中"先忧后乐"的人事来写。

全国Ⅱ卷,给了从历史到现实的一组材料,其中有墨子所言"视人之国,若视其国;视人之家,若视其家;视人之身,若视其身",有英国诗人约翰·多恩诗歌名句"没有人是自成一体、与世隔绝的孤岛,每一个人都是广袤大陆的一部分",还有"抗疫"之时国际间援助物资上的寄言"青山一道同云雨,明月何曾是两乡""山和山不相遇,人和人要相逢",等等。然后要求完成一篇演讲稿,主题为"携手同一世界,青年共创未来"。面对王昌龄名诗"青山一道同云雨,明月何曾是两乡"入题,有网友曰:"初看清新,青山云雨,明月故乡;再看含情,两山共泽,月下一乡。"这个视角还是向下的,小了,没有能够想到人类视角。

全国新高考Ⅰ卷,则是十分直白地给了一组现实"抗疫"的材料,要求以"疫情中的距离与联系"为主题作文。天津卷则从纪录片《中国面孔》出发,要求结合"2020 年的春天"来写,同样是"抗疫"的大范畴。上海卷要求写"转折",而且给出"是否意味着人对事物发展进程无能为力"的问号,估计不少学生第一个想到的话题就是新冠疫情。"抗疫"这个最大的现实,果然入了高考作文题。相信许多老师布置学生练习过,人人都能写,但要写出同理共情、家国情怀和人类情怀,还是需要功底的。

人与自我、人与社会、人与国家、人与世界,当然都是高考作文命题的范畴。全国Ⅲ卷是很明确的"如何为自己画好像",同样人人可写,但写好不易。全国新高考Ⅱ卷所论的是"人与地名",要求以"带你走近_____"为题(补充一个地名,使题目完整),写一篇主持词。我曾写过多篇与地名有关的评论,如《地名是历史的回家路》等。考生写这样的作文,当然是选择自己最熟悉的地方——比如家乡,最为得心应手;如果所在地的地名原本历史悠久,却被改了名字——比如"徽州"变成"黄山市",那么论题可以丰富很多。

北京卷两个题目任选一题,第一个有关北斗三号最后一颗卫星成功发射,要求就"每一颗都有自己的功用"写一篇议论文,这个算是"时评+励志"的作文。另一个说信息影响生活人生,要求以"一条信息"为题,写一篇记叙文。从"一颗"到"一条",这两题大约是2020年高考作文题中最保守、最缺乏创意的了。"一条信息"是单一信息,最能够影响你的生活人生的"一条信息",恐怕就是"招聘信息"了。在信息泛滥时代,说"一条信息"影响生活、人生,落在18岁的高考生身上,不知有多少人能够遇到,而且还是写记叙文。

单一信息的投喂,倒是真能影响人生。与北京卷第二题异曲同工,江苏卷给出的材料是:"同声相应,同气相求。人们总是关注自己喜爱的人和事,久而久之,就会被同类信息所环绕、所塑造。智能互联网时代,这种环绕更加紧密,这种塑造更加可感。你未来的样子,也许就开始于当下一次从心所欲的浏览,一串惺惺相惜的点赞,一回情不自禁的分享,一场突如其来的感动。"那"一条"和这"一次",还真是大同小异,但这里的表达含蓄得多,也诗意得多。江苏卷非常关注新媒体、融媒体时代信息对人的形塑能力,这一点比北京卷要好很多。然而在平常的教学中,我们的语文老师有多少会给学生讲讲"算法分发""信息投喂""信息茧房",以及信息在封闭场域里会加强为"回声室效应"、观点在网络上会屡屡出现"合成谬误"呢?

别说未来不好追,现实就在身边,也不一定好追。

2019 高考作文题与平常心

一年一度最大的"同题作文"又来啦!

2019 年高考在 6 月 7 日至 8 日展开,今年全国高考报名人数又一次突破千万——达到 1031 万,在高考史上仅次于 2008 年的 1050 万人;浙江 32 万余学子赴考,第一天语文作文题无疑是焦点。

浙江卷是根据下面的材料写一篇文章:

有一种观点认为:作家写作时心里要装着读者,多倾听读者的呼声。另一种看法是:作家写作时应该坚持自己的想法,不为读者所左右。假如你是创造生活的"作家",你的生活就成了一部"作品",那么你将如何对待你的"读者"?

这属于人文文化领域的考题,相对具体,不是大而无当。相比于去年偏于时政的考题,今年浙江高考作文被网友称为又回归"浙江范儿",既有开放性,又有辩证性,是个不错的题目。确实,这样的题目具有开放性,对每个考生来讲都有话可说,绝不会产生"无话可说"的情况。开放的、发散性的考题相对较好,封闭的、唯一性的考题往往不是很普适。写开放性的高考作文,首先要"老实",不能玩虚的,搞"套路";"老老实实"是基础,因为这毕竟是开放性、发散性的作文题,太收束、太拘束的作文难以得高分。

那么，作家写作时心里要装着读者好呢，还是不为读者所左右好呢？其实不同类型的作家，价值取向和写作范式是不一样的。许多作家心中装着读者，贴近现实，贴近生活，贴近读者，写出广受读者欢迎的优秀作品。偏重于非虚构、纪实类作品写作的作家，离开了读者恐怕也就离开了现实。现实主义和浪漫主义确实有很大的不一样。我在《都市快报》工作时，到高校开设写作讲座，屡屡提到《都市快报》成功的一个最简单的经验，就是"心中装着读者"。

然而，非常自我的作家也可以写出好作品，比如法国作家普鲁斯特创作的长篇小说《追忆似水年华》，在世界文学史上有着杰出的地位；洋洋洒洒 7 大卷，以叙述者"我"为主体，有大量的内心活动描述，他那意识流的写作，是不太考虑读者的。

以此做类比，假如你是创造生活的"作家"，你的生活就成了一部"作品"，那么你将如何对待你的"读者"？我读人人，人人读我。一个人自己写就的"生活"与"人生"，则是在顾及他人的前提下，活出自我的精彩为紧要，到了"追忆似水年华"的时候，可以说自己无愧于生活，无悔于人生，让他人读出可资借鉴的风采。

高考语文试题，有出得好的，也有出得一般的，横向比较是这样，纵向比较更是这样。

2019 年全国高考语文科共有 8 套试卷，其中教育部考试中心统一命制 3 套，北京、天津、上海、江苏、浙江分省自主命制 5 套，另有全国汉语试卷提供给少数民族考生。按照要求，所有试题都要保持较高质量及合理难度。

全国 I 卷说的是"民生在勤，勤则不匮"，劳动是财富的源泉，也是幸福的源泉。这大概会让一些考生想起"996"工作制的是与非。全国 II 卷给的是 5 个逢 9 的年份：1919 年，五四运动；1949 年，中国人从此站立起来了；1979 年，"科学的春天"生机勃勃；2019 年，青年接棒，"强国有我"；2049 年，中华民族实现伟大复兴……这让我想起了白岩松在耶鲁大学的演讲《我的故事以及背后的中国梦》，他讲 5 个逢 8 的年份——1968 年他出生，1978 年 10 岁，1988 年

20岁,1998年30岁,2008年40岁,他自己的故事以及背后中国的故事,还有中美关系……逢8年份的演讲与逢9年份的考题,都很聪明很机巧;考生可以写出一种历史的纵深感。

江苏卷所给的材料是:"物各有性,水至淡,盐得味。水加水还是水,盐加盐还是盐。酸甜苦辣咸,五味调和,共存相生,百味纷呈。物如此,事犹是,人亦然。"这个既有哲理,又属人文,但是写起来有一定难度。北京卷论及"文明的韧性",可以从中国的历史变迁、思想文化、语言文字、文学艺术、社会生活及中国人的品格等角度,让考生谈思考,极具人文性和开放性。上海卷同样也是从文化艺术中找题材:倾听了不同国家的音乐,接触了不同风格的异域音调,由此对音乐的"中国味"有了更深刻的感受……中学生要重视人文、文化领域的作文选题,这不说是趋势,那也是基础,平常要加强训练。

相比过去,今年高考作文题总体水平是"杠杠的"。刚刚看到一位作家在吐槽2012年他女儿高考时的作文题目。那年全国高考新课标卷语文作文试题,是根据这样一个材料写一篇文章:船主请一位修船工给自己的小船刷油漆。修船工刷漆的时候,发现船底有个小洞,就顺手给补了。过了些日子,船主来到他家道谢,送上一个大红包。修船工感到很奇怪,说:"您已经给过工钱了。"船主说:"对,那是刷油漆的钱,这是补洞的报酬。"修船工说:"哦,那只是顺手做的一件小事……"船主感激地说:"当得知孩子们划船去海上之后,我才想起船底有洞,绝望极了,认为他们肯定回不来了。看到他们平安归来,我才明白是您救了他们。"

我看了这个神奇的"故事"后,也是哑然失笑。从尊重事实、尊重常识、尊重逻辑的角度看,"三尊重"全部被这个故事给违背了。现实生活中不可能发生这样的事情。在大海上航行的船主,最知道船与生命的关系,一定是补漏洞第一、刷油漆第二,甚至不刷油漆,除非这船要进博物馆里了。即使船主真"忘了"船底的"小洞",修船工以"举手之劳"给修好了,那也会给船主说一声。这小船平常不会是搁在陆地上的吧?船底如果继续有洞,搁在港湾里就会漏水,船主能发现;如果没有洞,搁着就不会漏水了,那也会发现漏洞给补上了。再说,这小船是某一个修船工给修的,那是多么小多么原始的一条小船,最多是小湖里玩玩的,哪里能够"划船去海上",而且还是"孩子们划船去海上"? 即使是这条小船平常搁在陆地上的,孩子们偷偷推下海,那同样一下海就会发现漏水,就赶紧划回来,出不了海的。

这不是"友谊的小船说翻就翻",而是"荒诞的小船说漏就漏"。这完全是个杜撰的"伪故事",既不符合事实,也违背基本常识,更没有内在逻辑,完全经不起推敲,却骗过了很多人,包括高考命题的专家。这不是"故事",这是"事故"! 这也告诉我们,学会尊重事实、尊重常识、尊重逻辑,尤其是学会常识判断,对于命题者和应考者来说,是多么的重要!

相比之下,2012年浙江高考语文作文题就好很多,所给的材料是"坐在路边为英雄鼓掌的人",并引述了网友3种评论:一是肯定,坐在路边鼓掌也挺好;二是质疑,如果大家都在路边鼓掌,谁去跑呢;三是觉得两种说法都对——根据这些材料写作文。这是很有意思的作文题,是开放式的考题。这个"作文题",事先我凑巧写过,一模一样的,就是评述"坐在路边为英雄鼓掌的人"这个材料,我的文章是为"坐在路边鼓掌的人"鼓掌的,在高考之前发表在上海《文汇报》上——浙江考生不大看得到。

如今高考前常常有人问我"今年你猜作文考什么",我说我从来不猜题,尽管多年来多次提前写过相同或相近的高考作文题。

人生"大考",平常心、寻常态最好最重要,对高考作文更应该如此。高考作文,既难又不难,难的是几十万人写同一个题目,想脱颖而出比较难;不难的是,大抵就是一篇800字以上的议论文,这样的考试、这样的议论文写作训练已经经历过无数遍,把平常的水平发挥出来就可以了!

"而今更笃凌云志,莫教冰鉴负初心。"现在考场有空调,无须那盛冰的"冰鉴",但初心与壮志是一样的。过了高考这一关,前面就是莘莘学子蔚蓝的天;"好好学习,天天向上",踏进大学校园后需继续!

2018 高考：作文·人生·社会

　　十年寒窗，难凉热血；一朝高考，澎湃作文。2018 年 6 月 7 日，一年一度的高考拉开帷幕，带头的语文科目，作文考题照例引发关注和热议的大潮。

　　浙江的作文题目，所给材料是：浙江大地，历史上孕育过务实、知行合一、经世致用等思想，今天又形成了"干在实处、走在前列、勇立潮头"的浙江精神。在与时俱进的浙江文化滋养下，代代浙江人书写了一个又一个浙江故事，创造了一个又一个浙江传奇。作为浙江学子，站在人生新起点，你有怎样的体验和思考？结合上述材料，写一篇文章。

　　这个高考作文题目，直接切入现实社会。这是一个从历史到现实的考题，一个"实"字是关键词。这样的作文题，写出来较简单，要想写出彩，委实不容易。

　　高考语文全国共有 8 套试卷，江苏卷比较有意思，给的材料是："花解语，鸟自鸣，生活中处处有语言。不同的语言打开不同的世界，音乐、雕塑、程序、基因……莫不如此。语言丰富生活，语言演绎生命，语言传承文明。"这是从"语言"的视角切入生活。如果说浙江卷说的是"实境""精神"，那么江苏卷就是"典雅""绮丽"。

就学生而言,恐怕更喜欢江苏卷的考题,可以濡笔为文,情韵连绵,清新隽永,润心别致。不管怎么说,写作本身,要用思想站立,要用心灵行文;文章可以多样化,可以个性独具、风格各异,最惧怕千篇一律。

高考作文的选题,通常可分为两大类:一类侧重人生生活,一类侧重社会现实。今年北京卷二选一,不同侧重各占一个,所以全国一共9个作文考题,其侧重之比,大致为4∶5。

侧重人生生活的,除了江苏卷,还有天津卷有关生活中有不同形制的"器",还有北京卷选题一有关"大家18岁了,成长为新时代新青年",以及上海卷有关对"被需要"的心态怎样认识,说的是:生活中,人们不仅关注自身的需要,也时常渴望被他人需要,以体现自己的价值;这种"被需要"的心态普遍存在,对此你有怎样的认识?

侧重社会现实的,如全国I卷:就汶川地震、北京奥运、全面小康等一系列当今事体,给2035年18岁的人写封信。全国II卷:有关"战斗机为何应防护弹痕少的部位",尽管说历史,其实导向现实社会。全国III卷:围绕不同时代三个地区的标语进行写作——深圳"时间就是金钱,效率就是生命"、浙江"绿水青山就是金山银山"、雄安"走好我们这一代的长征路";北京卷选题二:有关生态文明建设的"绿水青山图"。

重人生生活的命题,大抵是重艺术的;重社会现实的命题,大抵是重时政的。

现在不说命题的优劣,因为那是见仁见智的事情,在此只是提醒考生及家长:莘莘学子关心现实社会、社会现实,还是比较重要的,不能钻进"象牙塔",不食乃至不识人间烟火。

笔者在浙江杭州,在《杭州日报》做评论员,对浙江历史上王阳明的"知行合一",对今天"干在实处、走在前列、勇立潮头"的"浙江精神",再熟悉不过了。正如我们微信公号"政在解读"所言的:看《杭州日报》,高考作文拿高分!《杭州日报》评论部选编的、即将出版的评论选集书名为《向涛头立》,出自宋代潘阆写观潮的名句"弄潮儿向涛头立,手把红旗旗不湿",就是"勇立潮头"

之意。

我写的《知阳明·行文化·致良知》，简版发表于 2017 年 11 月 2 日《杭州日报》，详版就是《王阳明：知知而行行》，收入《知知而行行》一书。

这里摘录另一个片段，出自发于 2015 年 6 月 3 日《杭州日报》的评论员文章，是写"干在实处、走在前列"的，后来收入了我的《杭城群星闪耀时》一书中：

空谈误国，实干兴邦。兴邦的路总是有的，路就在脚下。实干才有真正出路，抓实才能谋取新篇。"抓好落实，我们的事业就能充满生机；不抓落实，再好的蓝图也是空中楼阁。""落实"的反面是"落虚"，把工作落到了"虚处"，那就是把好端端的制度、规划、蓝图变成"稻草人"，变得形同虚设。抓而不紧、抓而不实、抓而不常，等于白抓。求真务实，关键就在一个"实"字，就是要说实话、出实招、办实事、解决实际问题。

"干在实处"还须"干在难处"。每干大事难事，必有收成收获。"为官避事平生耻"，必须能负重，才会有担当。负重，就要敢于负重责：不怕担风险，不怕得罪人，不怕遭非议；敢于迎难而上，勇于挑起重担，善于纠正错误；遇到问题不回避，遇到困难不躲避，遇到危机不逃避。

"牡丹花好空入目，枣花虽小结实成。""三严三实"中的"谋事要实、创业要实、做人要实"，与"干在实处"一脉相承。"干在实处"是美丽的，"干出果实"更美丽，美丽杭州需要最美的"干在实处"。这就要求我们：大胆工作，勇于创新，尽职尽责，奋发前行，干在实处，永不停歇！

当然，这是报纸上的评论员文章，不能与学生的高考作文相等同。但作为参考，也有意义。

2017 高考作文与阅读人生

　　如果说人与大自然之间，是"倾听、安慰、接纳、包容，相依相识的默契"，那么，人与书籍之间更应该是如此。

　　高考第一天，向来是语文作文考题成为热点焦点。2017 年浙江卷考的是"三本书"：有位作家说，人要读三本大书，一本是"有字之书"，一本是"无字之书"，一本"心灵之书"，对此你有怎样的思考？请对作家的观点加以评说。自拟题目，写一篇 800 字的作文。与浙江卷相似，山东卷作文题是更直接地进入书店：某书店开启 24 小时经营模式。两年来，每到深夜，当大部分顾客离去，有一些人却走进书店。他们中有喜欢夜读的市民，有自习的大学生，有外来务工人员，也有流浪者和拾荒者。书店从来不驱赶任何人。自定立意写一篇文章，题目自拟。天津卷则要求结合自己的生活阅历深入思考，围绕"重读长辈这部书"写一篇作文。

　　一个"书"字，是关键词。山东卷所言的正是"有字之书"，天津卷所言的恰是"无字之书"。还有，全国卷 I "老外眼中的'中国关键词'"，是"无字之书"；全国卷 II "从 6 句名句中选择两三句自拟作文"则是"有字之书"——其中魏源的名句是"受光于庭户见一堂，受光于天下照四方"，加上前两句"受光于隙见一床，受光于牖见室央"，这可是典型的以"有字之书"写"无字之书"和"心灵之书"啊。"心灵之书"本属"无字之书"，从严格的逻辑意义上说，这"三本大书"中的第三本"心灵之书"的设立，是不够周全的，但不妨将其视为"众里寻他千百度，蓦然回首，那人却在灯火阑珊处"之第三境也，那么，"有字之书"是第一境，"无字之书"是第二境也。

所以，2017年浙江高考作文中的"三本大书"，可看作"人生阅读三境界"。以"三境界说"来析人论事，总归是很美妙的。我曾在《杭州日报》刊发过《人生从业三境界》一文，媒体多有转载，后来收进了《杭城群星闪耀时》一书里。文章论及人生从业应有三重境界：第一层是职业境界，第二层是事业境界，第三层是公益境界。同理，人生阅读也需走过三重境界：从读"有字之书"，到读"无字之书"，再到读"心灵之书"。

"三本大书"之说，出自"伤痕文学"作家卢新华。1978年，年仅24岁的卢新华在《文汇报》发表短篇小说《伤痕》，引起巨大轰动，当时他还是复旦大学中文系一年级新生。卢新华1982年从复旦毕业，没有恢复高考就没有卢新华的今天。《伤痕》在1978年8月11日的《文汇报》上发了一整版，当天的《文汇报》加印至150万份。《伤痕》获得当年全国优秀短篇小说奖，"伤痕文学"就是从《伤痕》发端的。那年头获奖的全国优秀短篇小说、优秀中篇小说，我绝大部分都读过，那是从心里喷出来的真性情，当真是好啊，现在我还时不时重读，依然在心里点赞——我想说，那些"有字之书"来自"无字之书"，是真正的"心灵之书"。

《论三本书主义》是卢新华在新世纪的一篇短文，发表于2010年12月6日《人民日报》副刊。"读三本书，走归零路"，是卢新华的人生三昧、人生感悟。对于这"三本大书"，人们见仁见智，因为形象已经大于思维。卢新华自己给出了不同层次的解释："它们不是一般意义上的书籍，而是三本大书。一本叫有字的书，一本叫无字的书，一本叫心灵的书。当然，也可以是一本叫'书本知识'，一本叫'自然与社会'，一本叫'自己的心灵'。而如果遇到有对佛学感兴趣的朋友，我也会对他们说，一本是'文字般若'，一本是'实相般若'，一本是'心灵般若'。"般若者,智慧也,梵语的音译。

对于爱阅读、爱写作、有智慧的学子来说,看到这样的"三本书"作文题,会是心生喜悦的。杭州是学习型城市,如果"倡导阅读"能够穿透校园壁垒似的围墙,能够让诸多"课外书"进入年轻学子的炯炯目光,我相信应对这样的高考作文,最终必将增分不少。然而,我不知道校园围墙到底有多厚,把外面世界的阅读信号屏蔽掉多少。

这次山东卷作文题特意编了"走进书店的也有流浪者和拾荒者","书店从来不驱赶任何人",则是明显借鉴了杭州市图书馆褚树青馆长那"欢迎拾荒者"的做法。读书是人生中很重要的一部分——这里的"读书"可不是指应试教育范畴内的"念书",如果仅仅读教科书、教辅书,那不算真正意义的读书。褚树青曾说:"我去欧美国家考察当地的图书馆,发现很多国家小孩子一出生,就会收到一张借书证,阅读是伴随着他们一生的。"那可是从"一出生"就"开始"的阅读人生。

阅读人生,是指阅读的人生,当然也可以看成阅读的对象是人生。读书是基础,只有在阅读书籍的基础上,才能阅读自然,才能阅读社会,才能阅读人生人心,才能阅读人类世界。

恰巧就在高考作文题揭晓的那一刻,我收到了一批快递而来的新书,其中有从网上所购的书,总价 400 元,减半优惠只支付了 200 元;还有张允和翻译的《书的故事》钤印毛边本,该书作者是《十万个为什么》的作者伊林,译者张允和是"合肥四姐妹"之一、学者思想家周有光先生的夫人。"有字之书"《书的故事》,说的正是文字和书籍的发展史,薄薄的一册,厚厚的历史。封底印着张允和的话:"这里所说的书,可以是一串贝壳,一块石头,一方泥砖,一张皮革,一片草席,一卷丝绸,或一册以纸订成的我们所谓的书。任凭它的形式有九九八十一变,它的作用都是相同的——记录人类的生活。"面对人类的生活,只要弄懂了"读书"这一个"为什么",那么"十万个为什么"自然就不在话下了。

2016 高考作文：热点中的热点

　　一年一度的高考，当然是新闻热点；而第一天语文的作文考题，是热点中的热点。2016 年浙江省的作文，考的是"虚拟与现实"：

　　　　网上购物，视频聊天，线上娱乐，已成为当下很多人生活中不可或缺的一部分。业内人士指出，不远的将来，我们只需在家里安装 VR（虚拟现实）设备，便可以足不出户地穿梭于各个虚拟场景：时而在商店的衣帽间里试穿新衣，时而在诊室里与医生面对面交流，时而在足球场上观看比赛，时而化身为新闻事件的"现场目击者"……当虚拟世界中的"虚拟"越来越成为现实世界中的"现实"时，是选择拥抱这个新世界，还是刻意远离，或者与它保持适当距离？

　　材料提出问题，考生要有思考。这 800 字以上的议论文，好写难写，因人而异。VR 即虚拟现实，是 Virtual Reality 的首字母缩写，通常就是一个头戴显示器设备——VR 眼镜或 VR 头盔。其实早在 20 年前，日本著名游戏厂商任天堂就尝试了 VR 产品。这项技术已发展很多年，最近终于时兴起来，VR 设备和微型无人机成了"工业新宠",大有发展前途。所以从这个意义上说,选择拥抱这个 VR 眼镜制造的虚拟仿真新世界,是必然选择和必然趋势;而这个虚拟新世界毕竟具有游戏、游乐性质,从青年学子的角度看,如果沉迷于游戏游乐,玩"新物"而丧志,那就得不偿失,与它保持适当距离又成了必要。但"刻意远离"这个选项是不对的,毫无必要。

有报道说,去年下半年开始,Facebook、Google 等全球互联网巨头都展开 VR 产业布局,Oculus、索尼、HTC 陆续发布了消费级 VR 产品,而 2016 年将是 VR 爆发的一年。就在一个多月前,美国总统奥巴马访德,与德国总理默克尔一起出席了国际工业科技展览,参观时两人就曾亲自感受了一次 VR 眼镜的魅力,被媒体称为"玩嗨了",不过他俩的表情确实是"萌萌哒"。

有网友赞扬浙江这个作文考题,认为有"走在前列谋新篇"的意识,从一个侧面反映出浙江经济的发展与发达。在这"互联网+"的时代,大数据、云计算等让"虚拟"变成了最大的现实,经济潜力无限。什么叫创新和创业?不久前我看过一个视频报道,说的是浙大毕业生从事 VR 头盔设计生产的创业历程;而最近杭州网报道说,一对浙大大四学生情侣,在杭州开了一家 VR 体验工作室,射击、打高尔夫、登月都跟真的似的,如果你胆子够大,就去打个僵尸试试。对于普通消费者来说,现尚未家家普及 VR 设备,能够花最少的钱去享受到最好的 VR 体验,确实是不错的选择。

我在这里不是写高考作文,而是写高考作文所折射的社会现实,关乎经济、文化、娱乐、生活,关乎发展的前瞻,关乎个人的选择。至于考题所设置的"是选择拥抱这个新世界,还是刻意远离,或者与它保持适当距离"三个选项,则是关乎信息时代的取与舍、喜与忧、爱与恨、进步与落后。奥巴马说,或许在退休之后,他可以利用先进的 VR 设备,去体验更逼真的虚拟高尔夫;那么,对于学生来讲,既不能等到"退休之后",又不能不顾一切地沉湎其中,游戏人生、荒废学业,所以,适当亲近与适当保持距离,定会成为最大现实。

最后要说一下的是,我的文章《高考作文如果写这个!试试看!》,说的是高考作文如果写"低头族"的"时髦题材",怎么对付。很显然,这是同属"信息时代的取与舍、喜与忧"的话题，区别在于"低头族"玩的是手机，而"头盔族"玩的是 VR。

文中核心意思体现在这一段："在人类生活中，很少有事情是绝对好或绝对坏的，世界并非非黑即白、非对即错。'低头族'正是如此。注意适度，注意分寸，注意副作用与后遗症，则是很重要也很必要的提醒。预防针该打一打了，特别是对于青少年，对于未成年人。"还有这段："我觉得有一个重要的命题摆在我们学者面前，那就是'手机伦理学'，需要好好研究。'低头族'玩手机，大抵都不属于司法法律范畴的事，而是属于生活方式、生活伦理的事。"

把文中的手机置换成 VR、把"低头族"置换成"VR 族"，基本意思也是通的。所以，今早浙江省高考作文一公布，我的一位同事就第一时间在内部微信工作群里说"猜题好准"——当然我不是猜题，中高考作文本身就应该是"以不变应万变"；而我的一位大学毕业后一直从事中学语文教学的同学则在微信中跟我说，我写的这篇评论"与今年作文题还是很有渊源的哦"。

作文考试，人文考试

作文考试也是人文考试

　　每年高考第一天,人们往往不由自主地把目光聚焦于语文作文题目。门户网站通常都在第一时间把集纳的作文题作为新闻头条。全国和地方的统统汇总在一起,看起来蛮有意思的。你走进高考作文题目大观园,可看见有差异的价值取向、有个性的命题思路、有色彩的作文材料⋯⋯这里涌动着文气,更涌动着地气,圈内圈外、业内业外,有各种说法评点,真的比较可爱、比较好玩。

　　2009 年的高考作文题,大多看着亲切,因为有很多的题材我在写评论时论述过,典型如全国卷 Ⅱ 的材料,英国科学家道尔顿发现色盲的小故事,我就写过《米兰达警告 VS 道尔顿贡献》,后来《杂文选刊》选载了;浙江卷"绿叶对根的情意",去年地震期间我写的系列评论中有一篇的主题就是这个,标题则是《集结号里的士兵突击》;天津卷是"我说 90 后",这是年轻人的话题,《北京青年报》曾组织过关于"80 后:迷失的一代还是阳光的一代"大讨论,我之前写了《想看"80 后",先看"80 前"》,当然,"80 后"与 90 后有 10 年的差距;广东卷是"谈谈你对常识的认识",而"常识"是我常用的词。

　　有丰富阅卷经验的王立群教授,对一些题目的命题提出商榷,比如江西的"以兽首拍卖为中心写议论文",有可能对某些学生造成障碍。他说得不错:"如果一个作文题目出得是对一部分考生是有利的,对另一部分考生是不利的,那么这个题目就有欠稳妥。所以,熟悉和公正是高考作文命题的两大原则。"评论兽首事件,这是时事入题,当时这个新闻出来后,有无数时评。这题目的正面启示是学生要关心一点时事,不要老钻在象牙塔里出不来;但"太时事",会给套用甚至抄袭提供方便,而对乡村学子也颇为不利。兽首事件,大抵属于正反双方的辩论题,而学生大概只敢往抓住"爱国"的绳索不放。

高考作文的命题,应该具有普适性,能做到"人人有话说",说得好说得不好则看水平。所以贴近现实、贴近生活、贴近学生,还是挺重要的。不要总弄得像"天空的院子"。题目要尽量出得可爱一点、亲切一点、灵动一点、有意思一点。让人喜欢写,人人都能写,在一个题目下面能出现一大批好作文,那么这就是一个好题目。而学生应对高考作文,应该是"以不变应万变"的——这也是常识。

作文考试也是人文考试。人文是一种骨子里的精神与品格。如果一个作文题目仅仅起到对付考试的作用,考过就算,没有人文熏陶的价值,没有留下一些东西,甚至让人连探讨讨论的兴致都提不起,那是很遗憾的。我想到了二战时英国杰出的陆军元帅蒙哥马利在成长过程中经受的一次考试:

和绝大多数人一样,蒙哥马利从上学开始就经历无数考试;军校毕业后,他于1908年被分配到印度白沙瓦地区当一名少尉军官。当时部队运输工具主要是骡马车,有一次军官进行考核,考官问蒙哥马利:骡子一天要拉几次屎?这真是一个有意思的问题。蒙哥马利脱口回答:6次。考官说:错了,是8次!回答错误,蒙哥马利不免郁闷,但他开始琢磨:骡子一天拉8次屎,答案就是正确的? 好奇心就上来了。他观察了半个月,果然发现是8次。后来他对别人说:这次考试使我真正懂得一个军人战场的观察力,来自他对平时生活的积累;而缜密的计划,只能来自源源不断的、全神贯注的观察力和思维能力。他到老还在讲这次"考问"。

一个很小的考试,却深深教育了蒙哥马利。这事儿也可以成为一个材料作文题,您有兴趣试试写写?

考题、英雄与掌声

　　就在吴斌的事迹广为流传的时刻,我们看到了 2012 年高考浙江语文作文题,说的是"坐在路边为英雄鼓掌的人"。这是挺有意思的一道作文考题,可以这么说,作为长途客运司机的吴斌,就是一个原先"坐在路边为英雄鼓掌的人",在一瞬间,在那 1 分 16 秒,他成了真正的英雄。

　　许许多多的英雄,都是平凡孕育的伟大。我敬佩杭州这两位姓吴的平民英雄——"最美司机"吴斌和"最美妈妈"吴菊萍。当危险裹胁生命呼啸而来,吴菊萍是"挺身而出,接住生命,托住了幼吾幼及人之幼的传统美德";当飞来的铁片像弹片一样击碎挡风玻璃击中吴斌腹部,吴斌在肝脏破裂身受重伤的情况下,完成了一系列安全操作,保证了车上 24 名乘客安然无恙,而自己献出了宝贵的生命……正如一句法国谚语所说的:"面临危难,始见英雄。"那一分多钟的监控视频极其震撼,被网友称为"真正的大片"。

　　英雄在瞬间的举动,就是公民的责任与担当。几十年人生之路,他们在平凡的岗位上兢兢业业干工作,他们一直默默无闻做着好人,他们曾经一次次为别人的精彩鼓掌,而今在最艰难的瞬间,他们自己升华为非凡的英雄。

英雄通常都是瞬间造就的,但那瞬间往往需要长时间的铺垫,所以英雄也是依靠长时间才能铸就的。一个人良好品德的形成,确实不是一朝一夕的事。就在高考的第一天,曾经跟《都市快报》去贵州做过"免费午餐"公益活动的绍兴人罗罗,发表一条微博,引起强烈的反响。说的是,她儿子本来也是915万高考学子中的一员,但他们决定放弃高考,由此孩子变得自信、阳光、有爱心,对生活有激情、有感恩。"今天当他原来的同学都在艰苦地参加考试的时候,他正计划去贵州纳雍支教和做义工,做方案、联系同学、准备教学课程,正在跟社会接轨。"绍兴网友"阿啃1919回来了"跟帖:"了不起,没想到身边还有这么有见地的家长。"

在众多考生都陷于"名校情结"不能自拔的时候,我们应该看到,吴斌和吴菊萍这两位真正的英雄,都不是什么"名牌大学"毕业的。参加高考还是不参加高考,这只是个人的选择,但选择去贵州支教、做义工,这就是非常不简单的行动,看似平凡,实则不凡。此时此刻,我愿意做"坐在路边的人",为这样既平凡又不平凡的人鼓掌。

这次浙江高考语文作文题,就"坐在路边鼓掌的人",引述了网友3种的评论,一是肯定,也想做这种人;二是质疑,如果大家都在路边鼓掌,谁去跑呢;三是觉得两种说法都对,要求根据这些情况写篇文章。很巧,我5月18日写的博文《第23名的"23号"对了》,与这个作文考题完全契合,就是为"坐在路边鼓掌的人"鼓掌的,后来《杂文报》《文汇报》《新文化报》等刊载了此文。此刻,我再一次把掌声献给吴斌吴菊萍,以及罗罗和她的孩子。尽管在本质上,去贵州支教做义工,并不是为了去当英雄。放弃了高考,没有机会通过作文面对鼓掌或被鼓掌的人,否则,罗罗的孩子很可能也会写到吴斌、吴菊萍——他本来就是一个"坐在路边鼓掌的人",如今他要踏上奔跑前进之路。

最后,我想引用一句名言:"一切真正的英雄都是实实在在的人,所以每个人都可能成为英雄。"

后　记

天命一文心

　　写作是我的生命，坚持是我的使命。"慈行三部曲"就是使命的成果。

　　人生旅程，弃政从文。我生于1966年，到1999年，已过33岁，我从一个江南小镇的"一把手"位置上"裸辞"，来到杭州"跨世纪"，从事新闻工作至今。有位智识者是过来人，曾说："人最好的日子是35岁到55岁。这20年是你的黄金时期，你要做事、干什么，都是这20年。"我幸好在这个黄金岁数选择了从文写作，其中从2002年元月开始进入杭州日报报业集团都市快报社，到2022年，恰好是20周年。而今我早已过了"四十不惑"，过了"五十而知天命"，即将迎来"六十耳顺"。

　　然而，一生毕竟是书生！

　　作为一介书生，我有"人生三书"，就是读书、写书、教书。一直坚持，所以有了一点成绩，记入自己的"人生功劳簿"。由于网络上有关"徐迅雷"的词条是十几年前的，现将一个新一点也详细一点的简介录于此：

　　徐迅雷，现任《杭州日报》首席评论员，历任《都市快报》新闻部编辑主任、《杭州日报》评论部主任等职；系中国作家协会会员，浙江省杂文学会副会长，杭州市文艺评论家协会副主席；被聘为浙江大学传媒与国际文化学院兼任专家（为新闻系讲授

"新闻评论"课,为干部培训班讲授多种课程),同时是浙大宁波理工学院传媒与法学院兼任专家、浙江理工大学史量才新闻与传播学院兼职教授、浙江工商大学实务导师、丽水学院客座教授、丽水学院民族学院客座教授;是《南方周末》2020年评论写作课授课教师,中国新闻奖获得者。

入选浙江大学"财新·卓越记者";作品入选涵盖中国杂文史的《中国杂文(百部)》,是当代浙江在地杂文家中唯一入选者;是《杂文选刊》评点的"当代杂文30家"之一;是《读者》原创版首批签约作家。先后获得各级各类奖项逾百项,并获杭州市政府特殊津贴;先后有5部著作入选杭州市文化精品工程;作品曾被评为《南方周末》年度十大评论,主笔的《快报快评》、主创之一的《西湖评论》先后被评为浙江新闻名专栏。

此前已在广西师范大学出版社出版《在大地上寻找花朵》《太阳底下是土地》等著作共8部;另有《中国杂文(百部)·徐迅雷集》《以文化人》《知知而行行》《敬畏与底线》《相思的卡片》等著作10余部,其中包括编选的《现代大学校长文丛·梅贻琦卷》,与女儿徐鼎鼎合著的《认知与情怀》;另有和同人合著的《南周评论写作课》《杭州70年(1949—2019》等7部作品。

"悲晨曦之易夕,感人生之长勤"(陶渊明《闲情赋》);"课虚无以责有,叩寂寞而求音"(陆机《文赋》)——人生写作,大抵如是。

文心笔致,天命使然。不忘使命,为苍生说人话;继续前行,为进步说真话!